노래에 새긴 끝없는 이야기

누구나
기억 속에 넣어둔
노래가 있다

글 · 이철재

노래에 새긴 끝없는 이야기

이랑
BOOKS

차례

1장 ▸▸
추억   이제 모두 세월 따라 흔적도 없이 변하였지만 _____

2장 ▸▸
청춘   머물러 있는 청춘인 줄 알았는데 _____

3장 ▸▸
시절　이별이란 헤어짐이 아니었구나 _____

별 속에 숨겨 놓고 밤이면 보겠어요
— 노래는 기억의 창고

1970년대의 대표적인 가수 정미조가 프랑스로 미술 공부를 계속하러 떠나면서 써 놓고 간 가사에 곡을 붙여 박경애가 제1회《TBC 세계가요제》에서 불렀던 〈나 여기 있어요〉라는 노래가 있다. 가요제에서는 2절을 영어로 불렀지만 후에 박경애가 따로 녹음한 버전에는 2절에 아름다운 대목이 나온다. '별 속에 숨겨 놓고 밤이면 보겠어요. 길었던 세월 속에 새겨 놓은 기억들을…….' 크게 히트한 노래도 아니고, 중학교 때 한두 번 들은 것이 전부인 곡이지만 이 구절만큼은 늘 내 가슴속에 남아 있다. 하늘의 별 속에 기억을 숨겨 놓고 본다니. 요즘처럼 클라우드 시스템이 있는 것도 아니었는데 어쩌면 이렇게 아름다운 비유를 만들어 냈을까? 어디를 가도 그 기억은 나를 쫓아 오고, 난 그 기억을 아무 때나 원할 때 '스트리밍' 해서 볼 수 있다.

프랑스의 사회학자 모리스 알박스(Maurice Halbwachs)는 '기억은 사회적인 것이다'라고 했다. 공동체 속에 함께 살다 보면 집단의 기억이 생긴다. 전쟁과 피난, 가난과 굶주림의 기억, 그런가 하면 도약과 비상의 기억들을 공유한다. 사회 어딘가에 그 기억을 저장하는 창고가 있다. 사회의 구성원인 우리는 별 속에 숨겨 놓고 밤이면 찾아보듯 그 기억을 창고에서 꺼내 공유한다. 그 기억은 사회 안에서 유산으로 대물림한다. 나는 우리 사회의 집단적 기억을 저장하는 창고 중 하나가 노래라고 생각한다. 우리의 가요를 되짚어보면 그 안에는 개인의 사랑과 이별뿐 아니라 위에서 말한 공통의 기억이 모두 들어 있다.

근대 가요의 시조라 할 만한 이난영의 〈목포의 눈물〉은 1935년 제1회 '향토 노래 현상 모집'에서 1등을 한 가사에 일본에서 클래식 음악 작곡을 공부한 손목인이 곡을 붙인 것이다. 오늘날에는 야구팀 응원가로 더 유명하지만 실은 일제에 저항하는 가사였다. 특히 2절 첫 부분 '삼백 년 원한 품은 노적봉 밑에'라는 부분 때문에 그랬다. 이 가사를 쓴 문일석은 그 후로 일본 경찰에 불려가 모진 고초를 겪었다. 결국 글쓰기를 포기한 그의 이후 행적은 거의 알려진 바가 없다. 혹자는 그가 탄광촌 등을 전전하다 일찍 세상을 떠났다고 한다. 그는 홀연히 떠났지만 노래는 임진왜란 중 노적봉 아래에서 왜군에 항거했던 우리 민족 공통의 기억이 일제에 대한 저항 정신과 결합한 또 하나의 공통의 기억이 되어 오늘도 우리 가운데 남아 있다.

광복 뒤 1948년에 나온 〈럭키서울〉은 작사가 유호가 신문사에 재직하던 시절 사무실 창밖을 보다 조선호텔에서 외국인이 나오는 것을 보며 '우리도 이제 외국인이 찾아오는 활기찬 나라구나' 하는 생각에 썼다. 이 노래는 유호뿐 아니라 해방 후 어렵고 혼란스러웠지만 그래도 다시 찾은 조국에 대한 희망이 가득했던 우리 사회의 공통의 기억을 담고 있다.

그러나 불과 2년 뒤 우리는 동족상잔의 비극을 겪는다. 고향을 등지고 떠나온 사람, 가족의 생사를 모르는 사람 등 수많은 이산가족을 낳았다. 〈굳세어라 금순아〉〈단장의 미아리고개〉 등은 이런 슬픔을 고스란히 담고 있다. 전후 우리 가요에는 전통적인 트로트 가수들과 미8군 쇼 출신의 팝 스타일의 가수들이 공존하며 전통 사회와 급속한 서구화의 양면이 보인다. 이들 중 일부는 미국으로 진출해 한류의 원조가 되었다. 1970년대 들어 군사 정부의 경직된 분위기에 불만을 품은 젊은이들 사이에서 세시봉을 중심으로 떠오르기 시작한 송창식, 윤형주, 김세환, 이장희, 박인희, 양희은 등의 통기타 가수들과 록의 대부라는 신중현을 앞세운 당시로서는 전위적인 부류의 가수들이 인기를 얻었다. 이들은 아름다운 노랫말과 곡조 혹은 파격적인 음악 세계로 사랑을 받았다.

대마초 파동 뒤 젊은이들을 사로잡은 팝송 문화

당시 우리 사회는 남자의 머리가 길다고 단속할 정도로 억압적이었다. 오죽하면 이연실의 〈조용한 여자〉라는 노래에는 남자들이 자기에게 아무런 관심을 보이지 않는다고 푸념하던 여자가 '장발 단속엔 안 걸리니 분명 여자는 여자'라고 하소연하는 대목이 있다. 가부장적이고 억압적인 사회 분위기에서 도피해 보고자 하는 젊은이들의 욕망이 세시봉 계열의 달콤한 사랑의 노래나 괴상한 옷을 입고 전자기타를 튕기며 이상한 가락에 맞춰 '한 번 보고 두 번 보고 자꾸만 보고 싶네'라고 노래하던 신중현 계열의 음악 속에 기록되어 있다. 당시 젊은이들의 문화는 기성세대와 정부 입장에서 볼 때 퇴폐적이고 반사회적이었다.

1975년 연말 어느 날 불어 닥친 대대적인 대마초 단속으로 인해 연예계는 초토화되었다. 대마초 파동 이후 젊은이들을 대상으로 한 통기타 가수들과 신중현 계열의 록 가수들이 전멸하다시피 했다. 그 뒤로 사춘기 소년 소녀들과 청년층의 감성을 사로잡은 것은 우리의 가요가 아닌 팝송이었다. 아니 어쩌면 통기타 가수들과 신중현 계열의 가수들이 치고 나오던 몇 년을 제외하고 우리 가요에 젊은이 대상의 노래가 별로 없었는지도 모른다. 중고등학생들은 주로 팝송을 듣고, '떡 삶은 물에 풀한다'고, 기왕에 듣는 김에 영어 공부도 했다. 내가 사춘기를 지내던 시기도 그랬다. 나보다 3년 위인 형이 중학교에 입학하면서 팝송을 듣는 것을 옆에서 같이 들었다. 그때 배웠던 노래가 아르헨티나 영화《나자리노》의 주제가 〈When a Child Is Born〉, 존 덴버가 영화《선샤인》의 주제가로 만든 〈Sunshine on My Shoulders〉 등이었다. 그러다 나도 중학교에 입학해 영어를 배우기 시작하면서 노래를 듣기만 하는 것이 아니라 따라 부르기 시작했다.

이 시절 라디오 프로그램도 모두 팝송 위주였다. DJ라 불리던 진행자들은 요즘의 K드라마 못지않은 인기를 누렸다. 임국희, 황인용, 박원웅, 김광한, 김제건, 이종환, 김기덕 등은 스타 반열에 올랐다. 신청곡은 엽서에 사연과 함께 적어 보냈다. 손재주가 좋은 사람들이 엽서에 그림을 그리고 색칠을 해 보내면 연말에 방송국들이 애청자들의 엽서를 모아 엽서 전시회도 열었다.

이 시절 우리는 그리 부유한 나라가 아니라 모든 여건이 열악했다. 방송계도 마찬가지였다. 라디오 팝송 프로그램 진행자들은 방송국이 소장한 음반으로 만족하지 않고 스스로 가격도 비싸고 구하기도 힘든 미국의 최신 오리지널 음반(당시 용어로 원판)들을 여러 경로를 통해 자비로 구입해 자신의 방송에서 틀었다. 게다가 단순히 써준 원고를 읽는 것이 아니라 프로그램 구성, 선곡 등을 모두 맡아 했기에 스스로 팝송에 대해 엄청나게 공부를 하고 그 지식을 방송을 통해 애청자들에게 풀어놓았다.

그때는 아이돌 스타도 미국 팝송 가수였다. 〈I Was Made for Dancing〉이라는 노래로 한창 인기를 끌던 미국의 레이프 개럿(Leif Garrett)이 있었다. 내가 중학교 3학년이었을 때 그가 서울에서 공연을 했다. 내 기억에 1주일이 넘는 꽤 긴 일정으로 공연을 했는데 공연장에 몰려와 소리 지르는 여학생들과 그들을 나무라는 기성세대로 인해 첫 공연 다음 날부터 신문의 사회면이 난리가 났다. 나도 사춘기 시절이 있었고, 자식 키우는 엄마라고 전제를 단 주부 명사들이 앞다투어 '내 경험에 비춰 보건대 공부에 관심이 없는 아이들이 꼭 이런 데 가서 소리 지른다'는 논조의 칼럼을 신문에 실었다. 재미있는 것은 이런 명사 칼럼니스트나 기자 대부분이 모두 1969년 '클리프 리처드 내한 공연'이라는 집단의 기억을 들춰내며 '그때도 그랬다'고 빗대어 글을 썼다는 점이다.

나는 레이프가 한국 텔레비전 방송에 출연해 불렀던 노래 중에 〈I Was Looking for Someone to Love〉라는 노래를 좋아했다. 지금도 인터넷에서 이 노래를 찾아 들을 때마다 그때 그 요란했던 신문 사회면 생각이 나 미소 짓는다. 그때의 여중생 중 이제 기성세대가 되어 '그때도 그랬다……' 하며 레이프 개럿에 대한 집단의 기억을 들추며 글을 쓰는 사람은 없는지 궁금하다.

고등학교 졸업하고 미국으로 유학을 떠난 1980년대 중반에도 REO Speedwagon, Journey, Sheena Easton, AC/DC, Peter Frampton 등 팝스타들이 대세였지만, 김현식, 이광조, 한영애 등 언더그라운드 가수들이 점차 메인스트림 무대로 올라와 인기를 끌었다. 1980년대 말 서울 올림픽 시작 직전 대한민국은 독재 정권과 학생 운동의 충돌이 극에 달해 시내를 걸어가면 늘 매큼한 최루탄 냄새가 나곤 했다. 그런데 이 시기 한국 음악계에는 사랑 노래 발라드 붐이 일었다. 이 시기를 떠올리면 기억나는 가수가 변진섭이다. 그는 1980년대 말부터 1990년대 초까지 발라드 붐을 이끌었다. 미국에서 태어나고 자란 나의 사촌 하나는 여름에 한국에 할머니, 할아버지 뵈러 왔다가 변진섭의 노래에 반해 카세트테이프까지 하나 사 들고 미국으로 돌아갔다.

1992년 대학원을 마치고 돌아왔을 때는 내가 나고 자란 대한민국이 남의 나라처럼 느껴질 만큼 생소했다. 이전의 경직된 분위기에서 봄처럼 따사로운 분위기로 바뀌었다. 이 시기 우리나라 문화계에는 금지곡들이 대거 해금되고 규제와 검열이 점차 사라져 가면서 전에 볼 수 없던 다양한 드라마들이 나왔다. 《질투》《파일럿》《마지막 승부》《걸어서 하늘까지》 등 '트렌디 드라마'라고 하는 미니 시리즈들이 유행했다. 여기엔 당대 최고 스타들이 출연했다. 이 미니 시리즈들은 주제가에 공을 들여 인기를 많이 끌었다. 특히 '넌 대체 누굴 보고 있는 거야' 하는 《질투》의 주제가는 가요 차트를 석권했다. 영화 주제가로는 1992년 개봉작 《그대 안의 블루》의 주제가도 기억에 남는다.

돌이켜보면 이때 오늘날 한류의 초석을 닦았던 것 같다. 같은 시기 운동권 저항 가요의 대표적 가수들이 속속 독집을 발표하며 주류 가수가 되어 가는 것을 봤다. 그 밖에 김동률, 이소라 등 지금도 내가 즐겨듣는 가수들을 처음 접하게 되었다. 하지만 이때부터 아이돌 그룹이나 댄스 그룹이 큰 인기를 끌기 시작하면서 나는 가요에 점점 흥미를 잃기 시작했다.

근래 들어서는 오디션 프로그램이 범람해서 그런지 전 국민의 사랑을 받는 신곡보다는 가요의 고전이 된 예전의 노래들을 들고나와 자신의 성향대로 재해석하는 것이 주류이다. 클래식 음악도 현대음악이 존재하지만 결국 사람들이 주로 찾는 것은 바흐, 모차르트, 베토벤, 브람스 등이다. 우리 대중음악도 그렇게 흘러가는 것이 아닌가 할 때가 있다. 신곡이 계속 나오기는 하지만 결국 사람들이 찾는 것은 알 만한 사람은 다 아는 '그 시절' 노래들이다.

장민호를 '이쁜이'라 부르는 어머니 덕에 자꾸 텔레비전 앞에 앉아 오디션 프로그램들을 본다. 내 귀에 익고, 편안한 노래들이 나오니 나도 다시 가요에 관심을 갖고 듣게 된다. 그것도 그리 나쁘지만은 않다. 노래 안에는 끝없이 많은 이야기가 있고, 시대에 따라 각각 다른 이야기가 나온다. 20대에 들었던 노래를 어쩌다 다시 들으니 그 시절 기억이 떠오르기도 하고, '이 노래가 이런 이야기였구나' 할 때도 있다. 마치 수없이 들었던 오페라 속 비극적 사랑 이야기가 인생을 살며 매번 다른 의미로 다가오는 것과 마찬가지다. 하나의 노래 속에 오래전의 기억이 살아 나오고 동시에 새 기억이 쌓인다.

가요의 재해석을 통해 그 시절을 추억하며

나이가 들면서 뭔가 계속 빼앗기는 느낌이 든다. 늘 하던 운동을 하나씩 포기하게 되고, 무엇이든 한 발자국씩 느려지고, 집중력은 점점 떨어진다. 그러나 나이가 들었기에 풍요로워지는 것도 있다. 기억이다. 아프리카의 세렝게티에 건기가 찾아와 물이 마르면 사자들이 코끼리 집단 주변을 맴도는 것을 동물 다큐멘터리에서 본 적이 있다. 아프리카 코끼리의 수컷은 성장하면 무리를 떠나지만, 암컷은 엄마, 이모, 딸, 조카, 사촌 들이 큰 무리를 지어 산다. 이들의 우두머리는 가장 나이가 많은 코끼리이다. 야생에서도 60세 정도는 산다고 하니 우두머리의 나이도 50세가 넘었다. 기가 막힌 기억력을 지닌 코끼리의 나이 많은 우두머리는 세렝게티 어디에 수맥이 흐르는지 기억한다. 기껏해야 십몇 년 사는 사자들은 알 수 없는 것을 코끼리 우두머리는 안다. 사자들도 그 주변에 있으면 코끼리들이 땅을 파 물을 마시고 난 뒤 자기들도 얻어먹을 수 있다는 것을 안다. 그래서 그들은 코끼리 집단 주변을 서성거린다.

나도 코끼리 우두머리의 나이가 되니 내 안에 기억이 눈처럼 쌓인 것을 느낀다. 내 안에 있는 기억들로 노래 속에 저장된 집단 기억의 수맥을 찾아내려고 이 글을 쓰기 시작했다. 나는 《도전 1000곡》에 출연해도 될 만큼 가요를 많이 아는 사람이 아니다. 하지만 나에게도 소중하게 아끼고 애창하는 노래들이 꽤 있다. 그 노래 하나하나에 기억이 촘촘히 배어 있다. 나의 기억들을 갖고 노래 속으로 들어가 가사를 되씹고, 우리 공동체의 기억, 그 수맥을 찾아 물이 흐르게 하려고 한다. 그렇게 우리 공통의 기억이 조금이라도 보존되고 더해지고 흘러

갔으면 한다.

이 책에 실린 글의 대부분은 월간 《톱클래스》의 인터넷 플랫폼 '토프'에 연재되었던 글이다. 연재 시작하고 얼마 지나지 않아 코로나바이러스 팬데믹이 시작했다. 자연히 그 당시 처음 겪는 불안함을 노래로 달래던 이야기가 많이 들어 있다. 이제 팬데믹도 많이 풀이 죽어 세계가 팬데믹 이전의 삶으로 돌아가려고 애를 쓴다. 두려움이 가득했던 팬데믹 초창기 시절 이야기가 어느새 과거의 이야기가 되어 버린 것 같지만 그 이야기들을 될수록 그대로 이 책에 다 실었다. 아니어느덧 잊힌 이야기가 되었기에 더더욱 그대로 실었다. 그 지나간 이야기가 바로 또 한 겹 노래에 새긴 우리의 기억이기 때문이다.

미국 공영라디오(National Public Radio)의 아침 뉴스 프로그램에서 기획 시리즈로 코로나바이러스 대유행으로 인해 사랑하는 가족을 잃은 사람들이 나와, 세상을 떠난 소중한 이가 생전에 좋아하던 노래를 소개하며 떠난 이를 추억하는 시간을 가졌다. 카라 코포라(Cara Corpora)라는 사람이 나와, 아버지 샘 코포라가 평소 좋아하던 〈Silver Wings(은빛 날개)〉라는 노래를 틀고 아버지에 대한 추억을 이야기했다. 은빛 날개를 반짝이며 하늘로 날아가는 비행기를 타고 떠나는 사람과 남겨진 사람의 이야기를 그린 노래이다. 그녀의 아버지는 미국의 큰 농장에 비행기로 농약을 살포하는 파일럿이었는데, 코로나바이러스에 감염되었다 그 후유증으로 사망했다. 마지막 떠나는 길 카라의 어머니가 남편의 곁을 밤새 지키다 새벽에 카라에게 전화해 "오늘 아빠에게 꽂아 놓은 튜브를 모두 뺄 것이다"고 했다. 그리고 튜브를 제거한 뒤 카라와 그녀의 남동생은 화상 통화로 아버지에게

"이제 편히 쉬시라"고 했다. 어머니의 요청으로 카라는 스피커폰을 통해 〈Silver Wings〉를 틀었다. 1분에 50~60회 남짓하던 아버지의 맥박이 순간 1분에 70여 회를 상회했다. 그때 카라와 가족들은 아버지가 그들의 목소리를 듣고 노래를 듣고 있음을 알았다. 그리고 전화를 끊고 약 3분 뒤 어머니가 다시 전화했을 때 그녀와 남동생은 아버지가 돌아가셨음을 직감했다.

그 이야기를 들으며 생각했다. 훗날 이 지리한 바이러스가 물러간 뒤 우리는 어떤 노래를 들으며 코로나바이러스 때문에 목숨을 잃은 이들을 추억할까? 어떤 노래를 들으면 문득 이 시절을 떠올리게 될까? 코로나바이러스로 인해 집안에 꼼짝없이 갇혀 있던 어느 날 임영웅이 부르는 〈서른 즈음에〉를 텔레비전에서 봤다. 은은한 그의 목소리를 타고 꿈과 희망이 가득찼던 나의 젊은 시절이 밀려들어 코로나바이러스로 인해 꽁꽁 얼어붙은 가슴에 커피 향처럼 퍼졌다. 며칠 뒤 같은 프로그램을 시청한 조카가 나에게 "서른 즈음에라는 노래 참 좋더라"고 했다. 나는 조카에게 "이 노래는 말이야 김광석이라고 노래 진짜 잘하는 가수가 있었는데……" 하고 그 시절 이야기를 해줬다. 누가 30년 후 또 그 노래를 부른다면 나의 조카 세대는 그다음 세대에게 "이 노래는 말이야 팬데믹 때문에 집안에 갇혀 있던 시절이 있었는데 그때……" 하며 임영웅의 노래를 듣던 그 시절을 이야기할 것이다. 노래에 새기는 우리의 이야기는 끝이 없다. 그렇게 우리는 기억되고 기억하는 것이다.

1장

추억

이제 모두 세월 따라
흔적도 없이 변하였지만

안녕, 귀여운 내 친구야

펭수가 없던 나의 초등학교 시절 대한민국 초통령은 '육백만 불의 사나이'였다. 《육백만 불의 사나이》는 미국 ABC 방송이 5년간 인기리에 방영했던 시리즈이다. 우주 시험 비행 도중 사고로 한쪽 팔과 다리 그리고 한쪽 눈을 잃은 미 공군 대령 스티브 오스틴을 육백만 달러를 들여 초능력을 갖도록 복원해 OSI라는 정보기관의 요원으로 활용한다는 내용이다. 당시 환율이 약 500대 1 정도였으니 '30억 원의 사나이'였다. 그 당시로서는 천문학적인 숫자였다.

우리나라에서는 TBC에서 이 시리즈를 방송했는데 방영하던 2년여 사회가 늘 시끄러웠다. 《육백만 불의 사나이》를 방영한 다음 날 학교에 가면 선생님이 아침에 "육백만 불의 사나이 흉내낸다고 높은 데서 뛰어내리지 말라"고 주의를 줄 정도로 안전사고가 심심찮게 일어났다. 게다가 어린이들이 좋아하는 프로그램을 외화라는 이유로 다른 모든 외화처럼 밤 10시 30분에 편성해 놓아서, 아이들이 《육백만 불의 사나이》를 본 다음 날 늦잠을 자서 학교에 지각하는 일이 잦았다. 신문에서 난리가 났다. 조금 과장해서 이야기하면 일찍 편성해서 아이들이 학교생활에 지장 없이 보도록 하자는 파와 계속 심야에 편성해서 아이들이 아예 못 보도록 해 놓은 데서 떨어지는 사고를 예방하자는 두 파로 나뉘어 나라가 두 동강이 난 것 같았다. 나의 어머니도 어떻게든 우리를 일찍 자게 하려고 애쓰셨지만 속수무책이었다. 설상가상 《육백만 불의 사나이》의 인기에 힘입어 TBC와 MBC가 경쟁적으로 아류의 외화들을 수입해 수요일 밤에 《투명인간》, 금요일 밤에 《특수공작원 소머즈》를 역시 밤 10시 30분에 방송했다. 나와 내 동생은 월, 수, 금만 되면 하루 종일 "오늘 엄마가 텔레비전 보게 해주실까?" 하며 전전긍긍하고 화, 목, 토는 아침에 일찍 일어나지 못해 침대에서 뒹구는 질곡의 삶을 살았다.

나오자마자 컬트가 된 노래 〈아니 벌써〉

《육백만 불의 사나이》를 보려고 텔레비전 앞에 앉았던 수많은 늦은 밤 중 어느 날이었다. 《육백만 불의 사나이》 직전에 하던 임성훈, 최미나 진행의 《쇼는 즐거워》가 미처 끝나지 않아 그냥 보고 있는데 끝 순서로 삼형제로 구성된 그룹이 나와 노래를 했다. '쿵쿵따리' 하는 드럼 비트에 맞춰 전주를 하더니 셋 중 제일 어벙하게 생긴 아저씨가 노래를 시작했다. "아니 벌써 해가 솟았나?" 우리 형제는 그 첫 소절에 으하하하하 웃기 시작했다. 무슨 개그 프로그램에서나 나올 법한 노래가 버젓이 《쇼는 즐거워》의 엔딩을 장식하고 있었기 때문이다. 훗날 어느 개그쇼에서 정광태가 〈독도는 우리 땅〉을 부르는 것을 처음 들었을 때도 이렇게 웃지는 않았다. 〈독도는 우리 땅〉은 애초에 웃기기 위해 만든 개그 송이었지만 기발하다는 생각이 더 강했다. 〈아니 벌써〉는 가수들의 얼굴 표정을 보건대 웃기려고 만든 노래 같지 않아서 더 우스웠다. 초등학생이었으니 연주에 대해 아는 바는 없었지만 그래도 몇 년 바이올린을 배운 귀로 들으니 노래의 음정이 매우 불안정한 아마추어 같았다. 희한한 것은 그렇게 웃으면서도 그 노래를 끝까지 다 들었다는 것이다. 그들의 순서가 끝나고 광고가 나가는 사이 우리는 "아니 벌써, 아니 벌써" 하며 집안을 뛰어다녔다.

그날의 기억은 〈아니 벌써〉를 듣던 순간과 그 이외의 시간들로 나뉜다. 그날의 기억을 떠올리면 〈아니 벌써〉만 떠오르고 다른 기억들은 다 지우개로 뭉개서 뿌옇게 지워진 것 같다. 그날 분명 보았을 《육백만 불의 사나이》에 대한 기억도 전혀 없다. 그다음 날 학교로 향하는 차 안에서 〈아니 벌써〉가 맴돌았다. 그 뒤로 나와 내 동생은 무슨 일만 있으면 서로 쳐다보며 "아니 벌써?" 하며 낄낄거리고 웃었다.

이 삼형제 그룹은 더 설명할 필요도 없이 산울림이다. 음치가 겨우 음정 잡아 하는 노래처럼 부르는데 그 노래가 그렇게 끌릴 수가 없었다. 《아니 벌써》 앨범이 1977년에 나왔는데 1978년 그들은 이미 컬트가 되어 버렸다. 2집과 3집 앨범이 같은 해에 나왔다. 그들이 애초에 1집을 녹음할 때 이미 작곡해 놓은 곡이 150여 곡이나 있었다니 그렇게 속성으로 앨범이 나올 수도 있었나 보다.

나는 초창기에는 〈특급열차〉〈카멜레온〉〈내 마음은 황무지〉〈그대는 이미 나〉 등의 하드 록이나 사이키델릭 록적인 분위기의 노래를 좋아했다. 어린아이가 뭘 알아서 선호했던 것은 아니고, 그냥 음악이 신났고 악을 쓰니까 음치의 약점이 좀 가려지는 듯해서 좋아했다. 2집에 들어 있던 〈나 어떡해〉는 멜로디가 강한 노래였지만 막판에 또 악을 쓰듯 노래를 해서 좋아했다. 3집에 실렸던 18분짜리 〈그대는 이미 나〉를 심야 시간대 FM라디오 프로그램에서 한번 듣고 신선한 충격에 사로잡혀 좋아했는데 그 뒤로 다시 들어본 적이 없다. 3집은 실패였기 때문에 방송에서 잘 틀어 주지 않았던 것이다.

산울림의 동요들은 처음부터 좋아했다. 특히 〈바람 그리기〉는 지금도 가끔 들으며 먼 기억을 더듬는다. 가사는 짧고 단순하다. 당연히 유아적인 발상이다. 세상은 어린아이의 눈으로 볼 때 더 잘 보인다. 우리가 '안다' 생각하고 지나친 것들, 아니 아는지 모르는지조차 생각해 본 적이 없는 것들을 보며 우리가 세상에 대해 별로 아는 바가 없다는 것을 깨닫게 된다. '바람은 보이질 않으니 무슨 색을 칠해야 할까' 듣고 생각해 보면 난감하다.

초등학교 2학년 때였다. 유난히 바람이 심하게 불던 날 담임 선생님이 자연 시간에 우리를 운동장으로 데리고 나가셨다. 그리고 무엇을 보고 바람이 불고 있다는 것을 알 수 있는지 적어 내라고 하셨다. 나는 몇 가지를 써냈는데 그중 하나가 '선생님의 치마가 흔들린다'였다. 선생님이 관찰을 아주 잘했다고 특별히 칭찬해 주셨다. 우리 학교에는 학부모들이 한 달에 한 번 방과 후에 학교로 와서 선생님이 우리를 지도하며 느낀 이야기도 듣고 개별 상담을 하는 교육 상담일이 있었다. 어머니가 교육 상담일에 다녀와서 나보고 자연 공책을 가져오라고 하셨다. 난 또 나의 개발새발 글씨를 혼내려 그러시나 하며 떨리는 마음으로 공책을 드렸더니 한 장 두 장 넘기던 어머니의 얼굴이 갑자기 환해졌다. "너였구나." '에? 뭐가 또 나야?' 상담 시간에 선생님이 어머니들에게 "한 학생은 바람을 관찰하라고 했더니 선생님 치마가 흔들린다고 써냈다"며 칭찬을 하셨다고 한다. 얼마 전 초등학교 친구들에게 그 자연 시간 이야기를 했더니 모두 멀뚱멀뚱 나를 쳐다보며 별걸 다 기억한다고 했다. 하지만 난 그 자연 시간이 늘 기억에 남아 있고 중학교 때 〈바람 그리기〉를 처음 듣던 그 순간부터 지금까지 늘 이 노래만 들으면 초등학교 2학년 때가 생각난다. 나는 바람을 써냈고, 김창완은 바람을 그린다.

〈산할아버지〉는 내가 고1 때 나온 동요이다. 이 노래에는 한 가지 나의 부끄러운 과거가 숨어 있다. 〈산할아버지〉를 음담패설로 개사해서 부르는 것이 학교 안에 은밀히 유행한 적이 있었다. 아, 그 시절 암기력은 왜 그리도 좋았는지? 짝이 수업 시간에 소곤소곤 불러 준 것을 단번에 외워 집에 가서 동생에게 불러 줬다. 동생도 이미 알고 있었다. 이번에 불러 보니 처음에 잘 나가다가 나도 모르는 사이 다시 음담패설로 샌다. 아, 그 시절 외운 것은 왜 이리도 오래 머릿속에 남아 있는 것인지. 선생님의 치마가 날리는 것을 보며 바람을 그려 보던 여덟 살의 동심이 열여덟이 되기 전에 이렇게 타락했다.

스무 살까지만 살고 싶어요

또 하나의 애창 동요는 〈안녕〉이다. 어린이 합창이 나온다. 들어보면 너무도 아픈 이야기를 너무도 천진하게 부른다. 1988년 김창완이 CBS-FM의 《꿈과 음악 사이》를 진행할 때 한 애청자가 엽서를 보냈다. 골수암 투병 중이던 여고생 민초희였다. 그녀의 소원은 스무 살까지 사는 것이었다. 그 뒤로 민초희는 종종 엽서를 보냈고, 그때마다 김창완은 그 엽서들을 읽었다. 《꿈과 음악 사이》 애청자들과 김창완은 어느새 민초희를 열렬히 응원하게 되었다. 그러나 민초희는 끝내 스무 살 생일을 맞지 못하고 죽었다. 1990년 김창완은 민초희의 엽서 사연과 비망록 등을 모아 책을 냈고 거기에 자기의 글도 실었다. 그 책의 제목이 『스무 살까지만 살고 싶어요』이다. 그 뒤로 동명의 영화가 나왔다.

〈안녕〉은 원래 1984년에 발표한 산울림 11집에 들어 있던 곡인데 영화 《스무 살까지만 살고 싶어요》의 OST에 삽입되었다. 민초희가 좋아하던 산울림의 노래 중 하나였다고 한다. 어쩌면 자신의 죽음을 예견하고 좋아했던 것이 아닌가 할 만큼 그녀의 이야기와 닮았다. '안녕, 귀여운 내 친구야. 멀리 뱃고동이 울리면 네가 울어주렴 아무도 모르게 모두가 잠든 밤에 혼자서.' 멀리 있는 다른 세계로 떠나기 전, 그녀는 친구가 자기를 잊지 않고 기억해 주길 바란다. 그래서 울어 달라고 부탁한다. 하지만 모두가 슬피 울며 아파하는 것은 원치 않았나 보다. 친구에게 모두가 잠든 밤에 뱃고동이 울리면 그 소리에 숨어 혼자서만 조용히 울어 달라고 부탁한다.

'안녕 귀여운 내 사랑아. 멀리 별들이 빛나면 네가 얘기하렴 아무도 모르게 울면서 멀리멀리 갔다고.' 죽음이 기쁜 사람은 없다. 그래도 남겨진 사람들을 위해 담담하게 죽음을 맞는 사람들이 있다. 민초희도 그랬나 보다. 그러나 '귀여운 내 사랑'은 그것을 알고 있었다. 그녀가 얼마나 삶을 원했는지, 얼마나 스무 살 생일을 원했는지. 그녀는 그 사랑에게 자신의 간절했던 소망을 기억하고 별님과 나누며 지켜 달라고 한다. 산울림의 둘째 김창훈이 1979년 군대에 가서 작곡한 노래 〈독백〉에 '나 혼자 눈 감는 건 두렵지 않으나 헤어짐이 헤어짐이 서러워'라는 구절이 있다. 죽는 것이 두려운 큰 이유는 헤어짐일 것이다. 헤어짐으로 나는 잊힐 테니까. 민초희도 죽는 것이 두려웠던 것보다 사랑하는 사람들이 자신을 잊는 것이 더 두려웠는지 모르겠다.

민초희는 왜 스무 살 생일을 그리도 갈망했을까? 그녀에게 스무 살의 의미는 무엇이었을까? 내 나이 열아홉일 때 나의 소원도 스물이 되는 것이었다. 지나고 보니 그것처럼 허망한 꿈도 없었다. 스물은 앉아서 기다리면 오는 것이고, 스물이 된다고 세상이 갑자기 나를 대접해 주는 것도 아니었다. '내가 허비한 오늘은 어제 죽은 이가 그토록 갈망하던 내일'이라 했던가. 나에게 열아홉 살 마지막 날과 별 다를 바 없었던 스무 살 첫날은 민초희에게는 삶의 끈을 놓지 않게 해준 등댓불이었다. 스무 살 뒤에 뭔가 특별한 것이 있어서가 아니라 스무 살까지 왔기에 특별한 것이었다. 그러나 그녀는 그런 작은 기쁨도 누리지 못하고 '울면서 멀리멀리 갔다.' 내 나이 열아홉일 때 나의 생은 민초희의 생처럼 간절하지 못했다. 내가 내 생의 첫 20년을 살아냈다는 것조차 별 감흥이 없었으니 말이다.

김창완은 참 묘한 인물이다. 《하얀 거탑》에서는 섬뜩한 냉혈한이고, 《별에서 온 그대》에서는 어벙벙한 중년 신사이다. 〈빨간 풍선〉을 부르는 그의 목소리는 스토커 같고, 〈특급열차〉를 부를 때는 하드 로커(Hard Rocker)이다. 〈안녕〉을 부르는 그의 목소리는 때묻지 않은 어린아이의 심성을 품은 따뜻한 어른이다.

세월호가 침몰하고 그 안에 갇힌 어린 학생들과 다른 많은 승객들이 죽었는지 혹시라도 살아 있는지도 모르며 몇 날 며칠을 보내던 때, 나는 운전하고 가다가도 그들을 생각하면 울컥 눈물이 솟곤 했다. 그러던 어느 날 인터넷에서 한국 뉴스를 보는데 〈안녕〉이 흘러나왔다. 어린이 합창이 끝나고 어린이 합창보다 더 해맑은 김창완의 목소리가 나왔다. '안녕, 귀여운 내 친구야.' 뉴스 틀어 놓고 이것저것 하던 내가 갑자기 턱 멎었다. 어린 시절 국기 강하식이라는 것이 있었다. 겨울철 오후 5시, 여름철 6시, 관공서에서 국기를 내리는 시간이면 어디에 스피커가 숨었는지 갑자기 길에 애국가가 울려 나오고 행인들은 그 자리에 얼어붙은 듯 서서 애국가와 국기에 대한 맹세가 끝날 때까지 서 있었다. 뉴스 끝에 김창완의 〈안녕〉이 나오자 나는 국기 강하식처럼 그 자리에서 굳었다. 수없이 듣던 노래가 또 나를 울렸다.

하나의 장르에 가둘 수 없는 수많은 실험 정신

1981년 군에 갔던 두 동생이 돌아오면서 산울림은 7집을 발표한다. 7집이 내가 가장 좋아하는 산울림 앨범이다. 우리나라 녹음 기술이 좋아진 것인지 산울림이 돈을 벌어 녹음기기를 좋은 것을 사용한 것인지 예전의 촌스럽던 음향이 세련되어지기 시작했다. 산울림의 음악과 노래를 좋아하면서도 음치가 노래 부르는 것 같다고 하던 나에게도 변화가 생겼다. 그 불안한 음정이 좋아지고 음정이 불안해서 좋기 시작했다. 〈독백〉만 들어도 음정이 완전히 틀리는 부분이 여러 군데 있지만 그 부분이 가장 내 마음에 든다. 이 앨범에서 나의 마음을 가장 먼저 사로잡은 것은 산울림 본연의 매력이 있는 〈가지마오〉였

다. 〈독백〉 〈청춘〉 〈하얀 밤〉 〈하얀 달〉 〈노모〉 등 주옥같은 노래들도
많았다. 이 시기부터였던 것 같다. 산울림의 음악 세계가 예전의 비트
강한 실험적 곡들에서 점점 인생에 대한 고찰로 바뀌는 게 느껴졌다.
10집의 〈너의 의미〉, 11집 〈그대 떠나는 날 비가 오는가〉 등이 그렇다.

　〈청춘〉은 젊은 세대에도 많이 알려져 있다. 김창완이 텔레비전에
나와서 이야기한 〈청춘〉에 대한 비하인드 스토리가 있다. 원래 가사
가 '갈 테면 가라지 푸르른 이 청춘'이었는데 '갈 테면 가라지'가 심의
에 걸려 반려되었다. 그래서 개사한 것이 '언젠간 가겠지 푸르른 이
청춘'이다. 심의 과정에서 반려되어 개사했으면 애초에 음반이 나올
때는 '언젠간 가겠지'로 나왔을 터인데 나는 어찌된 일인지 계속 '갈
테면 가라지'로 불렀다. 몇 년 전 《응답하라 1988》에 〈청춘〉이 삽입
되었을 때 '갈 테면 가라지'가 아니라 '언젠간 가겠지'인 것을 알았다.
김창완도 텔레비전에서 그랬고 내 생각에도 '갈 테면 가라지'가 훨씬
노래 분위기에 어울린다. 하긴 원래 가사이니 나머지 가사와 더 잘 어
울리는 것은 당연하다. 그걸 예술이란 것을 이해하지 못하는 관료들
과 권력에 붙은 예술인들이 바꾸라고 해서 바꾼 것이다. 그때는 그랬
다. 외설, 왜색, 소비 조장, 위화감 조성, 하다못해 대통령이 텔레비전
보다 한마디했다 등의 이유로 노래가 금지곡이 되고, 개사 명령을 내
리고, 영화는 난도질 당했다. 어떨 때는 건전가요 목록에 올랐던 노래
가 데모가로 사용되자 갑자기 불온 가요가 되어 금지곡이 되는 일도
있었다. 김민기의 〈아침 이슬〉이 그랬다. 〈아침 이슬〉 이후 김민기의
그 어떤 노래도 심의를 통과하지 못해 모든 곡을 양희은 작사, 작곡
등으로 심의를 받아야 했다. 〈청춘〉은 가사 한 소절 고쳐 세상의 빛을

봤으니 그나마 다행이다.

7집에 들어 있는 또 하나의 걸작 〈노모〉의 가사를 하나하나 뜯어 읽어 보면 이렇게 절절한 시가 없다. 나는 이 노래를 일부러 잘 듣지 않는다. 마치 방금 숨을 거둔 어머니의 모습을 보며 쓴 것 같은 가사가 무거워 함부로 듣기 겁난다. 하루하루 약해지는 부모님을 보면 '흩어진 시간을 잡으려 애써도' 지나간 시간들은 '재 되어 바람에' 날아갈 뿐이다. 부모님은 우리를 이 세상에 데려오고, 키워 주셨다. 그분들을 잘 보내드리는 것이 자식의 도리이지만 자식은 늘 부모님이 우리보다 강하고 우리를 보호해 주길 원한다. 그래서 자식 사랑은 본능이지만 효는 도(道)인가 보다. 어머니에 관한 노래 중에 김창완 독집 《기타가 있는 수필》에 들어 있는 〈어머니와 고등어〉는 요즘도 일주일에 한 번 이상 들을 정도로 좋아한다. 내가 워낙 고등어를 좋아해서인지 이 노래에 마음이 끌린다. 우리의 타령 같기도 하고 미국 애팔래치아 지방 음악(Appalachian Music)이나 컨트리 뮤직 기분도 난다.

끝나지 않은 산울림의 노래들

1981년 7집 이후로 산울림의 활동이 흐지부지되기 시작했다. 동생들이 사회인으로서 직장생활을 선택했기 때문에 김창완 혼자 산울림 활동을 했다. 이때부터 김창완이 드라마 여기저기 얼굴을 내밀며 오늘날 젊은이들이 김창완을 '가끔 노래도 꽤 잘하는 배우'로 알게 되었다. 1997년 오랜만에 삼형제가 다시 뭉쳐 내놓은 것이 13집이다. 이 앨범에서 단연 나의 원픽은 〈기타로 오토바이를 타자〉이다. 한동안 침울한 노래를 부르던 김창완이 예전으로 회귀한 듯했다. 나는 서울의 한 학원에서 영어 회화 강사를 한 적이 있다. 수업 시간에 내가 가르치던 학생에게 영어로 "오늘 (교통편) 뭐 타고 왔어요?" 하고 물었더니 그 학생이 "어로바이(오토바이를 영어식으로 굴려서 발음한 것) 타고 왔다"고 영어로 대답했다. 있지도 않은 합성어를 쓸데없이 힘껏 혀를 굴려 발음한 것이다. 산울림은 오토바이도 아니고 '오도바이, 오도바이' 해 가며 노래를 해서 더 신난다.

김창완과 김창훈이 다른 이들에게 곡을 써줘서 히트한 것들도 꽤 많다. 유명한 것만 몇 꼽아보면 우선 1979년에 나온 노고지리의 〈찻잔〉을 들 수 있다. 쌍둥이 형제로 구성된 그룹이었는데 목소리가 김창완의 목소리보다 조금 더 탁하긴 하지만 비슷해서 처음 들을 때 산울림인 줄 알았다. 그때는 FM 라디오 프로그램에서 가요를 잘 틀어주지 않았다. TBC-FM에서 오후 1시부터 2시까지 배우 정소녀가 진행하는 《오후의 희망가요》라는 프로그램이 있었다. 드문 가요 프로였다. 어느 애청자가 노고지리의 〈찻잔〉을 신청하면서 '너무 진하지 않은 향기를 담고' 하는 〈찻잔〉의 가사 전체를 적어 보냈다. 애청자가 시를 적어 보냈다 생각한 정소녀는 그걸 처음부터 끝까지 다 읽고 "신청곡 보내드립니다. 노고지리의 찻잔" 하고 음악을 틀었다. 그러자 방금 낭송한 시가 노래로 그대로 나왔다. 나는 그 방송을 직접 듣진 못했고 나중에 정소녀 자신이 방송에 나와 웃으며 그 이야기를 했다.

〈회상〉은 1984년에 나온 산울림 8집에 실린 노래로 〈독백〉과 함께 김창훈이 작곡한 곡 중 가장 대중적으로 많이 알려진 곡이다. 1987년 임지훈이 그의 1집에서 불렀다. 산울림의 노래보다도 즐겨 들을 정도로 훌륭하다. 임지훈의 목소리가 호소력이 있고 음정도 정확하고 무엇보다 노래를 참 잘 부른다. 어쿠스틱 기타 반주도 좋다. 1984년 이은하가 발표한 〈사랑도 못해본 사람은〉은 가사와 리듬이 서로 따로 놀아 처음 얼핏 들을 땐 무슨 뜻인지 제대로 이해하기 힘들었다. '지금시집을 펼쳐읽는거스으은' 하고 노래를 부르니 누가 시집을 가는 건가 생각했다. 나중에 잘 들어보니 '지금 시집(詩集)' 한 권을 펼쳐 읽고 있다는 뜻이었다. 이은하 자신도 악보를 읽는 실력이 꽤 된다고 자부했는데 김창완의 곡은 처음 악보를 보고 정신이 없었다고 방송에서 고백했다. 나는 이은하의 열렬한 팬은 아니지만 이 노래를 매우 좋아했다. 김창훈은 김완선의 데뷔곡 〈오늘밤〉을 작곡했다. 열일곱 살의 김완선이 《백분쇼》에 나와 피아노를 치며 〈오늘밤〉의 첫 몇 소절을 부르는 모습을 보며 '뿅 가던' 기억이 아직도 생생하다. 김완선 신드롬의 시작이 김창훈의 손에서 나왔다. 김창완은 곡을 써준 것뿐 아니라 후배들이 역량을 펼칠 수 있게 많이 도와줬다. 노고지리, 이치현과 벗님들, 동물원, 장기하와 얼굴들이 대표적인 예이다. 장기하는 내가 산울림만큼 좋아하는 가수이다. 그의 기발한 노래들 중에서도 제일 좋아하는 노래가 〈그러게 왜 그랬어〉이다. 이 노래가 세상의 빛을 보도록 힘써 뒤를 밀어준 김창완에게 감사한다.

이 글을 쓰며 산울림의 노래들을 1집부터 들었다. 가사 한 구절 한 구절이 귀에 박혔다. 노벨 문학상은 시상식에 나타나지도 않는 밥 딜런에게 갈 것이 아니었다. 김창완에게 가야 했다. 예전에 산울림의 불안한 음정과 함께 내 귀에 거슬리던 것이 전자오르간 소리였다. 어려서 길을 가면 거리의 악사들이 돈 받는 바구니를 땅에 놓고 녹음해 온 전자오르간 반주에 맞춰 노래하곤 했다. 산울림 초창기 앨범에도 이

전자오르간 소리가 많이 나온다. 오랜만에 들으니 왜 그렇게 그 소리가 정겨운지 모르겠다. 육백만 불의 사나이가 다시 돌아온 듯, 나의 어린 시절이 다시 돌아온 듯하다. 사운드가 점점 세련되어 가는 후반 앨범보다도 연주는 조금 미숙하지만 익살스럽기도 하고 촌철살인의 메시지도 주는 가사와 도발적인 음악으로 가득찬 초창기 음반들이 진정 산울림의 아마추어 정신과 실험 정신을 대변하는 것 같아 좋았다. 산울림이 처음 등장했을 때 난 너무 어려 사회적 반향을 잘 느끼지 못했다. 3분 동안 전주만 나오는 〈내 마음의 주단을 깔고〉는 지금 들어도 섬뜩한데 그 당시는 센세이션 그 자체였겠다는 생각이 든다.

산울림은 2008년 막내 김창익의 죽음으로 끝나지 않을 것 같던 그들의 여정에 마침표를 찍었다. 이 글을 쓰며 산울림의 명곡을 일일이 언급하자니 글이 수박 겉핥기가 될 것 같고, 한두 곡에 집중하자니 편중된 글이 나올 것 같아 고민이었다. 마침표를 찍어도 끝나지 않는 산울림의 역사를 글 한 편에 담아낸다는 것 자체가 말이 안 되는 소리인지 모르겠다. 존 레넌이 없는 비틀스가 없듯, 김창익이 없는 산울림은 없다. 그들의 신곡은 이제 다시 나오지 않을 것이다. 그러나 마침표 왼편에서 산울림은 오늘도 현재 진행형이다. 50년 넘는 내 인생에서 산울림 없이 산 세월은 10여 년뿐이다. 사라졌지만 사라지지 않고, 늘 곁에 있는 산울림. 헤어짐이 아니라 반가운 인사를 하듯 외쳐본다. "안녕! 귀여운 내 친구야." 산울림이 되돌아온다. "안녕! 귀여운 내 친구야."

잊을 수는 없을 거야

패티김의 〈이별〉

1998년에 나온 미국 영화 중에 《플레전트빌(Pleasantville)》이라는 영화가 있다. 1998년 당시에 살고 있던 주인공 두 명이 재방송으로 보고 있던 1950년대의 흑백 텔레비전 드라마 속으로 빨려 들어가면서 일어나는 일들을 그린 영화이다. 모두가 흑백인 세상 속에서 그들만 컬러였다. 그들은 모든 것이 검거나 흰색인 그 드라마 안에 새로운 세상, 새로운 색깔이었다. 모두가 매일 아침 똑같은 아침 식사를 하고, 드라마에 등장하는 장소 이외에는 가지도 않고, 갈 생각도 하지 않으며, 그 두 주인공들이 컬러라는 것조차 인식하지 못하는 세상이 그들 때문에 변하기 시작한다.

내가 태어났을 때 패티김은 이미 대스타였다. 언제 처음 그녀의 모습을 봤는지 기억이 나지 않지만 나는 패티김을 발음하지 못해 '패트김'이라고 할 때부터 그녀를 좋아했다. 사람의 얼굴은 흰색, 나머지 모든 것이 다 검거나 회색인 흑백 상자 속에서도 그녀는 《플레전트 빌》의 주인공들처럼 색깔로 빛났다. 연예인이든 아니든 여자들은 무조건 부끄러워하고 조신해 보여야 하던 시절, 그녀는 어깨가 드러나고 허벅지까지 찢어진 롱 드레스를 몸매가 모두 드러나게 꽉 맞춰 입고 노래했다. 어떤 때는 머리를 뒤로 묶고, 어떤 때는 강렬하게 풀어헤치고 커다랗고 동그란 귀걸이를 찰랑찰랑 흔들며 열정적으로 노래하던 그녀는 어린 나의 눈에도 흑백 화면 속 유일한 컬러였다. 어려서는 그 모습이 신비스러워 좋아했다.

그녀의 노래를 좋아하기 시작한 것은 중학교쯤 되어서였다. 패티김이 부른 〈사랑의 맹세〉가 귀에 들어오기 시작했다. 팝송인 〈Till〉을 번안해서 우리말로 부르고 후렴구를 원어인 영어로 한 번 더 부르는 노래이다. 흥얼거리며 따라 부르다 고등학교 입학하고 변성기가 끝나면서 나는 이 노래를 매일 목청껏 부르기 시작했다. 모임에서 노래를 시키면 가장 자신 있게 부르는 노래가 이 노래이다. 고등학교 동창약혼식에 가서 이 노래를 불렀다가 내 노래에 반한 신부 어머님의 주선으로 소개팅을 한 적도 있다. 요즘도 내가 혼자 가장 자주 흥얼거리는 〈사랑의 맹세〉는 내 인생 최애창곡이다.

미8군 쇼의 스타에서 텔레비전 스타로

〈사랑의 맹세〉는 김혜자라는 스무 살의 아가씨를 패티김으로 만들어 준 노래이기도 하다. 1960~1970년대는 물론 1980년대까지만 해도 글로리아방, 위키리, 티나황 등 영어식 이름에 성을 뒤에 붙인 가수들이 심심찮게 있었다. 이들은 모두 미8군 쇼무대에서 가수 경력을 시작한 사람들이다. 이름이 한국식인 사람 중에도 노래 좀 한다 하는 가수의 대부분이 미8군 쇼무대에서 노래하다 기회를 얻어 텔레비전에 얼굴을 비추고 인기를 얻은 가수들이었다. 이들은 전국의 미군부대 클럽 매니저들이 심사위원으로 참석한 오디션을 통과해야 하고, 통과 후에도 매년 다시 오디션을 봐 낙방한 사람은 쇼에서 나가야 했기에 끊임없이 실력을 연마해야 했다. 그들은 유명 외국 가수들의 유명한 노래를 부르며 자신의 목소리를 찾고, 영어 발음을 교정하고, 수많은 장병들 앞에서 노래를 부르며 무대 경험을 쌓았다. 요즘의 연예기획사 연습생들과 비교해 봐도 결코 뒤지지 않는 힘든 과정이었다. 패티김은 1959년 바로 이 미8군 쇼 오디션에서 〈Till〉과 〈Padre〉를 불러 최고 점수인 A플러스를 받고 미8군 쇼의 스타가 되었다.

〈사랑의 맹세〉는 패티김의 초창기 스승이기도 하고, 이미자, 남진 등 이름만 들어도 고개가 끄덕여지는 가수들의 수많은 히트곡을 쓴 작곡가 박춘석이 개사했다. 들을 때마다 요점만 정리해서 개사를 참 잘했다는 생각이 든다. 원어의 가사를 직역했다면 '달이 하늘을 떠날 때까지, 바닷물이 모두 마를 때까지 나는 당신을 숭배하겠소. 열대의 태양이 식을 때까지, 이 젊은 세상이 늙어 버릴 때까지 난 당신을 사랑하리'라는 다소 장황하고 유치한 가사가 되었을 것이다. 그런데 박춘석은 '푸른 밤하늘에 달빛이 사라져도 사랑은 영원한 것. 찬란한 태양이 그 빛을 잃어도 사랑은 영원한 것'이라고 간단하고 깔끔하게 번역했다. 후반부의 영어 가사는 'You are my reason to live'이다.《뷰티풀 마인드》라는 영화에서 주인공이 노벨상을 타고 수상 연설을 하면서 부인에게 "You are the only reason I am"이라고 한다. 여러 깊은 의미를 내포하는 말인데 "내가 존재하는 건 오직 당신 때문이다"라는 대단한 사랑의 표현이다.

〈사랑의 맹세〉의 가사도 이에 못지않다. '당신은 내가 살아가는 이유'라고 말한다. 박춘석은 여기서도 기지를 발휘해 입으로 그 사랑의 말을 다 노래로 부르지 않으면서 얼마나 행복한 사랑의 순간인지 표현한다. '오, 그대의 품안에 안겨 속삭이는 사랑의 굳은 맹세.' 달이 하늘에서 사라질 때까지 사랑하는 사람의 품에 안겨 사랑을 속삭이니 얼마나 행복할까? 이렇게 클라이맥스에 달했던 노래는 다시 처음의 고요한 멜로디로 돌아와 '……까지 사랑하겠다'를 늘어놓기 시작한다. '강이 냇물로 거슬러 흘러갈 때까지, 연인들이 꿈꾸기를 멈출 때까지, 나는 당신의 것이오. 당신도 내 것이 되어 주오.' 박춘석은 이것도 여러 재료를 버무려 맛깔난 김치를 담그듯 간단명료하게 '강물이 흐르고, 세월이 흘러도 사랑은 영원한 것'이라고 번역했다. 강물이 냇물로 거슬러 올라가고, 사랑하는 사람들이 미래를 꿈꾸는 것을 멈추는 일은 영원히 없을 것이니 '사랑은 영원한 것'이다.

예술적 동반자 길옥윤을 만나다

미8군 쇼무대를 거쳐 1960년대 한일 국교 정상화 이전 최초로 일본 정부 초청으로 일본으로 건너갔다가 거기서 만족하지 않고 미국 라스베이거스까지 진출했던 패티김은 1966년 2월 잠시 편찮은 어머니를 방문하러 귀국한다. 두 달 휴가를 내 귀국했다가 운명적인 사랑에 빠진다. 작곡가 길옥윤과 만나 결혼한 것이다. 우리 가요사에 가수와 작곡가 명콤비가 많지만 패티김-길옥윤 콤비는 아마도 인간 문명에 노래가 존재하는 한 잊히지 않을 것이다. 전 국민이 다 안다 해도 과언이 아닐 〈이별〉을 비롯, 내가 즐겨 듣는 노래만도 〈사랑하는 마리아〉 〈람디담디람〉 〈빛과 그림자〉 등 일일이 손에 꼽기도 힘들 정도의 수많은 히트곡이 두 사람의 결혼 생활 동안 나왔다. 이들은 장안의 화제를 몰고 다니는 스타 커플로, 당시로서는 파격적으로 패티김의 이름을 건 〈패티김 쇼〉라는 프로그램을 함께 진행하기도 했다.

하지만 환상의 가수-작곡가 콤비는 부부 생활까지 이어지지 못하고 이들은 이혼했다. 그들의 이혼이 어느 날 조간신문에 대서특필 되었던 것을 어렴풋이 기억한다. 그때만 해도 이혼에 대한 부정적인 인식이 지금보다 훨씬 더 강해 부모님이 아침에 신문을 보며 "이혼이 뭐 좋은 일이라고 조간신문에 이렇게 크게 내?"라고 하셨다. 이혼 기자 회견을 마친 둘이 손을 잡고 회견장을 빠져나가는 모습이 신문에 실렸다. 이후 수많은 억측과 소문에 지친 패티김은 미국으로 건너가 몇 년간 노래도 하지 않고 두문불출했다. 그러다 이탈리아계 미국인 사업가와 재혼한 뒤 1978년 세종문화회관 개관 때 대중 가수 최초로 세종문화회관에서 리사이틀을 하며 가요계에 복귀했다. 이때부터 15년간, 그녀의 30대 후반에서 50대 중반이던 기간이 내가 가장 좋아하는 그녀의 골든 보이스 시절이다.

1970년대 그녀의 목소리는 음역이 넓고 파워가 있지만 허스키 보이스였다. 여성, 특히 고음을 가진 가수들이 절정에 이르는 40대가 되자 그녀의 고음에 안개처럼 끼어 있던 허스키한 기운이 사라졌다. 이때 나온 노래들 중 대표적인 〈가을을 남기고 떠난 사랑〉에서 처음 그런 변화를 감지했다. 1967년에 녹음한 길옥윤 작곡의 〈빛과 그림자〉

에서 짙은 색소폰의 반주에 맞춰 부른 그녀의 허스키한 음성이 마치 담배 연기 자욱한 재즈 바를 연상케 했다면, 그녀가 40대 때 부른 〈가을을 남기고 떠난 사랑〉의 과거 영상을 보면 '오페라를 해도 잘했겠다'는 생각이 들 정도로 안개가 걷힌 목소리가 그녀의 탄탄한 발성의 힘을 받아 빨랫줄처럼 뻗어 나간다.

〈빛과 그림자〉 역시 1985년, 그녀가 40대 때 다시 녹음한 것을 들어 보면 오리지널 녹음에 비해 목소리가 확연히 차이가 난다. 둘 다 나름의 매력이 있다. 1985년 녹음은 클래식한 발성과 파워풀한 보컬이 좋다. 오리지널 녹음은 목소리를 조금 자제하면서도 여러 감정의 색깔을 팔색조처럼 펼쳐 보인다. 여기에 허스키한 목소리가 침울하고, 어두운 느낌을 배가한다. 마치 재즈 바에 앉아 와인 한잔 마시며 '사랑은 나의 천국이며 지옥이고, 행복이며 불행이고, 빛과 그리고 그림자'라고 토로하는 듯하다.

잊을 수 없는 이별 콘서트

패티김의 공연 중 내가 꼭 보고 싶었는데 놓친 것이 있다. 1985년 여름 서울시립교향악단과 팝스 콘서트를 했던 것이다. 그 당시에는 대중 가수와 클래식 음악을 연주하는 단체가 크로스오버 공연을 하는 일이 드물어 보고 싶었는데 그해 여름 미국으로 유학을 떠나 공연을 보지 못했다. 인터넷이 없었으니 그 소식을 어디서 찾아볼 수도 없었다. 1986년 여름 패티김과 서울시립교향악단이 다시 한 번 팝스 콘서트를 한다는 기사를 읽고 1985년 공연이 성공적이었구나 짐작만 했다. 그런데 패티김이 은퇴하기 전 그 팝스 콘서트를 회상하면서, 첫

리허설부터 분위기가 좋지 못했지만 팬들의 열광 덕에 신나게 공연을 했다고 술회하는 것을 들었다. 그 당시만 해도 클래식 음악을 하는 사람이 크로스오버를 하는 것은 일종의 굴욕이라고 생각하는 경우가 지금보다 훨씬 많았기 때문일 거라고 짐작해 본다.

텔레비전에서 봤던 패티김의 공연 중 가장 기억에 남는 것은 1994년 SBS에서 방송한 《길옥윤 이별 콘서트》이다. 길옥윤은 이혼 후 혜은이를 발굴해 또 한 시대를 풍미했지만 1994년 당시에는 사업 실패로 10여 년 일본에 도피 생활 중이었다. 그가 암에 걸려 죽어 간다는 소식을 듣고 패티김은 이혼 후 20년 만에 처음으로 그와 함께 무대에 서기로 마음먹었다. 그녀는 출연자들을 직접 섭외하고 길옥윤의 채권자들을 찾아다니며 사정하고 설득해서 길옥윤의 귀국을 성사시켰다.

느지막한 일요일 저녁, 그 당시 이 시간에 방송하던 고두심 주연의 《박봉숙 변호사》라는 시추에이션 드라마 대신 임시 편성한 《길옥윤 이별 콘서트》가 열렸다. 그날 낮에 길을 가면 동네 사람들이 삼삼오오 모여 "오늘, 패티김, 길옥윤, 20년 만에" 하는 소리가 심심찮게 들렸다. 드디어 콘서트가 시작되고 길옥윤과 예전부터 인연이 있던 현미, 남진, 정훈희 등이 나와 길옥윤의 주옥같은 노래들을 불렀다. 한 10분쯤 지났을까 드디어 패티김이 등장했다. 등장부터 남달랐다. 트레이드 마크인 뒤로 곱게 빗은 머리에 몸에 딱 달라붙는 까만 드레스를 입고 당당히 걸어 나왔다. 같이 텔레비전을 시청하던 어머니가 "야, 역시 멋있다"라고 하셨다. 그녀는 길옥윤이 그녀에게 청혼 대신 불러 주었다는 〈사월이 가면〉을 불렀다. 두 달 휴가를 받아 2월에 귀국했던 사람에게 '4월이 가면 떠나갈 사람, 5월이 오면 울어야 할 사람.

사랑이라면 너무 무정해. 사랑한다면 가지를 마라' 하고 노래를 부른다면 굳이 말로 '결혼해 달라' 하지 않아도 그건 청혼이었다.

노래를 다 부른 패티김은 무대 맞은편 휠체어에 앉아 있던 길옥윤에게 "이 노래가 저에게 청혼한 노래가 맞느냐?"는 등 농담까지 주고받으며 그녀만의 카리스마 넘치는 무대를 만들었다. 드디어 마지막 곡을 부를 시간이 되었다. 두말할 것 없이 그날의 피날레는 그들의 대표곡 〈이별〉이었다. 그녀가 노래 시작 전 길옥윤에게 "뭐 병 같은 거 앓고 그러십니까?"라고 말해 모두 한바탕 웃었다. 전주가 끝나고 첫 소절 '어쩌다 생각이 나겠지……'라고 노래를 하는데 그녀는 '어쩌다'를 마치 한숨을 내뱉듯 불렀다. 그 한숨 속에 긴 세월의 애증이 모두 들어 있었다. 부부의 일은 부부 이외에는 아무도 모르는 것이다. 그 순간 패티김과 길옥윤의 눈앞에는 동시에 한 편의 영화가 흘러갔으리라.

간주가 나오는 사이 그녀는 길옥윤에게 "얼른 회복해서 길 선생님을 사랑하는 우리 모두에게 돌아오시라"고 했다. 간주가 끝나고 다시 노래를 시작하면서 그녀의 노래가 흔들리기 시작했다. 카메라는 그녀의 눈물을 잡으려는 듯 작심하고 들이대기 시작하고, 그녀의 얼굴은 조금씩 상기되었다. 목이 메는지 가사가 흐려지기도 했다. 마지막에 '잊을 수는 없을 거야'를 세 번 반복하며 노래를 끝냈다. 두 번째 반복에서 목이 메어 얼버무리며 '잊을 수는 없을 거야'를 불렀다. 그리고 드디어 마지막 세 번째 반복에서 천하의 패티김이 박자를 놓쳤다. 오케스트라가 빵~~ 하고 나오면 천천히 '잊을 수는 없을 거야' 하고 불러야 하는데 그 빵~~이 다 끝날 때까지 노래를 시작하지 못했다.

울컥해 제 박자에 시작할 수 없었다. 하지만 그녀는 끝내 눈물을 흘리지 않고 노래를 끝냈다. 오케스트라 반주를 다 흘려보내며 목소리를 가다듬은 뒤 마지막 '잊을 수는 없을 거야'를 불렀다. 카메라 쪽을 응시하며 그녀는 미소를 짓고 있었고, 미소와 달리 눈은 촉촉이 젖어 조명에 반짝반짝 빛이 났다. 그녀는 그 눈물마저 보이기 싫었는지 노래가 끝나자 곧바로 뒤로 돌아서 양팔을 벌리고 걸어갔다. 그걸 보며 어머니가 또 한마디하셨다. "저 능숙한 무대 매너를 누가 당하겠니?"

얼마 전 어느 고마운 분이 그날의 영상을 유튜브에 올려 주었다. 그걸 다시 보니 당시에 듣지 못했던 소리가 들렸다. 〈이별〉이 모두 끝나고 길옥윤이 휠체어를 타고 무대 위로 올라왔다. 그날 출연자들이 그를 둘러싸고 인사를 하는데 그 무리의 뒤에서 패티김이 눈물을 훔치는 현미를 보고 "괜찮아, 괜찮아" 하는 소리가 작게 들린다. 그녀는 그때까지도 길옥윤이 건강을 회복하리라 믿었나 보다. 아니 그렇게 믿고 싶었나 보다. 그래서 노래를 하는 중에도 눈물을 흘리는 모습을 더 보이기 싫었던 것 같다. 그런데 방송 후 쏟아져 나온 후일담 기사에 따르면 그날 패티김은 결국 콘서트를 마치고 분장실로 들어가 문을 닫고 한참을 울었다고 한다.

《길옥윤 이별 콘서트》는 《박봉숙 변호사》의 평균 시청률을 훨씬 상회하는 대성공이었다. 다음 날 길을 가면 사람들이 또다시 삼삼오오 모여 "어제, 패티김, 길옥윤, 눈물" 하는 소리가 심심찮게 들렸다. 하지만 패티김이 눈물을 눌러 참으며 노래한 보람도 없이 길옥윤은 이듬해 결국 세상을 떠났다. 패티김이 길옥윤의 신곡들을 모아 신보 녹음을 시작하던 날이었다. 결국 그 신보는 《길옥윤 유작집》이란 이름으로 나왔고, 패티김은 길옥윤의 장례식에서 조가를 불렀다. 사람들은 〈이별〉이나 〈사랑은 영원히〉를 부르라고 했지만 그녀는 씩씩하게 그를 보내겠다며 〈서울의 찬가〉를 불렀다. 그래도 이날만큼은 그녀도 울음을 참지 못해 노래 중에 많이 울었다. 그들의 부부의 연은 몇 년 가지 못했지만, 패티김은 끝까지 길옥윤의 인생 최고의 예술적 동반자였다.

내가 좋아하는 패티김의 노래들은 위에 언급한 노래 외에도 손으로 일일이 꼽을 수가 없을 정도로 많다. 〈가을을 남기고 떠난 사랑〉은 좋아했는데 하도 들어 좀 질렸다. 〈9월의 노래〉는 좋아했는데 겁도 없이 노래방에 가서 불렀다 망신을 당한 이후 한동안 듣지도 부르지도 않았다. 패티김이 은퇴하면서 자신의 애창곡이 〈9월의 노래〉라고 해서 요즘 다시 듣는다. 패티김의 노래 중 잘 알려지지는 않았지만 〈사랑은 멀어지고 이별은 가까이〉 〈밤에 쓰는 편지〉 〈인생은 작은 배〉 등도 좋다. 특히 〈인생은 작은 배〉는 '구름은 바람 없이 못 가네 천 년을 산다 하여도. 인생은 사랑 없이 못 가네 하루를 산다 하여도'라는 가사가 아름답다.

〈사랑의 맹세〉는 패티김 자신도 좋아하는지 음원이 여러 종류 있다. 패티김의 영어 발음은 젊은 시절에도 그리 나쁘지 않았지만 나이 들어 이 노래를 부를 때 들어보면 발음이 초창기보다 훨씬 더 좋아진 것을 느낀다. 그만큼 평생 끊임없이 갈고 닦았다는 뜻일 것이다. 유튜브에 들어가면 패티김이 영어로 부른 노래들이 많다. 노래도 잘 부르거니와 어디에 내놔도 손색없는 발음이 인상적이다. 어차피 알아듣지 못하는 영어이니 발음이 별 상관이 없을 것 같지만, 그래도 가사의 뜻을 완전히 이해하고 가사의 발음과 억양을 멜로디와 잘 엮어 부르는 노래는 더 맛이 난다. 특히 〈Even Now〉〈Blue Is My Love〉 등의 유명한 곡들을 자기만의 색깔로 잘 부른다.

1973년 미8군 클럽인 엠버시 클럽에서 패티김 특별쇼를 한 실황도 유튜브에 있는데 그 실황 초반부에 로버타 플랙(Roberta Flack)의 〈The First Time Ever I Saw Your Face〉가 있다. 아무리 들어도 로버타 플랙보다 더 잘 부른다는 생각을 지울 수 없다. 영어 딕션, 호흡, 목소리, 감정 어느 하나 버릴 것이 없다. 마지막에 피아노 반주에 맞춰 'Your face(당신의 얼굴)'라고 세 번 노래를 하며 사라질 때는 마치 이제 점점 내게서 멀어져 가는 사랑하는 사람의 얼굴을 놓지 못해 힘들어 하면서도 그 순간을 담담히 받아들이는 것 같다. 멕시코 노래로 스페인어 가사가 붙은 〈Adoro〉는 내가 좋아하는 노래라 테너 플라시도 도밍고를 비롯해 여러 사람의 녹음을 들어봤는데 임병수와 패티김이 최고이다.

타의 추종을 불허하는 프로 정신

패티김은 2012년 은퇴를 선언하고 1년간 고별 투어를 마친 뒤 은퇴해 이제 그림자도 볼 수 없다. 하와이 여행 중 강렬한 열대의 일몰을 본 후 '나는 가수로서 사라질 때도 저렇게 화려하게 사라지겠다'라고 다짐했다고 한다. 아쉽지만 화려하게 박수칠 때 큰 족적을 남기고 사라진 그녀의 결단이 아름답다. 다행히 유튜브에 과거 영상들이 많이 올라와 있어 그걸 보며 그녀의 전성기를 회상한다. 요즘 《내일은 미스터트롯》에 출전했다 준결승에서 탈락한 나태주가 승승장구하는 것을 보며 나만의 무기를 갖는 것이 중요하다고 생각한다. 패티김은 누구에게도 뒤지지 않는 가창력에 더해 이국적인 외모, 세련된 매너 그리고 그런 장점을 최대한 활용할 줄 아는 감각 등 그 당시는 물론 지금도 독보적인 자신만의 무기를 갖고 있었다.

또 하나 그녀의 프로 정신은 타의 추종을 불허한다. 밖에서 신던 신발을 신고 절대로 무대에 올라가지 않는다든지, 공연 시작 세 시간 전에 밥을 먹지 못하면 공연이 끝날 때까지 아예 굶는다든지 하는 일화는 이미 유명하다. 그녀는 무대 욕심이 많은 것으로 유명했다. 그녀는 항상 출연료를 다른 사람보다 더 많이 요구했다. 왜 그렇게 받아야 하냐고 반문하면 대답은 "패티김이니까"였다. 그녀는 그 출연료에 자신의 돈을 보태 무대와 오케스트라를 최고 수준으로 만들어 패티김만의 무대를 선보이는 데 전력했다. 연예인들이 모이는 곳에 잘 가지도 않고 오로지 노래만 생각하고 노래를 하기 위해 수도자 같은 삶을 살았다. 오죽하면 은퇴할 때 "이제 패티를 위해 희생한 김혜자를 위해 살겠다"고 했을 정도이다. 수많은 스타가 명멸해 간 한국 가요계이지만, 패티김 만한 가수가 다시 나오기는 힘들 것이다.

그녀의 은퇴 후 나는 가끔 '지금은 김혜자로 행복할까?' 하고 궁금해했다. 이따금 인터넷 검색도 해봤지만 그녀는 은퇴 전 자신의 공언대로 자취도 없이 사라졌다. 그런데 그녀가 은퇴 후 만 10년 만인 2023년 《불후의 명곡》 패티김 편에 출연했다. 70대 중반에 은퇴한 그녀가 80대가 되어 돌아온 것이다. 어떤 모습일지. 텔레비전 앞에 앉아 그녀의 등장을 기다렸다.

캄캄한 스튜디오에 불이 켜지고 멀리 서 있는 그녀의 실루엣이 보였다. 84세라는 나이가 믿기지 않을 정도로 꼿꼿하게 서서 그녀의 대표곡 〈가을을 남기고 떠나간 사랑〉을 불렀다. 예전의 파워는 없었지만 애절한 가삿말을 표현하는 그녀의 호흡은 흔들림이 없었다. 노래 끝에 피아니시모 고음으로 끝맺는 그녀의 목소리는 전성기와 다름없었다. 노래를 마친 그녀는 복받치는 울음을 다스리느라 한참을 서 있었다. 그러다 환호하는 팬들에게 떨리는 소리로 말을 시작했다. "여러분이 저를 그리워한 만큼 저도 여러분이 그리웠습니다." 사라진 지 10년 만에 다시 나와도 팬들이 몰려와 눈물을 흘리며 노래를 듣는 가수는 그리 흔치 않다. 그녀는 유행과 사조에 휩쓸리지 않고 예능 프로그램에 매이지 않고 아무도 흉내낼 수 없는 자신만의 스타일로 70년 가까이 이 나라 가요계의 정상에 서 있다.

　은퇴 전 그녀는 자신은 '국민가수'가 아니라고 했다. 이미자나 조용필처럼 국민 누구나 따라 부르는 노래가 있어야 국민가수이지 자신의 노래를 좋아하는 사람은 국민의 소수에 한정되었다고 했다. 그러나 그녀의 노래를 기억하고 따라 부르는 이들에게 그녀는 장르이며 컬트이다. 아무도 흉내낼 수 없는 자신의 영역을 지닌 가수, 그게 패티김이다. 그녀 자신이 이번 《불후의 명곡》 패티김 편에 출연해 말했듯 이번이 마지막일지 모른다. 그래서 더 소중했던 무대였다. 여전히 패티김으로 흐트러짐 없이 건재하다는 것을 보았고 그것이 기뻤다.

언덕 밑 정동길에 눈 덮인 교회당

 # 이문세의 〈광화문 연가〉

내가 〈광화문 연가〉라는 노래를 좋아하는 이유는 그 노래와 내 어린 시절의 끈끈한 인연 때문이다. 다른 일에 심취해 있다가도 이 노래가 들리면 스르르 시간 여행을 떠난다. 코로나바이러스가 기승을 부리던 2020년 3월 나는 천신만고 끝에 미국에서 서울로 날아왔다. 14일 격리를 하며 집에 갇혀 무료해지던 차 사진 앨범들을 하나하나 꺼내 보기 시작했다. 거기서 나는 중학교 1학년 때 담임 선생님과 나랑 가장 친했던 친구 정욱이와 덕수궁에서 찍은 사진 한 장을 발견했다. 나는 덕수궁 근처 중구 정동에 있던 배재중학교를 다녔다. 그 당시 우리는 가끔 자연보호운동이라는 이름 하에 학교 밖으로 나가 주변 청소를 했다. 어느 가을날의 토요일 오후 우리 반 전체가 덕수궁으로 가 잠시 형식적으로 쓰레기를 주운 뒤 친한 친구들과 모여 선생님과 사진을 찍었다. 주변에 은행나무는 노랗게 물들어 있고, 날이 흐려 을씨년스러운 분위기에 부츠를 신은 선생님과 나와 정욱이가 벤치에 앉아 있다. '이제 모두 세월 따라 흔적도 없이 변하였지만' 언제나 눈을 감으면 떠오르는 그 3년의 기억이 우연히 찾은 한 장의 오래된 사진 속에 프리즈 프레임 되어 있었다. 내 머릿속에서 〈광화문 연가〉가 흐르고 사진이 살아 움직이고, 나는 시간 여행을 떠났다.

근대사와 현대사의 추억 정동길

요즘처럼 볼 것도, 할 것도 많은 세상에도 덕수궁 돌담길은 종종 데이트 코스로 언급된다. 내가 중학교 다니던 시절에는 길거리에서 구워 파는 오징어 다리 사 먹으며 덕수궁 돌담길을 걷는 것은 연인들의 필수 코스였다. 가을에는 땅에 떨어진 은행이 깨지며 나는 악취가 좀 문제이긴 했지만 연인들에게는 그런 것이 별 큰 문제가 되지 않았을 것이다. 반면 나는 새까만 교복 입고 등교하고, 쓰레기 줍기 위해 그 길을 걸어 다녔다. 그래도 언젠가는 연인과 데이트를 하러 오리라 다짐했다.

연인과 걸으며 데이트를 한 기억은 없고, 한 1년 전쯤 친한 친구와 광화문 근처에서 점심을 먹고 그 일대를 걸어서 돌았다. 조선 시대부터 있었음직한 꼬불꼬불한 광화문 뒷길에서 평안도식 돼지국밥을 먹고 광화문로로 나오니 면세점이 있다. 그 면세점 자리에 예전에 성룡의 영화를 재미있게 봤던 국제극장이 있었다. 면세점 옆에는 세종문화회관이 보인다. 내가 아주 어렸을 적에 그곳에는 서울시민회관이 있었다. 나는 그곳에 딱 한 번 가본 기억이 난다. 나의 초등학교가 그곳에서 교내 학예회를 했다. 형이 마림바 독주로 〈보리밭〉을 연주했다. 어려서 형과 참 많이 다투었는데 그날만큼은 형이 위대해 보였다. 그리고 한 달쯤 지난 어느 날 저녁 인기 가수들이 모여 공연을 하던 도중 시민회관에 화재가 났다는 뉴스 속보가 나왔다. 불행히도 그날 시민회관은 역사 속으로, 불길 속으로 영영 사라졌다. 사상자도 꽤 많이 낸 이 사고의 원인은 합선이었다. 몇 년 후 시민회관이 사라진 자리에 세종문화회관이 들어섰다. 내가 중학교에 입학하던 해이다. 학교에서 세종문화회관으로 견학을 가는데 걸어서 다녀왔다. 견학 안내를 해주던 분이 세종문화회관 무대의 가림막은 2년간 손으로 수를 놓아서 만들었다고 설명해 주던 기억이 난다. 기술이 부족한 한국에서는 만들 수 없어 그걸 일본에서 주문 제작해 가져왔다고 은근히 자랑하는데 어린 내 마음이 참 좋지 않았다.

광화문로를 쭉 걸어 덕수궁까지 오면 정동길이다. 정동 주변은 구한말 서구 문물의 집합소였고, 정치, 문화, 외교의 중심지였기 때문에 여러 역사적인 건물이 많다. 우리나라 최초의 호텔이자 사교 공간이었던 손탁호텔, 러시아공사관, 성공회 건물 등 구한말의 건물들이 모두 정동에 있었다. 그중 하나가 정동교회이다.

덕수궁 대한문에서 돌담길을 따라 걷다 보면 길이 세 갈래로 갈린다. 그 갈린 곳에 '언덕 밑 정동길에 눈 덮인 조그만 교회당' 정동교회가 있다. 〈광화문 연가〉의 작사가이기도 한 이영훈은 정동교회라는 말을 쓰지 않았지만, 정동에서 잔뼈가 굵은 사람으로서 이 대목에서 정동교회 이외에 떠오르는 것이 없다. 지금도 정동교회 벧엘예배당이라는 이름으로 남아 있는 정동교회의 오리지널 건물은 아담하고 아름다운 교회이다. 1897년 우리나라 최초로 세워진 서양식 개신교 건물로 국가 사적으로 지정되었다. 그 당시에는 교인이 늘어 500명을 수용하는 대형 교회로 지었는데 오늘날 나는 아담한 교회라고 부르고, 이영훈은 '조그만 교회당'이라고 부르니 우리가 너무 요즘의 척도로 이야기하는 것인지 모르겠다.

나의 모교 배재중고등학교는 미국인 감리교 선교사 아펜젤러가 1885년에 세운 학교이다. 내가 다닐 때도 일주일에 한 번 '성경'이라는 교과 시간이 있었고, 매주 목요일 예배를 드리는 '채플' 시간이 있었다. 채플 시간은 학년별로 진행했는데 운동장에 전체 학년이 모여 줄을 서고 각 담임 선생님의 인도에 따라 목요일에만 열리는 운동장 옆 교문을 통해 정동길로 나가, 엎어지면 코 닿을 곳에 있는 정동교회에 가서 예배를 드리고 왔다.

배재뿐 아니라 근처 학교들이 같은 교회에서 예배를 드렸기 때문에 줄지어 걸어가다 먼발치에서라도 여학생들이 예배드리고 가는 모습을 보면 남자아이들이 소리를 지르고 선생님들은 이리저리 뛰어다니며 통제를 하느라 소동이 벌어졌다. 내가 중학교를 다니던 시절에 이미 100년이 되어 오는 쇠락한 건물이라 채플 시간에 입장하려면 목사님이 강대상에 서서 마이크에 대고 "살살 걸어라"라는 말을 반복하셨다. 오래된 나무 마루가 언제 꺼질지 몰랐기 때문이다. 결국 내가 중학교 2학년이 되던 해 벧엘예배당을 폐쇄하고 바로 옆에 새 건물을 지었다. 교회 일반 신도들은 일요일마다 어디 가서 예배를 드렸는지 모르겠지만, 그 후로 배재의 채플 시간은 한동안 없었다. 그리고 내가 3학년 졸업하기 직전 새 예배당이 완공되고, 처음으로 새 예배당으로 들어간 것이 중3 졸업 예배였다.

정동은 우리 근대사뿐만 아니라 현대사의 한 장도 지켜보았다. 내가 중학교 2학년이었던 1979년 10월 26일 박정희 대통령이 시해됐다. 3학년이 되는 1980년에도 재판이 계속되었다. 현재 배재중고등학교는 고덕동으로 이사 갔다. 배재 옛 건물들은 모두 철거하고 그 자리에 외국계 금융사가 들어와 있는데 1916년에 완공해 아펜젤러홀이라고도 불리던 동관 건물은 서울시 기념물로 지정되어 박물관이 되었다. 배재는 동관, 서관, 주시경학관, 우남학관 등의 건물에 학년별로 교실들이 산재해 있었다. 배재중학교 3학년 교실은 동관에 있었다. 나의 학급이었던 3학년 4반 창문 밖으로 지금은 서울시립미술관이 된 대법원 건물이 아무런 장애물 없이 보였다.

어느 날 김재규가 박정희 대통령 시해범으로서 대법원으로 들어서는 것을 봤다. 조회 시간에 담임 선생님이 이유도 설명하지 않고 창밖을 함부로 내다보지 말라고 경고를 한 날이었다. 중3이었으니 그 이유를 모두 알고 있었다. 선생님이 내다보지 말라고 했다고 자리에 가만 앉아 있을 중3이 아니다. 우리는 쉬는 시간마다 창문에 모여 밖을 내다보고, 수업 중에도 슬쩍슬쩍 창문 밖을 내다봤다. 복도를 지나가던 다른 선생님들도 들어와 창문에 있는 아이들을 야단치고 자리로 가서 앉으라고 고함을 치셨지만, 선생님이 나가면 다시 우르르 창문으로 몰려갔다.

그날은 대법원 문도 굳게 잠겨 있었다. 김재규를 태운 호송버스 한 대가 삼엄한 경비 속에 기자 한 명 얼씬거리지 않는 거리를 지나 대법원 문 앞에 도착하고 문이 살짝 열리더니 차가 들어갔다. 어느 아이들은 포승줄에 묶인 김재규가 버스에서 내리는 것을 봤다고도 했는데 나는 그 모습을 본 기억은 없다.

　요즘 세대는 이해하기 힘들겠지만 정동은 우리나라 방송의 중심지이기도 했다. 정동교회에서 정동길을 따라 이화여고와 예원학교를 지나 쭉 걸어가면 새문안로 거의 다 가 MBC 문화방송 사옥이 있었다. 그 뒤에 문화체육관이 있어 그곳에서 그 당시 가장 인기 있던 스포츠인 복싱 경기가 매주 열리고 문화방송이 이를 중계했다. 그 유명한 《장학퀴즈》 공개 방송도 매주 토요일에 문화방송 사옥에서 녹화했다. 친구와 함께 가서 방청했던 적이 있다.

　문화방송이 있던 새문안로 쪽은 내가 잘 가지 않던 길이라 기억이 흐리다. 하지만 내가 매일 하굣길에 버스를 타려고 건너다니던 서소문로 쪽은 지금도 눈에 훤하다. 큰길로 나가 길을 건너면 현 JTBC의 전신인 TBC 동양방송국 사옥이 있었다. 당시 배우들은 각기 다른 방송국에 전속으로 있었는데, 장안의 '핫한' 여배우들은 모두 TBC 소속이었다. 친구들은 매일 학교에 오면 앉아서 어제 배우 누구를 봤다, 가수 누구를 봤다 진위를 알 수 없는 주장들을 늘어놓곤 했다. 나도 한 가지 주장을 하자면 차를 타고 학교 앞을 훅 지나가던 당시 최고 슈퍼스타 혜은이를 본 기억이 있다. 타고 가던 차가 현대 포니였던 기억도 난다. TBC-FM에서 오후 5시부터 《팝스 다이얼》이라는 프로그램을 진행하던 가수 양희은은 몇 번 봤다. 내가 집에 가려고 방송국 앞을 지나던 시간이 그녀가 방송 준비하러 도착하던 시간과 엇비슷했던 것 같다. 청바지에 손지갑 하나 들고 택시에서 내리던 그녀의 모습을 기억한다.

　광화문 뒷골목에서 국밥 같이 먹은 친구에게 중학교 시절의 이런

저런 이야기를 해주며 서소문로까지 걸어 나와 헤어졌다. 지하철 1호선을 타고 집으로 가려고 시청역으로 들어갔다가 오랜만에 들어간 역이 너무나 깨끗하고 멋있어서 놀랐다. 그간 대대적인 수리를 한 것 같았다. 1974년 8월 15일 육영수 여사가 문세광의 총탄에 맞아 돌아가시던 날이었다. 가족이 함께 손잡고 그날 개통한 1호선 지하철을 타러 갔다. 내 기억에 희미하게 남아 있는 전차가 사라진 뒤 서울에 대중교통 수단이라고는 버스밖에 없었는데 '선진국'에나 있다는 땅속으로 가는 기차가 생겼다니 우리 가족도 한번 타보려 나들이 삼아 나갔다. 1968년, 구한말부터 있던 전차가 운행을 완전히 중지하기 며칠 전에 부모님이 우리를 데리고 나가 전차를 태워 주셨다. 전차표를 샀는데 어린 내가 전차표를 들고 있겠다고 우겼다. 아버지가 쥐어 준 표를 들고 있다 전차를 타러 뛰어서 길을 건너다 속으로 '어, 이러면 안 되는데' 하면서 표를 스르르 놓아 버렸다. 결국 우리 가족은 전차에서 현금으로 차비를 다시 지불해야 했다. 내가 만 세 살 6개월 때의 일이었다. 어린 나이에 얼마나 무안하고 죄송했으면 그걸 평생 잊지 않고 있다. 내 딴에는 그게 트라우마였나 보다.

지하철을 처음 타던 날도 마음속으로 '오늘은 결코 표를 잃어버리지 않겠다' 다짐했다. 당시 지하철 1호선은 서울역, 시청, 종로를 거쳐 청량리까지 가는 열 개 정도의 역이 다였다. 전동차 내부 냉방은 생각도 못 했고 더우면 창문을 열 수 있었다. 우리 가족도 8월의 더위를 이기지 못하고 창문을 열고 종각에서 서울역까지 타고 갔다.

사진 한 장 발견하면 〈광화문 연가〉가 머릿속에 흐르고, 그 노래를 들으면 모든 것이 보인다. 내가 이 노래를 좋아하지 않을 수가 없다.

텁텁한 듯 무심한 듯, 회한과 그리움의 목소리

이문세에 대한 나의 첫 기억은 가수도 아니고, 별밤지기도 아니다. 입담 좋은 방송 리포터이다. 사회자들이 늘 "가수 이문세 씨 나오셨다"고 소개를 하는데 노래는 들어본 적이 없었다. 리포트를 듣다 보면 '목소리가 좋아 노래를 하면 잘할 것 같다'는 생각을 늘 하긴 했다. 1984년쯤이었다. 버스를 타고 가는데 기사 아저씨가 틀어 놓은 라디오에서 "이문세의 노래로 듣습니다"라는 멘트가 나왔다. 태어나 처음 들어보는 이문세의 노래였다. 제목은 〈파랑새〉. 나를 포함한 세상의 모든 이문세 팬에게 상당히 죄송한 말이지만 처음 느낌은 '어, 말하는 목소리가 노래하는 목소리보다 훨씬 좋네'였다.

나는 이문세와 이영훈 황금 콤비가 탄생하면서 나온 일련의 명곡들을 모두 좋아한다. 그래도 여전히 이문세가 노래를 잘하는 가수라고 생각하지 않는다. 하지만 텁텁한 듯, 무심한 듯, 어눌한 듯한 이문세 특유의 목소리는 이영훈의 끝없는 사랑, 이별, 그리움의 이야기와 궁합이 잘 맞는다. 내가 특히 좋아하는 〈광화문 연가〉만 해도 어떤 가수가 잘 부르는 것 같아 한동안 듣다가도 결국은 이문세에게로 돌아간다. 슈베르트의 《겨울 나그네》처럼 눈 덮인 어느 겨울날 뭔가 사연을 가슴에 품고 광화문 일대를 배회하던 한 사람의 회한과 그리움이 꺽꺽거리는 것 같은 이문세의 목소리와 절묘하게 어울린다. 이런 것이 케미스트리라는 것인가? 이영훈과 이문세는 전생에 어떤 관계여서 이생에 서로를 떼어놓고 생각할 수 없는 사이로 태어났을까?

〈광화문 연가〉의 가사를 듣다 보면 두 가지 의문이 든다. '눈 내린 광화문 네거리 이곳'의 이곳은 과연 어디일까? 그냥 광화문 네거리 전체를 가리키는 말일까? 아니면 특별한 사연을 간직한 어느 한 장소를 가리키는 말일까? 또 하나 의문이 있다. 가사 내용이 눈 내리는 겨울의 광화문이니 꽃향기가 그리운 건 이해하겠는데 왜 꽃향기가 그리울 때 하필 광화문으로 갔을까? 5월이 되면 화분에 심은 꽃들이 광화문로 인도에 늘어서 있긴 하지만, 나는 광화문 거리를 꽃향기가 그리워지면 찾아갈 곳이라고 생각해 본 적이 없다. 오히려 꽃향기보다는 자동차 소음, 매연, 인파, 크리스마스 장식 등이 생각난다.

　이 노래를 부를 때마다 나 혼자 맘대로 상상하는 이야기는 이렇다. 이영훈 자신 혹은 그에게 이 가사의 영감을 준 그 누군가는 한 여인을 사랑했다. 그는 그 여인의 머리칼이 바람에 흩날릴 때마다 나는 향긋한 냄새를 맡으며 속으로 '아, 이 냄새. 오월의 꽃향기 같다'고 생각했다. 그들은 정동교회를 지나 덕수궁 돌담길을 걸어 광화문 네거리 어딘가에 있는 빵을 맛있게 구워 파는 곳에 앉아 커피를 마시며 가는 시간을 아쉬워하고 이야기를 나눴다. 무슨 이유에서인지 그 여인은 그를 떠났다. 아니 세상을 떠났는지도 모른다. 그리고 오랜 세월이 지나 그는 눈 내리는 날 광화문 네거리를 찾았다. 문득 그녀가 그리워졌기 때문이다. 오월의 꽃향기 같던 그녀의 체취가 그리웠다. 광화문은 하얀 겨울에 덮여 있고, 그의 마음도 매서운 바람이 부는 겨울이다. 그래도 광화문에는 아직 그녀의 향기가 배어 있을 것 같았다. 하지만 주변은 알아볼 수 없이 변했다. 교회와 돌담길을 지나 빵을 구워 파는 집에 앉아 빵 냄새를 맡으며 커피를 마시지만, 그녀의 꽃내음은 온데간데없다. 그는 생각한다. '언젠가는 우리 모두 세월을 따라 떠나간다. 그녀는 조금 일찍 떠났을 뿐이다.' 이렇게 맘대로 이야기를 만들어 불러 본다. 글쎄. 〈옛사랑〉 가사에도 눈 내린 광화문 이야기가 나오는 걸 보면 광화문 거리에 무슨 사연이 있긴 한 것 같다.

언젠가 이문세가 텔레비전에 나와서 이영훈 이야기를 한 적이 있다. 이영훈이 작사, 작곡한 〈소녀〉와 〈광화문 연가〉는 이영훈이 고등학교 때 쓴 곡이라고 한다. 그 이야기를 들으며 '고등학교 때 좋아했던 소녀가 떠나갔나?'라고 생각을 하는 순간 사회자가 이문세에게 물었다. "(이영훈이) 실연을 많이 당하셨나 보죠?" 이문세의 대답이 걸작이었다. "굉장했었던 거죠." 아무래도 이문세는 뭔가 알고 있는 눈치였다. 이문세가 그 이야기를 이제 와 다 풀어놓을 것 같진 않고 굳이 알 필요도 없다. '한 소년에게 찾아왔던 평생 잊지 못할 사랑'이라는 것만 하나 마음에 새기고 이영훈의 노래를 듣다 보면 그 한 가지 사건이 그의 수많은 곡들을 관통하며 장면 장면 노래가 된다.

이영훈의 곡에 이문세의 색깔을 입히다

이문세를 이야기하면서 이영훈의 이야기를 따로 하지 않을 수 없다. 이문세와 이영훈, 이 한 살 터울의 가수와 작곡가가 20대 중반에 만나 20여 년 만들고 부른 노래들은 1980~1990년대를 살았던 내 세대의 정체성이기도 하다. 신촌블루스에서 키보드를 연주하던 이영훈은 신촌블루스의 엄인호의 소개로 이문세를 만났다. 처음 만난 장소에서 이영훈이 자신의 '습작'이라며 연주한 〈소녀〉를 시작으로, 둘은 가요사에 길이 남을 파트너가 되었다.

사람들이 이영훈의 천부적인 음악적 재능에 대해 이야기하지만 그는 또한 뛰어난 시인이기도 했다. 〈사랑이 지나가면〉을 들을 때면 나는 우리가 학창 시절 암송했던 소월의 〈진달래꽃〉을 생각한다. 무슨 뜻인지도 모르고 오로지 시험을 위해 달달 외웠던 소월의 시 세계에 대한 설명 중 '유교적 휴머니즘'이란 말은 귀가 닳도록 들었다. '나 보기가 역겨워 가실 때에는 말없이 고이 보내드리겠다'는 그 순종적 태도 때문에 유교적 휴머니즘이란 말이 나온 것일까? 대체 그 말뜻을 아직도 모르겠다. 내가 학창 시절 주목했던 구절은 '말없이 고이'도 아니고 '즈려 밟고'도 아니다. 수미상관인 듯 그러나 약간 다른 맨 끝 구절 '나보기가 역겨워 가실 때에는 죽어도 아니 눈물 흘리오리다'이다. '뒤끝 작렬'이란 말이 이 표현을 두고 한 말이 아닐까 싶다. '갈 테면 가라. 안 잡는다. 가는 길에 꽃도 뿌려 줄 테니 즈려 밟고 지나가라. 절대 눈물 한 방울 흘리지 않을 테다'의 아주 고상한 표현이다. 순종과 체념과 산화공덕과 얼음처럼 싸늘한 결별이 '3.4조 내재율의 민요적 서정시'라는 〈진달래꽃〉 속에서 요동친다.

〈사랑이 지나가면〉의 가사도 비슷하다. 날 버리고 떠난 사람을 먼 훗날 우연히 만났다. 그 사람은 사람들 틈에서 나를 힐끗힐끗 쳐다보고 나는 심장이 뛰지만 그를 모른다. 더 기억나지 않는다. 그러나 어쩔 수 없이 그를 그리워하던 기억이 스친다. 아프게 그리워하던 그가 바로 내 옆에 있다. 꿈에 그리던 순간이다. 그래도 난 그를 모른다. 사랑이 지나갔다. 마치 운명을 받아들이고 체념하는 듯 다소곳한 가락이지만, 그 속에 실은 설렘과 그리움과 달려가 그를 와락 끌어안고 싶은 마음과 그래도 돌아서는 매몰참 그리고 허탈한 그의 얼굴을 곁눈으로 보며 '이제 후회 없다'라는 약간의 쾌감이 번갈아 요동친다. 소월의 시처럼 이영훈의 시도 언어의 아름다움 속에 온갖 감정을 집어 넣는 특별한 재주를 지녔다. 그것도 음악과 결합해서 말이다.

이영훈이 세상을 떠나기 직전 그의 히트곡들을 이문세가 아닌 다른 가수들에게 하나씩 나누어 주며 그들의 스타일대로 노래를 부르게 해서 만든 앨범이 있다. 바로 《옛사랑 1》과 《옛사랑 2》이다. 나는 이 앨범을 먼 곳으로 여행을 떠나 홀로 길을 걸을 때 자주 듣곤 한다. 떼창을 할 수 있을 정도로 유명한 곡들인데 처음 듣는 노래처럼 신선하다. 박선주의 〈가을이 오면〉은 경쾌하면서도 뇌쇄적이다. 정훈희의 〈사랑이 지나가면〉은 그녀의 히트곡인 〈안개〉를 부르던 시절의 싱싱한 목소리가 그대로 살아난다. 난 이 앨범에서 나윤선이 재즈로 만들어 부른 〈기억의 초상〉을 특히 좋아한다. 시의 단어 하나, 모음 하나 빠지지 않고 들리는 그녀의 크리스탈처럼 맑은 딕션이 끊이지 않는 멜로디에 얹혀 안개처럼 자욱하고 끈적한 노래가 된다. 어떻게 이 노래에서 이 감성을 끌어낼까, 그녀의 음악성에 놀라지 않을 수 없다.

하지만 더 놀라운 것은 이문세의 떡진 목소리도, 나윤선도 박완규도 정훈희도 전인권도 박선주도 모두 품을 수 있는 이영훈과 그의 음악이다. 어떤 목소리로 불러도 슬프고 아름다운 것이 그의 시이다. 닭이 먼저냐, 달걀이 먼저냐는 말이 있다. 노래를 듣다 보면 작곡가가 가수를 잘 만난 건지, 가수가 작곡가를 잘 만난 건지 생각하게 하는 경우가 있다. 이영훈의 노래를 이문세가 아닌 다른 가수들이 부르는 것을 듣다 보면 '그 누가 불렀어도 사랑받았겠다'라는 생각이 든다.

유튜브에서 발견한 황현한이라는 독일에 사는 테너가수가 부른 〈사랑이 지나가면〉도 아주 좋아한다. 기교 없이 담담하게 긴 호흡과 정확한 발음으로 가사를 잘 살려 부른다. 〈나는 아직 모르잖아요〉는 한 20년 전 바리톤 최현수가 《열린음악회》에 나와 기가 막히게 부르는 걸 들었는데 유튜브에서 찾아봐도 없다.

덕수궁 근처는 '이제 모두 세월 따라 흔적도 없이' 변했다. 내 모교 건물들은 동관 하나 남고 가루가 되었다. 대법원은 이사 갔다. 정욱이는 대학 이후로 연락이 끊겼고 선생님은 돌아가셨다. 흔적도 없이 사라지고 뒤를 이어 다른 사람 둘이 연인이란 이름으로 지나간다. 우리 모두 세월 따라 정동을 떠났다.

이영훈도 '이렇게도 아름다운 세상'을 뒤로하고 그가 '사랑한 얘기'만 유언처럼 남긴 채 훌쩍 떠났다. 언젠가 이문세도, 그의 노래를 불렀던 모든 가수도 다 가고 나도 가고 1988년 〈광화문 연가〉를 함께 불렀던 모두가 떠나겠지만 노래는 그 시절 우리의 기억을 머금고 남아 있기를 바란다. 이영훈이 요즘 세상에 태어났다면 '그대 내게 말로는 못 하고 톡으로 보내신'이라고 했을까? 그가 그 시절에 태어나 '탁자 위에 물'로 써줘서 고맙다.

이름 모를 거리로 떠나갈 거에요, 하!

 # 혜은이의 〈제3한강교〉

대한민국 청량음료 시장은 크게 둘로 나뉜다고 한다. 콜라 시장과 무색, 무카페인의 사이다 시장이다. 우리나라에서는 한때 미국의 두 라이벌 코카콜라와 펩시콜라가 콜라 시장에서 치열하게 싸웠다. 1970년대 롯데가 칠성사이다를 만드는 칠성을 인수하고 1980년대 초, 원래 칠성이 갖고 있다 진로에 넘긴 펩시 사업권을 롯데칠성이 찾아왔다. 내가 아주 어릴 때 잠깐 보이다 소리소문 없이 사라져 궁금했던 펩시가 다시 한국 시장에 본격 등장했다.

이때 나온 것이 세간을 떠들썩하게 했던 '펩시 챌린지'라는 것이다. 길 가는 사람들을 불러 세워 콜라 두 잔을 주고 어느 것이 더 맛있느냐고 물었다. 톡 쏘는 맛이 강한 코카콜라와 쏘는 맛은 좀 약하고 단맛이 강한 펩시콜라를 비교해 입맛 조사를 한 것이다. 항간에는 코카콜라는 미지근한 것을 준다는 소문도 있었다. 어느 회사 제품이 더 인기가 있었는지 모르겠지만, 그때나 지금이나 국내 콜라 시장은 코카콜라가 지배하고 있다.

아이리스 꽃처럼 예뻤던 그녀의 목소리

사람들이 잘 모르는 사실이 하나 있다. 1998년 반짝 히트했던 '콜라독립815' 이전에 우리나라 기업이 콜라를 만들어 판 적이 있다. 바로 칠성이다. 코카콜라가 우리나라에 정식 유통을 시작한 무렵이 내가 서너 살 때쯤인데 그때 콜라를 일본식으로 '코라'라고 표기한 칠성코라가 있었다. 칠성사이다 광고 끝에 나오는 로고송에도 '칠성사이다, 칠성코라' 하고 두 가지가 다 나왔다. 칠성코라는 얼마 가지 못해 사라졌다. 옛날 옛적 호랑이가 담배를 피우고 창경궁이 아직도 창경원이던 시절, 가족 소풍 가서 찍은 흑백 사진 속 나의 옆에 '칠성코라' 병이 함께 찍힌 것을 분명 본 기억이 있는데, 사진은 온데간데없고, '코라' 맛은 내 기억에 전혀 없다.

칠성은 콜라 대신 사이다에 집중했다. 미국의 코카콜라가 한국의 콜라 시장을 꽉 잡고 있지만 세븐업, 스프라이트 등이 버티는 미국의 사이다 업계가 한국에서 맥을 못 추는 이유는 칠성사이다 때문이다. 한국인들이 콜라는 코카콜라를 사 마셔도 사이다는 절대적으로 칠성사이다를 마신다. 1968년 코카콜라가 한국에 정식 유통을 시작한 후에도 '양키 장사'를 통해 계속 '미제 코카콜라'를 사 마시는 사람들은 많았지만, 국내 유통이 되지 않는 세븐업이나 스프라이트를 사서 마시는 사람은 드물었다. 세븐업은 1984년 해태와 계약하고 국내 시판을 했지만 칠성사이다에 완패했다.

여기저기서 주위들은 콜라, 사이다 이야기를 장황하게 하는 이유는 내가 중학교 입학하던 때 나왔던 칠성사이다 광고 이야기를 하고 싶어서이다. 녹음 스튜디오에 한 가수가 들어선다. 그리고 스튜디오 저편에서 큐 사인이 떨어지고 가수가 노래한다. '일곱 개 별마다 행운이 가득 칠성사이다. 반짝이는 방울마다 젊음이 가득 칠성사이다…….' 한 손에 악보를 들고 한 손으로 헤드폰을 귀에 대고 몸을 흔들며 노래를 부르는 가수는 혜은이였다. 혜은이는 몇 년 후 롯데칠성이 펩시콜라를 국내에 본격 소개할 때 '날아라 젊음아 펩시콜라, 달려라 젊음아 펩시콜라, 세계 속의 젊은이는 펩시콜라'라는 펩시콜라 노래도 불렀다. 40년이 지난 오늘까지 칠성사이다와 펩시콜라 광고 노래 가사를 외우는 것만 봐도 당시 혜은이의 브랜드 파워가 얼마나 대단했는지 알 수 있다.

혜은이가 칠성사이다와 펩시콜라 노래를 부를 때는 그녀가 1977년과 1979년 MBC-TV 《10대가수가요제》에서 가수왕에 오르고 대한민국 대세 스타이던 시절이었다. 얼마나 인기가 있었으면 《왜 그러지》라는 드라마에 주연으로 출연할 정도였다. 인연이라는 것이 묘해서 이때 훗날 남편이 되는 김동현도 함께 출연했다. 혜은이는 요즘처럼 '인이어(In-ear Monitor)'라 불리는, 귀에 꼽고 반주와 자신의 목소리를 잘 들을 수 있게 도와주는 기기가 있던 시절도 아닌데 라이브에서도 음정 하나 틀리지 않는 가창력과 눈이 녹으면서 하늘하늘 고개를 드는 아이리스 꽃 같은 음성으로 어린 내 가슴을 태웠다. 나는 혜은이가 무쌍 눈을 한번씩 치켜뜰 때마다 생겼다 사라지는 그 눈꺼풀 주름에 끼어 죽고 싶었다. 내 어린 시절을 삼켜 버린 나의 영원한 연상의 연인 혜은이, 그녀는 정말 혜씨일까?

길옥윤의 뮤즈가 되다

1980년대 초반 혜은이가 《모두모두 즐겁게》라는 어린이 프로그램의 사회도 보고, 코미디 프로그램 게스트로도 자주 나오던 때가 있었다. 이때 노사연이 한 코미디 프로그램에서 혜은이를 부르며 "미스혜"라고 해서 많이 웃었던 적이 있다. 혜은이의 본명은 김승주이다. 예명은 데뷔 시절 스승인 길옥윤이 지어준 것이 아닐까 한다. 참고로 길옥윤 자신도 일본에서 사용하던 예명 요시야 준(吉屋 潤, 길옥 윤)을 한국식으로 길옥윤이라 표기해 사용했다. 혜은이의 어린 시절은 아버지가 운영하던 악극단이 잘 되어 유복했다. 얼굴도 예쁘고 노래도 잘할 뿐만 아니라 춤도 잘 췄던 혜은이는 악극단에서 어린 나이부터 쇼무대에 서며 사랑을 받았다. 유복했던 어린 시절과 달리 그녀가 성장하면서 고난의 연속이었다. 아버지가 빚보증을 섰다가 집이 하루 아침에 날아가고 온 가족이 길에 나앉을 판이었다. 혜은이는 그때부터 노래하며 가장이 되었다. 비록 무명이었지만 밤무대에서는 대단한 인기를 누려 혜은이를 중심으로 밤무대 쇼를 만들 정도였다.

패티김과 이혼한 뒤 길옥윤은 그녀의 뒤를 이을 대형 가수를 찾고 있었다. 애초에 혜은이의 가녀린 목소리에 큰 매력을 느끼지 못했다는 이야기를 여러 번 들었다. 하지만 무엇 때문에 마음을 바꿨는지 그녀를 발탁한다. 1975년 방송사의 송년 특집쇼 혹은 1976년 신년 특집 쇼였다. 처음 보는 짧은 머리의 예쁜 누나가 다소곳하게 걸어 나와 마이크를 잡고 노래를 불렀다. '당신은 모르실 거야 얼마나 사랑했는지.

세월이 흘러가면은 그때서 뉘우칠 거야……뒤돌아봐 주세요 당신의 사랑은 나요.' 초등학생인 나조차 '패티김을 잊지 못하는 길옥윤의 마음일까?'라는 생각을 할 만큼 절절한 가사를 아이리스 꽃처럼 하늘하늘한 가수가 그보다 더 하늘하늘한 목소리로 부르는 것을 보고 반하지 않을 사람이 있을까? 혜은이는 패티김 때와는 또 다른 길옥윤의 음악 세계를 세상에 드러낸 길옥윤의 뮤즈가 되었다.

　거물급 작곡가의 수제자로 데뷔해 단번에 대한민국을 사로잡은 혜은이는 이번에는 영화 음악으로 진출한다. 1970년대에는 《얄개시대》 《여고시대》 하는 속칭 하이틴 영화의 전성시대였다. 분서갱유(焚書坑儒) 수준의 검열에 지친 영화계가 궁여지책으로 만들기 시작한 것이 연속 히트작을 쏟아 냈다. 1970년대 하이틴 영화의 스타는 뭐니 뭐니 해도 임예진이다. 《푸른교실》 《쌍무지개 뜨는 언덕》 《성난 능금》 등 임예진은 출연하는 모든 영화를 히트작으로 변화시키는 마이다스 같은 존재였다. 그녀가 종종 짝을 이뤄 함께 영화를 찍은 남자 배우가 이덕화이다. 초등학생이었던 나는 모두 '국민학생 관람불가'에 걸려 제대로 본 임예진의 영화가 하나도 없지만 포스터들은 수도 없이 봤다. 이들이 짝을 이뤄 만든 '진짜진짜' 시리즈가 있었다. 《진짜진짜 잊지마》 《진짜진짜 미안해》 《진짜진짜 좋아해》 등 앞서 개봉한 진짜진짜의 포스터가 뜯겨 나가기 무섭게 새로운 진짜진짜 포스터가 나붙을 정도로 인기가 많았다. 이 중 1978년에 개봉한 《진짜진짜 좋아해》의 영화 음악을 길옥윤이 맡았다. 당연히 주제가는 혜은이가 불렀다. 혜은이는 취입한 노래 대부분이 순위 프로그램 1위를 차지한 것으로 유명하다. 이 시절에는 100퍼센트 1위를 차지했다. 이 노래도 말할 것 없이 1위를 차지했다. 나는 이 노래를 진짜진짜 좋아했는데 혜은이는 오히려 다른 노래에 비해 그렇게 자주 부르는 편이 아니다. 그녀의 메가 히트곡 〈당신은 모르실거야〉와 〈당신만을 사랑해〉 사이에 끼어 마음껏 각광을 받지 못한 느낌이다.

〈당신만을 사랑해〉는 그녀가 대한민국 최고의 스타라는 것에 이견을 낼 수 없도록 쐐기를 박은 노래이다. 1977년 MBC-TV가 《서울국제가요제》의 전신인 《서울가요제》를 개최했을 때 혜은이가 출전해 〈당신만을 사랑해〉를 불러 대상을 받았다. 부상으로 일본 《야마하가요제》 출전권을 받고 처음 국제무대에 도전했지만 낙방했다. 그래도 성과가 아주 없었던 것은 아니었다. 일본 음반사에 발탁되어 싱글 음반을 발매하고 일본에서 활동을 잠시 했다. 그 당시 우리나라 가수로서는 이성애가 남진의 〈가슴 아프게〉를 일본어로 번역해 불러 활동하던 것이 전부였다. 국내에서 〈당신만을 사랑해〉의 인기는 하늘을 찌를 것 같았다.

1970년대 우리나라에 고속도로라고는 경부고속도로 딱 하나밖에 없었다. 서초동 톨게이트를 나가면 곧장 논밭이 나오던 시절 경부고속도로 타고 50분 정도 가면 기흥 톨게이트가 나왔다. 기흥에 정부에서 고급 주택 단지를 조성해 단지 내에 수영장도 만들었는데, 우리 가족은 여름에 그곳 수영장으로 자주 놀러 갔다. 1977년 여름 기흥단지 수영장에 하얀 수영복을 입은 혜은이의 대형 포스터가 붙었다. 하루 종일 〈당신만을 사랑해〉가 흘러나왔다. 그날 어머니는 평소에 물개 같던 내가 왜 물에 들어가지도 않고 멍하니 앉아 있는 것인지 상당히 이상하게 생각하셨다. 포스터 쳐다보며 노래 듣느라 수영할 틈이 없었다. 그해 혜은이는 MBC-TV 《10대가수가요제》에서 가수왕에 올라 검은 눈물을 흘리며 "엄마!"를 외쳤다. 나는 마치 내가 노력해서 혜은이가 상을 탄 것 같은 기분에 감격했다.

1970년대식 가위질에 걸린 제3한강교

혜은이는 1979년 한 해 하늘을 손가락으로 찌르며 '하'를 외치더니 1979년 MBC-TV 《10대가수가요제》에서 다시 한 번 가수왕에 올랐다. 《10대가수가요제》는 늘 늦가을에 열렸는데 그해에는 10·26 사태 때문에 가을에 열리지 못하고 연말에 열렸다. 혜은이가 '하'를 외치며 가수왕에 오른 노래는 〈제3한강교〉였다. 제3한강교는 지금의 한남대교이다. 그때는 다리를 제1한강교, 제2한강교 하고 이름을 붙였다. 그래 봤자 한강을 가로지르는 다리가 세 개밖에 없었다.

〈제3한강교〉는 초반에 곡절이 많았다. 표절 시비가 있다는 이야기도 들리고, 가사가 심의에 걸렸다는 말도 들렸다. 그 당시는 대형 스캔들 말고는 뭐 하나 명확히 이러쿵저러쿵 보도되는 것이 없었다. 어느 날 소리 소문 없이 노래가 사라지면 여러 소문이 돌았다. 귀에 걸면 귀걸이 코에 걸면 코걸이식 검열이 횡횡하던 시절이니 검열에 한두 번 걸려보지 않은 가수나 작곡가는 없었을 것이다. 심지어 이장희가 부른 〈그건 너〉는 책임을 '너'에게 떠민다고 심의에 걸렸다. 김만수라는 가수는 사회도 잘 보고 노래도 잘했는데 어느 날 갑자기 사라졌다. 항간에는 그가 라디오 공개방송에서 '섹시'라고 말을 했다가 6개월 출연정지 처분을 받았다는 소문이 돌았다.

나는 분명 혜은이가 방송에 출연해 원곡 그대로 〈제3한강교〉를 부르는 것을 봤다. 한데 그 뒤로 노래가 연기처럼 사라졌다. 얼마간 시간이 흐른 뒤 표절 시비가 있던 시작 두 마디와 검열에 걸린 가사를 고쳐 녹음해 다시 나왔다. 노래의 시작은 '미라보 다리 아래 세느강은 흐르고'라는 아폴리네르의 시를 연상시킨다. '강물은 흘러갑니다, 제3한강교 밑을…….' 바로 이 구절이 표절 시비의 주인공이다. 닐 세다카라는 가수의 〈You Mean Everything To Me〉의 첫마디와 비슷하다는 것이었다. 잘 들어보면 리듬은 다르지만 '미라도미미레도 미파미' 하고 나오는 첫마디 멜로디가 같다.

미라보 다리 아래 세느강처럼 흘러가려던 한강물은 첫마디부터 표절 시비에 걸렸다. '강물은 흘러갑니다'를 모두 같은 음으로 부르게 바꿨다. 그다음 구절 '젊음은 피어나는 꽃처럼 이 밤을 맴돌다가……' 도 도입부와 멜로디가 같다. 이것도 똑같이 고쳤다. 표절 시비를 뒤로 하고 가사를 잘 들여다보면 후회 없이 즐기고 미련을 떨쳐 버리는 이야기가 나올 것 같다. 강물에 꿈과 마음을 흘려보내니 말이다. 이제부터 검열위원들의 심기를 건드리는 가사가 나온다. '어제 처음 만나서 사랑을 하고 우리들은 하나가 되었습니다.' 세상에. 서슬 퍼런 검열 시대에 이런 방탕한 가사를 쓰다니. 서정적인 가사로 유명한 길옥윤이 무슨 맘을 먹고 쓴 것일까? '만나자 사랑하고 하나가 된다는 말이 음탕하다, 문란하다'는 이유로 검열에 걸렸다. 소문에 의하면 '이름 모를 거리' 역시 걸렸는데 그 이유가 있지도 않은 것에 대한 환상을 자극한다는 것이었다. 가사는 '어제 다시 만나서 다짐을 하고 우리들은 맹세를 하였습니다'로 바꿨다. 다짐을 할 때는 무슨 말을 하고 맹세를 할 때는 무슨 말을 하는 것인지 모르겠다. '이름 모를 거리로 떠나갈 거예요'는 '행복 어린 거리로 떠나갈 거예요'라고 바꿨다. 처음 만나 뜨겁게 사랑하고, 강물에 꿈과 마음을 실어 보낸 뒤, 짧은 사랑은 잊고 낯선 곳으로 떠난다던 애초의 메시지는 사라지고 둘이 같이 살림 차리고 해피엔딩을 맞았다는 뜻인가? 일단 오리지널 노래를 들은 이상 모든 것이 어색하기만 하다.

이게 바로 1970년대식 가위질이다. 이것저것 별 트집 다 잡아 결국엔 처음과 끝이 서로 맞지 않는 조잡한 가사나 영화가 나온다. 어떤 영화는 하도 난도질을 당해 컬러 영화가 흑백으로 변했다는 웃지 못할 풍문도 있었다. 영화 《시네마 천국》의 검열 장면을 상상하면 된다. 다행히 〈제3한강교〉는 아름답고 시적인 가사를 감상하기보다는 신나는 디스코 음악에 더 치중해 들을 수 있는 노래이다. 솔직히 나는 가사에 별 관심이 없었다. 그냥 '하'가 너무 좋았다. '행복 어린 거리로 떠나갈 거예요 뚜루뚜루뚜 틱틱 하!' 그 '하'가 의외로 박자를 맞추기 힘들다. 혜은이도 많이 고생하며 연습했다고 한다. 나도 못지않게 고생했다. 요즘 혜은이가 라이브로 이 노래를 부르는 걸 들었다. 가사도 오리지널 가사로, 멜로디도 은근슬쩍 오리지널 멜로디로 불러 아주 반가웠다. 1979년 상반기에 〈제3한강교〉가 있었다면, 하반기에는 〈새벽기차〉가 있었다. 이 곡은 '하'가 조금 나오기는 하는데 그보다는 당시 유행하던 디스코의 대표적인 안무인 손가락으로 하늘 찌르기를 하며 '비를 뚫고 칙칙칙칙' 하는 것이 관전 포인트였다.

내 사춘기를 함께한 가수

1979년 가수왕이 된 후 이상하게 혜은이는 잘 보이지 않았다. 나중에 안 일이지만 스승인 길옥윤과 매니저 사이의 알력 때문에 중간에 낀 혜은이는 이러지도 저러지도 못하고 노래를 그만두려다가 천만다 행 음반사와의 계약이 남아 있어 다시 노래할 수밖에 없었다. 그때 그 녀는 처음으로 길옥윤이 아닌 다른 작곡가의 노래를 불렀다. 이범희 작곡의 〈독백〉이었다. 당시 이범희는 황금알을 낳는 거위처럼 히트 곡을 쑥쑥 쏟아 내던 작곡가였다. 트로트를 부르던 하춘화까지도 그 의 노래를 부를 정도로 모든 가수가 그와 손잡고 음반을 내길 원했다.

핫한 젊은 작곡가와 〈독백〉 〈작은 숙녀〉 〈질투〉 등을 연달아 발표, 히트 시키며 또다시 혜은이의 인기가 치솟기 시작했다. 당시 가장 선 풍적인 인기를 얻던 젊은이 대상 프로그램으로 송승환과 왕영은이 진행하던 《젊음의 행진》이 있었다. 짝꿍들이라는 전속 무용단까지 갖고 있을 만큼 인기 절정의 프로그램이었다. 혜은이는 이범희의 젊 은이 취향의 노래를 부르면서 《젊음의 행진》에 단골로 출연하는 아 이돌 가수가 되었다. 〈질투〉는 후에 킴 와일드라는 가수가 부른 〈Kids in America〉라는 노래와 비슷하다고 표절 시비가 난 뒤 번안 가요로 분류되었다는 기사를 신문에서 읽었다. 그래서인지 이 노래는 사라 졌지만, 나는 〈독백〉 〈작은숙녀〉 등 스타카토 창법으로 부르던 노래 와 신나는 춤을 추며 부르던 〈질투〉 모두 굉장히 좋아했다.

내가 미국으로 유학 간 뒤 나온 〈열정〉에는 추억이 서려 있다. 미국 에서 같은 학교 한국 학생들끼리 차를 타고 가다 이 노래가 나오자 모 두 소리를 고래고래 지르며 이 노래를 부르기 시작했다. 술 마신 사람 도 없었는데 운전하던 사람까지 몸을 흔들며 노래를 부르다 차도 같 이 흔들거리는 바람에 마침 거기서 길목을 지키던 경찰에게 들켜 잡혔다. 다행히 밤이라 우리가 춤추는 것을 경찰이 보지는 못하고 차가 흔들거리자 따라온 것 같다. 운전하던 사람이 다리가 가려워서 잠깐 긁다가 중심을 조금 잃었다고 둘러대고 모면했다. 관광버스 안에서 술 취한 아저씨 아주머니들이 버스가 흔들릴 정도로 춤을 추는 것을 본 적이 있는데 우리가 딱 그랬다.

혜은이가 첫 남편과 이혼하고 불렀던 〈비가〉도 좋아했는데 혜은이가 이 노래에 얽힌 사연을 소개하고 나서 더욱 좋아하게 되었다. 첫 남편과 이혼할 때 딸을 남편이 키우기로 했다. 혜은이는 어린 딸과 생이별을 하고 너무 힘들어 노래를 그만두려고 했지만, 그래도 자신이 방송에 계속 나와야 딸이 자기의 얼굴을 잊어버리지 않을 것 같아 〈비가〉를 취입하고 계속 활동을 했다. 이 노래를 녹음할 때 사랑하는 연인의 헤어짐에 관한 가사에 자꾸 자신과 딸과의 이별이 오버랩되면서 울음을 그칠 수 없어 녹음하면서 애를 많이 먹었다고 한다. '살다 살다 외로워질 때. 나보다 더 그대 외로울 때 그때 그리워지리라. 잊혀진 내 이름 석 자.' 살다 살다 외로워질 때쯤 딸이 그녀를 찾아와 모녀의 관계를 회복했다니 참으로 기쁜 일이다.

1년 전쯤 혜은이와 패티김이 〈당신만을 사랑해〉를 부르는 비디오를 유튜브에서 발견했다. 둘 다 목소리가 싱싱하던 시절의 귀한 비디오라 즐겨 봤는데 이제 찾을 수가 없다. 혜은이의 〈당신만을 사랑해〉를 듣고 싶은 사람은 오리지널 녹음을 권한다. 나이 들며 탁해진 그녀의 현재 목소리와 달리 사이다처럼 투명한 '그 시절' 혜은이의 목소리로 부르는 〈당신만을 사랑해〉는 정말 좋다.

혜은이는 얼마 전 또 한 번 이혼의 아픔을 겪었다. 부부 사이는 좋왔지만, 빚 때문에 고생하는 혜은이를 놔주고 싶어 남편이 원해 이혼을 했다니 가슴이 아프다. 이혼 후 혜은이가 텔레비전에 나와 사람들이 자신에게 꽃길만 가라고 하는데 자신이 꽃길만 가려면 전남편도 잘 되어야 하지 않겠느냐는 말을 했다. 전남편은 혜은이 콘서트에 꽃을 보내기도 한다. 그들은 아직도 서로에 대한 애정을 그대로 간직하고 있다. 참, 서로 사랑해도 힘든 것이 해로(偕老)인가 보다. 부부의 인연이란 미스터리이다. 이혼을 계기로 자신의 인생을 찾아보려 하는 그녀의 모습이 아름답다. 어려서는 아버지의 빚 갚으려, 후에는 남편의 빚을 갚으려 노래를 하다 보니 노래가 즐겁다는 생각을 하지 못했는데 코로나바이러스 사태로 노래를 못 하는 기간이 생기면서 노래의 소중함을 깨달았다고 한다. 뒤늦게 발견한 노래의 즐거움을 마음껏 즐기며 오래도록 우리 곁에 있어 주길 바란다. 오랜만에 싱그러운 그녀의 목소리로 한 곡 찾아 듣는다. '덕수궁의 돌담길 옛날의 돌담길……아, 지금은 가버린 정다웠던 그 시절이여' 돌아오지 않을 내 사춘기 시절을 함께해 준 혜은이. 오래 건강하게 노래하길…….

사랑이란 작은 배 하나

나는 1979년 10월 27일 아침을 생생히 기억한다. 그날은 중학생이었던 나의 작은 우주가 혼돈 속으로 빠져든 날이었다. 아버지는 미국 출장 중이었다. 학교에 가려고 준비를 하는데 아버지가 근무하던 병원의 앰뷸런스 기사 아저씨가 우리 집 벨을 눌렀다. 우리 동네에 살고 있었기 때문에 우리 집에는 무시로 드나들던 아저씨였다. 우리의 등교 준비를 서두르던 어머니가 현관에서 아저씨를 맞았다. 놀라는 어머니의 목소리를 듣고 나도 현관으로 나갔다. 어머니가 나를 돌아보며 말했다. "박정희 대통령이 돌아가셨대."

그 당시는 인터넷이 물론 없었다. 텔레비전 아침 방송도 없었다. 지금은 상상하기 힘들겠지만, 저녁 6시부터 밤 12시경까지 방송을 하고 그다음 날 저녁 6시까지 모든 텔레비전 방송국이 송출을 중단했다. 간밤에 일어난 일을 아는 방법은 조간신문을 보거나 라디오 뉴스를 듣는 것뿐이었다. 대통령 유고 소식은 당연히 우리에게는 아닌 밤중에 홍두깨 같은 소리였다. 현관에 어머니, 나, 기사 아저씨가 서 있을 때 전화가 울리고 어머니는 집 안으로 뛰어들어 가 전화를 받았다. 아버지였다. 이미 미국에도 뉴스가 나갔다. 그다음 기억이 잘 나지 않는데 잠시 뒤 도착한 조간신문에 대문짝만하게 '박정희 대통령 유고'라는 제목이 실렸던 것 같다. 청와대 바로 아래 궁정동에 있던 '안가'에서 사건이 일어났다고 했다.

독재 정권 하에서는 흉흉한 소문들이 많이 돈다. 여름이 되면 크리스마스 때 북한이 쳐들어온다는 소문이 돌았다. 겨울이 되면 6월에 쳐들어온다는 소문이 돌았다. 1년 내내 전쟁 소문이 돌았다. 어느 해 크리스마스에 어머니가 커다란 개 인형을 사주셨다. 나는 매일 밤 그걸 머리맡에 놓고 자면서 '자는 사이에 전쟁이 일어나 피난을 가더라도 이걸 잊지 말고 꼭 끌어안고 가야'라고 마음먹고 잠을 잤다. 아직도 기억나는 덕산제과라는 회사가 만든 왕돌이라는 과자는 포장지에 북한 간첩들의 암호가 들어 있다는 소문이 돌아 과자 이름을 금돌이로 바꿨지만 결국 사라졌다. 대통령이 죽었다는 말을 들었을 때 '이것도 그런 소문 중 하나일 거야'라고 생각했다. 아버지가 미국에서 뉴스를 보고 전화를 하고, 조간신문을 보면서도 한편으로는 아닐지도 모른다고 생각했다.

학교에서 선생님들은 평상시처럼 수업을 하려고 했지만 아무리 애들 앞이라도 무거운 분위기를 숨길 수는 없었다. 당시에는 밤 12시부터 새벽 4시까지 통행금지가 있었다. 비상계엄이 선포되고 통행금지를 두 시간 앞당겨서 밤 10시부터 실시했다. 9일간의 국장 기간 아예

문을 닫은 술집들도 있었다. 밤 8시만 되어도 서울 시내는 텅텅 비었다. 박정희 대통령 살아생전 그와 극한 대립을 했던 지미 카터 미국 대통령이 곧바로 북한에게 오판하지 말라는 경고 메시지를 날리기도 했다.

장례식 날은 임시 휴교였다. 텔레비전으로 중계방송을 봤다. 광화문 거리는 인산인해였다. 전국에서 애도 인파가 몰려들었는지 당시 서울에서는 보기 힘들던 갓을 쓴 사람까지 보였다. 운구차가 광화문 거리로 내려오자 할머니들이 아예 길바닥에 주저앉아 땅을 치며 곡을 했다. 1979년 10월 27일 아침까지 나는 대통령은 죽지 않는 줄 알았다. 아니 죽을 거란 생각을 해본 적이 없다. 태어나 그날까지 본 유일한 대통령이었던 사람이 죽는다는 것은 어린아이가 상상하지 못했던 일이다. 1979년 10월 27일 아침은 내가 알고 지냈던 10여 년 짧은 세월의 마지막 날이었다.

코로나바이러스가 창궐하던 2020년 12월 연말연시를 어머니와 보내기 위해 귀국했다. 2주간의 격리가 끝나고 나 혼자 서울 성곽을 구간별로 차근차근 돌아보기로 했다. 서울 성곽 여섯 개 구간 중 가장 힘들다는 백악 구간을 오르던 날, 지하철 경복궁역에서 내려 버스를 타고 궁정동을 지나며 생각했다. 1979년 10월 27일 아침 나의 우주가 혼돈 속으로 빠져들 때 바로 그 몇 시간 전 눈앞에서 사람이 총에 맞아 피를 흘리며 죽어 가는 모습을 보고, 그 냄새를 맡고, 그 피로 옷이 흠뻑 젖었던 심수봉은 무슨 생각을 하고 있었을까? 여러 가지 생각을 했을 것 같기도 하고, 아무 생각도 못 했을 것 같기도 하다. 우리 가요사에 길이 남을 싱어송라이터(Singer-Song Writer) 심수봉이 그 음악적 재능을 맘껏 펼쳐 보이기까지 얼마나 많은 좌절과 시련이 있을지 그때 그녀는 짐작하지 못했을 것이다.

정치적 격변기에 휩쓸린 음악 세계

심수봉을 이야기하는데 〈그때 그사람〉을 빼놓을 수 없다. 그녀를 스타로 만든 노래이고, 그녀에게 말할 수 없는 고통을 안긴 노래이다. 《대학가요제》에서 피아노를 치며 '뚜룻 뚜룻 뚜루루' 하며 노래를 시작할 때까지는 좋았다. 어라? 그 뒤부터 나오는 노래가 그 당시 용어로 뽕짝 즉 트로트였다. 트로트는 젊은이들이 부르는 노래가 아니었다. 그러나 '이런 노래는 이런 부류의 사람만이 듣는 것'이라는 편견을 깨면 심수봉이 본선에 진출한 것이 놀랄 일이 아니었다.

그 당시 영상을 찾아보면 하얀 호루겔피아노를 자유자재로 다루며 부르던 그녀의 노래는 영혼을 후비는 마력을 갖고 있었다. 심수봉은 《대학가요제》 본선에서는 낙방했지만 〈그때 그사람〉을 녹음해 발매하며 데뷔하게 된다. 소문에 의하면 박정희 대통령이 그 노래를 좋아해 음반을 사 들여 돌렸기 때문에 음반 판매고가 올라갔다고 했다. 어디까지 사실인지는 모르겠지만, 생의 마지막 날까지 듣던 노래이니 좋아했던 것은 맞는 말인 것 같다. 단 그 노래는 대통령 도움 없이도 방송만 조금 타면 크게 히트할 좋은 노래였다.

요즘 들어 심수봉의 〈그때 그사람〉을 들을 때면 '박 대통령은 그 노래의 어떤 점에 끌려 좋아했을까'라는 생각을 가끔 해본다. '외로운 병실에서' 하는 대목에서 총에 맞아 사경을 헤매던 육영수 여사를 생각했을까? 1974년 8월 15일 죽어 가는 아내를 병원에 남겨두고 그는 우리나라 최초의 지하철 개통식으로 가야 했다. 그가 결국 임종을 지켰는지는 모르겠지만, 육영수 여사 사후 5년여 그가 삶의 의욕이 없는 다른 사람이 되었다는 글을 읽은 적이 있다.

〈그때 그사람〉이 히트하면서 그녀는 이름을 심민경에서 심수봉으로 바꿨다. 어머니가 역술인에게 물어, 유명해지고 오래 살 이름이라고 받아 왔다고 했다. 처음엔 그 이름이 촌스러워서 싫었다. 지금 생각해 보니 오래 살 그 이름 덕에 그날 그 자리에서 그녀가 목숨을 보존하고 있었던 것은 아닐까 생각해 본다. 항간에는 그녀가 못생겼다고 박정희 대통령이 병풍 뒤에서 노래를 부르라고 했다는 소문이 돌았다. 1993년 그녀가 《주병진 쇼》에 출연해 이 소문이 가짜임을 분명히 했다. 그녀는 "아무리 못생겼다고 사람을 불러 놓고 병풍 뒤에서 노래를 부르라고 하는 인심이 한국에 어디 있어요?"라고 했다.

〈그때 그사람〉과 비슷한 시기에 방송에 종종 나오던 노래 두 곡이 있다. 하나는 〈여자이니까〉이다. 지하철 4호선 회현역 숭례문시장 근처에 단암빌딩이라는 고층 건물이 있다. 외국 대사관들이 많이 입주해 있는 사무실 빌딩인데 1970년대에는 도큐호텔이라고, 서울에서 알아주는 호텔 중 하나였다. 심수봉은 《대학가요제》 출전 이전부터 이곳 나이트클럽에서 피아노를 치며 노래를 부르는 '유명한' 무명 가수였다.

나훈아는 그녀의 노래를 듣자마자 매료되어 그 자리에서 음반 취입을 주선하기도 했다. 그 음반은 무산되어 나오지 못했지만, 그때 녹음하려고 했던 〈여자이니까〉는 〈그때 그사람〉과 함께 떴다. 이 노래는 최홍기 작사, 작곡으로 되어 있다. 나훈아의 본명이다. 그녀의 노래가 얼마나 훌륭했으면 나훈아가 곡까지 써주며 데뷔를 주선했을까. 또 하나의 노래는 〈축제 이야기〉이다. 내 기억에 국제가요제에 출품했던 곡이다. 세 곡의 노래 중 내가 제일 좋아했던 노래인데 유감스럽게도 방송에 그리 자주 나오지는 않았다. 당대 최고의 아이돌 스타였던 전영록이 함께 불렀다.

이 시기 심수봉은 《순자의 가을》이라는 드라마의 자작곡 주제가를 불렀다. 하필 '여사님'의 이름이 순자였다. 당연히 이 노래는 금지곡이 되었다. 1983년 방미가 〈올 가을엔 사랑할 거야〉라는 제목으로 다시 불렀는데 당시 인터뷰에서 방미는 심수봉에게 호되게 야단맞아 가며 불렀다고 한다. 노래를 들어보면 왜 야단을 맞았는지 알 것 같다. 그 녹음에서 내가 좋아하는 부분은 앞에 나오는 심수봉의 백 코러스이다. 후에 심수봉이 같은 제목으로 재취입했다. 같은 노래도 심수봉이 부르면 이렇게 맛이 난다는 것을 느꼈다.

〈순자의 가을〉이 금지곡이 된 것은 그녀가 당할 고통의 서막에 불과했다. 단지 그때 그녀였다는 이유로 심수봉은 정신병원에 감금되기도 하고 방송 출연 정지를 당하기도 한다. 정신적으로 방황하던 시절 그녀는 두 번 결혼하고 두 번 이혼하는 아픔도 겪었다. 방송 출연 정지를 당해 절치부심의 세월을 보낸 끝에 해금되며 내놓은 곡이 1984년에 나온 〈남자는 배 여자는 항구〉이다. 경쾌한 리듬을 타고 흘러나오는 흐느끼는 여자의 이야기가 심수봉의 콧소리와 절묘하게 어울린다. 오랜만에 돌아온 심수봉은 이 노래로 단번에 스타의 자리를 되찾았다. 대히트였다. 심수봉뿐 아니라 이듬해 여름 나의 미국 유학 송별회 모임에서 마이크 대신 소주병에 숟가락 꽂고 콧소리까지 섞어 이 노래를 부른 나도 스타가 되었다.

　'이제 심수봉이 맘껏 음악 활동을 하나 보다' 하던 것도 잠시였다. 그녀가 발표한 〈무궁화〉가 또 금지곡이 되었다. 심수봉은 제작비도 건지지 못해 또다시 큰 타격을 받았다. 나는 이 노래를 텔레비전의 군부대 위문 프로그램에서 처음 들었다. 음산한 콧소리로 망자의 혼이 찾아온 듯 부르던 그녀의 노래 때문에 온몸에 소름이 돋았다. 군인 장병들도 열광했다. 이 노래가 박정희 대통령을 회상하는 노래라는 소문이 돌았다. 그러나 심수봉 자신은 딱히 박정희 대통령에 대한 노래는 아니라고 한다. 대중가요의 가사는 대중들에게 보편적으로 다가가야 하기에 꼭 한 가지 사건을 꼬집어 가사를 쓰지는 않았을 것이다. 그녀도 조사 나온 사람들에게 그렇게 누누이 설명했지만, 그런 설명이 먹히는 세상이 아니었다. 이 노래는 금지곡이 되었다. 최고 권력자가 제왕이 되는 것의 반 이상은, 선동하며 미쳐 날뛰는 과잉 충성자의 책임이다.

　나는 〈무궁화〉를 요즘도 즐겨 듣는다. 2절의 시작 '날지도 못하는 새야 무얼 보았니. 인간의 영화가 덧없다 머물지 말고 날아라'라는 구절이 좋다. 박정희 대통령의 모습이 오버랩되는 것이 사실이다. 심수봉이 펴낸 자서전 『사랑밖엔 난 몰라』의 10·26 장면을 세 번 정도 읽었다. 심수봉이 총에 맞고 피가 흘러나오는 박정희 대통령을 품에 안았을 때 '종이처럼 가벼웠다'는 말을 했다. 난 〈무궁화〉의 2절 첫 구절을 들을 때마다 심수봉의 그 말을 생각한다. 18년간 대한민국의 대통령을 지낸 그였지만 마지막 가는 길 어린 가수가 품에 안았을 때 종이처럼 가벼웠다. 인간의 영화가 덧없다.

수많은 히트를 기록한 싱어송라이터

심수봉의 노래 중 내가 가장 좋아하는 노래는 1996년에 나온 〈비나리〉이다. 지금의 남편을 짝사랑하며 쓴 구애의 노래이다. 지난 고통을 딛고 사랑하고픈 간절한 마음이 심수봉의 목소리를 타고 폐부 깊이 파고든다. '큐피트 화살이 가슴을 뚫고 사랑이 시작된 날.' 큐피드의 화살이 가슴을 뚫는 순간 우리는 그것에 저항할 힘이 없다. 그녀의 '운명의 페이지는' 또다시 넘어간다. 뜻하지 않게 역사의 한복판에 있었다는 이유로 당한 고통과 방황하며 했던 결혼과 이혼을 돌이켜본다면 이제 또 새로운 페이지가 시작된다는 것이 얼마나 두려웠을까? 사랑 때문에 아파 본 사람은 두렵고 지쳐 이제 더 사랑할 힘이 없다고 이야기한다. 그러나 새로운 사랑은 늘 새로운 용기와 에너지를 함께 가지고 찾아온다.

또 페이지를 넘긴다. '나 당신 사랑해도 될까요. 말도 못 하고 한없이 애타는 나의 눈짓들.' 참 구차하다. 사랑해도 되냐고 물어보니 말이다. 더 구차한 건 그 말조차 하지 못하고 눈짓만 계속 보낸다는 것이다. 그러나 사랑에 빠지면 구차가 구차로 보이지 않는걸 어쩌랴. '세상이 온통 그대 하나로' 변해 버린다. 아무리 밥을 씹어도 넘어가지 않고, 먹어도 살은 쪽쪽 빠진다. '우리 사랑 연습도 없이 벌써 무대로 올려졌네.' 황당할 거다. 더 사랑하지 않겠다 그렇게 다짐했건만 마른 섶에 옮겨붙은 불처럼 사랑은 어느새 걷잡을 수 없이 타오른다. 차라리 잘된 일이다. 사랑에 가장 필요한 것은 위험을 감수하는 결단력과 용기이다. 바로 다음 구절에도 나온다. '생각하면 덧없는 꿈일지도 몰라……' 어차피 사랑은 모 아니면 도이다. 한낱 꿈일지도 모르지만 아주 달콤한 꿈이 될 수 있다. 물론 앞의 사랑처럼 끔찍한 고통을 줄 수도 있다. 고통이 두려우면 포기하면 된다. 대신 '어땠을까?'라는 평생 풀리지 않는 수수께끼를 갖고 살아야 한다. 심수봉처럼 어린 나이에 감당하기 힘든 일을 여럿 겪은 사람은 하늘이 나를 저주했다고 생각할 수 있다. 그래서 그녀는 하늘에 대고 절규하며 묻는다. '하늘이여, 저 사랑 언제 또 갈라놓을 거요. 하늘이여 간절한 이 소망 또 외면할 거요.'

2절로 넘어가면 둘이 처음 만나던 때를 노래한다. '예기치 못했던 운명의 그 순간 당신을 만나던 날' 그리고 아주 중요한 이야기가 나온다. '드러난 내 상처 어느새 싸매졌네.' 여기서 심수봉의 마음이 결정적으로 열리지 않았나 한다. 내 주변에 수녀원에서 살다 여러 사정으로 수녀원을 나온 분이 있다. 2~3년 힘들게 살아가다 사랑하는 남자를 만났다. 수녀로서의 삶에 대한 미련을 놓지 못하던 때라 고민했다. 이 남자는 그녀를 데리고 자동차를 운전하여 새벽 2시에 그 수녀원 문 앞으로 갔다. 모두가 잠든 밤 그녀는 이제는 돌아갈 수 없는 자신의 옛집 문을 붙잡고 한참을 울었다. 그는 아무 말 없이 그녀가 한 시간이고 두 시간이고 문을 붙잡고 울도록 옆에서 쳐다만 보고 있었다. 그녀는 그와 결혼을 결심했다.

사랑이란 이런 것이다. 많은 상처들 때문에 '내 인생에 일상의 행복은 허락되지 않았나 보다' 생각할 때 누군가 그 상처를 진정으로 받아들여 주면 그 상처는 '어느새 싸매져' 치유된다. 내가 이 노래를 통틀어 가장 좋아하는 노랫말이 2절 끝부분에 나온다. '사랑이란 작은 배 하나, 이미 바다로 띄워졌네.' 사랑하는 두 사람 좀 행복하게 살면 안

되는 것일까? 하지만 사랑은 세상이란 바다에 떠 있는 배이다. 세상이 협조해 주지 않으면 사랑은 폭풍 만난 똑딱선 신세가 된다. 그녀는 이미 자식이 둘이 있는 상태에서 재혼했으니 그들의 사랑이 녹록지 않았을 것이다.

그러나 1절에서 '이 사랑 언제 또 갈라놓을 거냐'고 하늘에게 묻던 심수봉은 2절에서 단호히 말한다. '이 사랑 또 눈물이면 안 돼요. 저 사람 영원히 사랑하게 해줘요.' 그녀는 마음을 굳혔다. 여태 이만큼 당했으면 하늘에 대고 요구할 자격이 있다 생각했나 보다. 노래는 여기서 끝나는 듯하다. 여기서 끝나도 음악적으로 하나도 이상할 것이 없는데 마치 보너스 트랙처럼 네 소절이 더 들어 있다. 거의 떼쓰다시피 마지막에 뱉는 한 마디 '아~~ 사랑하게 해 줘요.' 이 부분이 매력 포인트이다. 이 노래를 처음 만들고 친구에게 들려줬더니 노래가 너무 비관적이라고 해서 추가했다고 한다. 그 친구에게 감사한다. 심수봉의 콧소리가 애원하듯, 떼쓰듯, 물고 늘어지듯 부르는 이 마지막 구절이 없었다면 훨씬 심심한 노래가 되었을 것이다.

심수봉의 노래 중 내가 좋아하는 또 하나의 노래가 자작곡은 아니지만 그녀가 러시아 노래를 개사해 부른 〈백만송이 장미〉이다. 이 노래는 임주리도 같은 제목으로 불렀는데 가사는 완전히 다르다. 〈백만송이 장미〉는 심수봉의 가사를 더 좋아한다.

'먼 옛날 어느 별에서 내가 세상에 나올 때……사랑할 때만 피는 꽃 백만송이 피워 오라는…….' 캄캄한 밤하늘 수많은 별 속에 별똥별 하나가 사랑할 때만 피는 꽃 백만송이를 피우려 이 세상으로 내려오는 모습을 그려보며 심수봉의 콧소리를 듣다 보면 신화적이라고 할까 신비한 느낌이 든다.

내가 이 노래를 좋아하는 데는 나만의 이유가 있다. 나는 법대 시절 하숙집 주인아저씨가 암에 걸렸을 때 2년간 아저씨를 혼자서 간호했다. 임종도 혼자 지켰다. 아저씨가 돌아가시자 이웃집 할머니의 파킨슨병이 점점 심해져 12년간 할머니를 음으로 양으로 돌봐드렸다. 할머니가 돌아가시자 미국 생활을 정리하고 한국으로 와 어머니를 돌봐드리고 있다. 때로 누군가를 돌보는 것이 내 인생의 미션이 아닌가 한다. '먼 옛날 어느 별에서 내가 세상에 나올 때 혼자 있는 분들을 돕고 오라는 작은 음성 하나' 들었던 것 같기도 하다.

유튜브에 심수봉이 장기하와 얼굴들의 콘서트에 특별 출연해 〈백만송이 장미〉를 부르는 비디오가 올라와 있어 종종 찾아 듣는다. 〈그때 그사람〉의 재즈 버전도 유튜브에 있다. 피아노와 재즈 반주로 시작하는데 '이 노래가 이런 면도 있다'는 느낌을 받는다. 굳이 재즈의 기분을 과하게 내려 하지 않는 심수봉의 노래가 아주 좋다. 피아노와 드럼에 가끔 플루트 소리가 들리면 얼마 전 타계한 프랑스의 재즈 피아니스트 클로드 볼링(Claude Bolling)이 전설적인 플루트 연주자 장-피에르 랑팔(Jean-Pierre Rampal)과 녹음한 〈바로크와 블루(Baroque and Blue)〉 분위기가 난다. 심수봉은 작사, 작곡 능력도 뛰어나지만 피아노, 드럼 등의 연주도 상당한 수준이다. 이 버전에 나오는 피아노와 드럼 연주가 혹시 그녀의 연주가 아닐까 한다.

미국엔 캐롤 킹이, 한국엔 심수봉이 있다

심수봉의 매력은 우선은 특이한 목소리이다. 특유의 콧소리는 때로는 흐느끼는 듯하고, 때론 영혼의 목소리 같기도 하고, 때론 신비롭기도 하다. 일부러 콧소리를 낸다는 느낌 없이 콧소리가 나는 것이 매력이다. 거기에 더해 심수봉은 심금을 울리는 곡 해석력을 갖고 있다. 대부분의 노래가 자작곡이니 잘 부르지 않겠느냐는 사람도 있겠지만, 그게 그렇지 않다. 곡은 잘 쓰는데 그 곡을 남이 불렀을 때 훨씬 빛이 나는 사람들이 있다. 내가 자주 하는 말이 하나 있다. "미국에 캐롤 킹(Carole King)이 있다면 대한민국에는 심수봉이 있다." 캐롤 킹은 1960년대부터 당시 남편이던 작사가 제리 고핀과 함께 수많은 곡을 썼다. 때로는 자신이 피아노를 치며 부르기도 하고, 때로는 유명 가수들에게 줘서 120여 곡을 빌보드 싱글 차트에 올린 불세출의 싱어송라이터이다. 캐롤 킹도 노래를 잘하는 가수이지만 그녀의 〈You Make Me Feel Like A Natural Woman〉 같은 노래만 들어도 아레사 프랭클린(Aretha Franklin) 버전이 훨씬 좋다. 심수봉은 작곡과 악기 연주에 있어 캐롤 킹에 뒤지지 않지만 여기에 작사 능력까지 갖춘 데다가 자신의 노래를 그 누구보다 소화를 잘하는 만능 뮤지션이다.

심수봉은 사는 날까지 아니 죽어서도 10 · 26을 자신의 생에서 지워버릴 수 없을 것이다. 우리는 10 · 26 이후의 정치 상황 때문에 그녀의 귀중한 10여 년을 잃었다. 앞으로 그녀가 얼마나 더 오래 신곡을 발표하고 노래할지는 모르지만 될수록 오래 활동하길 바란다. 그리고 다시는 심수봉도 그 어느 누구도 정치인들의 싸움 때문에 그들의 삶과 고결한 예술 세계가 짓밟히지 않았으면 하는 생각이다.

덜컹거리는 전철을 타고

 # 동물원의 〈혜화동〉

노래는 참으로 신비한 것이다. 내가 전혀 알지 못하는 다른 사람이 가사를 쓰고 곡을 붙이고 노래를 했는데 그 안에 나만의 이야기가 가득 들어 있다. 작년 가을 나는 오래 살던 미국 뉴욕주의 시라큐스를 떠나기로 마음먹었다. 그곳에서의 마지막 가을 풍경을 눈 안에 가득 담으려 매일 음악을 들으며 밖에 나가 뛰었다. 어느 날 〈혜화동〉의 전주가 흘러나오자 나는 뛰다 말고 이상한 나라의 앨리스처럼 무언가로 빨려 들어가 시간 여행을 떠나 청소년기부터 지금까지 내 인생을 봤다.

친구와의 추억이 어린 그 길

고등학교 시절 나는 내가 다니던 학교를 이가 갈리도록 싫어했다. 매일 등굣길이 도살장으로 끌려가는 길 같았다. 그렇게 싫은 학교에서 멀리 떨어진 곳에서 살기라도 했으면 좋으련만 아침에 일어나 창문을 열면 학교가 떡하니 보일 정도로 가까이 살았다. 미술 시간에 풍경화를 그리면 60명 중 59명이 우리 집을 그렸다. 우리 집을 그리지 않은 한 사람이 나였다. 모두가 우리 집 쪽으로 앉아 그림을 그리는데 나만 돌아앉아 학교 건물을 그렸다. 나는 그림 솜씨가 영 젬병이라 결국 같은 반 인회라는 친구가 그리다 망쳤다는 그림을 받아서 하얀 우리 집 그림에 앙리 마티스 풍의 붉은 색을 덧칠해 제출했다가 '독창적'이라는 선생님의 평을 받으며 내 생애 최고의 미술 점수를 받았다. 결국 반 전체가 우리 집을 그려 냈다.

우리 집은 학교 후문으로 나오면 걸어서 5~6분 거리였다. 아침마다 죽기보다 입기 싫은 까만 교복을 입고 모자를 푹 눌러쓰고 인상을 잔뜩 찌푸리고 학교로 갔으니 오가는 사람들 얼굴 한번 제대로 본 적이 없었다. 후문으로 등하교를 하는 학생들은 많지 않았는데도 2학년 1학기 시작하고 한참 지나서야 같은 반 성원이를 등하굣길에서 늘 만난다는 것을 알게 되었다.

수업 끝나고 오늘도 지긋지긋한 학교생활을 하루 지웠다는 해방감에 휩싸여 후문을 빠져나와 누가 내 뒷덜미를 잡기라도 할 것처럼 서둘러 길을 걷는데 같은 반 성원이가 뒤에서 나를 툭 쳤다. 학교를 죽도록 싫어하면서도 친구는 잘 사귀어서 성원이와는 이미 안면을 트고 이야기도 여러 번 했는데 그때까지 성원이가 나처럼 매일 후문으로 드나든다는 것을 모르고 있었다. 성원이는 내가 우리 집 골목으로 들어간 뒤에도 계속 똑바로 한 3분 정도 더 걸어가는 곳에 살았다. 그 뒤로 나와 성원이는 학교 파하면 늘 함께 교문을 빠져나와 집으로 향했다. 3학년이 되고 다른 반으로 헤어졌지만 늘 하교 시간에 서로 만나 함께 걸어왔다.

고등학교를 졸업하고 나는 미국으로 유학을 가고 성원이는 신부님이 되기 위해 혜화동에 있는 가톨릭 신학대학(서울대교구 대신학교)으로 진학했다. 신학교 학생들은 전원 기숙사 생활을 하며 토요일 오후에만 외부인의 면회를 허락했다. 미국에 가기 전 나는 우리 집 앞에서 버스를 타고 동성고등학교 근처에서 내려 동숭동길을 지나 나무가 우거진 긴 언덕을 올라 신학교 구내에서 성원이를 만나고 왔다. 성원이는 잘 다녀오라며 학교 구내 서점에서 책을 한 권 선물로 사줬다.

미국에 갔다 다음해 여름 방학에 한국으로 돌아오니 그사이 지하철 4호선의 상계-사당 구간이 개통했다. 지금 4호선 이촌역이 있는 곳은 내가 중학교 시절 과외 끝나고 집으로 가는 버스를 기다리던 곳이다. 그때 그 주변은 암흑천지 우범 지대에 진창길이었고 이촌역에는 지금의 경의중앙선만 다니고 있었다. 한번은 과외 끝나고 걸어 나오는데 컴컴한 길에 동네 깡패가 하나 갑자기 등장하더니 나와 내 과외 친구를 불러 세워 돈을 빼앗으려 했다.

어두운 곳에서 목소리만 들리던 깡패 녀석이 내 친구의 주머니를 뒤지려고 몸을 약간 굽혀 얼굴을 앞으로 내밀자 순간 그의 모습이 똑똑히 보였다. 그때 나는 깡패 녀석에게 기습적으로 왼손 어퍼컷을 날렸다. 평생 처음이자 마지막으로 다른 이의 얼굴을 내 주먹으로 힘껏 치고 혹시라도 숨어 있는 다른 깡패들이 나올까 봐 친구에게 "뛰자"고 소리를 질렀다. 도망가며 힐끔 보니 그 녀석은 쫓아오지 않았다. 내 주먹이 그렇게 센 것도 아닌데 불의의 일격을 당하며 혀를 깨물었는지 몸을 굽히고 제자리에 가만 서 있었다. 우리는 지하도를 건너 진 창길로 나가 캄캄한 길을 마구 뛰어 버스 정류장으로 도망쳤다. 지하 철역 공사하는 자재를 그 캄캄한 길에 아무렇게나 방치해 둬서 나는 그만 무엇에 걸렸는지 걸려 넘어져 손목에 금이 갔다. 그런데 바로 그 진창길에 멋지게 4호선 역이 생기고 주변에 인도까지 생겼다. 게다가 가로등도 달랑 한 개씩이나 생겼다. 그 후 나는 한국에 돌아올 때마다 버스 대신 이촌역에서 지하철 4호선을 타고 혜화역에서 내려 성원이 를 만나러 갔다.

부끄러운 기억조차 끌어안는 나이가 되어

동물원이 1988년에 발표한 〈혜화동〉은 지하철 4호선을 타고 성원 이 면회를 다니던 나와 함께한 노래이다. 전주만 들어도 성원이를 찾 아가던 나의 마음과 예고 없이 찾아온 나를 보고 저만치서 환하게 웃 으며 달려 나오던 성원이의 모습 등 봉인이 풀린 옛 기억들이 줄줄이 비엔나소시지처럼 나온다. '오늘은 잊고 지내던 친구에게서 전화가 왔네. 내일이면 아주 멀리 간다고.'

〈혜화동〉은 동물원의 일원으로 동물원의 거의 모든 노래를 작곡한 김창기가 만든 곡이다. 어려서 실제로 혜화동에서 자라다 가족들과 호주로 이주해 중학교를 다닌 그가 호주로 떠날 때의 마음을 대학생 이 된 후의 감성에 버무려 떠나는 친구와 보내는 친구의 마음속에 적 당히 나누어 담아 쓴 가사인 듯하다.

내가 처음 미국으로 떠난 것이 30년이 넘었지만 아직도 한국에 왔 다 떠나기 전날 친구를 만날 때면 설명하기 힘든 묘하게 싸한 느낌이

목구멍 뒤에 걸린다. 김창기도 호주로 떠나기 전날 그런 느낌이 차올랐나 보다. 그는 죽마고우에게 전화를 한다. '어릴 적 함께 뛰놀던 골목길에서 만나자 하네, 내일이면 멀리 떠나간다고.'

내일 먼 곳으로 떠난다면 오늘 가장 생각나는 것이 어릴 적 뛰놀던 골목일까? 우리 가족은 내가 만 네 살이 되기 두 달 전에 이사 간 집에서 45년을 살았다. 1990년대부터 서울의 주택가 골목에 있던 집들이 하나둘 사라지고 그 자리를 빌딩이 메우기 시작했다. 빌딩 숲속에 둘러싸인 옛 주택가 골목의 마지막 남은 단독 주택들이 겪던 일들을 우리도 겪으며 정이 있는 대로 다 떨어졌다.

축구 하며 놀던 공터에 건물이 빼곡하게 들어서 자동차 주차를 놓고 매일 시비가 붙었다. 한강과 반포가 훤히 보이던 내 방 창문으로 앞집의 빨래만 그득히 보였다. 우리 집 담에 거의 딱 붙여 지은 3층짜리 건물에 사는 누군가는 아침마다 우리 집 마당으로 담배꽁초를 버렸다. 아버지는 매일 아침 허공에 대고 누구라도 들으라는 식으로 "여기다 담배꽁초 버리지 마세요"라고 큰소리로 읍소하다시피 하셨다. 언제부터인가 우리는 집이 빨리 팔리기만 기다리다 탈출하듯 이사를 나왔다. 어린 시절 추억이 아련히 배어나는 동네 골목의 감상이 남아 있을 리 없다.

나의 아버지는 이런 나와 매우 달랐다. 돌아가시기 1년쯤 전부터 아버지가 어릴 적 자랐던 집 이야기를 무척 많이 하셨다. 나의 친할아버지는 수원 지역 지주의 아들이었지만 6남매의 막내였던 탓에 '손바닥만' 한 땅밖에 물려받지 못했다. 할머니는 정식 교육을 받은 적이 없어도 혼자 글을 깨우쳐 성경을 독파하고 주변에 보이는 책을 모조리 읽을 정도로 향학열이 강했다. 16세에 수원 부잣집의 실속 없는 막내와 혼인해 한동안 살림만 하다 첫째인 아버지를 낳고 자신의 향학열을 남편에게 쏟아붓기로 했다. 할아버지를 꼬드겨 어느 날 아무도 모르게 손바닥만 한 땅 쪼가리를 팔아치우고 그 돈으로 가족을 이끌고 상경했다. 집안 어른들은 "며느리 잘못 들어와 땅 팔아먹고 집안 망하게 생겼다"고 뒤늦게 노발대발했다. 이렇게 상경해 집을 구한 곳이 혜화동이었다. 할머니는 삯바느질을 하고 하숙 치며 할아버지를 의사로 만들고 자식들 모두 대학 교육을 시켰다. 처음 자리 잡은 혜화동에서 나의 아버지는 당시의 혜화소학교 1학년으로 입학했다.

아버지는 미국에 있는 나와 매일 전화를 하면서 늘 마지막에 혜화동 이야기로 옮겨가곤 하셨다. 길에서 같은 초등학교 6학년으로 입학해 만학도의 길을 가던 할아버지를 보고 "아버지" 하고 불렀다 길에서 아는 척하지 말라고 혼났던 이야기, '방울떡'이라는 정체 모를 음식을 사 먹다 경기중학교 수험표를 잃어버린 이야기 등 그 오래전 살았던 곳에 대한 기억이 무궁무진했다. 아버지가 돌아가시고 나의 모교인 배재중학교의 옛터를 지나갔다. 그때 내 눈앞에 보이던 새까만 교복을 입은 어린 내 모습에 미소 지었다. 그때 처음 느꼈다. '아, 이런 것이 어릴 적 뛰놀던 골목의 아련함인가 보다.' 그래서 아버지도 김창기도 멀리 떠나기 전 어릴 적 뛰놀던 골목길을 생각했나 보다.

노래 속 화자는 친구를 만나러 서둘러 떠난다. '덜컹거리는 전철을 타고 찾아가는 길……' 그래, 맞아. 그 시절 지하철은 심하게도 덜컹거렸지. 넋 놓고 문 쪽에 기대서 있다 갑자기 열차가 격하게 몸을 틀면 앞으로 고꾸라지기도 했다. 전철이 지상으로 지나가는 곳은 매번

집 창문이 지진 난 것처럼 흔들릴 정도였다. 역마다 설치된 안전문도 없었다. 열차가 덜컹거리며 요란하게 도착할라치면 기계 목소리가 띄어 읽기를 이상하게 하는 안내 방송이 나왔다. "지금 상계, 상계 행 열차가 도착하고 있습니다. 안전선 뒤로 한 걸음 물러서 주십시오." 상계행 열차라고 띄어 읽어야 하는데 기계가 행열차로 읽은 것이다. 안전문이 없으니 달려오는 열차에 너무 가깝게 서 있지 않도록 안전 선이 있어 그 뒤로 물러서 열차를 기다려야 했다. 그것도 처음에는 안 전선 안으로 물러서는 것이냐 안전선 밖으로 물러서는 것이냐 말이 많다 결국 안전선 뒤로 물러서는 것으로 굳어졌다.

전철에 올라타고 혜화동으로 가는 길, 화자는 친구를 만나는 설렘 을 지나 지난날을 회상한다. '우리는 얼마나 많은 것을 잊고 살아가는 지.' 김창기가 설마 중학생 때 호주로 이사 가면서 '우리는 얼마나 많 은 것을 잊고 살았나'고 생각하지는 않았을 것이다. 아마도 이 생각은 호주에서 몇 년 더 성장해 돌아왔을 때의 느낌 아니면 대학에 들어가 호주로 떠나던 시절을 회상하며 이 가사를 쓸 때의 마음과 더 가까울 것이다.

그는 호주에서 돌아오자마자 혜화동을 찾아갔나 보다. 아니 혜화 동 옛집으로 다시 돌아가 살았는지도 모른다. '어릴 적 넓게만 보이던 좁은 골목길에……' 모든 것에는 때가 있다. 넓게 팔을 펼치고 개구 쟁이들의 놀이터가 되어 주던 골목길은 이제 비좁기만 하다. 몸도 마 음도 너무 커 버렸다. 그렇다고 골목길이 시시해지는 것도 아니다. 그 냥 세월이 흐른 것이다.

미국으로 유학 가기 전 어머니께서 초등학교 때 교장 선생님께 가서 인사하고 오라고 해서 모교를 오랜만에 방문한 적이 있다. 선생님 따라 학교 여기저기를 둘러보다 교실에 놓인 책걸상을 보고 깜짝 놀랐다. '아니 내가 저기 하루 종일 앉아서 공부를 했단 말이야?' 그렇게 무겁던 책상이 장난감처럼 보였다. 한번 가서 앉아 보고 싶어졌다. 방학 중이라 빈 교실로 선생님과 함께 들어가 책상을 쓰다듬는 척하다 슬쩍 앉아 보았다. 의자가 어찌나 낮은지 무릎이 턱밑까지 올라왔다. 이제 내가 그 책상에 하루 종일 앉아 공부를 하는 것은 불가능하겠지만, 그래도 돌아가 앉아 보니 마음이 편안해졌다. 그런 게 추억이고, 작아진 골목길에 대한 그리움이다.

허나 추억 속에는 자랑스럽고 푸근한 것만 있는 것이 아니다. 나는 늘 농담으로 "젊음의 어리석은 짓들을 모두 인터넷이 생기기 전에 끝낸 게 얼마나 다행인지 모른다"고 말한다. 지금의 내가 유학 가기 전 초등학교 때 교장 선생님 찾아뵙던 청춘으로 되돌아간다면, 머리숱이 지금보다 훨씬 더 많다는 것 빼고는 나 자신을 견디지 못해 말 안 듣는 자식 둔 부모의 심정으로 폭발해 버릴 것이다. 열아홉 살의 나와 지금의 나는 마치 다른 인격체인 것 같지만 그래도 분명한 것은 열아홉의 나에게서 오늘의 내가 나왔다는 것이다. 열아홉의 나를 사랑하지 않으면 오늘의 나를 사랑할 수 없다. 이제는 부끄럽고 힘겨운 기억조차도 가끔 한번 되돌아보며 그 모든 넘쳐나던 감정을 젊음의 열정이라 이름하고 끌어안아야지.

우리는 얼마나 많은 것을 잊고 사는지

'어릴 적 함께 꿈꾸던 부푼 세상을 만나자 하네……' 처음 유학 가 친구들이 그리울 때면 회사원이 되어 멋지게 옷 차려입고 친구들과 만나는 상상을 했다. 그러나 그건 막연한 꿈이고, 나의 어릴 적 부푼 꿈은 구체적으로 무엇이었을까? 나는 그 꿈을 이루었을까? 대학 입시가 다가올 무렵 성원이와 진지하게 장래에 대해 이야기했다. 성원이는 계획이 확실했다. 얼마나 감명 깊게 들었으면 친구의 장래 꿈을 아직도 내가 기억하고 있다. 반면 나는 좋게 말해 꿈이 많았고 솔직히 말해 갈팡질팡이었다. 돌아보면 이룬 꿈도 의외로 많고, 이루지 못한 꿈도 있고, 포기한 꿈도 있다. 잃고 포기했기에 새롭게 얻은 꿈도 있다. 얼마 전 《고독한 미식가》를 시청하는데 내가 고3 때 성원이에게 했던 말과 아주 비슷한 말이 나왔다. "세상과 타협하지 않고, 발돋움하려 하지도 않고……."

미얀마의 민주화 지도자인 아웅산 수치는 영국에서 남편이 암으로 죽어 가는데 끝내 그를 보러 영국으로 가지 않았다. 미얀마에 남아 조국의 민주화를 위해 싸우는 것이 더 중요했기 때문이다. 난 그렇게는 못산다. 무엇보다 나는 세상을 바꿀 위인이 아니다. 게다가 소중한 사람들과 같이 죽는 것은 두렵지 않아도, 그들 다 떠나보내며 바꾼 세상에 나 혼자 살아남는 것은 너무도 끔찍하다. 나는 나만의 가치를 찾아 나의 심장이 기쁜 일을 하면서 살고 싶었다.

8~9년 전 나의 책 홍보를 위해 어느 기자를 만났을 때 여기에 한 가지 추가했다. 나와 한참 이야기를 나눈 그 기자가 내가 너무 유복하게 자라 쓸 이야기가 없다는 투로 내 책과 나에 대한 인터뷰 기사를 쓰는 것을 거절했다. "부모는 선택으로 만나는 것이 아니요. 부모덕에 초년고생 없이 자란 건 맞으나 그렇다고 그간의 내 삶이 한 줄 글도 되지

않을 만큼 재미없지는 않았소. 숨은 것을 보지 못하고 노천광만 찾아 글 쓰는 댁도 썩 훌륭한 기자는 아닌 듯하오." 그때 덧붙인 것이 "싫다는 사람에게 매달리지 말고, 나를 알아보고 내가 필요해서 찾아오는 사람에게 온갖 정성을 다하자"이다.

그러고 보니 중구난방 정신없이 광활하던 내 꿈의 뼈대는 의외로 간단한 것이었다. '세상과 타협하지 않고, 발돋움하려 하지 말고.' 뭐든 기본으로 돌아가면 세상이 이렇게 간단해지는 것인가? 살면서 뉴욕의 세계무역센터가 무너져 내리는 광경을 생중계로 보고, 뉴욕 증시가 폭락하는 것도 보고 현재 진행형인 코로나바이러스 팬데믹을 겪고 있다. 게다가 심지어 나이까지 먹을 대로 먹고 나니 '공상과학소설에 나오는 내용 중에 허황된 것은 하나도 없구나, 세상에 내일이 보장된 사람은 없구나'라는 생각이 든다. 언제 어떻게 뒤틀릴지 모르는 인생 기본에 충실하게 사는 것이 가장 현명한 꿈일 듯하다.

그러나 "Easier said than done(말이야 쉽지)." 얼마나 많은 순간 나는 기본을 잊지 말아야 한다는 기본조차 잊고 욕심을 부려왔던가. 〈혜화동〉은 마치 주문을 외우듯 '우리는 얼마나 많은 것을 잊고 사는지'라고 하며 끝난다. 우리가 잊지 말아야 할 것은 의외로 그리 많지 않다. 문제는 '많이 잊는' 것이 아니라 그 몇 되지 않는 것들을 '자주' 잊는 것이다. 야망이 나쁜 것이 아니고, 출세가 나쁜 것도 아니다. 야망과 출세에 앞서 '내가 이렇게 살면 내 영혼이 행복한가? 과연 죽을 때 행복할 수 있을까?'라는 질문을 잊지 말아야 한다.

몇 년 전 이미 종영한 지 한참 된 《응답하라 1988》을 미국 사는 동생네 집에서 봤다. 마지막 회에서 카메라가 모두가 떠나 버려 썰렁한 쌍문동 골목을 구석구석 비추고 덕선의 내레이션 뒤로 박보람이 부른 〈혜화동〉이 흘러나온다. 남자 조카는 한국말이 서툴러 조금 보다 혼자 딴짓하고, 여자 조카는 "정환이 불쌍하다"며 훌쩍거리고, 나는 아무 말 없이 화면을 응시하며 과외 다녀오다 4호선 공사 현장에서 넘어진 일부터, 성원이 면회 가던 일 등 지난 40년을 주욱 머릿속으로 훑었다.

성원이와 나는 오래전에 예비군 소집에 가서 본 것을 끝으로 연락이 끊겼다. 기가 막힌 건 소집 장소가 4호선 남태령역 근처라 역에서 마주쳐 소집장으로 함께 걸어갔다는 것이다. 우리는 4호선과 깊은 인연이 있나 보다. 그 뒤로도 내가 부지런히 연락해야 했는데 신부님들은 몇 년에 한 번씩 다른 임지로 옮겨다니다 보니 한번 놓친 것이 오랜 공백이 되고 말았다. 근래 성원이가 다른 분을 통해 나의 안부를 물어 왔다. 인터넷 시대에 어디 있는지 몰라 오래 연락 없이 살았다는 말은 핑계에 불과하다. 사실은 서로가 얼마나 변했을까 좀 두렵기도 하다. 성직자로 살아온 그와 변호사로 살아온 내가 만나 성직자와 속세의 사람이 아니라 고등학교 동창으로 서로를 대할 수 있을지 모르겠다. 지금 다시 만나도 "야, 성원아"라고 해도 될까? 우리가 서로 너무 변해 고등학교 시절로 돌아간다는 것이 초등학교 책상에 앉아 하루 종일 공부를 하는 것처럼 더는 할 수 없는 일일까? 아마도 다른 사람들이 옆에 있으면 "신부님" 하고 공손히 불러야겠지.

〈혜화동〉의 리메이크 중 가장 유명한 것은 박보람이 부른 버전이다. 늘 오리지널을 좋아하는 나는 동물원이 부른 것을 좋아하지만, 젊은 세대에게는 박보람 버전이 오리지널이나 마찬가지일 것이다. 단지 함부로 자기 귀에 익은 버전을 오리지널 혹은 원곡자라고 부르지는 말아줬으면 하는 것이 이 '꼰대'의 바람이다. 〈혜화동〉의 오리지널은 엄연히 동물원이고, 〈그리움만 쌓이네〉는 노영심이 아니라 그 노래의 작사, 작곡가이기도 한 여진, 〈아름다운 강산〉은 이선희가 아니라 작곡자 신중현이 오리지널이다. 〈I Will Always Love You〉의 원곡자는 휘트니 휴스턴이 아니라 얼마 전 모더나의 코로나바이러스 백신 개발에 100만 달러를 쾌척했던 돌리 파튼이다.

동물원의 노래 중에서 가을에 들으며 인생을 관조하기 좋은 노래가 또 하나 있다. 바로 〈흐린 가을 하늘에 편지를 써〉이다. 김창기가 의대 시험 전날 공부하다 말고 만들었다고 한다. 흐린 가을이라고 하는 걸 보니 2학기 중간고사 기간이었나 보다. 시험 전날 할 건 많은데 일단 책을 접어 놓고 일어서면 좀처럼 책상으로 돌아가기 힘들 때가 있다. 마음은 한없이 불안한데 리모컨을 손에 쥐고 텔레비전을 끄지 못하고 그 앞에 계속 앉아 있다든지, 쓸데없이 집안 대청소를 한다든지 공부 말고 그동안 미루었던 모든 일을 다 한다. 김창기는 대청소를 했는지는 모르겠지만 한 가지 확실한 건 명곡을 썼다.

시험 전날 '시간의 숨결'이 느껴질 정도의 초조함과 떨칠 수 없는 '상념' 사이에서 힘들어 하다 책을 덮고 벌떡 일어나 창문을 연다. 그리고 쌀쌀한 가을 하늘에 편지를 쓴다. '잊혀져 간 꿈들아 어디로 갔니? 난 여기서 무얼 하고 있는 거니?' 이 노래 리드보컬인 김광석이 '편지를 써~~' 하고 고함칠 때는 창문 밖으로 '아!' 하고 한 번 크게 소리를 질러 보는 김창기의 모습이 보이는 듯하다.

때로 이 노래를 들으며 '잊혀져 간 꿈들'이라는 대목을 들을 때면

'김창기는 요즘 이 노래를 부를 때 어떤 기분일까' 생각해 본다. 그는 이제 명망 높은 정신건강의학과 의사가 되었지만, 그가 훌륭한 의사가 되기 위해 한창 정신없이 바쁘던 시절 친구가 스스로 생을 마감했으니 말이다. 가까운 사람이 자살을 하면 남겨진 사람들의 죄책감이 크다. '내가 왜 그 속을 좀 더 깊이 이해하지 못했을까'라는 자책 때문이다. 더구나 그는 정신건강의학과 의사이니 그런 마음이 훨씬 더 클 것이다. 아마 그런 마음이 그를 인술을 베푸는 훌륭한 의사로 성장시켰는지 모르겠다.

동물원의 노래는 아니지만 가을에 즐기기 좋은 또 하나의 노래를 소개한다면 김현철의 〈춘천 가는 기차〉가 있다. 얼마 전 ITX 청춘열차를 타고 춘천까지는 아니고 가평을 다녀왔는데 볼일이 있어 다녀왔지만 오가는 기차 여행이 마치 명상 수련 같은 느낌이었다. 가사처럼 '조금은 지쳤다'고 생각될 때 평일 하루 비울 수 있으면 조용히 혼자 다녀오면서 이 노래를 들으면 좋다.

덜컹거리는 기차를 타고 떠나는 시간 여행

노래 좀 듣다 보니 내 인생 스토리에 개똥철학까지 다 나왔다. 그게 바로 노래의 힘이다. 실은 요즘 오래전에 쓰다 만 글들을 다시 읽으며 싹수가 노란 것들은 아예 지워 버리고, 괜찮은 것들을 다시 보완하고 덧붙여 글을 완성시켜 보려는 일을 하고 있다. 이 글도 쓰다 만 것이 1년은 족히 된 글이다. 그 1년 사이 나는 코로나바이러스 때문에 한동안 시간이 많이 남아 서울 성곽을 모두 돌았다. 낙산 구간을 돌 때 혜화문에서 출발해 낙산을 올라 흥인지문으로 내려왔다.

집으로 돌아가려다가 다시 지하철 4호선을 타고 혜화역으로 갔다. '우리 아버지가 사시던 곳은 어디일까? 김창기가 살던 곳은 어디일까?' 두리번거리며 걷다 오랜만에 학림다방에 들어가 커피도 마시고, 마로니에공원과 신학교 입구를 지나 한성대입구역까지 걸어가 그곳 5번 출구에 있는 오래된 제과점에도 들어갔다. 가는 내내 위의 모든 추억을 되새겼다. 그때는 동생네 가족과 《응답하라 1988》 보며 추억을 되새기던 것조차 추억이 되어 있었다. 그로부터 1년여 뒤인 지금 서울 성곽 낙산 구간을 걷던 것도 추억이다.

요즘 이촌역 앞이 공사 중인데 임시 인도를 따로 만들고 철저한 안전장치를 하며 공사를 하고 있다. 그곳을 지나던 나는 피식 웃었다. 바로 그 자리에서 널브러진 자재들에 걸려 넘어지던 내 모습이 생각나서이다. 〈혜화동〉 노래 한 곡 속에 내가 중학교 시절 걷던 이촌역 앞길과 지금의 길 그 사이의 모든 이야기가 빼곡히 들어차 있다. 비단 나 개인의 기억뿐 아니라 우리 사회의 기억이 함께 엮여 있다.

우리의 기억이 대물림되고 새 이야기가 첨가되어도 끝없이 그 기억들을 수용하는 것이 노래이다. 미국의 제42대 대통령 빌 클린턴은 "우리의 기억이 우리의 미래에 대한 꿈을 압도할 때 우리는 늙어 가는 것"이라고 했다. 우리가 돌아갈 수 없는 과거의 기억에만 묶여 연연한다면 나이와 상관없이 우리는 시들어 가는 것이다. 그러나 역사를 잊는 사람은 더 앞으로 나아갈 수 없는 것도 사실이다.

하와이 원주민들의 속담에 '미래는 과거 속에 있다'는 말이 있다. 역사는 우리의 길을 밝혀 주는 등대이기 때문이다. 아프리카 세렝게티에 건기가 오면 그곳에 흐르는 수맥을 찾아 무리에게 물을 먹이는 나이 많은 코끼리의 지혜, 그것은 기억이다. 우리는 그 귀중한 기억들을 노래에 새겨 놓고 서로 나누며 산다.

　이 책을 덮으며 덜컹거리는 기차를 타고 시간 여행 한번 떠나 보길 권한다. 노래 속에 새겨진 나와 내 주변 사람들과 내가 살던 동네와 사회의 모습은 어떤 것이었는지 한번 돌아보길.

청춘

이제 모두 세월 따라
흔적도 없이 변하였지만

머물러 있는 청춘인 줄 알았는데

 # 김광석의 〈서른 즈음에〉

김광석이라는 음유 시인이 있었다. 그는 기타를 어깨에 메고 하모니카를 목에 걸고 전국의 소극장을 돌며 거칠 것 없이 뻗어 나오는 목소리로 인생과 음악을 노래했다. 인터넷이 없던 시절 한국 대중문화를 거의 접하지 못한 채 6년간 미국 유학 생활을 마치고 귀국했을 때만 해도 나는 김광석이란 가수를 전혀 몰랐다. 귀국 직후 비가 부슬부슬 내리던 초봄, 우연히 친구를 따라 갔던 대학로 소극장 공연에서 잊지 못할 두 곡의 노래를 들었다. 김광석이 부른 〈이등병의 편지〉와 안치환이 부른 〈소금인형〉이었다. 군대에 가서 훈련 도중 사망한 형의 이야기와 함께 들려준 〈이등병의 노래〉는 곧 병역의 의무를 이행해야 할 나의 마음에 깊이 새겨졌다.

내가 귀국한 그해 우리나라 군대에 인원이 차고 넘쳤는지 군 소집 영장이 나오지 않아 그 후로도 한 1년 직장생활을 하다 방위병 생활을 시작했다. 고참 중 한 명이 김광석의 열렬한 팬이었다. 매일 내무반에 김광석 노래를 틀어 놓아 그 기간 중에 김광석의 노래를 많이 들었다. 몇 년 전 《응답하라 1988》에도 삽입되었던 〈사랑이라는 이유로〉가 특히 좋았다. 이등병 시절이라 대놓고 음악을 들을 수는 없었지만 안 듣는 척하면서 속으로 가사와 멜로디를 모두 외웠다. 단전의 심층에서부터 끓어오르는 에너지가 그 무엇에도 걸리지 않고 솟구쳐 올라 비강의 울림통을 통해 터져 나오는 그의 목소리는 갑갑한 내 이등병 생활과 상반되는 자유 그 자체였다.

내가 군복무를 마칠 즈음 김광석은 〈서른 즈음에〉를 발표했다. 그는 〈서른 즈음에〉를 1년여 부르더니 서른두 살이 되기 전 황망히 우리 곁을 떠났다. 만개하려던 찰나 떨어져 버린 꽃같이 떠난 김광석에 대한 그리움 때문일까? 개인의 이야기 같은 가사지만 사실은 모두가 겪는 이야기라서 그럴까? 언제부터인가 이 노래는 김광석의 노래 중에 내가 가장 즐겨 듣고 부르는 노래가 되었다. 분명 서른을 노래했는데 나이 들수록 좋아지고 인생의 새로운 모습을 보여 주는 노래다.

멀어져 가는 날들을 아쉬워하며

김광석이 이 노래를 발표했을 때 그 자신도 막 서른이 됐을까 한 때였으니, 그보다 나이가 아래인 나는 당연히 생각 없이 즐거운 20대였다. 남보다 한참 늦게 시작한 군복무 말년이었던지라 온 세상이 나를 기다리고 있는 느낌이었다. 게다가 나는 김광석처럼 조숙하게 인생을 관조하는 사람이 아니었다. 서른이 될 때 그래도 내 나이 뒤에 0이 붙는 해니까 '나도 서른이 되는구나'라는 생각이 잠시 들기는 했으나,

나에게는 앞으로 뻗어 나갈 날이 더 많다고 생각했다. 멀어져 가는 날들을 아쉬워할 겨를이 없었다. 오히려 '이제 서른에 뭐 저렇게 세상 다 산 것 같은 이야기를 하나'라는 생각을 했다. 나중에 알고 보니 그 당시 우리나라 평균 수명이 예순 살 정도였다고 한다. 내가 워낙 장수 집안에서 자라 생각을 못 했지 인생의 반이 흘러갔다 생각하면 세상 다 산 것 같은 노래가 나올 수도 있었겠다.

〈서른 즈음에〉라는 노래가 내게 다가온 것은 마흔이 넘은 뒤였다. 어느 날 노래방에서 이 노래를 부르다 '머물러 있는 청춘인 줄 알았는데'라는 대목에서 가슴이 먹먹해 왔다. '언제 세월이 이렇게 흘렀지?' 어려서는 매일이 똑같았다. 학교 다녀와 숙제하고, 저녁 먹고, 시험 틀린 것 가지고 혼나고, 자고 또 학교로 향했다. 조금 자라 봄이 오면 여름이 오고 그 뒤에 가을이 오고 손을 호호 불며 나가 노는 겨울이 온다는 것을 알았다, 그것도 똑같은 계절이 계속 반복하는 걸로만 알았다. 똑같은 일상 속에서 똑같은 '계절은 다시 돌아오지만' 실은 똑같은 어린아이인 줄 알았던 나는 그 속에서 매 순간 나이 먹고 있었다. '언제까지나 머물러 있을 줄 알았던 청춘의 마지막 날은 언제였을까?' 언제가 끝이었는지도 확실치 않게 청춘은 그렇게 스르륵 사라져 버리고 불혹의 내가 마이크를 쥐고 노래를 하고 있었다. 머물러 있는 청춘인 줄 알았다고.

영어에 'Life throws you a curveball'이라는 말이 있다. '인생이 당신에게 커브 볼을 던진다'는 뜻이다. 인생에는 직구만 있는 것이 아니라 때로 커브 볼 즉 예기치 않은 일들이 일어나 인생의 방향이 뜻하지 않게 바뀐다. 뭔가 해보려던 차, 인생이 나에게 연속해 커브 볼을 던지며 선택을 강요할 때가 있다. 나의 40대는 유난히도 커브 볼이 많이 들어온 10년이었다. 40대 시절 어려운 결정을 많이 해야 했기에 때로 '그때 그 결정이 옳았던가?'라고 자문해 보는 일이 있었다. 그렇게 돌아볼 때면 세상을 내 손 안에 쥐고 있다고 생각하던 내 청춘까지 거슬러 올라갔다. 그래서 내 40대는 '머물러 있는 청춘인데'라는 부분만 들으면 가슴이 시렸다.

쉰이 되면서 처음 '아, 나도 늙는구나'라는 생각을 했다. 쉰한 살 생일이 되기 2개월 전에 아버지가 돌아가셨다. 내가 어려서부터 가장 두려워하던 부모님의 죽음이 처음 현실로 닥친 것이다. 다른 사람의 부모님은 돌아가셔도 나의 부모님은 영원히 살 것 같은 것이 자식들의 공통된 마음일 것이다. 부모님이 돌아가시는 것은 할머니, 할아버지가 돌아가시는 것과 또 다르다. 일종의 가림막이 사라지는 느낌이다. 쉰이 넘은 나이에 아버지가 돌아가시자 '어머니마저 돌아가시는 날엔 난 고아가 되는구나'라는 생각이 들었다. 쉰에서 쉰한 살이 되는 1년 동안 나는 '아, 이렇게 늙는 거구나'와 '아, 이렇게 모두 죽는 거구나' 그리고 늙고 죽는 사이의 모든 것을 체험했다. 이제 내 가슴을 후벼파는 대목은 '매일 이별하며 살고 있구나'가 되었다. 이별은 아동기, 청년기 하며 단위별로 찾아오는 것이 아니었다. 매일 같은 일상일지라도 어제의 일상은 절대 다시 돌아오지 않는다. 우리는 다시 못 올 일분일초와 끝없이 이별하며 사는 것이다.

일상의 이별을 깨달으면서 나는 망각의 치유도 알게 되었다. 오래전 내가 대학생 때였을까? 아버지와 나 단둘이서 어느 여름날 옥상에 돗자리를 깔고 밤하늘을 바라보며 시원한 바람을 쐬고 누워 있던 적이 있다. 그날 아버지는 당신 할머니 즉 나의 증조할머니가 돌아가셨을 때의 슬픔을 이야기하면서 "신이 인간에게 준 가장 큰 선물은 망각인 것 같다"고 하셨다. 할아버지는 어려운 살림에 겨우 공부를 해 의사가 된 뒤 곧바로 의사가 드문 타지에 가서 개업하셨다. 할머니는 당연히 할아버지를 따라가 살림을 하셨고, 아버지의 동생들도 함께 그곳으로 가서 살았다, 경기중학교에 입학해 집안의 자랑이자 꿈이었던 아버지는 서울에서 증조할머니의 보살핌을 받고 자랐다.

그런 증조할머니가 돌아가셨을 때 아버지는 다시는 그 슬픔을 극복하지 못할 것만 같았다. 어머니보다 더 많은 시간을 함께 보낸 할머니가 없는 세상에서 살아간다는 것은 상상할 수도 없는 일이었다. 하지만 시간이 지나자 그 슬픔도 무뎌졌다. 다시 밥도 넘어가고, 직장 출근도 하고, 살아졌다. 조금 더 시간이 지나자 다시 웃을 수도 있었다. 아버지의 이야기를 들으며 '과연 나도 망각의 선물을 받았을까?'라고 일말 궁금하기도 하고 두렵기도 했다. 신은 공평해서 나에게도 망각의 선물을 주셨다. 후에 나도 당해 보니 그냥 살아졌다. 죽음 때문이든 결별 때문이든 사랑하는 사람과 이별하는 것은 마음만 아픈 것이 아니라 몸도 돌에 맞은 것처럼 아프다. 망각의 치유가 없다면, 우리는 무수한 이별 때문에 사지가 마비되어 아무것도 하지 못하고 누워 지낼지도 모른다. 잊는다는 것은 매정하게 느껴지기도 하고 잊힌다는 것은 슬프기도 하지만, 그건 사랑하는 사람과 사랑한 기억을 잊는 것이 아니라 그들을 잃는 아픔을 잊는다는 것이다. 그래서 나는 '매일 이별하며 살고 있구나'가 내 마음을 휘저어 놓을 때마다 '조금씩 잊혀져 간다'를 떠올린다. '이 돌팔매도 시간이 흐르면 끝나리.'

매일 이별하며 살고 있구나

나는 〈서른 즈음에〉를 나의 노래방 버전을 포함해 여러 버전으로 들었는데 세 명의 노래가 기억에 남는다. 첫 번째는 물론 오리지널 김광석의 노래이다. 두 번째는 이은미가 부른 것이다. 이은미는 내가 김광석만큼이나 좋아하는 가수이다. 특히 그녀의 5집 《노블레스》에 실린 〈내가 있을 거야〉와 〈길〉, 《녹턴》 앨범에 실린 오보에 전주가 아름다운 〈기억 속으로〉는 즐겨 듣는 곡이다. 그녀가 《노스탈지아》라는 앨범에 여러 노래들을 리바이벌해서 실었는데 거기 들어 있는 〈서른 즈음에〉도 상당히 좋아한다.

얼마 전 나는 오랜 세월 동안 따라가며 듣고 싶은 〈서른 즈음에〉를 발견했다. 바로 지금 서른 즈음에 있는 임영웅의 노래이다. 《신청곡을 불러드립니다-사랑의 콜센타》에서 임영웅이 부르는 것을 봤다. 내가 임영웅을 좋아하는 이유는 그의 노래에 과시욕이 없기 때문이다. 나는 가장 감동적인 노래는 가사를 말하듯 들려주는 노래라고 믿는다. 임영웅의 노래가 그렇다. 그의 노래는 자연스럽게 흘러간다. 자신의 목소리를 과시하려 억지로 한 음을 과장하는 일이 없다. 그가 격정적으로 노래할 때는 가사의 문맥상 격정적이어야 하기 때문이다. 그날 임영웅이 부른 〈서른 즈음에〉에서 가장 좋았던 부분은 맨 끝에 '매일 이별하며 살고 있구나'였다. 임영웅은 그의 장기인 긴 호흡을 바탕으로 어느 한 단어를 일부러 잡아끄는 것 없이 이 구절을 한숨에 담담히 불렀다. 서른 즈음에 자신의 30년을 돌아보듯 조근조근 들려주는 그의 노래로 인해 그의 30년이 내 눈 앞에 펼쳐진다.

불행히도 우리는 김광석이 마흔 살이 되고 쉰 살이 되었을 때 또 지금 이 시점에 이 노래를 어떻게 다르게 불렀을지 알 수 없다. 하지만 임영웅이 마흔 살이 되고 쉰 살이 되었을 때 이 노래를 어떻게 부를지 한번 들어보고 싶다. 지금 그에게 다가오는 구절은 어떤 것이며, 그가 마흔 살, 쉰 살이 되었을 때는 또 어떤 구절이 그의 심금을 울릴까? 나도 그때까지는 살아 있겠지? 꼭 살아서 그때는 어떤 다른 그림이 내 눈앞에 펼쳐지는지 경험해 보고 싶다. 아니 내 나이가 예순, 일흔, 여든이 되면 이 노래의 어느 구절이 나를 사로잡는지도 한번 알아보고 싶다.

〈서른 즈음에〉는 인생을 찾아가는 노래인가 보다. 김민기가 오래전 인터뷰에서 김광석의 훌륭한 점이 자신이 작사, 작곡 능력을 갖고 있지만 다른 사람의 좋은 노래를 받아 부를 줄도 안다고 칭찬하는 것을 들었다. 김광석이 이 노래를 받아 불러 줘서 나는, 우리는 이 노래를 들으며 인생을 찾아간다.

나의 모든 사랑이 떠나가는 날이

 # 김현식의 〈내 사랑 내 곁에〉

1992년 여름이었다. 미국에서 돌아온 나는 군 소집 영장이 나오기를 기다리며 직장생활을 하고 있었다. 처음으로 돈을 벌어 그 돈으로 친구들과 술판을 벌이는 재미에 흠뻑 빠져 있었다. 원래 술이 약한데 이때 2~3년간 악으로 술을 좀 마셨다.

무덥던 8월의 토요일, 친구 몇 명과 어울려 술을 마셨다. 맥주를 마시며 가볍게 시작했던 술자리는 청하로 바뀌었다. 청하는 그 당시 새로 출시된 제품으로 센세이션을 일으키던 술이다. 그날 처음 마셨는데 달달한 것이 잘도 넘어갔다.

술을 마시던 그 그룹에는 내가 좋아하던 여자가 같이 있었다. 고백도 못 하고 나는 그 앞에서 애꿎은 청하만 계속 마셔 댔다. 청하는 막판에 갑자기 취기가 올라온다더니 술자리가 파하고 방향이 같은 친구 서너 명과 버스 정류장으로 걸어가는데 세상이 아련해지며 내 목소리가 남의 목소리처럼 들리기 시작했다. 다리가 후들후들 떨렸지만 정신을 바짝 차리고 걸었다. 친구들과 헤어져 혼자 버스를 기다리며 다짐했다. '술에 취해 길에서 흐느적거리는 사람들을 내가 얼마나 경멸했던가? 절대 버스 안에서 흔들리지 않으리라.'

이를 악물고 버스를 타고 내렸다. 우리 동네 버스 정류장에서 집까지 걸어 올라가는 언덕길은 길고 험했다. 직선으로 올라가도 긴 길을 갈지자로 걸어갔으니 그럴 수밖에 없었다. 집으로 들어가기 전 또다시 이를 악물고 중심을 잡았다. 부모님께 다녀왔다 인사를 하고 꼿꼿이 걸어 2층 내 방으로 갔다. 세상이 무너져도 하루 두 번 세안 원칙을 고수하는 나는 그 와중에 미식거리는 속을 달래며 씻고 자리에 누워 잤다. 시간이 얼마나 흘렀을까. 내 동생이 "아, 시끄러" 하고 소리를 질렀다. 그 소리에 벌떡 깨어났다. 자면서 뭐라고 잠꼬대를 했나 보다. 다시 자려고 하는데 이번에는 동네 어느 집에서 부부싸움을 대판 벌이는 소리가 났다. 여름이라 집집마다 창문을 열어 놓아 조용한 새벽에 욕설이 그대로 생중계되었다. 급기야 남편이 부인을 때리는 것 같았다. 자려던 나와 내 동생이 다시 일어나 경찰을 부르려고 하던 중 싸움이 끝났다.

이미 조용해졌는데 어느 집인지도 모르면서 신고를 할 수 없어 다시금 자려 누우며 동생이 무심결에 우리 방에 있던 작은 텔레비전을 켰다. 그림이 보이기도 전에 목소리부터 들리던 흑백 텔레비전이었다. 처음 들려오는 말이 "황영조 선수, 이만하면 우승이 확실하지 않습니까?" 에이? 이게 무슨 소리야? 그 시간 스페인 바르셀로나 올림픽에서 황영조가 몬주익 그 영광의 길로 들어가는 마지막 언덕을 오르고 있었다. 결국 그날 우리는 잠을 설치고 온 식구가 일어나 황영조 선수가 골인하는 장면을 보며 덩실덩실 춤을 추고 소리를 질렀다. 그 후로 나는 "내가 청하 마시고 취하면 황영조가 우승한다"고 떠벌리고 다녔다.

황영조가 바르셀로나 올림픽에서 금메달을 목에 거는 것을 보고 곧이어 열린 폐막식까지 다 끝난 뒤 동생에게 물었다. "내가 아까 뭐라 그랬는데 시끄럽다 그랬니?" "막 노래를 하더라. 나의 모든 사랑이 떠나가는 날이~~" 김현식의 〈내 사랑 내 곁에〉이다. 뭔가 중얼거렸다는 생각은 들었는데 노래를 불렀을 줄은 몰랐다. 그 와중에 그 당시 제일 핫한 노래를 불렀네. 그러고 보니 어렴풋이 기억이 난다. 우리 집 언덕을 갈지자로 올라가면서도 그 노래를 불렀다. "애써 웃음 지으며 돌아오는 길이 왜 그리도 낯설고 멀기만 한지……." 결국 고백을 하지 못하고 그녀의 얼굴만 쳐다보며 술을 마시고 취해 돌아오는 길이 낯설고 먼 것이었을까, 아니면 가뜩이나 긴 언덕길을 갈지자로 올라가려니 늘 다니던 길이 멀기만 했던 것이었을까?

여린 감성으로 세상을 견디다

10여 년 짧은 세월 대한민국의 언더그라운드 음악을 주류로 끌어 올리고 활동하다 서른두 살의 나이로 세상을 떠난 김현식. 〈내 사랑 내 곁에〉는 200만 장이 팔려 나간 그의 최대 히트곡이다. 그의 목소리는 원래 미성은 아니지만 박력 있고 고음도 잘 올라가는 매끈한 목소리였다. 하지만 김현식의 목소리는 흡연과 음주로 인해 거칠게 변해 갈기갈기 갈라졌다. 이 노래를 녹음할 무렵에는 간경화로 죽음을 목전에 두고 앨범을 마무리해야 한다는 일념으로 종종 병원을 탈출해 앨범 작업을 했다. 그의 스튜디오 녹음 파일들을 반주 없이 들어보면 노래라기보다는 야수의 울부짖음이라는 표현이 더 맞을 것 같은 절규만이 가득하다. 그의 앨범들을 프로듀싱 했던 송홍섭의 증언에 의하면 김현식 사후에 녹음들을 들어보니 하나도 제대로 완성된 것이 없어 발매를 거의 포기했다가 맨 처음에 처음부터 끝까지 부른 파일을 찾아내 그중 제일 낫다는 생각에 그 파일을 발매했다고 한다.

김현식에게는 사랑하는 아내와 아들이 있었지만 이혼하고 아들은 아내가 키웠다. 그들 부부의 이야기를 모르지만 그게 아내의 최선의 선택이 아니었을까 한다. 김현식의 5집 앨범에 있는 〈할렐루야〉는 기독교 신자였던 그의 전 부인이 불러 달라고 해서 녹음한 것이다. 그녀는 김현식이 종교의 힘을 빌어서라도 술과 담배를 끊고 건강한 삶을 살아가길 바랐던 것일까. 약물과 알코올로 점철된 생활이 예술가로서의 삶에 어떤 영향을 미치는지는 잘 모르겠지만, 분명 어린 아들에게 좋은 것은 아니다. 아내와 아들은 떠나고, 사랑하는 후배 유재하까지 불의의 사고로 세상을 떠난 뒤 그는 더욱 술과 담배에 의존하다 병을 얻어 세상을 떠났다. 나는 〈내 사랑 내 곁에〉가 김현식의 인생이 담긴 유언인 것 같다는 생각을 떨칠 수가 없다.

'나의 모든 사랑이 떠나가는 날이 당신의 그 웃음 뒤에서 함께하는데…….' 때로 이별을 직감할 때가 있다. 평소처럼 걸려온 전화를 받으면서, 평소처럼 만나 커피를 마시면서 불현듯 스치는 직감은 상대방이 웃으며 평소처럼 이야기해도 떠나지 않고 그 웃음 뒤에 그림자로 있다. 노래 속의 '나' 역시 아는 척하지 않는다. '철이 없는 욕심에 그 많은 미련에' '나'도 모르는 척하면 이별이 오지 않을 것 같다. 욕심과 미련 속에 '당신'을 잡아 둘 수 있을 것 같다. 그러나 '당신이 있는 건 아닌지.' 아니다. 당신은 떠났다. '시간은 멀어 집으로 향해 가는데.' 시간이 멀다는 것은 무얼 의미하는 것일까? '약속했던 그대가' 온다고 했던 시간이 훌쩍 지났다는 뜻일까? 너무 많은 시간이 흘러 예전의 약속도 기억도 다 흐릿해졌다는 이야길까? 그것도 아니면 긴 세월 인생이 먼 길 즉 먼 시간을 걸어와 이제 내 영혼이 떠나온 집으로 힘없이 터벅터벅 향해 가고 이 세상에서의 시간이 얼마 없다는 뜻일까?

'약속했던 그대'는 끝내 나타나지 않는다. 집으로 향해 가는 길목에 서서 새로 돋아나는 여린 가지를 바라본다. 인생은 어차피 혼자라지만, '이젠 진짜 혼자 내 길을 가는구나'라는 생각이 든다. 혼자가 되니 '그대 기억'이 더욱 아프게 난다. 그는 목 놓아 우는 것 같다. '내 사랑 그대 내 곁에 있어줘. 이 세상 하나뿐인 오직 그대만이…….' 그러나 '그대'는 답이 없다. 그는 또다시 울먹인다. '힘겨운 날에 너마저 떠나면 비틀거릴 내가 안길 곳은 어디에…….' 이 노래의 화자는 여린 가지보다도 더 여린 영혼인 것 같다. 그는 비틀거리며 버겁게 이 세상을 살다 안길 곳을 찾지 못하고 아픔만을 간직하고 떠났다. 돈 맥클레인이 빈센트 반 고흐의 생을 주제로 만든 노래 〈Vincent〉에 그런 가사가 나온다. '이 세상은 애초에 당신처럼 아름다운 사람이 있을 곳이 아니었어요(This world was never meant for one as beautiful as you).' 화자는 이 세상에 있기에 너무도 아름답고 여린 영혼이었다.

베토벤의 현악 사중주 13번의 마지막 악장 〈Finale〉는 베토벤이 생애 마지막으로 완성한 곡이다. 몇 년 앞서 13번을 초연할 때 사용했던 마지막 악장이 당시로서는 너무 실험적이어서 평이 좋지 않아 다시 썼지만 그는 끝내 새로 쓴 악장이 연주되는 것을 듣지 못하고 죽었다. 살아 있었다 해도 듣지 못하는 건 마찬가지였을 것이다. 죽기 직전 베토벤은 아무 소리도 들을 수 없을 정도로 완전히 청력을 잃었다.

김현식의 마지막 노래를 들을 때면 베토벤의 마지막 악장이 떠오른다. 베토벤은 만신창이가 된 육신의 귀로는 아무것도 들을 수 없지만 영혼 속에서 흐르는 울림을 하나하나 붙잡아 이 세상으로 끄집어냈다. 가수의 성대가 망가졌다는 것은 작곡가의 귀가 망가진 것과 다를 바 없다. 김현식의 성대는 어떻게 이 목소리로 노래를 부를까 싶게 만신창이가 되었지만, 그는 영혼 속에서 흐르던 회한과 그리움과 간절함을 붙잡아 세상 속으로 게워 냈다.

베토벤의 마지막 악장을 들으며 '아, 아무것도 들을 수 없는 사람 속에 귀가 멀쩡한 내가 듣지 못하던 이런 세상이 있었구나'라고 생각한다. 김현식의 〈내 사랑 내 곁에〉를 들으며 '아, 이렇게 망가진 목소리 속에서 목소리가 멀쩡한 내가 느껴 보지 못한 영혼의 눈물이 흘러나오는구나'라고 생각한다. 그 거친 소리로 토하듯 떠나간 사랑을 부르다 김현식 자신이 떠나갔다. 우리는 그가 머물지 않는 이 세상에 남아 아직도 그 절규를 듣고 있다. 김현식도 베토벤이 그랬던 것처럼 〈내 사랑 내 곁에〉가 사랑받는 것을 보지 못하고 이 세상을 떠났다.

세상 사람 모두 다 행복했으면

김현식의 노래 중에서 내가 좋아하는 또 하나의 노래가 권인하, 강인원과 함께 부른 〈비 오는 날의 수채화〉이다. 1989년에 나온 동명 영화의 주제가이다. 영화를 개봉하기도 전에 사운드트랙이 발매되면서 나의 마음을 완전히 사로잡았다. 노래를 좋아해 영화를 보긴 했는데 잘 기억나지 않는다. 여름 방학에 한국에 왔다 이 노래를 처음 듣고 미국으로 돌아가면서 카세트테이프를 사 가지고 가서 듣고 또 들었다. 아직도 이 노래를 들으면 서울의 장마철과 내가 대학을 다닌 텍사스의 여름이 생각난다.

이 노래를 처음 들었을 때도 서울에 장맛비가 내리고 있었다. 내가 이 노래를 매일같이 듣던 텍사스는 여름이 1년의 2/3를 족히 차지할 정도로 무덥고 습해 거의 매일 소나기가 온다. 말이 소나기지 한 10~20분 전기가 나갔다 들어왔다 하며 뇌성벽력을 동반한 폭우가 쏟아진다. 요란하게 비가 오다가 아무렇지도 않게 뜨거운 태양이 다시금 머리를 내밀면 여태 내린 비가 증발해 올라가며 찜통 날씨가 된다. 내가 살던 휴스턴 근교는 평지밖에 없어서 그 10~20분 동안 여기저기 물이 넘치기도 한다.

노래 제목까지 비 오는 날이니 이 노래를 들을 때마다 서울의 장맛비와 텍사스의 소나기 생각이 드는 것도 무리는 아니다. 끈끈한 여름날 옷과 신발을 흠뻑 적시던 비의 기억이 나를 미소 짓게 만드는 건 그 기억 속에 박혀 있는 젊은 날에 대한 그리움이리라. 이 노래에서 화자는 '그대 숨소리 느껴지면' 그 그리움을 달래기 위해 붓 하나를 들고나와 그림을 그린다. 나에게도 그림 그리는 재주가 있다면 이 노래를 처음 듣던 그날의 장맛비나 텍사스의 소나기를 그려보고 싶다.

노래 처음 부분은 강인원, 권인하, 김현식이 각각 몇 소절씩 나눠 부른다. 떨어지는 빗방울처럼 경쾌한 리듬을 타고 비 오는 날의 하늘처럼 흐르는 단조의 멜로디를 삼인 삼색의 목소리가 나눠 부르며 한 폭의 수채화를 그려낸다. 카페는 초콜릿색으로, 가로등 켜진 거리는 보라색으로 칠한다. 이 노래의 첫머리 '거리에 투명하게 색칠을 하지'를 들을 때마다 '맞아, 그래서 내가 수채화를 좋아해'라고 생각한다. 수채화 속 세상은 밑그림조차 고스란히 드러날 정도로 투명한 세상이다. 후반부 갑자기 노래가 단조에서 장조로 바뀌며 셋의 화음이 들려온다. 마치 비온 뒤 맑게 갠 하늘처럼. '세상 사람 모두 다' 행복한 '도화지 속에 그려진 풍경'처럼. 권인하는 요즘도 이 노래를 종종 부른다. 얼마 전 《신청곡을 불러드립니다–사랑의 콜센타》에서도 불렀다. 환갑이 넘은 나이임에도 공기를 가르며 올라가는 고음에 놀라움을 금치 못했다. 그러나 '음악이 흐르는 그 카페에' 대목을 부를 때 김현식의 거친 목소리가 그리웠다. 노래를 부른 후 권인하도 그 목소리가 그리웠는지 '현식이 형' 이야기를 잠깐 했다.

거친 목소리에 담긴 깊은 감성

김현식의 1집 앨범 속 자작곡 〈사랑했어요〉를 부르는 그의 목소리는 완전히 다른 사람이다. 3집 속 〈비처럼 음악처럼〉은 〈내 사랑 내 곁에〉와 〈사랑했어요〉 사이의 목소리이다. 고음에서 거친 소리가 잠깐씩 들린다. 이런 걸 보면 김현식의 후기 목소리는 몸 컨디션의 영향이 컸지만, 스스로도 매끈한 목소리보다는 다소 거친 하드 로커의 목소리를 지향했나 보다. 〈내 사랑 내 곁에〉를 〈사랑했어요〉를 부를 때 같은 매끈한 목소리로 불렀으면 과연 똑같은 감동이 있었을까 생각한다. 반대로 〈사랑했어요〉를 〈내 사랑 내 곁에〉의 목소리로 불렀다면 그것도 이렇게 애절하게 울려오지 않았을 것 같다. 〈비처럼 음악처럼〉은 너무 예쁘거나 너무 갈라지는 소리가 아닌 딱 적당하게 거친 소리로 해서 제맛이 난다. 비가 내리고 음악이 흐르는 몽환적인 풍경은 달콤한 예전의 목소리가, '당신'이 떠나가던 날의 아픈 기억과 하루 종일 비만 맞고 아무것도 하지 못하며 아직도 그 고통에서 헤어나지 못하는 '나'의 모습은 거친 소리가 살짝 섞이며 제맛을 낸다. 목소리가 매끄럽게 나오건 갈라져 나오건 그걸 가지고 자신만의 음악을 만드는 것은 김현식의 재주이다.

〈내 사랑 내 곁에〉는 몇몇 노래 잘하는 젊은 가수들이 부르는 것을 들어봤다. 목소리가 너무 깨끗해서 감동이 없었다. 목소리는 김현식과 흡사한데 기분은 나지 않는 가수도 있다. 한영애가 부른 〈내 사랑 내 곁에〉는 좋아한다. 한영애도 모든 음악을 한영애화하는 가수다. 자기식으로 불러서 좋다. 그냥 김현식에 대해 매우 까다로운 나만의 입맛을 갖고 있는 사람으로서 주관적인 평이다. 1990년대 초 《노영심의 작은음악회》라는 프로그램이 있었는데 바이올리니스트 김남윤이 나와 〈내 사랑 내 곁에〉를 바이올린으로 연주한 적이 있다. 의외로 좋았다. 이것도 주관적 평가다. 나에게는 편파적으로 바이올린 소리를 선호하는 경향이 있다.

〈비처럼 음악처럼〉은 패티김이 은퇴하기 전에 진행했던 JTBC의 《패티김 쇼》에 김태우와 바비킴이 함께 출연해 부른 것을 좋아한다. 어정쩡하게 김현식의 개성을 모방하지 않고 자신들의 듀엣곡으로 만들어 불러 좋았다.

이세준, 김경호, 홍경민이 《불후의 명곡》 강인원 편에 출연해 부른 〈비 오는 날의 수채화〉는 종종 찾아 듣는다. 김현식의 노래들이 홍경민에게 대체로 잘 어울리지만, 홍경민이 부르는 '음악이 흐르는 카페에'는 더는 들을 수 없는 김현식의 목소리에 대한 나의 갈증을 풀어 줄 정도로 좋다. 편곡도 다시 했는데 재즈의 느낌도 있고, 영국 가수 스팅이 로열 필하모닉 콘서트 오케스트라와 자신의 히트곡들을 녹음한 앨범처럼, 도시적인 세련미도 오리지널보다 강하다. 노래가 끝날 때 '워우워' 하던 스캣 부분은 오리지널보다 훨씬 더 강렬해서 노래가 끝날 때 관객들을 열광의 도가니로 몰아넣는다. 바흐의 음악은 바로크 악기로 그 시대의 소리를 내는 연주도 좋고, 현대 악기로 현대적인 기분으로 연주해도 좋다. 그만큼 바흐의 곡들이 넓고 깊게 모든 시대를 포용하기 때문이다. 〈비 오는 날의 수채화〉를 들으며 같은 생각을 했다. 시대가 지나도, 편곡 스타일이 달라져도 그날의 감동, 그날의 비 냄새가 다시 살아온다. 위대한 곡이다. 이세준이 '빗방울 떨어지는……' 하고 노래를 시작할 때 강인원이 '후' 하고 짧게 한숨을 쉬는 모습이 비친다. 그에게도 떠나간 친구, 돌아오지 않는 지난날, 그날의 녹음 스튜디오 냄새가 그대로 살아온 것 같았다.

언더그라운드 문화를 주류로 끌어올리다

내가 미국으로 떠났던 1985년 이전 젊은이들은 가요를 잘 듣지 않았다. 우리 가요의 주 대상이 중장년층이었다. 하지만 이듬해 여름 한국에 오자 상황이 완전히 바뀌었다. 언더그라운드 가수들이 대거 지상으로 진출해 젊은층을 사로잡고 있었다. 친구가 소개팅을 시켜 주며 들국화의 콘서트 입장권을 줘서 처음 만난 여자와 그 콘서트에 갔던 기억도 있다. 언더그라운드의 신선함이 세상에 기지개를 펴고 우리 가요계를 이끄는 중심에 김현식이 있었다. 그는 밴드 봄여름가을겨울과 신촌블루스의 멤버로, 또한 솔로로 활동하며 지하세계를 지상으로 들어 올렸다. 1980년대 이전에 이미 지상으로 진출했던 가수들이 있었지만, 언더그라운드 가수의 지상 진출이 하나의 신드롬이 되는 1980년대 중후반부터 그들의 활약도 더욱 눈에 띄었다. 김현식이란 걸출한 예술가가 없었어도 가능했을까 감히 질문해 본다.

한편으로 왜 그 아까운 재능, 그 젊은 인생을 그렇게 빨리 소진했을까 안타까움도 든다. 권인하가 어느 인터뷰에서 "김현식이 술을 끊어보려 애를 쓰기도 했지만, 어느 순간 포기하고 파국으로 치닫는데 옆에서 뻔히 보면서도 말릴 수가 없었다"고 회상했다. 흔히 예술가들은 괴팍하다는 이야기를 많이 한다. 공연예술 분야에서 일하다 보니 '괴팍하긴 진짜 괴팍하구나'라는 생각을 할 때가 종종 있다. 하지만 그들은 또한 가슴 시리게 여린 영혼을 지닌 사람들이 많다. 김현식을 일찍 떠나보낸 아쉬움을 그냥 그렇게 달래 본다. 그의 여린 감성이 견뎌 내기에 이 세상이 너무 버거웠다고. 그래서 또 돈 맥클레인의 노래를 듣는다. "This world was never meant for one as beautiful as you." 그러나 그가 있었기에 우리는 오늘도 행복하다.

또다시 누군가를 만나서

 # 양희은의 〈사랑 그 쓸쓸함에 대하여〉

1980년대 우리나라에서 꽤 인기 있었던 외화 시리즈 중에 미국에서 제작한 《The Paper Chase》라는 것이 있었다. 우리나라에서는 《하버드 대학의 공부벌레들》 혹은 《학창시절》 등으로 번역해 방송했다. 이 외화 시리즈는 1973년에 개봉한 동명의 영화를 바탕으로 만들었고 영화는 1970년 하버드 법대를 졸업한 존 제이 오스본(John Jay Osborn Jr.)이 자신의 경험을 바탕으로 써서 1971년에 출간한 동명의 소설을 바탕으로 만들었다. 하버드 법대 1학년생 제임스 하트(James Hart)와 그 주변 인물들이 학교에서 부딪히는 이야기를 그린 것인데 영화와 텔레비전 시리즈에서 존 하우스만이 맡았던 계약법 교수 킹스필드는 지금도 회자될 정도로 유명하다.

미국 법대의 수업 방식은 전통적으로 소크라틱 메소드(Socratic Method)라고 해서, 교수가 강의를 하기보다는 이 사람 저 사람 불러 세워 묻고 또 묻고 또 캐물으며 그 학생이 비판적 사고를 하도록 유도한다. 끝없이, 숨 쉴 틈도 없이 쏟아지는 교수의 질문에 대답을 못 하고 면(面)이 팔리는 것은 그냥 어쩔 수 없는 현실로 받아들여야지 그것이 창피스러워 견딜 수 없으면 법대를 그만둬야 한다. 킹스필드 교수는 대답을 하지 못하는 학생에게 면박 주기를 전혀 주저치 않는 사람이다. 게다가 1분이라도 강의 시간에 늦으면 그때부터 그 학생을 '작고한 아무개'라고 부르는 고약한 성품을 지녔다. 영어에서 '늦은, 지각한'이란 의미의 'Late' 앞에 정관사 'The'를 붙이면 '작고한, 고(故)'란 의미가 된다. 제임스 하트가 자기 수업 시간에 늦자 그때부터 킹스필드는 하트를 "작고한 하트 군(The Late Mr. Hart)"이라고 불렀다.

법대에 입학했을 때 나의 가장 큰 걱정이 '혹시 요즘도 킹스필드 같은 사람이 있으면 어떡하지?' 하는 것이었다. 민사불법행위(Torts)를 가르치던 브레넨 교수는 킹스필드와 매우 비슷한 분이었다. 사무실로 찾아가면 무척 친절하게 대해 주었지만, 수업 시간에 학생을 불러 세워 놓고 자신의 고개를 약간 숙인 채 표범처럼 노려보며 질문을 퍼부어 댈 때는 킹스필드 저리 가라였다. 게다가 교수보다 한발이라도 늦게 도착한 사람은 그날 수업에 들어갈 수 없을 뿐만 아니라 결석으로 처리한다는 것도 킹스필드와 비슷했다.

10월 중순쯤 되었던 어느 금요일. 날도 쌀쌀해지고, 첫 학기 시작한 지 달포가 훌쩍 지났건만 망할 놈의 소크라틱 메소드는 매일 명확한 답도 없이 우리의 머리만 복잡하게 만들고 있었다. 그러던 어느 날, 한 주를 마감하는 금요일의 마지막 수업 브레넨 교수 시간이었다. 브레넨 교수가 학생 하나를 지목하고 질문을 퍼부어 댔다. 수업 시간은 얼마 남지 않았다. 대부분의 학생이 '오늘의 마지막 희생자는 저 학생이다' 하며 안도의 숨을 쉬고 있는데 나는 한번 튀어보겠다고 손을 들고 자청해서 말을 했다. "교수님, 그건 이러저러하니 이러쿵저러쿵한 것이 아닐까요?" 브레넌 교수의 표범 같은 눈이 나를 노려봤다. "If so, Mr. Lee……(그렇다면 미스터 리)." 그 순간 나는 아찔했다. '윽, 괜히 한마디했다.' 브레넌 교수의 집요한 질문 공세는 방향을 틀어 나에게로 쏟아지기 시작했다. 나는 뭔가 계속 대답을 하긴 하면서도 속으로 '지금 내가 뭔 소릴 하는 거야?'라고 생각했다. 나도 모를 소리를 읊조리며 해일(海溢)처럼 밀려드는 질문을 손바닥으로 막고 있었다. 시간아 가라. 제발 빨리 좀 가라. 금요일 마지막 수업 시간 5분 남기고 스스로 참화(慘火)를 불렀다.

나는 수업이 끝나면 도서관에 들러 1~2시간 법률작문(Legal Writing) 과제에 필요한 자료들을 찾다 집으로 가곤 했다. 그날은 기운이 다 빠져 그냥 집으로 갔다. 그때나 지금이나 운전할 때면 공영라디오의 뉴스를 듣는다. 뉴스를 듣는 것도 머리를 써야 하는 일인데 그럴 기력도 남아 있지 않았다. 대신 얼마 전에 듣다 말고 계속 자동차 CD플레이어에 꽂아 놓고 다니던 CD를 틀었다. 기타의 선율이 조용히 흘러나왔다. 그리고 카랑카랑한 목소리가 들려왔다. '또다시 누군가를 만나서 사랑을 하게 될 수 있을까?' 양희은의 〈사랑 그 쓸쓸함에 대하여〉였다. 퇴근 시간이 가까워 오며 차가 제법 밀리는 81번 고속도로 위를 달리던 나는 푹 꺼지며 "아!" 하고 한숨을 쉬었다. 기계음 하나 없이 기타 소리와 사람의 목소리가 만나, 브레넌 교수에게 시달리느라 잔뜩 긴장한 나의 어깨를 주물러 주는 것 같았다.

알 수 없는 것이 사랑

양희은의 《1991》이란 앨범은 자신의 데뷔곡인 그 유명한 〈아침 이슬〉 20주년을 기념해 내놓은 앨범이다. 이 앨범에 실린 여덟 곡의 노래 중 7번 트랙에 실린 곡이 〈사랑, 그 쓸쓸함에 대하여〉이다. 이 글을 쓰려고 여기저기 찾아보니 이 노래는 처음에 그리 히트하지 못했는데 1997년 SBS 방송의 《달팽이》라는 옴니버스 드라마에 삽입되면서 유명해졌다고 한다. 나는 드라마에서 처음 들은 것이 아니고 우연히 그 이전부터 CD를 갖고 있었다.

1990년대 초반 조영남이 진행하던 한 토크쇼에 그녀가 나와 자신이 쓴 자서전 이야기를 한 적이 있다. 제목이 『이루어질 수 있는 사랑』이었다. 양희은이 어찌나 이야기를 재미있게 하던지 책이 나오자마자 사서 읽었다. 남편과 함께 뉴욕으로 이주하여 살던 시절 기르던 퍼그종의 소피가 교통사고로 죽은 후 자리 깔고 누워 엉엉 울다 새로 들인 미미와 보보 이야기도 있고, 오스트리아에서 유학하던 기타리스트 이병우를 뉴욕으로 불러 밥을 해 먹이며 작곡을 시키고 쓴 곡들에 자신이 가사를 붙여 이병우의 기타 연주만 갖고 《1991》 앨범을 녹음하던 이야기도 자세히 적혀 있다. 책을 읽다 보니 이번에는 《1991》 앨범이 궁금해져 구입해 듣기 시작했다. 브레넌 교수 시간에 학을 떼고 난 그날 이후로 그 CD는 나의 애장품이 되었다. 지금도 힘든 날이면 습관적으로 꺼내 듣는다. 얼마 전 이사하면서 1000장이 넘는 CD들을 버리다시피 처분했지만 이 앨범은 내가 소중히 간직한 50여 장 속에 끼여 지금도 내 책꽂이에 있다.

기타 소리와 양희은의 목소리가 늘 나에게 편안함을 주지만 이 노래의 가사는 그리 푸근한 내용이 아니다. 이 가사 속 주인공은 누군가와 열렬히 사랑하다 힘들게 이별을 했다. 상대방이 병에 걸려 죽었을 수도 있고 다른 이유로 헤어졌을 수도 있고 아니면 혼자 짝사랑하다 포기했을 수도 있다. 몇 날 며칠을 자리에 누워 눈이 짓무르도록 울다 지쳐 잠깐 쉬는 사이 한숨처럼 한마디 내뱉는다. '또다시 누군가를 만나서 사랑을 하게 될 수 있을까? 그럴 수는 없을 것 같아.' 그리고 또 한마디한다. '도무지 알 수 없는 한 가지 사람을 사랑하게 되는 일……'

오래전 선풍적인 인기 속에 방영했던 《내 이름은 김삼순》에서 남자 주인공 현진헌이 사랑이라는 감정을 호르몬의 역학 관계로 일장연설을 하던 장면이 있었다. 사랑이란 것이 그런 화학적 반응일지도 모른다. 그런데 어떤 사람들은 매일 아침부터 밤까지 붙어 있어도 호르몬이 전부 딴전을 피운다. 그러다 갑자기 호르몬이 기지개를 피면 세상에 둘밖에 없는 듯 열렬히 사랑한다. 어떤 때는 한쪽의 호르몬이 깨어나 난리 부르스를 추는데 다른 한쪽의 호르몬은 나 몰라라 한다. 한술 더 떠 상대방의 호르몬은 엉뚱한 다른 사람만 바라보기도 한다. 사람이 사랑하는 것, 특히 둘이 만나 동시에 서로를 사랑하는 것, 열렬하던 사랑이 식는 것 그리고 사랑이 떠나도 잊지 못하고 방황하는 것. 알 수 없는 것이 사랑이다.

이 주인공은 또 한마디 덧붙인다. 사람을 사랑한다는 것이 '참 쓸쓸한 일인 것 같다'고. 그럴 수밖에 없다. 방금 사랑이 끝났으니. 사랑할 때는 세상이 모두 '날 위해 빛난다'는 착각을 한다. 아니 세상은 안중에도 없다. 자신들만 자체발광이다. 그러나 사랑이 끝나면 '이 세상도 끝나고 날 위해 빛나던 모든 것도' 백열등 나가듯 '틱' 하고 갑자기 그

빛을 잃어버리고 만다. 매일 보던 풍경이 흑백으로 바뀐다. 맛있던 음식도 모래알로 변한다. 즐겁고 아름답던 세상에 칠흑 같은 절망이 무겁게 내려앉는다. 내일은 없고 나는 절망만 가득찬 오늘에 출구도 없이 갇혀 있다.

이 사람은 '또다시 누군가를 만나서 사랑을 하게 될 수 있을까?' 대부분의 경우 나는 '할 수 있다'에 올인하겠다. '또다시 누군가를 만나서' 하고 자신에게 질문을 한다는 것 자체가 이별의 아픔을 극복하기 시작했다는 반증이기도 하다. '사랑이 떠나가도 가슴에 멍이 들어도 한순간뿐이더라. 밥만 잘 먹더라'는 노랫말도 있듯 돈세탁처럼 호르몬 세탁이 끝나면 또다시 사랑을 하게 된다.

대학 졸업하고 10년 넘게 지나 같은 대학에 다니던 여자 선배와 어느 날 연락이 닿았다. 그 선배는 막 둘째를 출산한 뒤였다. 그 선배가 한 말을 아직도 기억한다. "여자가 바보야. 첫째 낳을 때 그렇게 힘들고 고생했는데 그거 다 잊어버리고 또 낳았어." 대부분의 사람은 잊지 못할 것 같던 출산의 고통도 이별의 고통도 잊고 새로운 생명과 새로운 사랑의 기쁨을 찾아 나선다.

'누구나 사는 동안에 한번 잊지 못할 사람을 만나고, 잊지 못할 이별을 하지.' 왕년에 그런 사랑과 이별 한번쯤 안 해본 사람 없다. 한데 어떤 사람들은 그 사랑 하나를 놓지 못하고 평생을 가지고 가는 것을 가끔 본다. 호르몬을 세탁한 사람들의 사랑이 덜 절실했던 것도 아니고, 그들의 새로운 사랑이 진실하지 않은 것도 아니다. 대부분 세월이 흐르면서 자연스럽게 옛사랑을 가슴 한구석에 간직하고 세상 밖으로 나가 새롭게 사랑한다. 그런데 이 소수의 사람은 무엇 때문인지 평생 그 사랑이 차지하는 공간이 줄어들지 않는다. 심장의 자리를 내어 주지 않고 버티니 때로 새로운 사랑을 찾아보지만 결국 사라지지 않는 옛사랑의 그림자 안으로 들어가 안식을 찾는다. 사랑이 끝나고 '날 위해 빛나던 세상'이 사라져도 사라지지 않는 것은 사랑일까, 집착일까, 환상일까? 그들에게는 아픔을 잊게 해주는 호르몬이 없는 것일까? 프로메테우스의 간처럼 그들의 고통의 호르몬은 매일 새롭게 자라나 독수리가 쪼아 먹는 아픔을 느끼는 것일까? 다시 한 번 되뇐다. '도무지 알 수 없는 한 가지. 사람을 사랑한다는 그 일.' 정말 알 수 없는 것이 사랑이다. 한 가지 명확한 것은 '참 쓸쓸한 일'이라는 것이다. 죽음 때문이든 세상적인 어떤 이유에서든 결국 인간은 혼자 남게 되니까. 그래도 사랑을 하는 이유는 무엇일까?

이 노래가 히트하자 여러 가수가 리메이크도 하고 방송에서 부르기도 했는데 별로 마음에 드는 것이 없다. 이은미는 내가 좋아하는 가수이다. 영화 《흑수선》의 주제가 〈내가 있을 거야〉는 수도 없이 들었는데 지금도 들을 때마다 혀를 내두른다. 하지만 그녀가 부르는 〈사랑 그 쓸쓸함에 대하여〉는 의외로 실망스럽다. 때로 그녀는 노래를 표현하기보다는 '나는 이런 음악인이다'라고 표현할 때가 있다. 그녀가 임희숙의 〈내 하나의 사람은 가고〉를 부를 때 그런 느낌을 받았고, 〈사랑 그 쓸쓸함에 대하여〉에서도 그런 냄새가 물씬 났다. 말하는 억양을 최대한 살려 가사의 의미 전달을 최우선으로 하는 양희은의 창법과 낄 때 끼고 빠질 때 확실히 뒤로 물러나는 이병우의 기타 반주에 내 귀가 익숙해진 탓인가 보다. 나를 잊고 오로지 노래와 가사만을 위한 연주를 할 때 가장 큰 감동이 밀려온다.

《1991》안에는 이 노래 말고도 좋은 노래들이 많다. 내가 처음 이 CD를 구입해 들을 때부터 좋아했던 곡이 1번 트랙의 〈그해 겨울〉이다. 각종 실험적인 기계음이 범람하던 당시 가요계에 뜬금없이 돌아온 언플러그드 사운드가 주는 잔잔한 감동은 전율 그 자체였다. 반주 없이 시작하는 〈가을 아침〉도 좋다. 내가 초등학교 다닐 때만 해도 2학기 시작하는 9월 초면 아침저녁으로 쌀쌀한 가을이었다. 학교 가기 싫어 쌀쌀한 아침, 이불 속에서 뒹굴던 나의 모습이 떠오른다. 〈그리운 친구에게〉는 기타 반주와 노래의 가사가 기막힌 조화를 이룬다.

얼마 전 가깝게 지내는 사람이 모교에 특강하러 갔다 교정에서 느낀 감정을 페이스북에 올렸다. 모교를 찾아 학창 시절을 회상하며 휘몰아치는 시간의 통로로 빠져들어 가는 것은 우리의 심장 박동을 최고 수준으로 끌어올린다. 〈그리운 친구에게〉는 이런 흥분된 마음을 표현하듯 긴장을 늦추지 않는 기타 반주가 뒤에서 끝없이 나오고, 이 반주에 맞춰 양희은은 친구에게 보내는 편지를 읽듯 때로 차분하게 때로 감정이 복받치며 노래를 부른다.

내가 즐겨 흥얼거리는 노래가 있는데 6번 트랙의 〈나무와 아이〉이다. 이 노래의 가사는 양희은이 썼지만, 이 앨범에서 유일하게 이병우가 작곡한 곡이 아니다. 18세기 말엽에 태어나 19세기 초엽까지 활동한 스페인의 작곡가 페르난도 소르(Fernando Sor)의 곡에 가사를 붙인 것이다. 소르는 오페라, 미사곡, 피아노곡 등을 작곡했지만 아직도 연주되는 곡은 모두 그의 기타곡이다. 그 자신이 뛰어난 기타리스트이기도 했던 소르는 총 6권의 기타 연습곡(Etude)을 출간했다. 이 중 작품 번호 35번으로 출간한 24개의 연습곡 중 17번 〈모데라토(Moderato)〉

가 〈나무와 아이〉이다. 청아한 양희은의 목소리와 이병우의 기타가 혼연일체가 되어 리듬을 밀고 당기며 한 편의 성장 소설을 읽어 주는 듯하다. 흔히 천재 기타리스트라 불리는 이병우는 1965년 간호조무사로 독일로 가 한국인 최초의 유럽 오페라단 주역 가수가 된 메조소프라노 김청자가 졸업한 빈 국립음대를 수석 졸업했다. 그리고 미국으로 건너가 미국의 3대 음악학교 중 하나라는 피바디음악원에서 수학했다. 《1991》은 양희은의 노래와 이병우의 신의 경지에 이른 기타 연주가 하나로 밀착하여 음악의 '듀오(Duo)라는 장르는 바로 이런 것이다'라고 보여 주는 앨범이다. 그 앨범 안에 있는 모든 노래를 좋아해 쭉 이병우라는 이름을 관심 깊게 지켜봤다. 그는 영화 음악 분야에서 족적을 남겨 《스캔들: 조선남녀상열지사》《왕의 남자》《마더》《해운대》 등의 음악감독을 맡았다.

양희은의 자서전, 이루어질 수 있는 사랑

양희은의 책 『이루어질 수 있는 사랑』에는 그녀의 불우했던 어린 시절과 전설적인 레코드 기획자인 킹레코드의 박머시기라는 사장에 의해 가수로 데뷔하는 이야기가 자세히 나온다. 양희은의 아버지는 어떤 여인과 딴살림을 차려 나가고, 어머니는 생계를 위해 양장점을 운영하다 빚보증을 잘못 서 빚더미에 올라앉았다. 장녀였던 양희은은 이때부터 노래를 부르며 집안 생계를 책임졌다. 기타 코드 서너 개밖에 아는 것이 없었지만 노래 하나는 그때도 정말 잘했다. 송창식의 소개로 노래를 하던 그녀의 목소리가 방송국 프로듀서들에게 소문이 나고 그녀의 목소리를 들은 그들이 그녀의 목소리를 녹음으로 남겨야 한다고 뜻을 모았다. 프로듀서들의 소개로 킹레코드의 박 사장이 그녀를 찾아와 음반 제안을 했다. 이렇게 해서 나온 음반에 수록된 노래가 그 유명한 〈아침 이슬〉이다.

양희은은 물론 가요계에 알 만한 사람들은 모두 킹레코드의 박 사장을 킹박이라고 부른다. 그녀가 킹박과 첫 앨범을 내면서 내걸었던 조건은 250만 원의 빚을 갚아 달라는 것이었다. 그녀가 앨범을 내기 전 그녀의 노래를 들었던 아일랜드 출신의 신부님들이 맑은 목소리로 노래를 하면서 얼굴은 너무 어두운 그녀의 딱한 사정을 알게 되었다. 신부님들은 십시일반(十匙一飯) 250만 원을 모아 그녀에게 무기한으로 대출을 해주면서 이자로는 '앞으로 웃으며 살 것'을 요구했다. 양희은은 그 돈을 갚고 싶어 킹박에게 그런 요구를 한 것이다. 킹박은 양희은의 표현을 빌면 신의 촉을 지닌 레코드 기획자로 대박 날 가수를 찾아내는 데 귀신같은 재주를 지녔지만, 또한 대박 난 가수에게 지불할 돈을 떼어먹는 것으로도 유명했다. 그녀는 다급했고 250만 원을 갚을 수 있다는 것을 위안 삼아 앨범을 냈다.

〈아침 이슬〉이라는 노래가 양희은의 인생과 대한민국 가요사에 또이 나라의 민주화에 어떤 영향을 미쳤는지는 더 설명이 필요 없다. 양희은은 그 후로 내는 앨범마다 대히트를 하는 초대형 가수가 되었지만 킹박은 그 250만 원으로 모든 앨범을 우려내며 오늘날까지 그녀에게 돈을 지불하지 않았다. 원수는 외나무다리에서 만난다고 했던가. 양희은은 뉴욕의 어느 한식당에서 그를 만났다. 그녀는 "내가 등록금 낼 돈 없어서 학교 세 번 휴학할 때 등록금 한번 내줬느냐?"며 악을 쓰며 덤볐다. 킹박의 대답은 "너만큼 돈 많이 받아 간 가수 없어"였다.

다른 가수들에게는 250만 원도 준 적이 없나 보다.

킹박은 결국 국내 재산을 모두 처분하고 미국으로 도주했다. 무슨 운명의 장난인지. 킹박은 뉴욕 맨해튼 거리에서 뇌졸중으로 쓰러졌다. 미국에 아무런 연고가 없었기에 킹박은 당시 뉴욕에서 살던 양희은에게 연락했다. 양희은은 킹박을 자기 집으로 데려가 "내가 왜 킹박에게 이런 걸 해줘야 해?"라고 투덜거리면서 병구완을 했다. 양희은의 남편은 난생처음 보는 킹박 목욕까지 시켜 주었다니 참 이들 부부 속도 좋다. 그리고 《1991》도 킹레코드 레이블을 달고 나왔다. 이 글을 쓰며 킹박에 대해 조금 찾아봤다. 얼마 전 양희은이 방송에 출연해 킹박 이야기를 한 기사가 여러 개 뜨는데 그에 관한 직접적인 기사는 2008년이 마지막이다. 당시 그는 로스앤젤레스에서 노숙자로 지내고 있었다. 독일에 살던 유일한 혈육인 딸이 여행 경비를 마련하지 못해 힘들어 하다 주변의 도움으로 아버지와 상봉했다고 한다.

아름다운 인간의 목소리가 주는 행복과 위안

양희은 하면 늘 〈아침 이슬〉이 수식어처럼 따라붙는다. 하지만 나는 어린 시절 실제로 그 노래를 들은 기억이 거의 없다. 아니 전무하다고 해도 과장이 아닐 것이다. 그도 그럴 것이 〈아침 이슬〉은 오래도록 금지곡이었다. 양희은의 데뷔 초창기부터 지금까지 내가 가슴에 품고 사는 노래가 따로 있다. 〈백구〉이다. 양희은의 초창기 노래이니 내가 초등학교 2~3학년 때 나온 노래이다. 초등학교 6학년 사회 교과서에 서울 인구가 600만이라고 나왔다. 내가 2~3학년이던 시절에는 인구가 더 적었을 것이다. 강남은 논밭과 과수원으로 가득찬 전원적인 곳이었다. 휴일에 나룻배 타고 한강을 건너가 반포에서 배를 사 먹고 온 적도 있다. 자동차도 사람도 별로 없던 시절이라 종종 시장 앞 큰길에 우리 차를 대충 세우고 시장에 들어간 어머니를 기다릴 수 있었다. 요즘 같으면 상상도 못 할 일이다. 아버지와 우리 형제가 차에 타고 마냥 기다리면, 어머니가 "딱 한 가지만 사 가지고 빨리 나온다"고 하고 시장으로 들어가 세월아 네월아 한가득 장을 봐 나오셨다. 그날도 그런 날 중 하나였다. 큰길에 차를 세우고 하염없이 기다리고 있는데 라디오에서 〈백구〉가 흘러나왔다.

'내가 아주 어릴 때였나. 우리 집에 살던 백구. 해마다 봄가을이면 귀여운 강아지 낳았지.' 첫 구절부터 마음에 와닿았다. 그 당시 주택가 골목에는 생전 대문을 잠그지 않고 사는 집들이 많았다. 개를 길러도 밖에 풀어놓고 길러 개들이 맘대로 동네를 헤집고 다녔다. 아침에 나가보면 우리 집 대문 앞에 똥을 싸 놓고 가는 개도 있었지만, 누구네 개인지도 모르고 속만 부글부글 끓었다. 동네 개들은 번식기가 되면 눈 맞는 개들끼리 아무 데서나 짝짓기를 해, 나와 길을 걷던 어머니가 갑자기 내 손을 잡아끌며 빨리 걷기 시작한 적도 있었다. 개 주인들은 어느 날 자기 집 개의 배가 불러오면 새끼 받을 준비를 했다. 그리고 '강아지 안 키우겠냐?'고 이집 저집 묻고 다녔다.

번식 본능에 충실했던 백구도 이렇게 동네를 휘젓고 다니다 생물학적 알람이 울리면 짝짓기를 하고 새끼를 낳았다. '어느 해 가을엔가' 백구가 새끼를 낳다 지쳐 그만 쓰러지고 말았다. 이 노래는 쓰러진 백구를 안고 동물병원으로 달려가고, 거기서 아마도 수액인 듯한 주사를 맞다 도망쳐 뛰쳐나간 백구를 쫓아 이리저리 헤매며 찾으러

다니는 이야기가 그림처럼 펼쳐진다.

어머니 기다리며 지루해하던 나는 첫 한두 마디 듣다 백구 이야기에 빠져들었다. 그런데, 아, 그런데! 듣다 보니 백구가 죽었다. 백구와 안타까운 숨바꼭질을 하던 백구네 식구들은 그리 헤매 다닌 보람도 없이 차에 치어 길바닥에 죽어 있는 백구의 시체를 찾는다. 나는 여기서 그만 울음을 터뜨렸다. 요즘은 속 시원하게 한번 울고 싶을 때도 눈물이 나지 않아 울지 못하는데 그땐 어떻게 그렇게 순식간에 폭발하듯 울었는지 모르겠다. 아버지와 어머니도 황당했겠지만, 아무 기억도 없고 그냥 서럽게 울던 내 모습만 눈앞에 보인다. 그리고 그게 다였다. 그 뒤로 다시 그 노래를 들은 기억이 없다. 그도 그럴 것이 〈백구〉도 금지곡이 되었다. 운 좋게 딱 한 번 들은 것이다. 멜로디도 가사도 전혀 생각나지 않고 후렴구 '긴~다리에 새하얀 백구' 하는 구절만 영화의 한 장면처럼 내 머릿속에 각인되었다. 그래도 누가 양희은의 노래를 좋아한다고 하면 늘 〈백구〉를 아느냐고 물었다.

2000년대 초 처음 음악을 인터넷에서 내려받아 듣기 시작하면서 〈백구〉가 궁금해져 찾아 들었다. 30년의 세월이 지나 처음 다시 들으니 새로 듣는 노래 같았지만 무방비 상태로 세상에 노출된 '긴~다리에 새하얀 백구'가 그대로 살아왔다. 그때 처음 알았다. 노래 후반부 백구가 죽은 뒤 백구를 묻어 주는 이야기가 한참 나온다는 것을. 우느라 정신이 없어 뒷이야기는 전혀 듣지 못했나 보다. 인터넷 덕에 오늘도 이 노래를 듣는다. 10여 년의 짧은 세월 동안 나에게 카르페 디엠(Carpe Diem)의 지혜를 가르쳐 주고 떠난 나의 견공 친구들도 생각한다.

양희은의 히트곡 중에서 〈하얀 목련〉은 왠지 그리 정이 가지 않는다. 얼마 전 친구의 소개로 처음 들은 〈일곱 송이 수선화〉가 나의 새로운 애청곡으로 등극했다. 〈일곱 송이 수선화〉는 1960년대 미국의 여러 유명 그룹과 가수들이 부른 〈Seven Daffodils〉를 번안한 곡이다. 비록 가진 것이 없지만 그대에게 일곱 송이 수선화를 꺾어 주고 달빛으로 목걸이를 엮어 걸어 주겠다는 로맨틱한 노래이다. 양희은의 낭랑한 목소리에 잘 맞는 노래이다. 중고등학교 시절 듣던 여러 팝송 프로그램 진행자들 중에서 양희은만큼 영어 발음이 좋은 사람이 없었다. 〈일곱 송이 수선화〉에서도 양희은이 중간에 영어로 잠깐 노래를 하는데 역시 발음이 정확하다.

나는 조카들에게 "1970~1980년대 노래들이 요즘 노래보다 수준이 더 높았다"는 말을 농담 삼아 잘한다. 조카들이 피식 웃으면 내가 또 말한다. "나는 너희 노래를 안 듣지만 너희는 내 시대 노래를 찾아 듣잖아." 오랜 세월이 지나도 양희은의 노래에 싫증이 나기는커녕 오히려 세대를 초월해 들을 때마다 고향집에 돌아온 푸근함을 느끼는 것은 왜일까? 양희은의 노래에는 아름다운 인간의 목소리와 아름다운 멜로디와 아름다운 가사가 있다. 거기에 양희은의 해맑은 목소리 속에는 힘겨웠지만 자기 연민에 빠지지 않고 열심히 살았던 삶이 배어 있다. 행복과 위안은 가장 인간적인 것인가 보다.

떠날 임이 불러 준 노래

 # 윤시내의 〈열애〉

'MBC 문화방송' 하면 떠오르는 추억이 두 개 있다. 하나는 《대학가요제》이고 또 하나는 《서울국제가요제》이다. 새벽까지 학원을 전전하던 시절도 아니었고, 집에 가봐야 인터넷이 있는 것도 아니었다. 《대학가요제》나 《서울국제가요제》가 있는 날은 군대에서 삼겹살 회식하기로 한 날처럼 하루 종일 뭔가 들뜬 분위기가 교실에 감돌았다. 국제가요제는 그때만 해도 실황으로 보기 힘든 해외 연예인들을 본다는 기대로 하루 종일 설렜다. 요즘은 뜸한 것 같은데 1970~1980년대 국제가요제가 전세계적으로 유행했다. 《동경가요제》《야마하가요제》《칠레가요제》등 우리 가수가 나가 상을 타온 가요제만도 부지기수였다. 《서울국제가요제》는 국내 방송사가 최초로 주최한 국제가요제였다. 1977년 《서울가요제》란 이름으로 국내 가수들만 모아 개최해 보더니 그다음 해부터 그 경험을 살려

130

《서울국제가요제》로 이름을 바꾸고 외국 가수들도 초청했다. 참가자가 얼마 없었는지 18명의 참가자 가운데 국내 가수가 9명이었다. 한국 가수와 외국 가수가 번갈아 노래를 불렀다.

아방가르드 한 첫인상의 그녀

여기서 이색적인 가수 하나를 처음 봤다. 바지 위에 한쪽 어깨가 완전히 드러나는 긴 치마를 입고, 스핑크스 머리처럼 자른 뽀글거리는 파마머리에 이집트 벽화 속의 여자들처럼 팔찌를 팔목과 이두박근에 여러 개 차고 무언가를 주렁주렁 걸치고 걸어 나온 그녀는 갑자기 언뜻 보면 막춤 같기도 하지만 뭔가 아방가르드(Avant-Garde) 한 춤을 추기 시작했다. 잠시 춤을 추던 그녀가 입을 열어 노래를 시작했다. '공여언히 내가 먼저 말 했나 부아!' 그녀의 철심이 박힌 듯 껄쭉한 목소리와 '했나봐'를 '했나 부아' 하고 홧김에 성질부리듯 하는 창법에 어린 우리 형제는 그만 주체할 수 없이 웃기 시작했다. 그녀가 윤시내였다. 그날 부른 노래는 최종혁 작곡의 〈공연히〉라는 노래였다. 웅얼웅얼 나오던 전주 끝에 갑자기 다짜고짜 '공여언히' 하고 시작했던 노래는 하다 만듯 어색하게 끝났고, 그녀는 입상권에 들지 못했다.

2~3년 전 궁금해서 유튜브에서 〈공연히〉를 검색했더니 그녀가 2015년 《EBS 스페이스 공감》에서 〈공연히〉를 부른 영상이 올라와 있었다. 그녀의 율동도 노래 멜로디도 내가 기억하던 것과 같았고, 그녀의 의상도 그때만큼이나 아방가르드 했지만 나의 반응은 전혀 달랐다. '이 노래가 이렇게 멋지고 세련된 노래였나?' 윤시내는 그런 가수이다. 1978년에는 괴이했을지 몰라도, 2015년 아니 2020년이 되어도

퇴색하지 않는 음악을 하는 가수이다.

1978년 국제가요제에 출전했다가 입상도 하지 못하고 그저 그렇게 잊힌 가수가 되는 듯했던 윤시내는 그다음 해 본격적으로 떴다. 1979년 가을부터 그녀의 신곡 〈열애〉가 방송을 탔다. 이번에는 〈열애〉를 가지고 《TBC 세계가요제》에 출전했다. 당시 우리나라 방송사는 KBS, TBC, MBC 단 세 개뿐이었는데 그중 KBS는 다른 이름이 '재미없는 방송'이었다. 오락, 쇼, 드라마는 TBC와 MBC의 싸움이었다. MBC가 《서울국제가요제》로 성공을 거두자 1979년 TBC가 자신들의 국제가요제를 만든 것이 《TBC 세계가요제》이다. 여자 사회자가 처음 보는 미모의 소유자에 영어까지 유창해 가요제 다음 날 학교에서 아침 자습 시간에 아무도 자습을 하지 않고 그 예쁜 누나가 누구냐로 설왕설래했다. 외국 항공사의 승무원이라는 둥 여러 설이 있었지만 아무도 확실히 아는 사람이 없었다. '왈츠의 여왕'이라 불리던 미국 가수 패티 페이지와 한국의 슈퍼스타 패티김이 게스트로 출연했다.

요즘은 방송에서 '뗑뗑' '기스' '다라이' 등 일본어를 거리낌 없이 사용하지만, 그 당시는 방송 진행자가 일본어를 사용하면 제재가 따르고 가수들은 일본어로 노래할 수 없었다. 《TBC 세계가요제》에 일본 대표로 참가한 오하시 준코도 처음부터 끝까지 영어로 〈Beautiful Me〉라는 노래를 불렀다. 한 줌이나 될까 말까 한 작은 몸집의 여자 가수가 쥐가 앞머리를 뜯어 먹은 것 같은 머리 모양을 하고 나와서 세종문화회관을 집어삼킬 듯 폭발적인 목소리로 'Oh~~~ beautiful me, oh~~~ beautiful city' 하며 노래해 대상을 차지했다.

제1회 대회에서 윤시내의 〈열애〉는 당당히 은상을 차지했다. 이미 그해 11월경부터 윤시내의 〈열애〉를 방송에서 하루에 한 번 이상 듣곤 했다. 우리 집 김장 하던 날에도 빨리 집에 가서 배춧속을 고갱이에 싸서 먹을 생각을 하며 버스에 후다닥 올라타자마자 라디오에서 〈열애〉가 흘러나왔다. 그러다 12월 국제가요제에서 은상까지 수상하니 대한민국에 〈열애〉 열풍이 불기 시작했다.

섬세하고 뜨거운 노랫말, 불꽃같은 가창력

〈열애〉는 〈공연히〉를 만든 작곡가 최종혁의 작품이다. 작사가는 배경모이다. 배경모는 부산 MBC의 스타 DJ였다. 내가 1980년대 중반 미국에서 대학을 다닐 때 부산에서 온 누나가 같은 학교에 재학 중이었다. 한국 학생들끼리 모여 술 파티라도 벌이면 이 사람 저 사람 노래를 했다. 부산에서 온 누나는 음치였지만, 술을 한 모금만 마시면 얼굴이 벌겋게 상기되어 듣는 사람들이 감당하기 힘들게 〈열애〉를 불렀다. 그리고 노래 끝에 늘 이렇게 말했다. "배경모 세상 뜨던 날 온 부산이 난리가 안 났나?" 스타 DJ가 암 투병을 하다 아내와 아이를 남기고 37세에 세상을 떴으니 난리가 날 만도 했다. 그가 죽기 전 아내에게 남긴 한 편의 시는 곧바로 노래가 되어 대중에게 알려졌다. 그게 바로 〈열애〉이다. 오늘날까지 수많은 히트곡을 낸 윤시내이지만, 뭐니 뭐니 해도 가수 윤시내를 정의하는 노래는 바로 〈열애〉이다.

이 노래는 육신의 불이 꺼져 가는 한 사람의 힘겨운 유언과 꺼져 가는 육신과 달리 끝없이 뜨겁게 타오르는 그의 열정적인 사랑이 한 곡에 함께 녹아 있다. 노래의 첫 부분은 윤시내가 낭송한다. '처음엔 바람을 스치듯 지나가는 타인처럼 흩어지는 바람인 줄 알았는데 앉으

133

나 서나 끊임없이 솟아나는 그대 향한 그리움.' 아마도 배경모 부부가 처음 만날 때의 일인가 보다. 사람의 인연이란 참 묘해서 '저 사람 다시 보랴' 했던 사람과 자꾸 부딪히는 경우가 있다. 이 부부도 그랬을까? 처음엔 다시 보지 않을 사람 같았는데, 어쩌면 서로 첫인상이 썩 좋지 않았을 수도 있는데, 두 번 보고, 세 번 보고, 자꾸 마주치다 어느 날 방송국 스튜디오에 앉아 그녀를 생각하는 자신을 발견한다. 얼굴에 미소까지 번지면서 말이다. 얼마 가지 않아 하루에도 몇 번씩 문득 문득 떠오른 것이 바로 그리움이라는 것을 깨닫는다.

윤시내의 낭송이 끝나고 처음 노래를 부르는 부분은 마치 병상에 누워 말할 힘조차 없는 배경모가 남은 힘을 다해 그의 아내에게 하는 말 같다. '그대의 그림자에 싸여 이 한 세월 그대와 함께하나니, 그대의 가슴에 나는 꽃처럼 영롱한, 별처럼 찬란한 진주가 되리라.'

세상을 곧 떠날 사람은 숨을 거두기 직전 갑자기 어디서 솟아났는지 모를 에너지를 발산하는 경우가 있다. 미국의 유명한 오페라 가수였던 타티아나 트로야노스(Tatiana Troyanos)는 암 투병을 하며 병원에 입원해 있던 어느 날 아침, 화장을 하고 주삿줄을 주렁주렁 매달고 암 병동 복도로 나가 한 30분 오페라 아리아들을 열창하여 환자들과 보호자, 의사, 간호사 들의 갈채를 받았다. 그날 오후 그녀는 세상을 떠났다. 배경모도 갑자기 마지막으로 힘이 솟아난 것일까? 그 힘이 자신의 다 이루지 못한 사랑에 대한 열정적인 표현으로 이어진 것일까? 갑자기 노래 중간 부분부터 반주에 점점 긴장감이 더해지고 배경모의 시에는 '이 생명 다하도록' '뜨거운' '불꽃' 등 강렬한 단어들이 등장하기 시작한다. 그리고 마지막으로 모든 에너지가 폭발하듯 '태워도, 태워도 재가 되지 않는 진주처럼 영롱한 사랑을 피우리라'라고 절규한다. 마치 온 힘을 다해 피우지 못한 마지막 꽃 한 송이를 피우고 그만 기운을 소진해 쓰러지는 것 같다. 노벨 문학상을 수상한 캐나다의 작가 앨리스 먼로의 단편 중에 부모가 이혼하고 엄마와 엄마의 남자친구와 함께 사는 소녀가 일기장에 'Love is a futile emotion(사랑은 쓸데없는 감정)'이라고 쓰는 이야기가 있다. 배경모의 아내처럼 열렬한 사랑을 했던 사람은 상대가 세상을 떠나면 너무 힘들어 가끔 '차라리 만나지 말았으면 좋았을 걸' 하고 생각할 수도 있을 것이다. 그러나 결코 사랑이 쓸데없는 감정이라 생각하지는 않을 듯하다. 〈열애〉에는 가사가 1절밖에 없다. 《TBC 세계가요제》에 출전했을 때는 간주를 만들어 넣어 '그리고 이 생명 다하도록'부터 한 번 더 불렀지만, 원 녹음에는 간주도 없고 '사랑을 피우리라'라고, 단 한 번 절규하고 노래가 끝난다. 마치 배경모의 짧고 간절했던 삶처럼.

작곡가 최종혁은 윤시내의 목소리를 속속들이 알고 있었나 보다. 윤시내의 목소리는 그 어느 로커의 목소리에 뒤지지 않는 강렬한 목소리이다. 하지만 그녀는 마치 잘 뽑은 카페라테의 우유 거품처럼 잘고 미묘하고 섬세한 바이브레이션을 지녔다. 한없이 약해지는 육신과 그럼에도 꺼지지 않는 사랑의 불을 표현하기에 그보다 좋은 목소리가 없다. '태워도 재가 되지 않는 사랑을 피우겠노라.' 영혼을 불사르듯 노래할 때 파르르 떠는 그녀의 바이브레이션을 듣고 있노라면 마치 하늘하늘 흔들리지만 결코 꺼지지 않고 타오르는 촛불을 보는 것 같다. 노래와 시와 목소리가 혼연일체가 된 느낌이다. 그래서 이 노래는 세상의 그 어떤 가수가 불러도 윤시내만큼 감동이 와닿지 않는다.

윤시내는 〈열애〉 이후 10여 년 한국 가요계를 평정했다. 〈고목〉 〈천년〉 〈DJ에게〉 〈공부합시다〉 등 부르는 곡마다 히트였다. 1980년 언론 통폐합으로 인해 TBC 방송국이 없어지고 자연히 《TBC 세계가요제》도 없어졌지만, MBC의 《서울국제가요제》는 1988년 올림픽 때까지 계속되었다. 윤시내는 1983년 당대 최고의 히트곡 제조기였던 이범희 작곡의 〈연민〉이란 곡을 들고 당대 최고의 청춘스타 전영록과 듀엣으로 《서울국제가요제》에 출전해 또다시 은상을 수상했다.

나는 처음 듣던 순간부터 이 노래를 좋아해서 그들이 따로 녹음하길 간절히 원했는데 그 후로 몇십 년간 단 한 차례도 녹음하지 않고, 텔레비전에 나와 함께 부르는 모습도 볼 수 없었다. 유튜브가 생긴 후에도 생각날 때마다 찾아봤는데 늘 허탕을 치다 한 3~4년 전에야 어느 고마운 분이 《서울국제가요제》의 실황 앨범을 유튜브에 올려 줘서 요즘은 종종 감상한다. 근래에 윤시내, 전영록이 팬들의 성화에 드디어 녹음한다는 기사를 읽었다. 왜 둘 다 전성기였을 때 녹음하지 않았나 아쉽지만 그래도 지금이라도 한다니 고맙다.

내가 미국으로 유학을 떠난 1985년 이전에 나온 윤시내의 노래들은 거의 다 가사를 외워 따라 부를 정도로 좋아했지만, 그중에서도 〈마리아〉는 주변 사람들에게 한번 들어보라 적극 권하는 노래이다. 마이클 잭슨이 〈내일은 미스터트롯〉의 정동원 같은 존재였던 1972년 발표한 노래를 번안해 부른 곡이다. 이 노래를 권할 때면 긴말 하지 않는다. "들어보시오"라고 한다. 들어보고 마이클 잭슨의 원곡도 들어보길 권한다. 누가 더 잘 부른다는 이야기가 아니라 서로 다른 노래처럼 들린다.

상업성과 실험성을 조합한 가수

예술가가 시대를 앞서간다는 것은 어렵고 힘든 일이다. 시대를 앞서가는 능력이 아무에게나 있는 것이 아니라 어렵고, 아무리 시대를 앞서가는 예술이 위대해도 대중의 호응 없이 마냥 혼자 앞서 나가기만 하는 것이 현실적으로 쉬운 일이 아니다. 윤시내도 가수로서 유명해지기 시작한 것이 〈열애〉라는 대중성 있는 노래를 부르면서부터이다. 하지만 그녀는 실은 대중적인 듯하면서 한발 앞서 나가는 노래를 불렀다. 〈고목〉이라는 노래가 나왔을 때 어떤 사람들은 팝의 한 장르인 소울이라고 하고, 어떤 사람들은 민요풍의 트로트라고도 했지만, 그녀의 창법에는 록적인 요소도 많다.

그녀는 어느 한 장르로 정의하기 힘들다. 어쩌면 그 모든 것이 녹아든 그녀만의 독특한 노래인지도 모른다. 거기에 노래마다 헤어 스타일이라든지 의상, 율동 등 시대를 앞서가는 요소들을 적절히 배합시키는 묘수를 두며 여기까지 왔다. 그런 의미에서 윤시내는 상업성과 실험성을 절묘히 조합해 성공을 거둔 가수 중 하나라 하겠다. 1978년 《서울국제가요제》에서 처음 본 윤시내의 노래는 이상했지만, 40여 년이 흐른 2020년, 내가 그날 들었던 노래 중에 아직도 기억하는 것은 그 당시 무명이었던 윤시내의 〈공연히〉 하나뿐이다. 그만큼 윤시내는 강렬한 인상을 남기는 가수이다.

물거품처럼 깨져 버린 사랑

 # 조덕배의 〈꿈에〉

영화나 드라마에 흔히 등장하는 키스 신 중에 오래도록 기억에 남는 것들이 있다. 얼마 전 뒤늦게 시청한 《별에서 온 그대》에서 등장한 키스 신들은 특이해서 더 기억에 남는다. 화가 나서 다른 쪽으로 걸어가는 지구인 여자 주인공을 외계인인 남자 주인공이 공중 부양해 자기 앞으로 데리고 와 키스를 한다. 《브로크백 마운틴》에서 잭과 에니스가 재회했을 때의 키스는 '저러다 질식사하겠다' 싶게 격정적이어서 기억한다. 《시네마 천국》에서 토토와 엘레나가 영사실에서 하는 키스는 청순하고 간절해서 기억한다. 또 하나 내 기억 속에서 잊히지 않을 것 같은 아름다운 키스 신이 있다. 《응답하라 1988》에서 택이와 덕선의 첫 키스 장면이다.

택, 덕선 그리고 한 무리의 친구들은 같은 해에 태어나 쌍문동 주택가 골목에서 함께 성장했다. 늘 연약했던 택을 든든하게 돌봐 주던 덕선이었지만 어느덧 사춘기의 택에게 덕선이 여자로 보이기 시작한다. 어느 날 덕선과 택이 택의 방에서 이야기를 나누다 택이 잠든다. 곤히 자고 있는데 기타와 피아노가 연주하는 몽환적인 멜로디가 흐르기 시작한다. 택의 눈이 눈꺼풀 밑에서 움직이더니 천천히 눈을 뜨고 뿌연 세상을 본다. 그리고 옆에 덕선이 누워 잠들어 있는 것을 본다. 이내 덕선도 눈을 뜬다. 둘이 한동안 말없이 바라보다 덕선이 눈길을 돌린다. 덕선의 시선이 멈춘 곳에 꼭 잡은 둘의 손이 등나무 줄기처럼 꼬여 하나가 되어 있다. 덕선이 잡고 있다 잠든 것일까? 잠에서 깬 택이 서로를 바라보며 잡은 것일까? 둘이 다 잠든 사이 서로 무의식적으로 잡은 것일까? 한참 그렇게 있다 택이 몸을 일으켜 덕선에게 입을 맞춘다. 덕선도 슬며시 눈을 감는다. 노래의 1절이 끝나기도 전에 그 꿈같은 키스 신은 끝나 버린다. 택은 그 후로도 몇 년 동안 덕선이 무심결에 이 이야기를 다시 꺼낼 때까지 그 키스가 꿈이었을 거라 생각한다. 이 아름다운 키스 신에서 흘러나온 노래가 조덕배의 〈꿈에〉이다.

꿈에, 어제 꿈에 보았던 이름 모를 너

내가 대학을 다니던 1980년대에는 인터넷이라는 것이 아예 없었고, CD도 누구 집에 가니 그런 것이 있더라는 이야기를 들을 뿐이었다. 그 대신 길에 걸어가면 무수히 많은 '레코드방'이라고도 부르던 레코드 가게들이 있어 그곳에서 좋아하는 LP판을 사거나 아니면 길거리 리어카에서 파는 카세트테이프를 사서 노래를 들었다. 1988년 서울 올림픽 이전 대한민국은 저작권 무법 지대였다. 대학교에서 원서를 보려면 원서를 복사해 제본해 놓은 불법 복제판을 사서 봤다. 학교 앞 복사집들이 버젓이 만들어 팔고, 그걸 제재하는 사람도 없고 제재할 법적 근거도 빈약했다. 음악도 마찬가지여서 내가 좋아하는 노래 목록을 만들어 레코드 가게로 가지고 가면 그곳에서 자기들이 갖고 있는 판으로 그 노래들을 모아 카세트테이프 하나에 불법 복제해서 넣어 줬다. 쉽게 말해 카세트테이프 하나에 내가 듣고 싶은 노래만 모아 놓은 아날로그 시대의 플레이리스트였다. 어느 해 겨울 한국에 다녀온 같은 학교 학생이 이런 플레이리스트를 갖고 와서 자신의 자동차에서 틀고 다녔다. 당시 차가 없던 나는 늘 그의 차를 얻어 타고 이동할 때마다 그 테이프에서 흘러나오는 노래들을 들었다. 그때 처음 조덕배의 〈꿈에〉를 들었다. 차 주인과 이런저런 이야기를 하며 가다 갑자기 흘러나오는 기타와 피아노 소리에 "이게 무슨 노래야?" 하고 물었다. 하던 말을 멈추고 잠시 노래 속으로 빠져들었다.

단번에 나를 사로잡았던 전주가 끝나고 달콤하면서도 흐느끼듯한 목소리가 살포시 말문을 열었다. '꿈에, 어제 꿈에 보았던 이름 모를 너를 나는 못 잊어.' 그래, 그럴 때가 있다. 꿈이란 대체로 꾸고 잊어버리기 마련이지만 어떤 꿈은 그 꿈에서 보았던 색깔, 주변 모습, 사람의 말소리까지 또렷이 기억난다. 하루 종일 머릿속에서 '그 꿈이 무슨 의미일까' 골몰하게 만들기도 한다. '본 적도 없고 이름도 모르는 지난밤 만났던 여인.' 왜 그 여인이 내 꿈에 나타난 것일까? 나와 뭔가 접점이 있는 것일까? 놓지 못하고 잠자리에 누워서까지 곰곰이 생각한다. '아, 맞아. 어느 해 가을 만났던 그 여인⋯⋯.'

그는 스르르 잠이 들고 꿈속에서 다시 그녀를 만난다. 말 한번 제대로 붙여 보지 못한 채 멀어져 가는 그녀를 바라만 봤던 아픈 과거의 기억이 떠오른다. 그 기억이 너무 아파 저 깊은 속에 그녀를 묻어 두고 살아왔건만. 오늘 그 기억이 되살아 온 것이다. 언젠가 미술 하는 친구가 나에게 말했다. "기억은 결코 잊히는 것이 아니야. 우리의 마음속에는 작은 호리병들이 많아. 그 속에 우리의 기억들이 한 병에 하나씩 차곡차곡 들어 있어. 우린 그걸 '잊었다'고 하는 거지. 어느 날 우연히 모르고 어떤 단추를 누르면 어느 한 호리병 뚜껑이 열리고 잊은 줄 알았던 그 안의 기억이 연기처럼 새어 나와 예전 그 모양이 되어 내 앞에 나타나는 거야."

조덕배는 대체 어떤 단추를 눌렀기에 그녀를 담아 놓은 호리병이 열리고 그녀의 기억이 새어 나온 것일까? 어떻게 하면 그녀가 다시 호리병 속으로 사라지는 것을 막을 수 있을까? 그는 이제 다시 그녀를 잃지 않으려 눈을 꼭 감는다. '눈을 뜨면 꿈에서 깰까 봐, 나 눈 못 뜨고 그대를 보네.' 이제는 놓치지 않으리 맘먹고 그녀에게로 가지만, 오호통재라, 이렇게 생생한 꿈들이 늘 그렇듯 잡으려는 순간 서서히 화면이 사라지고 소리만 들린다. 들리던 소리마저 점점 멀어져 가고 그 아름답던 여인의 목소리, 스산한 가을바람 소리는 짜증스러운 알람 소리로 바뀌고 만다. 그래도 포기하지 못해 눈을 감고 아무리 청해도 잠은 다시 찾아오지 않고 보이는 것은 오직 텅 빈 화면, 들리는 것은 세상의 소음뿐이다. 결국 눈을 뜨는 순간 모든 것은 '물거품처럼' 산산조각 깨지고 만다. 그녀가 사라지기 전 내일 밤 꿈에 다시 오겠노라 한마디 소리라도 질렀으면 좋았을 것을. 이런 그의 마음을 아는지 노래 끝에 피아노 반주도 마치 붙잡기 직전 허공으로 사라져 버리는 풍선처럼 하늘로 달아나 버린다.

가수가 되기까지 기이한 과정

조덕배가 가수가 되어 〈꿈에〉를 발표해 스타가 될 때까지의 과정을 이야기하려면 아픈 1980년대 신군부 시절 이야기를 해야 한다. 지금 '말표 신발' '범표 신발' 하면 알아들을 사람이 거의 없다. 내가 초등학교 다닐 때 신던 운동화 상표명이다. 학생들이 신는 신발은 그것밖에 없었다. 구두로는 '기차표 케미슈즈'라는 것이 있었다. 그 이외에는 시장에서 파는 아무 상표도 없는 신발을 신고 다녔다. 내가 고등학교 진학하고 얼마 되지 않아 나이키가 국내 시장에 상륙했다. 당시막 시작했던 프로야구 덕에 스포츠에 대한 관심이 높아져 더 그랬는지, 신기해서 그랬는지 나이키 신발은 날개 돋친 듯 팔렸다. 나이키신발 한 켤레에 1만 원 정도 했으니 온 나라가 들썩거렸다. 그 당시1만 원이었으면 지금 10만 원도 더했을 가격이다. 신문 사회면이 어디 큰 화재라도 난 듯 요란했다.

이때 국내 기업이 조금 저렴한 고급 국내 브랜드를 선보였다. 국제상사에서 만든 프로스펙스였다. 지금도 용산역 근처에 가면 새로 들어선 초현대식 빌딩 숲속에 아직도 위용을 잃지 않고 서 있는 국제빌딩이 있다. 바로 이 빌딩을 세운 기업이 국제상사의 모기업인 국제그룹이다. 국제그룹은 1984년 신군부 정권인 제5공화국의 부실 기업 정리라는 구호 아래 그리 투명하지 않은 절차에 의해 하루아침에 공중분해 되어 사라졌다. 언론도 들끓었고 여론도 좋지 않았지만, 당시 정부가 맘만 먹으면 할 수 없는 일이 없었다.

이때 국제그룹만큼 언론의 주목을 받지 못했지만 함께 뭉뚱그려 해체당한 그룹 중 하나가 삼호그룹이다. 오래전 조덕배가 인터뷰에서 밝힌 내용에 의하면 조덕배는 삼호그룹 회장의 조카이다. 그룹 해체 당시 조덕배는 전국의 삼호아파트에 독점으로 외벽 칠을 하는 회사를 꽤 잘 운영하던 CEO였다. 어느 날 창업주의 아들인 사촌형이 '불려 들어가' 백지 위임장에 사인을 하고 나왔다. 1978년에 이미 음악 앨범을 낼 정도로 늘 음악에 마음이 있었던 조덕배는 사태가 심상치 않음을 직감하고 손에 들고 있던 3000여 만 원의 어음을 명동에서 현금으로 바꿔 그걸로 음반을 냈다. 그렇게 해서 나온 것이 그의 첫 히트곡인 〈나의 옛날이야기〉이다.

〈꿈에〉는 〈나의 옛날이야기〉가 히트하고 뒤이어 나온 2집에 실린 노래이다. 2집 앨범이 130만 장 팔리면서 오늘날까지 조덕배를 기억하는 사람들에게 가장 먼저 떠오르는 곡이 〈꿈에〉이다. 요즘의 잣대로 보면 상상하기도 힘든 일로 인해 회사가 눈 깜짝할 사이에 사라졌지만, 그는 그로 인해 원하던 가수의 길을 가게 되었고 명곡들이 탄생했다. 전화위복이라고 하기도 힘든 부조리극의 한 장면 같은 일이다. 고백하자면 1980년대 신군부 정권이 없었다면 조덕배라는 가수가 있었을까 하는 생각을 가끔 하는 것이 사실이다. 아무리 팬이라지만 파렴치할 정도로 이기적인 생각이다. 그 정도로 조덕배의 노래를 좋아한다는 뜻이기도 하다.

〈꿈에〉 말고도 내가 좋아하는 조덕배의 노래가 몇 있다. 〈나의 옛날이야기〉도 좋고, 〈그대 내 맘에 들어오면〉도 좋아한다. 의외로 처음 들어본다는 사람들이 많은 〈노란 버스를 타고 간 여인〉은 아주 좋아한다. 인기가 오를수록 초조해지던 조덕배가 반 도피 겸 프랑스 파리로 건너가 머물며 달랑 두 곡 써서 녹음해 왔는데 그중 한 곡이 〈노란 버스를 타고 간 여인〉이다. 과거 전국 삼호아파트의 노란색 계열 외벽은 모두 자신이 시공한 것이라고 하더니 워낙 노란색을 좋아하나 보다. 삼바 리듬을 타는 보사노바풍의 리듬이 이색적이다. 프랑스에서 곡을 썼다는 말을 듣고 들어보면 프랑스 샹송풍이라는 말도 어울릴 법하다. 국내 가요계에서 샹송 스타일의 노래를 불러 한 시대를 풍미한 이미배를 기억하는 사람이라면 〈노란 버스를 타고 간 여인〉에서 이미배의 분위기가 풍겨 나온다고 할 것이다.

〈노란 버스를 타고 간 여인〉은 처음 들어본다는 사람들이 많은 것으로 봐서 〈꿈에〉 같은 빅히트는 아니었나 보다. 곡도 좋고, 가사도 좋고 조덕배가 즐겨 사용하는 기타와 건반 악기의 반주에 여러 악기를 붙인 편곡도 훌륭하다. '얼굴은 하얀 데다 버스는 노랑구나 눈물은 흘리면서 뭘 그래' 하는 첫 소절 가사와 멜로디가 금방 뇌리에서 맴돈다. 조덕배는 힘들고 애절한 사랑을 여러 번 했나? 아니면 잊지 못할 한 번의 사랑이 있었나? 고백하지 못해 애태우거나, 사랑하는데 헤어지거나, 꿈에서 잠깐 보거나, 그가 만들어 부르는 노래마다 애절하기이를 데 없다. 모를 일이지만 잊을 수 없는 단 한 사람이 이 모든 노래의 주인공이 아닐까 한다. 그냥 그의 노래를 즐겨 듣는 사람으로서의 촉이다.

애절하고 애태우는 사랑 이야기

가수 신승훈이 조덕배 모창을 기가 막히게 한다. 심심할 때면 일부러 유튜브에서 찾아보기도 한다. 모창 말고 진지하게 조덕배의 노래들을 부르는 다른 가수들도 몇 번 본 적이 있지만 웬만해서는 내 성에 차지 않는다. 조덕배의 노래 대부분이 조덕배 내면의 연심과 이를 고백하지 못하는 자신의 안타까움을 노래하는 데다가 조덕배가 자신의 개성 있는 목소리에 맞게 작곡한 노래들이라 다른 가수들도 섣불리 부르기 부담이 될 것이다. 조덕배의 창법과 목소리를 전혀 흉내내지 않고 순수하게 자신만의 노래로 만들어 부르는 것이 쉽지 않으니 그럴 바에는 오리지널 조덕배의 노래를 듣는 것을 선호한다.

특히 〈꿈에〉는 조덕배 말고 아무도 '이거다' 싶게 부르는 것을 들어본 적이 없다. 영탁이 부르는 것을 듣기 전까지 말이다. 영탁은 트로트뿐 아니라 여러 장르의 노래를 자유자재로 소화하는 가수이다. 그가 〈미인〉 〈라구요〉 〈조율〉 등 명곡들을 재해석해 부르는 것을 보면 그는 노래의 밑바닥으로 들어가 흙으로 그릇을 빚듯 바닥부터 새로 만들어 자기만의 노래를 창조하는 놀라운 능력을 지닌 가수이다. 〈꿈에〉라는 개성 강한 곡을 모두 비우고 자신의 개성으로 가득 채워 부르는 것을 보며 감탄했다. 조덕배의 버전이 환상적이고 애절하다면 영탁의 〈꿈에〉는 관능적이었다. 자신이 맘껏 노래를 만들지만 흔들리지 않는 박자가 틀을 벗어나지 않도록 해준다.

조덕배는 얼굴 없는 가수였다. 나도 일찍부터 그의 노래를 좋아했지만 그가 노래하는 모습을 처음 본 것이 1993년이었다. 그 당시 매주 토요일마다 인기리에 방송되던 《노영심의 작은음악회》라는 프로그램이 있었다. 초대 손님이 나와 노영심의 반주로 노래를 하고 이야기를 나누는 소극장 콘서트 같은 토크쇼였다. 여기서 그가 노영심의 피아노 반주에 맞춰 기타를 치며 〈꿈에〉를 부르는 것을 처음 보았다.

그는 얼굴 없는 가수 전략에 대해 실은 소아마비에 걸린 자신의 몸을 보여 주기 싫어 의도적으로 그런 전략을 세웠다는 말을 한 적이 있다. 하지만 2009년 뇌출혈로 쓰러지고 긴 재활을 거쳐 다시 노래를 시작한 무렵부터는 방송에도 종종 얼굴을 보인다. 재기에 성공했지만, 이후 그의 목소리는 많이 변했다. 소리가 탁해지고 고음에서 갈라지기도 한다. 그래도 그가 오랫동안 노래를 부를 수만 있다면 팬으로서 만족한다. 노래는 목소리로만 부르는 것은 아니니까. 아무리 소리가 예전 같지 않아도 그 사람이 부르니까 그 느낌이 좋은 이유도 무시할 수 없다. 오직 조덕배만이 부를 수 있는 노래. 그게 조덕배의 노래이니까.

이제 나는 알았어 내가 죽는 날까지

 # 변진섭의 〈너에게로 또 다시〉

정부와 학생들 사이의 충돌이 극에 달하던 1980년대 말에 우리 가요계에 사랑 노래 발라드 붐이 일었다. 내가 이 현상에 대해 몇 가지 분석을 해봤다. 1930년대 일제강점기보다 덜했는지 더했는지는 모르겠지만 이때도 모든 것이 검열과 통제와 단속의 대상이었다. 단어 하나 잘못 선택하면 애써 만들고 부른 노래 하나가 사장될지도 모르는 시대였다. 사랑과 이별의 이야기를 달콤한 멜로디에 실어 부르는 발라드는 검열을 피하기에 조금 더 수월했을지 모른다.

검열과 억압 못지않게 지리했던 것이 '젊은이라면 이런 걱정을 하고, 이런 노래를 부르며, 이런 사고를 해야 한다'는 사회적 압박이었다. 투쟁과 투쟁 가요에 지친 당시 젊은 세대는, 우리도 나라 걱정 없이 순수하게 사랑하며 청춘의 시간을 보내도 되지 않을까 라는 질문을 하기 시작했다.

세계적으로도 1970년대 오일 쇼크로 인한 폐해가 수습되고 호황이 찾아왔다. 고르바초프의 등장으로 냉전 체제가 끝나 가고 있었다. 1980년대 말에서 1990년대 초반까지 발라드라는 장르는, 세계적인 데탕트 분위기와 과거에 대한 대중의 피로감 그리고 앞날에 대한 희망 속으로 파고들며 우리 가요계를 지배하고 많은 명곡을 만들어 냈다. 내 말에 동의하지 않으면 말고. 그러나 한 가지, 이 시기 명멸한 발라드 가수 중 최고는 변진섭이라는 내 생각에는 동의하는 사람들이 훨씬 더 많을 것이다.

사랑의 열병과 함께 찾아온 그의 사랑 노래

변진섭은 1988년 〈홀로 된다는 것〉을 비롯해 첫 독집 앨범 안의 대부분의 곡이 히트하며 단번에 발라드 황제로 등극했다. 아니 발라드 제국을 세웠다고 하는 것이 맞는 표현일지도 모른다. 휩트 크림을 발라 놓은 듯 달콤한 지방질의 목소리에 '하지만 홀로 된다느~~~~은' 할 때 나오는 인간이기를 거부한 듯한 가성이 그의 매력 포인트였다. 나는 운전 도중 그 가성 부분을 따라 부르다 나도 모르게 눈을 감아 고속도로에서 차가 휘청한 적도 있었다.

1980년대 말은 아직도 LP 시대였다. 미국이나 한국이나 크게 히트하는 노래가 있으면 어딜 가도 레코드 가게에서 그 노래가 흘러나왔다. 내가 처음 미국에 도착했을 때는 한두어 달 가는 곳마다 존 파 (John Parr)의 〈St. Elmo's Fire〉가 흘러나왔다. 한국에서는 1988년 이후로 지하도를 걸어가면 늘 레코드 가게에서 변진섭의 목소리가 들렸다. 그의 히트곡들은 끝없이 생산되는 것 같았다. 나는 그때 미국에 살아서 가요를 거의 접하지 못하던 때였는데도 변진섭을 알았다. 한국에 올 때마다 길거리 리어카에서 변진섭의 신보 카세트테이프를 사 가지고 미국으로 가곤 했다.

변진섭의 수많은 노래 중 내가 제일 많이 들었고, 노래방에 가서 제일 많이 부른 노래는 〈너에게로 또 다시〉이다. 내가 얼마나 그 노래를 많이 들었으면 한국말이 서툰 나의 사촌 하나가 여름에 할아버지, 할머니를 뵈러 한국에 왔다 미국으로 돌아가면서 〈너에게로 또 다시〉가 들어 있는 변진섭의 카세트테이프를 사 가지고 갔다. 그는 몇 년 후 자신의 결혼식 피로연에서 그 노래를 틀기까지 했다.

내가 〈너에게로 또 다시〉를 자주 듣게 된 데는 사정이 있다. 시골 마을에 학교 하나 덜렁 있어서 학교의 행사가 온 마을의 행사인 전형적인 미국 대학촌에서 4년 가까이 수도승처럼 살던 내게 어느 날 사랑의 열병이 찾아왔다. 내 모교에는 한국 학생들이 채 열 명이 되지 않았다. 당연히 그때까지 데이트 상대라고 해봤자 수업 시간 등에서 만난 다른 나라 여자가 전부였다. 그나마도 몇 번 되지 않았다. 나는 그 당시 유행하던 시끄러운 디스코텍에 가서 춤추거나 마시지 못하는 술을 마시기보다는 주말에 조용히 집에서 다음주 시험공부를 하는 '범생'이었다. 심지어 금요일 저녁에 놀러 나갔던 내 룸메이트 셋이 술에 취해 어깨동무하고 클럽에서 나오다 딱 한 번 비틀하면서 셋이 다 넘어져 'Public Intoxication(공중 술취함, 공공장소에서 비틀거리거나 술주정을 하는 등의 행위를 금하는 법으로 경범죄에 해당한다)'으로 유치장에서 하루 자고 온 날도 까맣게 모르고 혼자 잘 자고 일어났다.

그러던 때 한국 유학생 부부의 부인이 아기를 낳았는데 나와 동갑내기였던 그 부인의 동생이 언니도 돕고 한 학기 영어 공부도 할 겸 한국에서 다니던 대학을 휴학하고 우리 학교로 왔다. 그리고 몇 번 한국 학생들끼리 모일 때 같이 만나다 훅 들어오는 감정을 그녀도 나도 어쩌지 못하고 우리는 어느덧 사귀기 시작했다. '지금쯤 그 누구를 사랑하는 사람이 되어 있을까 봐' 이름을 밝히지 못하지만 그녀의 이름은 알파벳 약자로 JJ였다.

그녀는 12월에 학기가 끝나면 한국으로 돌아가 학업을 마쳐야 했다. 당시에 여자가 대학 졸업하며 결혼하는 건 별로 이상할 것이 없는 일이었다. 하지만 남자는 사정이 달랐다. 나는 군 미필의 대학생이었고, 미국에 오며 세운 공부에 대한 계획이 따로 있었다. 결국 우리는 석 달 정도 사귀다 결별했다. 학기가 끝나고 크리스마스 며칠 전 나는 한국행 비행기를 탔다. 열세 시간 날아가며 결별하기까지 쉽지 않았던 과정이 못내 마음이 아팠다.

날씨가 포근해 기분도 나지 않던 그해 연말연시 서울의 PP(People's Place)라는 카페에서 JJ를 만났다. 우리의 마지막 만남이었다. 길게 이야기를 하지도 않았고, 손 붙잡고 울지도 않았다. 담담히 이야기하다 헤어질 때 그녀가 나에게 여러 노래를 녹음한 카세트테이프를 이별 선물로 주었다. 어디서 구했는지 사랑과 이별과 재회에 관한 노래만 앞뒷면으로 빼곡하게 녹음한 것이었다. 나는 이 카세트테이프를 버릴까 말까 고민하다 미국으로 돌아가는 비행기 안에서 나의 워크맨에 끼워 넣고 처음으로 들었다. 민해경의 〈존댓말을 써야 할지 반말로 얘기할지〉를 들으며 피식 웃었다. 그 밖에 혜은이의 〈열정〉, 현이와 덕이의 〈너 나 좋아해 나 너 좋아해〉, 조하문의 〈이 밤을 다시 한 번〉 등 당대의 명곡들이 있었다. 변진섭의 〈너에게로 또 다시〉도 있었다.

〈너에게로 또 다시〉는 지하도에서 여러 번 들었지만 그때 처음으로 제대로 들었던 것 같다. 듣는 순간부터 느낌이 달랐다. 발라드 노래의 가사들은 사랑과 이별의 순간을 담담히, 차근차근 그리다 후렴구에서 감정이 폭발하는 것이 대부분이다. 변진섭의 데뷔곡인 〈홀로 된다는 것〉을 보면 덤덤한 얼굴로 돌아서는 화자의 모습으로 덤덤하게 시작해 결국 다른 건 다 참아도 '홀로 된다는 것'이 슬프다며 폭발한다. 내가 이별 노래의 최고봉으로 치는 고한우의 〈암연〉도 '내겐 너무나 슬픈 이별을 말할 때' 하는 첫 대목을 들으면 '아, 이건 이별의 장면을 묘사하는 노래구나'라는 감이 온다. 아니나 다를까 이별의 선포와 돌아서 헤어짐, 감정 폭발의 순간 그리고 각자의 길을 가는 모습 등이 한편의 단편영화처럼 펼쳐진다.

반면 〈너에게로 또 다시〉는 전주가 끝나면서 다짜고짜 '그 얼마나' 하고 한마디 툭 뱉는다. 툭 뱉고는 반 박자 동안 아무 말이 없다. 그다음 말을 전혀 예상할 수 없어서 사람을 끌어당기는 힘이 있었다. 반 박자 동안 나의 생각은 당연히 '얼마나 뭐?'였다. 기다리며 들었더니 한다는 말이 '오랜 시간을' 하고 또 반 박자 아무 말이 없다. 나는 '오랜 시간 동안 뭐?' 하며 또 기다렸다. '짙은 어둠에서 서성거렸나.' 원 참, 듣는 사람까지 짙은 어둠으로 끌어들인다. 대체 무슨 어둠을 이야기하는 것일까?

내가 JJ를 사귀던 시절 나에게 단 한 가지의 어둠은 '이게 정말 사랑일까?' 하는 것이었다. 이미 오래전에 결정하고 기다렸던 일들이 일어나듯 모든 것이 숨가쁘게 그러나 묘한 질서 속에 일어났다. 그 빠르고 확고한 페이스에 휘말려 들어가면서 나는 이따금 한번씩 '이거 맞아? 사랑 맞아? 우리는 어떻게 되는 거지?' 하고 질문했다. 그게 다였다. 현실이 숨막히기도 하고 행복하기도 해서 어디 가서 헤매고 자시고 할 여력이 없었다. 이 화자는 무엇 때문인지 세상 모든 고민을 짊어진 듯 '짙은 어둠에서' 서성대며 '내 마음을 접어둔 채로' 시간만 낭비하고 있다. 혹시 따로 결혼을 약속한 사람이라도 있었나? 아니면 상대방에게 약혼자가 있었나?

화자는 일단 이 사랑의 대상을 떠나 모든 것을 잊기로 결심했다. '잊고 싶던 모든 일들은 때론 잊은 듯이 생각됐지만……'이라고 하는 것으로 봐서 사랑의 감정들이 생각처럼 호락호락 지워지지는 않는가 보다. '고개 저어도 떠오르는 건 나를 보던 슬픈 그 얼굴.' 나는 여기서 가슴이 쿵 내려앉았다.

우리의 짧은 연애 기간 끝 무렵 헤어지기로 결심할 때까지 자주 싸웠다. 한국에서 겨울 방학을 보내는 동안 길을 가다가도 그때 싸우던 일을 떠올릴 때면 나도 모르게 가던 길을 멈추고 얼굴을 찡그릴 정도로 마음이 아팠다. 그 뒤에 나오는 '때로는 모진 말로 멍들이며 울려도'라는 말에서는 화가 단단히 났는지 나를 빤히 보다 돌아서 가버리던 그녀의 모습이 떠올랐다. '아, 이거 우리 이야기 아냐?' 이때부터 이 노래가 나를 사로잡았다. 그 뒤에 이어 나오는 말이 '이제 나는 알았어 내가 죽는 날까지 너를 떠날 수 없다는 걸'이다. 여기서 섬뜩했다. 'JJ는 내가 결국 자신에게 돌아올 것이라고 생각한 것일까? 나는 그녀와 언제고 운명 같은 재회를 하고 영원히 함께할 것인가?' 그녀가 마법을 거는 것 같다는 생각까지 들었다.

이별의 슬픔과 홀로 된다는 것

결론부터 이야기하면 나는 그녀에게로 돌아가지 않았다. 영어에 'On again off again relationship'이란 말이 있다. 만났다 헤어졌다를 반복하는 연인 관계에 주로 쓰는 말이다. 나는 'On again off again relationship'처럼 건강하지 못한 관계가 없다고 생각한다. JJ를 만나기 전 연애 경험이 그렇게 많았던 건 아니었지만 어렴풋이 비슷한 생각을 하고 있었다. 헤어지기로 결심하기까지 시간이 걸렸을 뿐 일단 결심한 뒤로 다시 돌아보지 않았다. 돌아보지 않았다는 것이 무 자르 듯 잊었다는 뜻이 아니다.

그 후로 몇 년 동안 누구 결혼식에 가기만 하면 나는 JJ 생각을 했다. 순간순간 그녀가 생각날 때가 있었지만 그건 헤어짐을 결심한 이상 겪어야 할 일이라고 생각했다. 나는 진심을 다했고, 깊은 고민 끝에 헤어지기로 했기에 떠오르는 기억을 후회라고 생각하지 않았다. 나중에 다른 한국인 유학생들이 전해 주는 바에 의하면 그녀가 나와 헤어지고 얼마 지나지 않아 결혼했다고 하니 그녀도 나와 비슷한 연애관을 가지고 있었나 보다.

JJ와 헤어지고 10년쯤 뒤, 뉴욕주 변호사 시험공부를 하던 여름, 나는 웨일스 출신의 베스트셀러 작가 켄 폴릿이 쓴 『Pillars of the Earth(대지의 기둥)』를 읽었다. 그 소설은 1123년 영국의 가상 마을 킹스브리지에서 도둑 죄명을 쓴 한 남자의 공개 교수형 장면부터 시작한다. 구경꾼들이 우르르 몰려 있는 앞에서 그 도둑은 죽기 전에 갑자기 "종달

새는 그물에 걸렸을 때 가장 아름답게 운다……"고 프랑스어로 노래를 시작한다. 그것도 군중 속에서 소리 없이 눈물을 흘리던 신비스러운 황금빛 눈을 가진 소녀를 뚫어져라 바라보며 부른다.

둘은 연인이었다. 소녀의 이름은 엘렌이었고 남자의 이름은 자크 쉘부르이다. 엘렌과 자크의 아들이 소설의 주인공인 잭이다. 소설의 결말에서 킹스브리지에서 일어난 모든 음모와 사건이 자크의 처형과 연결되지만, 자크는 첫 장면에서 사형을 당한 뒤 다시 이야기에 등장하지 않는다. 내가 자크와 엘렌의 관계, 이름을 아는 이유는 후에 중년이 된 엘렌이 톰이라는 건축가와 사랑하게 되면서 자크가 자신이 사랑한 사람이었다고 딱 한 번 말하는 장면이 나오기 때문이다. 이 책을 읽으면서 우리의 오두방정 시끄럽던 사랑과 엘렌이 가슴에 묻고 중년이 될 때까지 살았던 사랑을 생각했다.

변호사 시험 합격하고 또 10여 년이 흘러 이번에는 내가 책을 출간했다. JJ가 우연히 나의 책을 읽었는지 출판사로 연락을 해왔다. 출판사로부터 그녀의 이메일 주소를 받았지만 나는 끝내 연락하지 않았다. 나도 엘렌처럼 오랜 세월 새기고 다져서인지 요란하던 연애사가 이제 내 인생 이야기의 한 줄로 남았다. 제목도 아니고 소제목도 아니지만 그래도 사라지지는 않았다. 내 팔에 오래전 뜨거운 주전자에 덴 상처처럼 이제 아프지는 않아도 볼 때마다 생각나게 남아 있다. 코로나바이러스 때문에 노래방에 못 가본 지도 꽤 되었다. 코로나바이러스 대유행 훨씬 전부터도 〈너에게로 또 다시〉를 맨정신에 부를 수 있게 되었다. 한 가지 희한하긴 하다. JJ에게서 연락이 오고 10년 뒤인 지금 나는 잊고 살던 그녀의 기억을 더듬으며 글을 쓰고 있다. 옷깃만

스쳐도 인연이라더니 인연은 인연이었나 보다. 10년 주기로 그녀가 내 인생에 등장한다.

나는 한동안 변진섭의 히트곡만 모아 녹음한 카세트테이프를 차에 비치해 놓고 운전을 했다. 〈로라〉〈숙녀에게〉〈새들처럼〉〈너무 늦었잖아요〉 등을 고래고래 따라 불렀다. 〈홀로 된다는 것〉은 나를 처음 변진섭이라는 가수에게로 인도한 노래이다. 이 노래를 참 좋아했는데 한참 듣다 보면 좀 이상하다. '대체 이 사람은 무엇 때문에 상대방과 사랑한 것일까? 그것이 사랑이긴 한 것일까?'라는 생각을 지울 수 없다.

이별은 두렵지 않고, 눈물도 참을 수 있는데 단 하나 혼자되는 것이 슬프다니. 사랑할 때는 '이 세상에 많고 많은 사람 중에 너란 사람은 단 하나'라는 마음으로 해야 하는 것 아닌가? 누가 나를 차면서 '홀로 된다는 것이 슬플 뿐'이라고 하면 진짜 열받을 것 같다. '아니 내가 좋아서 여태 만난 게 아니라 혼자 있기 싫어서 만난 거야?' 반대로 내가 찰 때도 그런 말은 절대로 하지 않을 것이다. 어쩌면 내가 차일 때 이 말을 해주면 아주 좋은 복수가 될지도 모르겠다.

우리의 속물근성을 재치있게 풍자하다

변진섭을 이야기하며 빼놓을 수 없는 노래가 있다. 2집 앨범 뒷면 맨 마지막 곡으로 들어갔다 대박을 터트린 〈희망사항〉이다. 나는 이 노래를 처음 듣던 순간도 기억한다. 내 세대가 대학을 다니던 시절 대학생들은 정부에 대항하는 수단으로 수업 거부를 하곤 했다. 자연히 학기말이 되면 어떻게든 수업 일수를 채워 넣든지 전원 유급을 하든지 둘 중 하나를 해야 했다. 내가 여름 방학을 맞아 한국으로 와도 내 고등학교 동창들은 쉬지 못하고 보충 수업을 하고 있었다. 나는 그들의 학교로 찾아가 거기서 서로 만나 학교 근처에서 점심을 먹거나 함께 집으로 오면서 맥주 한 잔 했다.

어느 여름 나는 친한 동창 중 공부도 제일 잘했고, 지금도 제일 출세한 데다 심지어 학벌도 최고인 한준이를 만나러 학교로 찾아갔다. 그때 한준이는 이모님이 타다 폐차 직전에 물려준 차를 몰고 다녔다. 차에 올라타자 한준이가 "너 이 노래 들어봤냐?" 하면서 카세트테이프를 밀어넣었다. 경쾌한 전주 뒤에 변진섭의 음성이 따라 나왔다. '청바지가 잘 어울리는 여자……' 한준이가 또 말했다. "여기 희망사항이 몇 개 나오나 잘 세어봐." 고지식한 나는 말도 하지 않고 손을 꼽아가며 그걸 다 헤아렸다. 노래가 끝나고 "13개" 했다. 한준이가 "14개야. 너 마지막에 노영심의 희망사항은 뺐구나" 했다.

예전에 클래식 음악에 대한 책을 쓸 때도 이 에피소드를 언급했다. 그때는 노래 자체에 대해 이야기하기 위해서가 아니라 맨 마지막에 나오는 노영심의 피아노 연주가 차용한 거슈윈의 〈랩소디 인 블루〉에 대해 이야기하려고 했던 것이다. 이제부터 노래 이야기를 좀 해보겠다.

나는 이 노래를 가사도 보지 않고 외워 부를 정도로 즐겨 들었다. 내 또래들이 아무렇지도 않게 노래방 가서 자주 불렀는데 근래 이 노래가 가끔 비판의 대상이 되고 있다. 여자를 종속적으로 본다, 외모지상주의이다 등의 이유 등에서이다. 나는 기본적으로 남자건 여자건 "그 사람 참 잘생겼다" 정도 이외에 외모에 대해 이야기하지 않는 것을 원칙으로 한다. 하지만 이 노래에 대한 비판을 접하다 '나도 혹시 속으로 이 남자처럼 속물적인 희망사항을 갖고 살았나' 반성했다. 결코 13가지나 되는 희망사항을 나열한 적은 없다. 김치볶음밥은 오히려 내가 주로 해 먹었다. '밥을 많이 먹어도 배 안 나오는 여자'를 찾고자 했던 적은 맹세코 없다. 가사에는 없지만 술 잘 마시는 여자와 사귀어 봤으면 하는 생각은 몇 번 했다. 요즘은 내가 술을 좀 하지만 대학 때는 맥주 한 잔도 제대로 마시지 못해 그랬다.

가사를 쭉 훑어보면 꼭 그렇게 날 세워 비판할 것도 없다. 첫째 속물적인 남자의 희망사항만을 나열하고 끝나는 노래가 아니라 마지막에 여자가 '(13가지 희망사항을 나열할 정도로 잘난) 그런 남자가 좋다'고 자신의 희망사항을 말하며 통쾌하게 한 방 먹이고 끝난다. 게다가 이 노래의 묘미는 마치 겉과 안을 뒤집어입을 수 있는 리버서블(Reversible) 셔츠처럼 남자와 여자 부분을 바꿔 부를 수 있다는 것이다. 나이나 성별에 관계없이 우리가 조금씩 갖고 있는 속물근성을 재치 있게 풍자하는 노래인 것이다.

끝으로 정말 하고 싶은 말은 이거다. '내가 울적하고 속이 상할 때 그저 바라만 봐도 위로가 되는 여자(남자),' '내 고요한 눈빛을 보면서 시력(시선)을 맞추는 여자(남자)' '내가 돈이 없을 때에도 마음 편하게 만날 수 있는 여자(남자)' 등은 '암, 사랑하는 연인 사이라면 서로에게 이런 사람이 되어 주어야지' 하고 고개를 끄덕이게 하는 말이다. 이 노래에 여러 가지 사회적 이슈를 대며 비판하는 것에 동의하지 않는다. 우리는 기나긴 검열의 터널을 지나 여기까지 왔는데 이제 정부의 검열이 아니라 서로의 반목에 의한 검열의 시대를 맞고 있는 것 같다.

오래전 덴 상처처럼 가슴에 남다

변진섭의 노래들은 의외로 변진섭 이외의 가수가 부르는 것을 많이 들어보지 못했다. 몇몇 들어본 것도 썩 마음에 드는 것이 없었다. 조용필이 〈홀로 된다는 것〉을 부를 때 많이 기대했는데 그것도 별로였고, 내가 아주 좋아하는 이소라가 부른 〈너에게로 또 다시〉는 음정도 불안하고 너무 어색해서 듣다 말았다. 변진섭이 특별한 기교 없이 담백하게 자신만의 매력으로 부른 노래들이라 다른 사람들이 소화하기가 더 힘든 것 같다.

변진섭의 발라드 제국은 의외로 오래가지 못했다. 3~4년 대한민국에 가수가 변진섭밖에 없나 싶을 정도로 자주 보이고 들리더니, 그 뒤로 소식이 궁금해질 정도로 뜸해져 한때 그가 가수 생활을 접었나 생각했을 정도이다. 실은 방송 활동을 활발히 하지 않았을 뿐 꾸준히 앨범을 발표해 왔다. 예전의 열광적인 반응은 없지만, 고정 팬들이 많아 그들과 즐겁고 행복하게 음악 생활을 하는 듯하다. 내 주변에 30년째 이승철 팬이 있는데 쉰이 다 되어 오는 나이임에도 '승철 오빠' 콘서트라면 코로나바이러스 정국에 마스크 두 장 겹쳐 쓰고 전국을 따라다닌다. 변진섭도 이런 고정 팬이 많을 테니 인기에 일희일비하지 않고 소신껏 음악 생활을 할 수 있을지도 모른다.

나는 변진섭의 콘서트를 따라다닐 정도의 골수팬은 아니지만 이것저것 그의 전성기 이후의 음악을 듣는다. 그 중 〈니가 오는 날〉을 좋아한다. 어쿠스틱 기타 반주에 잔잔한 노래이다. '눈이 와도 좋겠어 소복소복 쌓인 길 너 오는 소리 멀리서도 들을 수 있게…….' 이번 크리스마스에는 코로나바이러스 때문에 연말 모임이 모두 취소되어 집에 가만히 있어야 할 것 같다. 이 노래를 들으며 누군가 올지도 모른다고 상상이라도 해봐야지. 눈이 진짜로 소복소복 쌓인다면 좋겠다. 귀 기울여 코로나바이러스 종식이 다가오는 발자국 소리를 들어봐야지.

나는 지금 친구와 저녁 먹을 때 마시다 남은 와인을 조금 따라 마시며 변진섭의 노래를 틀어 놓고 이 글을 마무리하고 있다. 변진섭의 노래는 '진부하다, 통속적이다. 흔한 사랑 이야기밖에 없다'라는 평도 많이 들었다. 나의 친구 하나는 "세상 살기가 얼마나 힘든데 한가하게 사랑 타령이나 한다"고 했다. 통속적이고 보편적인 사랑과 이별을 노래한다는 것이 변진섭 노래의 강점이다. 예전에 "착각의 자유는 북한에도 있다"는 말이 유행했다. 사랑은 자유가 없어도 피어나는 강력한 감정이다. 모두 한번쯤 그런 사랑을 경험했기에 한번쯤 귀 기울이고 변진섭의 노래를 듣게 되고, 한번 들으면 귀에 착착 붙는다. 이제 발라드 전성시대는 갔지만 변진섭의 제국은 우리 각자의 심장 속에 오래전 덴 상처처럼 남아 있다.

소리 없는 그대의 노래

브루크너의 잔향, 김동률의 〈잔향〉

'내가 가진 것 감사하며 살기도 바쁜 인생, 남의 것 부러워하지 말자'가 내 인생 신조이다. 그래도 정말 부러운 것이 몇 가지 있다. 그중 하나가 김동률의 목소리이다. 굵고 부드럽지만 때로 비음도 섞여 나오는, 들어보지 못한 매력적인 목소리이다. 슬픈 노래를 부르는 그의 목소리를 손으로 꽉 쥘 수만 있다면 그 속에서 뜨거운 눈물방울이 뚝뚝 떨어질 것 같다. 나는 물기를 가득 머금은 그의 목소리를 20년 넘게 좋아해 왔다.

그런데 막상 김동률에 대해 글을 쓰려다 놀랐다. 그의 노래 제목을 대라면 2박 3일 동안 댈 수도 있지만 그 이외에 그에 대해 아는 것이 거의 없었다. 인터넷에서 찾아봐도 인터뷰 기사 하나 변변한 것을 찾을 수가 없었다. 《꽃보다 누나》에서 이승기가 김동률을 가리켜 '낯가림 심하고 천상 예술가'라고 하더니 워낙 김동률 자신이 은둔형인가 보다. 이번에는 내가 그의 목소리와 노래들을 좋아하기 시작한 것이 언제부터인지 생각해 보았다. 김동률은 1993년 MBC《대학가요제》에 전람회라는 이인조 그룹으로 참가해 대상을 탔지만 그때부터 그를 좋아한 건 아니었다. 1993년 김동률이 대상을 타던 해의《대학가요제》를 보지 않아서 그의 노래를 듣지 못했다.

청춘의 상징 《대학가요제》

나의 사춘기 시절《대학가요제》는 1년을 기다리는 행사였다. 산울림의 김창훈이 작곡, 작사하고 서울대생들인 샌드페블즈가 부른 〈나 어떡해〉(그 당시 맞춤법으로는 〈나 어떻해〉)는 김창훈이 주로 만들던 사이키델릭 록적인 분위기가 나는 시대를 앞서간 노래로, 제1회 대회 대상을 탔다. 제1회 대회에서 기억에 남는 또 다른 곡은 이명우라는 국문과 학생이 이스라엘 노래에 고려가요 〈가시리〉와 〈청산별곡〉을 각각 1절과 2절로 붙여 자신의 기타 반주에 맞춰 부른 〈가시리〉였다.

그다음 해 대상곡인 썰물이 부른 〈밀려오는 파도소리〉는 전주부터 아름다운 바이올린 연주로 시작해 남성 일곱 명의 화음이 어우러지는 노래이다. 〈나 어떡해〉와 완전히 다른 분위기였다. 곡조와 가사 화음이 좋아 합창곡으로 많이 불렸다. 젊은이들 사이에서는 은상을 탄 활주로의 〈탈춤〉이 인기가 많았다. 당시 중학생이던 나도 다음 날 학교에 가 아이들과 책상을 두드리며 '탈춤을 추자, 탈춤을 추자' 하고 노래를 불렀던 기억이 난다. 제3회와 제4회 대상곡인 〈내가〉의 김학래·임철우, 〈꿈의 대화〉의 이범용·한명훈은 남성 이중창으로, 김학래는 그 후에도 톱 가수로 오래 활동했다. 대상을 받은 곡들뿐 아니라

샤프의 〈연극이 끝난 후〉, 우순실의 〈잃어버린 우산〉 등은 아직도 내가 즐겨 듣는 노래이다. 〈연극이 끝난 후〉는 '연극이 끝나고 난 뒤 혼자서 객석에 남아 조명이 꺼진 무대를 본 적이 있나요' 하고 시작한다. 그 노래를 처음 듣는 순간 '세상을 이렇게 뒤집어 바라볼 수도 있구나'라는 생각을 하며 그 기발한 가사에 매료되었다.

미국으로 유학 가서도 《대학가요제》 소식은 종종 접했다. 1985년 대상곡인 높은음자리의 〈바다에 누워〉는 텍사스 시골에서 학교 다니던 나에게 1986년 여름이 거의 다 되어서 전해져 왔다. 1988년 대상곡 무한궤도의 〈그대에게〉는 비디오로 봤다. 1989년 1월 학기가 막 시작했을 무렵이라 별로 바쁘지 않아 차를 갖고 있는 친구들이 운전하고 학교에서 1시간 반가량 떨어진 곳에 있던 한국 식료품점에 가비디오테이프에 복사해 놓은 《대학가요제》 실황을 빌려 왔다. 누가 우승을 했는지도 모르는 상황에서 비디오를 봤지만 신해철의 무한궤도가 부르는 〈그대에게〉를 들으며 '우리나라에도 이런 음악이 나올 수 있구나'라는 생각에 감동과 충격을 받았다.

《대학가요제》는 나만 열심히 봤던 것이 아니다. 젊은이들의 관심이 열광적이었다. 몇몇 참가자들은 지금도 활동하는 유명한 가수나 방송인이 되었다. 노사연, 유열, 임백천 등이 모두 《대학가요제》 출신이다. 1978년 제2회 대회에서 금상을 수상한 노사연은 그때도 입담이 남달랐다. 수상 직후 TBC-FM의 간판 프로그램인 《밤의 다이얼》에 출연했다. 당시 그 프로그램의 DJ였던 김제건이 생방송 중에 그것도 출연자 소개를 마치자마자 농담조로 "이름이 사연인데 혹시 무슨 사연이 있습니까?" 하고 물었다. 이 대학생 신인 가수는 "사연이 없어서 노(No)사연이에요"라고 천연덕스럽게 대답했다. 심수봉의 〈그때 그사람〉도 심수봉이 본명인 심민경으로, 1978년 《대학가요제》 참가해 피아노를 치며 불렀던 곡이라고 하면 몇 명이나 믿으려는지. 그러고 보니 1978년에 활주로의 배철수, 노사연, 심수봉 등 유난히 대어가 많았다. 나는 《대학가요제》의 열렬한 팬이었지만, 그 후 비슷한 가요제도 많이 생기고, 좀 식상해서 서서히 관심을 잃었다. 열심히 봤던 것은 무한궤도가 대상을 탄 1989년이 마지막이었던 것 같다. 김동률이 대상을 탄 1993년에는 미국에서 막 돌아와 모든 것이 서먹하던 시절이라 《대학가요제》를 하는지 마는지조차 몰랐다. 김동률의 목소리에 빠져들기 시작한 건 후에 전람회의 1집 앨범이 나오고 라디오에서 〈기억의 습작〉을 듣기 시작하면서부터이다.

아름다운 비유와 역설로 가득찬 노랫말

김동률의 명반들 중에서도 내가 특히 좋아하는 앨범은 그가 '엄친아'만 들어간다는 연세대학교 건축공학과를 중퇴하고 유학길에 올라 보스턴의 유명한 버클리 음대를 졸업한 직후 내놓은 《토로》이다. 그 중에서도 〈잔향〉을 나의 최애로 친다. 거기에는 몇 가지 이유가 있다. 피아노와 런던 심포니의 수준 높은 연주, 곡 전반에 걸쳐 뒤에서 쫓아오는 발자국처럼 사라지지 않고 들려오는 6/8박자의 비트 그리고 무엇보다 그 가사의 아름다움 등이다.

김동률이 쓴 노랫말들이 다 아름답지만 〈잔향〉의 아름다움은 좀 다르다. 김동률의 다른 노래의 가사들은 대체로 산문적이고, 어느 한 사람이 어떤 상황을 차근차근 이야기해 주는 것 같다. 한 예로 〈기억의 습작〉은 마치 누군가의 편지를 읽는 것 같은 느낌이 든다. 반면 〈잔향〉의 노랫말은 시적이고 아름다운 역설과 비유로 가득차 있다.

잔향(殘響)이란 단어를 국어사전에서 찾아봤다. '실내의 발음체에서 나는 소리가 울리다가 그친 후에도 남아서 들리는 소리.' 발음체의 울림은 그쳤지만 일단 난 소리가 건축물의 실내에 갇혀 천장과 벽을 계속 치며 윙윙 사라지지 않고 남아 들리는 소리가 잔향이다.

오스트리아의 유명한 낭만파 작곡가 안톤 브루크너(Anton Bruckner)는 오스트리아의 장크트 플로리안(Sankt Florian) 수도원과 린츠(Linz) 대성당의 오르가니스트로 재직하며 가톨릭 기도문을 차용해 〈모테트〉라는 성악곡을 여러 곡 작곡했다. 때로 독창으로 때로 합창으로 작곡하면서 그는 악보 중간중간 그랜드 포즈(Grand Pause) 즉 오래 쉬라고 써 넣거나 아니면 다섯 박자 동안 아무도 소리를 내지 말고 있으라고 쉼표를 써 넣기도 했다. 내가 대학 시절 학교 오케스트라에서 활동할 때 지휘자 선생님이 연주 일정 때문에 오스트리아를 다녀오셨다. 그때 린츠 대성당을 방문하고 돌아와서 "왜 브루크너가 그랜드 포즈를 써 놨는지 알 것 같다"고 하셨다.

유럽의 성당들은 하나의 거대한 울림통이라 생각하면 될 정도로 잔향이 오래 남아 있다. 합창단이 큰소리로 '아베 마리아' 하고 외치고 금방 작은 소리로 다음 구절을 노래하면 성당 안의 잔향 때문에 소리가 범벅되어 음악을 제대로 연주할 수도 들을 수도 없다. 아무도 노래를 하지 않지만 없어지지 않고 맴도는 노랫소리가 잦아들 때까지 기다려야 한다. 그래서 브루크너는 잔향이 사라질 때까지 그랜드 포즈를 하거나 아무도 숨소리도 내지 말고 다섯을 헤아리라고 한 것이다.

그런데 어떤 때 연주를 보고 깊은 감명을 받은 날은 발음체인 연주자가 모두 연주장을 떠난 후에도, 나 역시 연주회장에서 집으로 돌아와 자려고 누운 뒤에도 그 연주가 귓가를 맴돌 때가 있다. 이런 건 사전에도 없는 잔향이다. 때로 이런 잔향은 사랑하는 사람이 생겼을 때도 들려온다. 내 마음속에 갇혀 사라지지 않고, 나의 심장과 영혼을 계속 치며 귀를 막아도 들리는 잔향이다. 일명 상사병이다. 언젠가 개그맨 신동엽이 사업 실패로 맘고생을 많이 하다 토크쇼에 나와 '다이어트 중에 최고의 다이어트는 맘고생 다이어트'라고 한 적이 있다. 맘고생 중에서도 상사병만큼 영과 육을 모두 바싹바싹 말라 들어가게 하는 맘고생도 드물다. 참, 사랑이 뭐라고.

공허한 잔향이 되어 가슴을 울리는 한마디

'소리 없는 그대의 노래 귀를 막아도 은은해질 때…… 향기 없는 그대의 숨결 숨을 막아도 만연해 질 때…….' 왜 이럴까? 그것이 마음속에서 들려오고 풍겨 나오기 때문이다. 상사병이다. 대체 누구를 얼마나 사랑하기에 이 지경이 된 것일까? '남모르게 삭혀온 눈물'이라고 하는 것으로 봐서 용기 있게 고백 한번 해보지 못한 것 같다. 상대방은 무심한 것일까? 아니면 그 사람도 나름의 이유가 있어 사랑을 받아줄 수 없어 모른 척하는 것일까? 그런 건 상관없다. 이 화자의 세계는 온통 '그대'로 가득차 눈을 뜨나 감으나 '그대' 생각만 난다. 속으로 삭이는 것도 한도가 있다. 드디어 그는 혼자 술을 마시고 벽을 긁으며 울기라도 했나 보다. '남모르게 삭혀 온 눈물 다 게워 내고…….' 게워 내니 속이 후련한가 하면 그것도 아니다. 다 게워 내고 기진맥진

해 천장 쳐다보고 누워서 결국 입에서 나오는 한마디가 '그대의 이름' 이다. '허기진 맘 채우려 불러 보는 그대 이름.' 그리움은 오히려 더 커졌다.

다음 구절은 더 난감하다. 이제 사랑하는 사람을 모두 잊고자 그간의 미련을 모두 털어냈다고 하지만 '휑한 가슴 달래려 헤아리는' 것은 '그대의 얼굴'이다. 아, 이 사랑을 어찌할꼬? 정말 이런 말은 하기 싫은데 시간이 약이라고 해줄까? 그다음 말을 들어보니 시간도 약이 될 것 같지 않다. 이 사람은 속이 시커멓게 타고, 그 까맣게 탄 속에서 '그대의 눈물로' 싹이 나고 나무가 될 때까지라도 기다릴 테니 그때라도 생각나면 돌아와 '내 사랑을 받아 주오. 날 안아 주오. 단 하루라도 살아가게 해주오.'라고 간절히 애원한다. '단 하루라도 살아가게⋯⋯.' 단 하루라도 그 사랑 없이 사는 것은 사는 것이 아니다. 새까맣게 탄 속에서 싹이 나는 대목부터 화자의 감정이 울컥하는지 노래도 격양되고 때로 악보상에는 계속 6/8박자를 유지하지만 실제 리듬은 노골적으로 3박자의 춤곡풍으로 바뀐다. 그의 영혼이 흠모하는 '그대'와 왈츠라도 추는 것일까?

이윽고 그는 큰소리로 피를 토할 듯 토로한다. '사랑하오.' 그러나 이 간절한 외침 역시 용기 없는 입술에 갇힌다. 출구를 찾지 못한 외침은 영혼의 벽과 천장만을 무수히 두드릴 뿐 공허한 잔향이 되어 끝없이 안에서만 울리고 만다. '얼어붙은 말 이내 메아리로 잦아드네.' 마지막 오케스트라의 멜로디는 처음 시작 멜로디의 변주이다. 결국 제자리인 것이다. 오늘 또 해가 졌으니 하루가 가는 것뿐 해결된 것은 하나도 없다. 고백도 하지 못하고 그냥 아프기만 하다.

여기서 한 가지 의문이 생긴다. 왜 화자는 검게 그을린 자신의 맘에 '그대의' 눈물로 싹이 돋는다고 했을까? 나의 눈물이라고 해야 맞는 것이 아닌가? 그대에 대한 혹은 그대를 향한 나의 눈물을 함축적으로 표현한 것일 수도 있고, 아니면 어쩌면 위에서 의심을 품었듯 그 상대방에게도 어떤 상처가 있어 이 화자의 사랑을 받아 주지 못하고 떠난 것일 수도 있다.

이때 등장하는 것이 내가 두 번째로 좋아하는 김동률의 노래 〈기억의 습작〉이다. 나는 때로 〈잔향〉 속의 '그대'가 〈기억의 습작〉 속의 '너'가 아닐까 상상해 본다. 〈기억의 습작〉이 먼저 나왔으니 〈잔향〉이 〈기억의 습작〉의 프리퀄 혹은 숨은 뒷이야기라고 해두자. 〈기억의 습작〉은 '화자'가 〈잔향〉 속 '그대'를 그리며 과거의 고백하지 못한 사랑을 '너'에게 한 장의 편지로 담아낸다. 어차피 과거로 부치지 못할 편지라 굳이 습작이라 부른다.

'너'는 과거에 뭔가 힘든 일이 있었다. 어쩌면 병마와 싸우고 있었는지도 모른다. '너'는 힘들 때마다 '횡한 눈으로' 화자의 어깨에 기대었다. '더 버틸 수 없다'고 말하며 지그시 눈을 감았다. 그 '슬픈 눈빛이' 화자를 너무도 아프게 했다. 이렇게 연민으로 시작해 사랑이 되었다. '너'의 힘든 삶을 알기에 화자는 사랑을 고백도 하지 못한다. '너'는 그의 사랑을 알지만 자신의 힘든 처지로 인해 그 사랑을 받아 주지 못하고 애써 외면한다. 〈잔향〉에서 화자는 '그대의 눈물로 새싹이 푸르게' 돋아날 때까지 기다리겠다 했지만, 〈기억의 습작〉을 쓰고 있는 현재의 화자는 '너'는 돌아오지 않는다는 것을 안다. 이제 현재의 화자는 마침내 독백한다. '많은 날이 지나고 나의 마음 지쳐갈 때 내 마음속으로 쓰러져 가는 너의 기억이' 다시 찾아올 것이라고. 이제 정말 기다림을 포기한다. 영영 만나지 못하게 되었기 때문이다. '쓰러져 가는 너'의 기억만이 남았을 뿐이다.

'너'는 떠났지만 많은 날이 지나도 잔향은 사그러들지 않고 그의 마음이 지쳐갈 때마다 그의 마음속에서 울림을 계속한다. 영화 《시월애 (時越愛)》에서처럼 이 〈기억의 습작〉이 시간을 뛰어넘어 과거의 '너'에게 전해진다면 둘은 잠시라도 맺어질 수 있었을까? 언젠가 김동률을 만나 사인이라도 받는 날이 오면 꼭 물어봐야 할 질문으로 남겨 놓는다. 어디서 주워들은 이야기에 의하면 김동률이 〈기억의 습작〉 가사를 쓴 건 고등학교 재학 시절이라고 하던데 그게 사실이라면 도대체 고등학교 시절 어떤 정신세계였다는 말일까? 놀랍기만 하다.

영혼을 파고드는 목소리

〈잔향〉과 〈기억의 습작〉 말고도 내가 좋아하는 김동률의 노래는 수도 없이 많다. 〈취중진담〉은 듣는 이들이 젊은 날의 '과오'를 생각하며 혼자 겸연쩍은 미소를 짓게 만든다. 늘 이 노래를 들을 때면 '그래도 나보다 용기 있는 친구로군' 하고 생각했다. 나에게는 취중에도 고백하지 못한 아픈 사연이 있기 때문이다. 언젠가부터 '과연 이게 취중진담일까 아니면 그냥 취중에 속으로만 웅얼거리던 것을 말했다고 착각하는 것일까?' 하는 생각을 하기 시작했다. 후자가 이루지 못한 사랑과 실연을 노래하는 김동률의 예술 세계와 더 상통할 것 같기도 하다.

이소은과 함께 부른 〈기적〉은 오랜만에 실연이 아니라 사랑이 이루어진 기쁨과 감동을 노래해 좋아한다. 김동률이 이소라와 함께 부른 〈사랑한다 말해도〉는 듀엣의 정수를 보여 주는 것 같다. 세상에 다시없을 남자 목소리와 세상에 다시없을 여자 목소리가 만나 한 사람의 목소리처럼 기막힌 호흡으로 동상이몽의 사랑 노래를 부른다. 서로가 사랑한다 말하지만 예전의 열정은 없고 차마 꺼내지 못하는 한마디 때문에 사랑이 의무가 되어 버린다. 서로를 바라보지 않으면서 상대방이 자신을 바라보지 않는다고 불만 한다. 015B의 〈오래된 연인〉의 약간 더 심각한 버전이라고 말할 수 있다.

카니발 시절 이적이 가사를 쓰고 김동률이 곡을 붙인 〈거위의 꿈〉은 처음 듣는 순간 내가 그림만 잘 그리면 그 가사에 일러스트레이션을 해서 그림책을 만들고 싶었다. 여러 다른 버전을 들어봤지만 오리지널 버전을 좋아한다. 특히 피아노 반주에 맞춰 부르는 비슷한 듯 조금 다른 이적과 김동률의 목소리가 소박하고 진실성이 있게 들려 좋다. 빅마마가 SBS 쇼 프로그램에 나와 부른 것을 유튜브에서 봤는데 그것도 좋아해서 종종 찾아 듣는다.

내가 좋아하는 김동률의 노래를 다 열거할 수는 없지만 하나만 더 말을 하자면 〈여름의 끝자락〉을 꼽겠다. 늦여름 날 낮잠 속에서 내 마음을 이리 안타깝게 만드는 그런 사랑이 언제였던가 아련하게만 느껴진다. 이 노래는 김동률의 노래 중 유일하게 내가 그의 목소리 없이도 즐겨 듣는다. 미국 태생의 교포 2세인 대니 구(Danny Koo)가 바이올린으로 연주한 것을 최근에 유튜브에서 우연히 발견해 들었다가 내 심장이 다 녹았다. 나중에 음향 조절 잘해서 다시 녹음해 주면 좋겠다고 생각했다. 연주는 좋은데 음향이 맹맹하니 답답하고 영 마음에 들지 않는다.

내가 6년의 유학 생활을 마치고 귀국한 1990년대 초 우리나라 가요
계에는 비슷한 목소리의 가수들이 부르는 비슷한 분위기의 발라드
노래들이 주류를 이루고 있었다. 가요에 싫증을 느껴 별 관심이 없었
다. 얼마나 관심이 없었으면 〈오래된 연인〉을 부른 015B와 〈기억의
습작〉을 부른 전람회를 헷갈릴 정도로 무지했다. 그래도 김동률의 스
위스 밀크초콜릿을 녹여 꺼룩한 시럽을 만들어 놓은 것 같은 목소리
는 단번에 나의 마음을 사로잡았다. 전주도 없이 '이젠' 하며 첫마디
를 시작하던 순간부터 '저 목소리를 손으로 꽉 짤 수 있다면 거기서
무엇이 나올까'라는 생각을 했다.

그 후로 20년 넘게 그의 노래를 들었지만 그 목소리는 전혀 싫증이
나지 않는다. 오히려 세월이 갈수록 내 영혼을 더 깊이 파고든다. 남
의 것 부러워하지 말자고 하면서도 자꾸 부러워지는 그의 목소리. 내
가 그런 목소리를 갖고 태어났다면, 나라도 로스쿨 중퇴하고 음악 공
부 계속해서 훌륭한 가수의 꿈을 이루려 노력했을 것이다. 자신의 꿈
과 재능을 위해 과감히 어렵게 이룬 것의 희생을 감수하는 결단력도
존경스럽다.

너와 나 사이에 물이 흐르고 있구나

이상은의 〈삼도천〉

나의 초중고 시절 젊은이들은 가요보다는 팝송을 주로 들었다. 라디오 방송도 팝송 프로그램들이 주류였다. 수많은 팝송 DJ들이 라디오 방송 진행을 맡았다. 박원웅은 MBC-FM의 저녁 황금시간대를 책임진 스타 DJ였다. 잔잔한 목소리에 선곡도 잘 했고, 팝송에 대한 지식도 해박했다. 박원웅은 음악 프로그램 진행만 한 것이 아니라 MBC 내에서 기획자로도 활약했다. 그가 기획한 히트 상품이 《강변가요제》이다.

대중 가수를 수없이 배출한 《강변가요제》

《강변가요제》는 우리 가요계에 큰 획을 긋는 가수들을 많이 배출 했다. 제1회와 제2회에는 대상 없이 금상이 최고였다. 제1회 대회 금 상은 홍삼트리오라고, 형제 둘과 사촌 한 명으로 구성된 홍씨 세 명이

〈기도〉라는 노래를 불러 차지했다. 우렁찬 남성 하모니가 기가 막히게 멋있어 내가 굉장히 좋아했던 노래이다. 이선희는 1984년 대회에서 4막 5장이라는 남녀 혼성 듀엣의 일원으로 출전해 〈J에게〉로 대상을 차지했다. 빅마마의 신연아, 장윤정 등이 모두 《강변가요제》를 통해 이름을 알리기 시작했다. 주현미도 1981년 중앙대학교 약대생들로 구성된 그룹 인삼뿌리의 일원으로 참가해 장려상을 탔다. 그때는 그룹 이름도 논두렁밭두렁, 한마음, 송골매, 노고지리, 인삼뿌리 등 참 소박하고 아름다운 것들이 많았다.

어느 해는 봄, 어느 해는 겨울 일정치 않게 열리던 《대학가요제》와 달리 《강변가요제》는 이름이 강변이라 강가에서 개최하려니 여름철에 청평유원지 등에서 열렸다. 미국에서 대학을 다니던 나도 여름 방학에 서울에 와서 《강변가요제》를 매년 생방송으로 봤다. 1988년 잊을 수 없는 그해 《강변가요제》 대상곡 광경도 생방송으로 봤다.

내가 초중고를 다니던 시절 주택가에는 꼭 대중목욕탕이 있었다. 낮에 그 앞을 지나다니면 동네 아주머니들이 노란 대야에 목욕 용구를 담고 타월로 덮어 그것을 옆구리에 끼고 목욕탕으로 들어갔다. 때로 목욕을 마치고 나오는 아주머니들을 보노라면 모두 비슷한 생김새였다. 뜨거운 물에 몸을 담근 탓에 얼굴은 불그스레하고 짧게 자른 파마머리는 라면보다 더 뽀글거렸다. 나는 늘 그 아주머니들을 보면서 '원래 저렇게 뽀글거리는 파마가 있는 것일까 아니면 머리가 물에 젖어 뽀글거리는 것일까?' 궁금해했다. 나의 머리는 곱슬머리이기 때문에 늘 물에 젖으면 더 꼬불거려 그런 의구심이 들었다.

1988년 여름 《강변가요제》에 나온 이상은이 맘보 바지에 무릎을

덮을 듯 긴 블라우스인지 코트인지 모를 웃옷을 입고 탬버린을 흔들며 막춤을 출 때의 짧은 곱슬머리가 그 목욕탕 머리를 연상시켰다. 물에 젖으면 목욕탕에서 나오는 아주머니들 머리처럼 뽀글거릴 것 같았다. 심수봉이 《대학가요제》에 나와서 〈그때 그사람〉을 불렀을 때는 그 당시 《대학가요제》 분위기와 좀 맞지 않는다는 생각은 했지만 노래는 참 잘한다고 생각했다. 이상은을 보면서는 노래에 대해 어쩌고저쩌고할 생각도 못 했다. 그냥 '내가 지금 꿈을 꾸고 있는 것일까?'라며 넋을 잃고 멍하니 화면을 쳐다봤다.

대부분 이상우의 〈슬픈 그림 같은 사랑〉이 대상을 탈 것으로 예상했지만 그는 금상을 타고 대상은 막춤의 이상은에게 돌아갔다. 관객의 반응이 뜨거웠고 노래도 못한 것은 아니었지만 조금 의외였다. 그 다음 날인가 그녀가 우승자로서 《차인태의 출발 새아침》에 출연했을 때는 또 한 번 놀랐다. 그녀는 가요제 때 선머슴 같던 모습은 오간 데 없이 모자를 쓰고 단정히 앉아 이야기하는 어린 숙녀였다. 그녀의 카멜레온 같은 변신술은 그때 이미 알아봤다. 미국으로 돌아가서도 몇 번 그녀가 《토요일 토요일은 즐거워》에 출연하는 모습 등을 비디오로 봤다. 남자보다 여학생들이 더 열광하는 여자 가수로 꽤 인기가 있는 듯 보였지만, 나는 결국 이상우가 더 오래갈 것이라 생각했다.

글자로만 존재하던 이야기에 생명을 불어 넣은 공무도하가

그 후 이상은, 이상우 둘 다 나의 기억 속에서 사라졌다. 나의 음악 취향이 점점 오페라와 클래식 음악에 편중되면서 아이돌 그룹과 댄스 뮤직 중심으로 바뀌어 가던 가요를 멀리하게 되었다. 2002년 한일

월드컵이 끝난 직후 귀국해 서울의 로펌에서 일하기 시작했다. 엔터테인먼트 전문 로펌에서 엔터테인먼트 전문 변호사로 일하던 내가 얼마나 가요에 관심이 없었으면 인기 절정의 한 아이돌 그룹의 중국 순회공연 계약서를 검토하다 사무직원 한 명을 내 방으로 잠깐 불렀다. 창피한 마음에 방문을 닫고 작은 소리로 물었다. "그러니까 이 그룹 멤버가 총 다섯 명인 거죠?" 하지만 인터넷에서 노래를 다운 받아 MP3 플레이어에 저장해 듣고 다니는 것에는 재미를 붙여 퇴근하면 예전에 좋아하던 가요와 팝송들을 다운 받으며 하루의 피곤을 풀었다. 정신없이 노래를 찾아 다운 받다 발견한 곡이 이상은의 〈공무도하가〉이다. '담다디 아냐?' 하는 마음에 들어봤다. 웬걸. 담다디는 온데간데없었다. 처음 북소리부터 온몸에 전율이 흘렀다. 우리 전통 가락도 들리고 재즈 리듬도 들리고 남미 민속 음악의 분위기도 나는 기가 막힌 조합의 음악이었다. 고등학교 국어 시간에 〈공무도하가〉를 배울 때의 기억이 났다. 곽리자고의 아내 여옥이 공후라는 악기를 타며 불렀다는 슬픈 노래이다. 학창 시절 늘 여옥이 부른 노랫가락은 어떤 것이었을까 궁금했다. 이상은이 붙인 가락이 원 곡조와 많이 달랐겠지만 글자로만 존재하며 나에게 궁금증을 주던 그 노래에 처음으로 이상은이 음악이라는 생명을 불어 넣었다.

이상은의 〈공무도하가〉를 MP3에 다운 받아 출퇴근 시간에 늘 들었다. 언제나 헷갈리던 '공무도하 공경도하 타하이사 당내공하' 하는 후렴구도 순서대로 외우게 되었다. 열심히 노래를 듣다 6집 앨범에 담긴 다른 노래들에 관심이 가기 시작했다. 〈삼도천〉이 내 가슴에 푹 꽂혔다. 〈공무도하가〉처럼 여러 장르와 민속 음악이 결합된 듯하면서 뉴에이지적인 맛이 훨씬 더 강한 노래다. 아무 반주 없이 '너와 나 사이에' 하면서 뒤따라 나오는 강한 비트는 독일의 뉴에이지 그룹 이 니그마의 음악을 연상케 했다. 삼도천은 이승과 저승 사이에 놓인 강 이다. 사람이 죽으면 영혼이 그 강을 건너 저승으로 간다. 제목이 〈삼도천〉이니 삶과 죽음을 넘나들며 펼쳐지는 가사가 무겁게 느껴질지 모르지만 내 마음에는 쏙 들었다. 죽음을 준비하는 삶을 살아야겠다 는 생각도 들고, 삶과 죽음이 그리 다르지 않다는 생각도 들었다. 20년 이상 들은 노래이지만 아직도 잠자리에 누워 곧잘 듣는다. 이상은의 많은 노래 가운데 내가 가장 즐겨 듣는 노래이다.

삼도천을 두고 갈라선 우리

근래에 《호텔 델루나》라는 드라마를 봤다. 마지막회의 한 장면이 특히 기억에 남는다. 주인공 만월이 1300년의 원념을 씻고 청명을 삼도천까지 바래다줄 때 삼도천 다리에 이르러 청명은 함께 끝까지 가자는 의미로 손을 내민다. 곧이어 "이곳의 모든 기억을 털고 가장 먼 기억을 따라갈 수도 있다"는 내레이션이 나온다. 삼도천을 건너면 가장 먼 기억이 나온다는 건 무슨 뜻일까? 내 영혼이 생겨난 그 기억이 있는 곳이 삼도천 너머인가 보다. 그곳으로 가기 위해서는 이승의 기억을 털어내야 한다. 이승에서 덧붙여진 모습을 모두 놓아 버려야 내 영혼의 본 모습을 찾을 수 있고, 잊는 것이야말로 가장 완벽하게 놓아 버리는 행위이다. 그래서 삼도천을 건너면 이승의 기억을 모두 잃는 다고 한다. 삼도천이 있다면, 그곳에는 수많은 영혼들이 흘리고 간 이승의 기억과 원념의 조각들이 쓰레기처럼 물에 떠 있을 것이다.

이상은은 해님(1990년대 표기로 햇님)에게는 '시려운 강으로 몸을 담 귀 물을 태우렴'이라 하고, 바람에게는 춤을 추어 '해님이 태운 물먼 지를 훨훨 날리렴'이라 노래한다. 태양처럼 뜨거운 열이 을씨년스러 운 물을 통째로 태우고 그 먼지가 바람에 날아가야 없어지는 것이 우 리 원념의 조각이런가. 이토록 철저히 없애고 강을 건너야만 다시 찾 을 수 있는 것이 우리 영혼의 원형인가. 어둑어둑해질 무렵 강 저편 이승의 소리는 '물소리에 잠겨' 더는 들리지 않고, 영혼은 비로소 모 든 것을 놓고 망각의 강, 삼도천으로 들어선다. 그 씻겨 내린 원념의 조각들은 해님이 태울 것으로되 그 조각들을 모두 놓아 버린 영혼에 게 이제 오롯이 나만이 있다. '내가 나로 있느니, 네가 없느니.' 우리는 인간 사회의 산물이다. 태어나는 순간부터 부딪히는 부모, 형제, 동 료, 친구, 원수와의 사회적 관계 속에서 사랑, 미움, 기쁨, 슬픔, 부끄러 움, 체면이 뒤섞인 나의 이승의 모습이 조형된다. 그 모습이 물에 씻 기고 또 씻겨 강 건너에 도달할 무렵 나의 원형의 기억을 찾는다.

　2절에서도 이상은은 해님에게 물을 태워 버리라고 한다. 한데 웬일 인지 바람에게는 먼지를 날려 보내라는 말을 하지 않는다. 오히려 누 구에겐가 바람에 맞춰 노래를 부르라고 한다. 그것뿐이 아니다. '네 님도 불러라'고 한다. 아니 이승의 모든 것을 다 잊은 영혼에게 '임'이 어디 있을까? 흙을 실어다 물을 메꾸고 거기에서 풀이 자라면 그 위 에서 뛰어놀겠다고 한다. '너와 내가 만나면 비도 참 달다'고 한다. 모 두 잊고 겨우 강을 건넜는데 다시 만나 뛰어논다. 기독교의 요단강 건 너의 낙원(Paradise), 그리스 신화의 스틱스강 건너의 엘리시움처럼, 삼도천 건너에도 이승의 원한과 슬픔이 사라진 영혼들이 다시 만나 원래의 모습처럼 서로 사랑하고 즐겁게 사는 곳이 있는 것일까?

때로 이 노래를 듣다 보면 과연 이상은이 그리는 것이 삼도천과 피안의 세계일까라는 의문을 갖는다. 삼도천을 사이에 두고 갈라선 이승과 저승처럼, 건널 수 없이 갈라져 반목하는 우리네 현실을 그리는 것은 아닐까. 첫 대목에서 '너와 나 사이에 물이 흐르고 있구나'까지는 죽은 자와 산 자의 이야기 같다. 나도 소중한 사람들이 세상을 떠나면 한동안 그들이 바로 곁에 있지만 손을 뻗어 만질 수 없게 우리 사이에 가늘고 긴 강이 놓인 것 같은 느낌을 받곤 한다. 하지만 '은하수도 같고, 피안의 강물도 같이'라는 말은 이상은이 노래하는 너와 나 사이에 있는 물이 피안의 강물 같은 물이지 피안의 강물은 아니라는 말이다. 부유한 자와 가난한 자를 가르는 강물, 보수와 진보를 가르는 강물, 노(勞)와 사(使)를 가르는 강물처럼, 죽음과 삶을 가르는 강보다 더 깊고 더 넓은 우리를 둘로 가르는 현실의 강물인지도 모른다. 그녀는 그 강을 흙으로 메우고 바람에 춤을 추며 비마저 달기만 한 세상을 만들자는 염원을 이 노래에 함께 담은 것일까?

이 노래를 발표할 때 이상은은 20대 중반이었다. 그 나이에 이런 시를 쓴다는 것이 놀랍다. 나도 20대 중반에는 강을 흙으로 메우는 꿈을 꿨다. 한데 이 나이가 되고 보니 세상에 패한 것인지 그런 유토피아는 현세에 오지 않는다는 쪽으로 생각이 기운다. 유발 노아 하라리는 그의 저서 『호모 사피엔스』에서 인류가 가진 독특한 능력은 경험하지 못한 것을 생각해 내고 그것을 쟁취하고자 하는 것이라고 했다. 좋게 말하면 비전을 갖고 그 비전을 실현하려 애쓴다는 것이다. 적나라하게 말하면 욕심이 상상의 나래를 달고 끝도 없이 날아오른다는 뜻이다.

그 능력 덕분에 우리는 오늘날 끝없이 미증유의 문명을 창조해 내고 있지만, 늘 없는 것을 원하게 되고, 모두가 잘 먹고 잘살게 되면 남보다 더 잘 먹고 더 잘살 꿈에 젖는다. 만족은 없고 반목은 피할 수 없다.

나는 이 노래 〈삼도천〉이 그리는 두 가지 강 즉 현실에서 우리를 가르는 강과 죽음과 삶을 가르는 강 중에 후자에 더 매력을 느낀다. 세상을 변화시키겠다는 생각은 없어졌지만, 있을지 없을지 모를 죽음 뒤의 세상을 바라볼 수 있다면 오늘의 내 삶을 삼도천의 시작으로 보고 나를 바꾸려 애써볼 수는 있을 것 같다. 내가 변한다고 세상이 변할지는 몰라도 분명한 것은 나부터 변하지 않으면 세상은 절대 변하지 않는다는 것이다. 조금씩 비우고, 놓고, 잊는 행위를 시작해 본다. 이 글을 쓰는 며칠 동안도 수많은 생각들을 잘라 내고, 접고, 잊으며 글을 썼다. 때로 내 글에 내가 도취해, 읽고 또 읽던 문장도 아낌없이 잘라 내버리는 삼도천의 길을 갔다. 옷장 속에 1년 넘게 한 번도 입지 않은 옷들이 그들을 반길 다른 주인을 찾도록, 책장에 그득 쌓인 책들이 다른 이의 손에 들어가 더 읽히도록 꽉 쥔 손을 놓으려 노력한다.

40대 후반에 쉰이 되기 전에 화해할 사람의 명단을 만들어 갖고 있던 적이 있다. 화해하기 힘들 것 같은 한 사람은 환갑 전에 화해할 사람 명단에 따로 올려놓고, 쉰 전에 화해할 명단에 있던 사람들과는 마흔아홉이 되기도 전 모두 화해했다. 환갑 전 명단은 발전이 훨씬 더디다. 몇 명 늘어나기까지 했다. 일 때문에 서로 마음이 상한 사람도 있다. 때로 사회생활 중에 언짢았던 일보다는 가까운 사람에게 맺힌 것들이 더 오래간다. 그만큼 상대에 대한 기대도 더 크기 때문인 것 같다. 그래도 끊임없이 명단을 만들고 지워나가면 진짜 삼도천을 건널 때쯤 많은 것들을 놓을 수 있지 않을까? 세상도 나 하나만큼 변해 있지 않을까? 삼도천이 없다 해도 웃으며 죽을 수 있지 않을까? 죽을 때 행복한 사람이 이 세상을 가장 행복하게 산 사람이다.

매번 다른 모습으로 돌아오는 그녀

《공무도하가》 앨범 속에서 내가 좋아하는 또 하나의 노래는 〈새〉이다. 이상은이 뉴욕시에서 공부할 때 택시에서 내리는데 작은 새 한 마리가 제대로 날지도 못하고 인도에 앉아 있는 것을 보고 쓴 곡이다. '어느 날 네가 날개를 다쳐 거리 가운데 동그랗게 서서 사람들이라도 믿고 싶어 조용한 눈으로 바라보며'라는 가사만 들어도 수만 명의 사람들이 무심히 오고가는 맨해튼 거리에 떨어진 작은 새의 슬픈 눈망울이 눈에 선하다. 죽을 처지라면 차라리 인간이 없는 먼 섬에 가서 죽으라고 한다. '가야 한다면 어딘가 묻히고 싶다면 우리가 없는 평화로운 섬으로 가지…….' 그렇지. 높이 날아올라 성냥갑 같은 세상을 내려다보며 날아다니던 새라면 죽는 장소도 인간이 들끓고 자동차가 매연을 내뿜는 도시보다는 먼 무인도라야 더 맞을 것 같다. 인간은 자유로움을 포기하고 사회의 안락함을 얻었다. 사회가 커지며 도시가 생겨났다. 새들은 무엇 때문에 도시를 떠나지 못하고 인간 주변에 남아 있는 것일까? 새라면 바다 위를 쉬지 않고 날다 육지로 돌아와 알을 낳고 또다시 떠나는 앨버트로스처럼 자유로워야 하지 않을까?

이상은의 다른 곡 중에서는 5집에 실렸던 〈언젠가는〉을 좋아한다. 방송에서 종종 들었고, 친구 중에 이 노래를 굉장히 좋아하는 사람이 있어 이 글을 쓰며 일부러 몇 번 더 들었다. '젊은 날엔 젊음을 모르고,

사랑할 땐 사랑이 보이지 않았네'라는 가사가 가슴에 촉촉이 젖는다. 회심곡에 '네가 본래 청춘이며, 내가 본래 백발이냐'라는 구절이 있다. 젊은 날엔 난 그냥 젊고, 아버지, 어머니는 본래 주름살투성이인 것 같지, 두고 보면 그게 아니란 걸 알게 된다. '사랑할 땐 사랑을 모른다'는 말은 무슨 뜻일까? 사람이 살면서 그 순간을 느끼는 것이 생각처럼 쉽지 않다. '지나고 나서 생각하니'가 아니라 행복할 때 행복함을 느끼는 것. 사랑할 때 사랑을 느끼는 것. 쉽지 않다.

탬버린을 흔들며 막춤을 추던 18세의 이상은을 본 것이 엊그제 같은데 30여 년이 흘렀다. 한때 담다디 하면 이상은, 이상은 하면 담다디였다. 이제 이상은은 먼 세계를 떠돌다 돌아와 삶과 죽음과 정체성에 대한 질문을 던지고 또 홀연히 떠난다. 마치 앨버트로스처럼. 매번 돌아올 때마다 다른 모습으로 돌아오지만 한 가지 변하지 않는 것은 그녀에게서 담다디의 모습은 보이지 않는다는 것이다. 《공무도하가》는 변한 이상은을 처음 만나게 해준 앨범이라 내게 더욱 오래 남아 있다.

오래전에 읽은 《공무도하가》의 평에 기자가 실험적인 음악을 극찬하면서 그녀의 가창력이 늘 아쉽다고 했다. 그녀의 목소리는 우렁차지도 않고, 음역이 넓은 것도 아니고 꺽꺽거리는 소리가 나는 것도 사실이다. 하지만 목소리가 튀는 것이 아니라 여러 악기 중 하나가 되는 그의 음악 세계에 가장 잘 어울리는 목소리이다. 그래서 목소리 자체보다 가사에 집중해 곱씹어 듣는다. 그리고 나 자신에게 끝없이 여러 질문도 던지게 된다. 앨버트로스가 된 그녀의 노래를 이야기하는 나의 글에 유난히 물음표가 많은 것도 바로 그 때문일 것이다.

저녁교회 종소리 노을에 퍼지고

 # 윤종신의 〈이층집 소녀〉

"나는 윤종신을 독학으로 좋아하게 되었다."

내가 이 말을 하면 친구들이 별 희한한 소리 한다고 놀린다. 하지만 내 진심을 담은 말이다. 나는 윤종신에 대해 아는 것이 거의 없다. 그가 노래를 부르는 모습을 텔레비전에서 본 적도 몇 번 없다. 그의 히트곡이 어떤 것이 있는지 아직도 속속들이 알지 못한다. 어떤 곡이 더 크게 히트했는지도 물론 모른다. 내가 따라 부를 수 있는 그의 노래는 단 세 곡뿐이다. 그럼에도 그의 〈이층집 소녀〉는 나의 인생곡이다. 나의 팬심은 그가 유명한 테니스 선수인 전미라와 결혼하던 때로부터 시작한다.

때는 바야흐로 20세기 말, 형의 결혼식장에서 오랜만에 어린 시절 친구를 만났다. 당시 결혼식장 풍경은 축의금 내고, 이름 적고, 밥 먹고, 식도 보지 않고 돌아가는 사람이 대부분이었지만, 친구는 결혼식을 위해 미국에서 잠시 귀국한 나를 보고 싶어 식장을 끝까지 지켰다. 손님들이 웬만큼 돌아가고 한산해지자 나와 친구는 한참 이야기를 나눴다. 그리고 그가 가기 전에 선물로 CD 한 장을 줬다. 윤종신의 《공존》이라는 CD였다.

누군지도 모를 가수의 CD를 받고 집으로 와서 가볍게 한번 듣고 미국으로 가지고 가 책꽂이에 꽂아 놓았다. 그러고 나서 10년쯤 지났을까? 내 눈에 윤종신의 결혼 기사가 아니라 테니스 선수 전미라의 결혼 기사가 들어왔다. 신랑이 윤종신이라는 가수였다. '어? 나 이 사람 CD 갖고 있는데…….' 다시 책꽂이로 가서 《공존》 CD를 끄집어내어 들었다. 구한말 기록 사진 분위기의 재킷 커버를 열고 1번 트랙을 틀었다. 유카 레일리와 휘파람과 하모니카의 소리가 섞여 나왔다. 〈이층집 소녀〉이다.

그날 이후 나에게는 한 가지 버릇이 생겼다. 컴퓨터 들여다보다 눈이 피로할 때 책상 의자에 기대어 지그시 눈을 감고 〈이층집 소녀〉의 가사를 시처럼 소리 내어 암송할 때가 있다. 세상의 피로를 잊고 마음의 안정을 찾고 싶을 때도 눈을 감고 가사를 중얼거린다. 나도 왜 그런지 모르겠다. 그러던 어느 날 이 노래의 무엇이 나에게 평화로움과 포근함을 가져다주는지 깨달았다.

뉴욕주를 여행하며 글을 쓰던 2019년은 참 바쁜 해였다. 한국에 일이 많았지만 계속 여행하며 글을 써야 하니 한국에 오래 머물 수가 없었다. 할 수 없이 한국과 뉴욕을 3주마다 오가며 살았다. 어느 여름날 저녁 한국에서 막 미국의 집으로 돌아온 나는 시차 때문에 잠이 올 것 같지 않아 부엌 창문을 내다보며 앉아 땅거미가 지고 반딧불이가 나타나기를 기다리고 있었다. 그때였다. 내 귀에 들려오는 노랫소리. '저녁교회 종소리 노을에 퍼지고 성급한 거리 위에 불빛이 눈을 뜰 때면, 내 기억의 거리에도 켜지는 불빛…….' 바로 내 목소리였다. 나도 모르게 그 노래를 흥얼거리고 있노라면 반딧불이 깜박깜박 눈을 뜬다. '내 기억의 거리'에도 불이 켜진다. 잠들어 있던 나의 어린 시절을 깨운다.

기억의 거리에 불이 켜지고

우리 가족이 1969년에 이사해 2014년 12월까지 거의 46년을 살았던 우리 집은 한강을 내려다보는 용산구의 높은 언덕에 한강 모래바람을 혼자서 오롯이 맞고 서 있었다. 여름에 시원하긴 했는데 창문을 5분만 열어 두면 한강 모래가 바람에 날아들어 와 발바닥이 서걱서걱했다. 그 당시 대한민국은 세계 최빈국 가운데 하나였다. 서울도 중심가를 벗어나면 인적도 자동차도 뜸한 시골이었다. 요즘 서울 지도를 보면 용산구가 서울의 한복판에 있지만, 그 당시 서울의 중심은 명동, 종로 등이었다. 강남 땅은 모두 밭이나 과수원이었고, 용산구는 아직도 한강에서 빨래하는 사람들이 있을 정도로 시골이었다.

우리가 그 집으로 이사간 것이 3월 초였다. 곧 봄이 되었는데 마당에 잔디가 많이 상했는지 부모님이 어디선가 잔디를 주문했다. 잔디 가져다 심어 주는 아저씨는 잔디를 소달구지에 싣고 왔다. 명색이 서울에 있는 집인데 소달구지가 우리 집 마당까지 들어와 되새김질하며 서 있고, 어린 내가 마당에 나가 서서 소를 구경했다. 우리 집 앞길은 물론 흙길이었다. 심지어 우리 집에서 가파른 언덕을 두 번 내려가면 나오는 큰길도 포장이 되지 않아 비만 오면 질퍽거렸다. 택시는 그림자도 찾기 어렵고, 버스는 딱 한 개 노선이 지나갔는데 질퍽거리는 큰길 아무 데나 서서 지나가는 버스에 대고 손을 흔들면 차를 세우고 태워 줬다. 정식 정류장이 생긴 후에도 손만 흔들면 차를 세워 주는 시골 버스 인심은 한동안 계속되었다.

한강시민공원이 없던 시절 한강은 강폭이 좁고 구불구불한 데다 가장자리는 모두 모래사장이었다. 언덕을 내려가 그 질퍽거리는 길을 건너 기찻길을 넘어가면 그대로 한강으로 내려갈 수 있었다. 겨울에는 거기에 사람들이 모여 스케이트와 썰매를 탔다. 가을에는 사공 없이 모터보트가 뒤에서 미는 나룻배를 타고 반포로 건너가 그곳 과수원에서 배를 사 먹고 돌아올 수도 있었다. 배 타고 강을 건너갔더니 신발에 자꾸 모래가 들어가 짜증이 났던 기억만 어렴풋이 나는데 형의 말에 의하면 그때 뱃삯이 5원이었다고 한다.

우리 집에서 서쪽으로 언덕 아래를 내려다보면 멀찍이 교회가 하나 있었다. 석양이 하늘을 물들일 무렵이면 교회에서 종소리가 들려왔다. 우리 형제는 마당에서 뛰어놀다 교회 종소리가 들리면 모두 담장에 기대서서 서쪽 하늘로 해가 지는 것을 바라봤다. 공기 맑아, 여름에 시원해, 소음 공해도 없어 멀리 있는 교회 종소리까지 들리니 지금 생각해 보면 그 당시에도 서울 도심에서 누리기 힘든 호사를 누렸다고도 할 수 있다.

그러나 한 가지 그 동네 땅이 전부 우리 땅이라고 우기면 속을 만큼 주변에 집도, 가게도 아무것도 없었다. 오죽하면 시장에 가는 것을 우리끼리 읍내 나간다고 했다. 나는 늘 학교에서 돌아와 함께 놀 동네 친구가 있었으면 하고 생각했다. 언젠가부터 그 동네 땅이 전부 나의 아버지가 다스리는 나라이고, 우리 형제는 왕자들이라고 믿으며 동네 친구 하나 없이 주변 공터에서 우리끼리 자전거 타고, 야구하고 그러다 싸우며 지냈다. 지금의 기준으로 생각하면 서울 시내에 그렇게 외진 땅이 있다는 것부터가 상상하기 힘든 일이다.

내가 초등학교 다닐 무렵 우리의 놀이터였던 공터에 집이 세 채 들어섰다. 이층집 두 채와 예쁜 단층집 한 채였다. 단층집에는 고등학생 광우 형네가 살았다. 우리는 드디어 이웃이 생긴 기쁨에 길에서 광우형 부모님을 보면 열심히 인사를 하고, 심심하면 광우 형을 불러 냈다. 마음씨가 참 좋았던 광우 형은 상대도 되지 않을 어린 우리와 야구, 축구를 함께하며 곧잘 어울려 놀아 주었다.

그 뒤로 남은 공터 자락에 몇 개의 집들이 더 들어서 우리의 놀이터였던 공터는 집으로 가득찼다. 덩그러니 서 있던 우리 집 주위로 이웃끼리 담을 맞대고 서로 어울려 지내는 주택가가 만들어졌다. 내 방에서 늘 바라보던 반포 배밭도 개발되기 시작했다. 나는 그 반포 개발사를 고스란히 지켜보았다. 처음 이사 왔을 때는 배밭 넘어 관악산이 한눈에 들어왔는데 1980년대 초반 반포에 큰 호텔이 들어선 이후로는 그 호텔의 파란색 간판이 보였다. 그러다 신반포 아파트 단지가 들어서자 관악산도, 큰 호텔의 파란 간판도, 아파트 숲에 가려 보이지 않게 되었다. 이제 신반포 단지도 하나씩 허물어져 사라지고 재개발되고 있다. 이것이 대한민국이 최빈국이던 시절 서울 변두리의 모습이고, 사라진 1980~1990년대 서울의 주택가 풍경이고, 강남 개발사이고, 내가 자라온 이야기이다.

과거와 현재, 미래가 공존하는 시간 속의 나

〈이층집 소녀〉의 첫 구절은 마법의 주술 같은 힘을 지니고 있다. 벌써 20년 가까이 이 노래를 즐겨 듣고 흥얼거리고 있지만, 매번 이 구절을 들으면 시간의 문이 열리고 나는 어느덧 1969년 용산구의 강바람 몰아치는 우리 집 마당으로 돌아가 담장에 기대서서 교회 종소리를 들으며 석양을 바라보고 있다. 어쩌면 시간은 일직선으로 흐르는 것이 아닌지도 모른다. 과거와 현재와 미래는 여기저기 산재해 공존한다. 우리는 누군가가 정해준 순서대로 이 시간들을 방문하지만 때로 시간의 문을 만나면 정해진 순서와 상관없이 이미 방문했던 시간으로 다시 돌아가기도 하고 아직 방문하지 못한 시간을 엿보기도 한다.

'저녁교회 종소리 노을에 퍼지고 성급한 거리 위에 불빛이 눈을 뜰 때면' 이 노래 화자의 시간의 문도 열린다. 화자도 나처럼 석양이 질 무렵 교회 종소리가 울려 퍼지는 동네에서 자랐나 보다. 그가 한 발자국 문 안으로 들어선다. 현재를 뒤로하고 문이 닫힌다. 그의 '기억의 거리'가 펼쳐진다. 그를 인도하듯 그가 발걸음을 옮길 때마다 깜박깜박 그의 '기억의 거리에도' 불빛이 하나씩 켜진다. 불빛의 인도를 받아 들어가 마주한 것은 이웃끼리 담을 맞대고 있는 그가 자란 동네의 거리이다.

그곳에 이층집이 있다. 동네 사람들은 그 집을 그냥 '이층집'이라고 불렀다. 그땐 그랬다. 마당 긴 집, 벽돌집, 이층집, 약국집, 병원집. 아파트가 없이 전부 단독 주택이라 몇 동 몇 호라는 것이 없어서 그랬다. 이층집에 화자의 '첫사랑 그녀'가 살았다. 아직도 화자의 마음을 설레게 만드는 그녀의 이름은 이층집 소녀이다. 그는 '단지 그녀가 좋아한다는 이유로' 수없는 날을 휘파람 연습에 몰두했다. 사춘기 시절 옆집 소녀에게 관심 좀 끌어 보겠다고 입술이 부르트게 휘파람을 불던 자신의 모습을 바라보다 현재의 화자가 피식 웃는다. 과거의 자신의 모습이 귀엽기도 하고 민망하기도 하다.

기억의 거리에서 고개를 들어 하늘을 본다. 그때는 서울에 불빛이 지금처럼 많지 않아서인지 별도 많이 보이고, 인공위성도 보였다. 등화관제 훈련이라고 집안의 모든 전등을 끄고 10여 분간 쥐죽은 듯 있어야 하는 날에는 서울 시내가 암흑천지가 되고 대신 하늘에 온갖 별자리가 다 보였다. 별이 화자의 얼굴로 쏟아지는 것 같다. 그 쏟아지는 별처럼 그에게 회한이랄까 감회랄까 수억의 작은 감정들이 큰 해일을 이루어 쏟아진다.

듣는 사람 하나 없지만 그는 그 모든 감정을 쏟아 낸다. '그녀의 추억은 따뜻한 엄마의 품속. 빠르게 변하는 세상에서 나 휘청거릴 때. 너에게 이제 난 잊혀진 먼 얘길지라도 너와의 추억은 나 돌아갈 무덤 속까지 가져갈 선물인 거야.' 그래도 감정이 가라앉지 않는지 화자는 간주가 끝나고 똑같은 말을 또 한 번 반복한다. 엄마의 품속같이 포근하고 무덤 속까지 가져가고픈 선물 같았던 추억이라고. 가슴에 품었던 이야기를 쏟아 내고 그는 이내 만족한 미소를 띤다. '생각해 보면 그래 너를 만났던 내 인생이 참 괜찮아 보여.' 그럼 된 거다. 이제 다시 시간의 문이 열리고 그는 미소 지으며 현재로 돌아간다. 회한보다는 뿌듯함에 다시금 부르는 그의 노래가 점점 멀어진다. '그녀의 추억은 따뜻한 엄마의 품속…… 무덤 속까지 가져갈 선물인 거야.' 그의 가장 아름다웠던 시절을 뒤로하고 시간의 문이 다시금 굳게 닫힌다.

그의 노래와 함께 상상 속 이야기를 만들어 보다

화자와 이층집 소녀는 사귀었던 걸까? 사귀었다면 왜 헤어졌을까? 혹시 《응답하라 1988》의 성보라와 성선우처럼 동성동본이었나? 1997년 폐지될 때까지 우리나라 민법에는 엄연히 동성동본 금혼 조항이 있었다. 동성동본이 문제가 아니라면 두 집안의 재력이 엄청나게 차이가 나는 것일까? 두 집안이 몬태규와 캐플릿 버금가는 원수 집안인가? 내가 윤종신의 노래 중 두 번째로 좋아하는 〈부디〉를 듣다 보면 마치 〈이층집 소녀〉의 비하인드 스토리라고 해도 될 정도로 내가 궁금해하는 내용에 대한 설명이 나온다. 같은 앨범의 1번과 2번 트랙의 노래가 서로 이야기가 맞아떨어지면 2번이 1번의 프리퀄이라 봐도 되지 않을까?

이층집 소녀와 화자는 서로 진심으로 사랑하고 장래를 약속했던 것 같다. 하지만 세상은 사랑만 갖고 만사형통이 아니다. 뭐가 문제였는지 그들의 사랑은 강한 세상의 반대에 부딪힌다. 아마도 양가 부모님이 가장 반대했겠지. 이런 상황을 짐작하게 해주는 대목들이 노래 가사에 들어 있다. '미안해 오랫동안 힘들었었지…… 한 친구는 충고 해 주었지. 이루어질 수 없다고 너와 나의 사랑은…… 포기해 버린 니 마음 이해해…… 둘만의 사랑으로 축복받을 수 없다는 걸…….' 이층집 소녀는 집안의 반대를 더 버티지 못해 화자와 헤어지고 집안에서 골라 주는 다른 남자와 결혼하기로 결심한다. 그럼에도 둘의 관계는 여전히 애틋하다.

〈부디〉의 후반부에서 그는 이렇게 말한다. '아직도 흘릴 눈물 남았니. 뒤돌아볼 것도 없어. 빨리 가렴. 마지막 니 모습에 널 잡을지 몰라.' 화자는 마치 그녀를 보지 않기 위해 고개를 돌리고 손을 휘젓듯 '잊어줘' 하고 외마디 비명처럼 하기 싫고 힘든 말을 뱉는다. 곧이어 위에서 아래로 하염없이 고꾸라지는 멜로디에 '살아갈 이유 잃어버린 날' 하며 말을 맺는다. 잔뜩 술에 취해 골목 구석에 쪼그리고 앉아 주정하듯 한마디 툭 뱉으며 고개를 푹 떨구는 화자의 모습이 보인다. 한마디하고 싶다. 술은 아픔의 기간을 연장할 뿐이다. 아픈 거 다 아파야 한다.

오래전 서울 시내 한 유명 학원에서 영어 회화를 가르친 적이 있다. 영어 스피치를 준비해 오라고 했더니 어떤 여학생이 〈남녀의 사랑은 다르다〉라는 제목으로 준비해 왔다. "남자는 사랑하는 여자를 만나면 자신의 심장의 반을 준다. 그 여자와 헤어지고 다른 여자를 만나면 남아 있는 반을 준다. 그다음부터는 줄 심장이 없다. 여자는 사랑하는 남자를 만나면 자신의 심장 전부를 준다. 헤어지고 다른 남자를 만나면 새 심장을 만들어 그 심장을 전부 다 준다." 과연 그럴까? 나는 남자라 그런지 왠지 결코 이층집 소녀를 잊지 못하리라에 한 표 던지겠다. 해 지고 해 뜨다 보면 언젠가 새 사람을 만날 수 있겠지만 그 심장의 반쪽은 영원히 이층집 소녀에 속한 것이다.

기쁨과 활력 한 다발, 최고의 원동력은 사랑

윤종신의 노래 중에서 내가 세 번째로 좋아하는 노래는 〈환생〉이다. 내가 아는 윤종신 노래 세 곡 중 유일하게 4집 앨범 《공존》에 있지 않고 5집 앨범 《우》에 들어 있다. 나에게는 친구가 선물한 《공존》 CD 한 장밖에 없기에 〈환생〉은 내가 알 수 없는 노래였다. 한때 이경실이 코미디 프로그램에 한복 입고 나와 말끝마다 '오 놀라워라' 하면서 노래를 부른 적이 있다. 이 노래가 대체 어떤 노래일까 찾아보니 윤종신의 〈환생〉이었다. 처음 그 노래를 찾아 들으며 떠올랐던 건 빛바랜 사진이다. 사운드가 그랬다. 마치 1940년대에 스테레오도 아니고 모노로 녹음한 음악처럼 복고풍 사운드의 노래가 흘러나왔다. 그 소리의 빛깔부터 마음에 들었는데 중독성 강한 가사와 멜로디까지 더해 나의 윤종신 베스트 탑3에 이름을 올렸다.

이루지 못한 사랑의 회한과 이별의 슬픔을 담은 앞의 두 노래와 달리 이 노래는 새로 시작하는 사랑의 기쁨을 노래한다. 사랑이 끝나면 세상도 다 끝나는 것 같고 인생에 더 기쁨이 없을 것 같지만, 새로운 사랑은 새로운 기쁨과 활력을 한 다발 가지고 찾아온다. 어제까지 살던 세상과 사랑을 만난 오늘의 세상은 세상 자체가 다른 세상인지도 모른다. 그렇지 않고는 내가 그렇게 달라질 수가 없다. 세상이 그토록 내 사랑을 중심으로 돌아갈 수도 없다. 눈에 보이는 것, 귀에 들리는 것, 입으로 먹는 것이 모두 내 사랑과 직결된다. 화자도 노래 시작하자마자 '다시 태어난 것 같다'고 한다. 세상이 달리 보이니 다른 세상에 환생한 것 같을 것이다.

2000년대 초반 내가 서울의 로펌에서 근무할 때부터 지금까지 20년째 다니는 요가 클래스가 있다. 코로나바이러스 팬데믹을 거치며 대부분 그만두고 여자 네 명과 남자는 나만 남았다. 20년 가까이 서로 보아 온 사람들이라 허물이 없어 여자 회원들은 내가 있든 없든 개의치 않고 수업 시작 전 자기들끼리 수다를 떤다. 하루는 피부 관리 받은 이야기를 하며 "울쎄라 어쩌구, 써마지 어쩌구" 하며 경험담을 이야기했다. 나는 이야기를 못 들은 척 혼자 몸 풀며 속으로 '울쎄라는 Ultrasound(초음파)의 울과 Therapy(테라피)의 쎄라인가? 써마지는 Thermal(열감)에서 나온 말인가?'라고 생각했다. 그날 우리 아파트 앞 길을 걸어가는데 큰 간판에 '써마지' '울쎄라'라고 적혀 있었다. 이사 온 지 10년이 되도록 있는 줄도 몰랐던 피부과가 상가에 있었던 것이다. 요가 하러 가서 들어보지 못한 말 몇 개 듣고 오면 귀신에 홀린 것처럼 갑자기 피부과가 보인다. 하물며 사랑을 하게 되면 인생관이 바뀌고 세상이 보지 못하던 것들로 가득차 있다.

화자는 늦잠꾸러기였다. 그러나 그녀를 만난 뒤부터 어머니가 놀랄 정도로 일찍 일어나 그녀가 권한 '제목도 외우기 힘든' 노래를 듣는다. '할 때도 안 된 샤워를 하며' 그 노래를 흥얼거린다. 그뿐 아니다. 한눈도 팔지 않는다. 전철에 예쁜 여자가 있어도 관심이 없다. 대신 관심도 없던 꽃가게에 관심을 갖기 시작한다. 나처럼 있는 줄도 몰랐던 꽃가게를 지나가다 발견했다. '아무 날도 아닌데' 괜히 꽃가게로 들어가 꽃을 사 가지고 나온다. 무엇엔가 홀린 듯 애타기도 하고 기쁘기도 하고 밥을 굶어도 배가 부르고 아무리 먹어도 심장 혼자서 그 칼로리를 다 소모한다. 온통 상대방으로 하루가 꽉 찬다. 이게 바로 'Infatuation' 즉 사랑의 열병이다. 이런 그의 모습을 보고 놀란 것은 그의 어머니뿐만이 아니다. 그 자신도 놀란다. 아무리 열병이 심해도 가끔 '내가 왜 이러지?'라는 생각은 들기 마련이다. 그래서 그는 말한다. '오 놀라워라 그대 향한 그리움. 오 새로워라 처음 보는 내 모습.' 그리고 아주 중요한 말을 한다. '매일 이렇다면 모진 이 세상도 참 살아갈 만할 거예요.' 이 나이 먹고 보니 결혼할 거면 'Infatuation'의 단계가 지나기 전에 후닥닥해야 한다는 생각이 든다. 여자도 화자에 대해 비슷한 생각을 갖고 있을까? 혼자만 헛물켜고 있는 것일까? 만약 둘이 마음이 같으면 환상 깨지기 전에 얼른 결혼하시오. 부모님이 반대하면 어디 도망가서 결혼식 올리고. 그렇지 않으면 또 이층집 소녀 꼴 납니다.

일상의 말을 맛깔나게 노래로 옮기다

나는 왜 윤종신의 세 곡의 노래에 열광하는 것일까? 첫째 그가 작곡한 〈이층집 소녀〉나 〈부디〉 〈환생〉 모두 곡이 아름답기도 하지만 멜로디가 우리의 일상어와 매우 잘 맞아떨어진다. 가사를 말하듯 소리 내어 읽어 보고 다시 노래로 불러 보고, 멜로디 빼고 랩처럼 리듬만 넣어서 가사를 외워 보면 그의 곡들이 단어의 고저장단을 잘 표현하도록 쓰였다는 것을 알 수 있다. 거기다 윤종신은 요즘 배우들도 잘 발음하지 못하는 '쥐'나 '과' 같은 복모음을 정확히 발음한다. 가사 하나하나가 또렷이 들린다. 노래가 말하듯 자연스럽게 흘러가니 애절한 가사가 귀에 콕콕 박힌다. 둘째 그의 창법은 담백하다.

요즘의 가요계에는 가사야 어찌 되든 감정을 한껏 오버해서 고음을 찢어질 듯 크게 그리고 오래 끄는 것만을 목표로 노래를 부르는 가수들이 너무 많다. 오로지 고음을 오래 끌기 위해 음악적으로 그리고 문학적으로 말도 안 되는 곳에서 숨을 쉬고, 가사는 '아버지 가방에 들어가신다'처럼 만신창이가 되고 만다. 듣는 사람은 가수의 감정에 질려 가사를 듣고 느낄 여유도 없이 시끄러운 고음에 탄성을 지를 뿐이다. 과유불급이다. 윤종신의 노래에는 사람을 질리게 만드는 과장

된 감정이 없다. 〈부디〉의 슬프고 절절한 가사를 힘없이, 처량하게 그러나 가끔 한번 울컥하듯 부른다. 듣는 이가 가수의 감정에 압도되기보다는 조곤조곤한 이야기 속으로 빨려들어 간다. 우리가 한 번은 겪어 봤을 이별의 이야기를 머릿속에 비디오까지 틀어 놓고 듣는다. 〈환생〉의 멜로디는 실제로 '할 때도 안 된 샤워'를 하며 흥얼거리는 소리 같다. 기분 좋은 날 샤워를 하며 '할 때도 안 된 샤워를 하며' 대목을 허밍해 보면 비누질도 거품이 잘 나는 느낌이다. '아 놀라워라' 할 때는 기쁨에 겨워 출렁이는 그의 심정이 멜로디에 그대로 묻어 나온다. 슬픈 노래의 슬픈 가사를 듣지 못하고 흥겨운 노래의 흥겨운 가사를 듣지 못하면 노래가 슬프지도 기쁘지도 않다. 윤종신의 노래는 악쓰는 노래보다 더 슬프고 더 흥겹다.

세상사가 희한할 때가 있다. 윤종신의 노래 세 곡밖에 모르는 나는 그의 〈이층집 소녀〉를 인생곡이라고 부르는데 윤종신 노래를 즐겨듣는 사람들 중에서 이 노래를 잘 모르는 사람들이 의외로 많으니 말이다. 이 글을 쓰면서 주변 친구들에게 물어봤는데 역시나 "이층집 소녀?" 하고 되묻는 사람들만 있고 안다는 사람이 없다. 만약 윤종신 팬인데 이 노래를 들어본 적이 없으면 꼭 들어볼 것을 권한다. 내가 윤종신 노래를 세 곡밖에 모르니 〈부디〉와 〈환생〉을 〈이층집 소녀〉와 엮어 삼부작 드라마를 썼지만, 실제로 이 세 노래가 관계가 있는지는 나도 모른다. 그러나 노래는 윤종신이 만들어도 해석은 나에게도 조금 권한이 있지 않을까? 더구나 그의 노래들을 독학으로 배워 좋아하고 있으니 말이다.

3장

시절

이별이란 헤어짐이
아니었구나

돌아서면 가로막는 낮은 목소리

 # 정훈희의 〈안개〉

내가 초등학교에 갓 들어간 1970년대 초반이었다. 우리 집에 있던 외제 전축(그 당시 턴테이블과 앰프, 스피커 등을 합쳐 부르던 이름)이 고장 났다. 여러 차례 수리해도 고장이 나자 아버지가 전축을 새로 사기로 했다. 아버지가 이제 우리도 국산 전축을 사도 될 정도로 국산 품질이 좋아졌다고 하셨던 생각이 난다. 그때 우리나라의 전축은 별표 전축과 독수리표 전축이 양대 산맥을 이루고 있었다. 워낙 내가 어렸기 때문에 그 당시에는 전축을 사려면 어디로 가야 하는지 기억이 나지 않는다. 아마 세운상가나 잊을 만하면 한번씩 대형 화재가 나던 대왕코너 이런 곳으로 가지 않았을까 한다.

별표였는지 독수리표였는지 아버지가 말만 그렇게 하고 결국 외제 전축을 사왔는지 기억이 나지 않는다. 그즈음 우리 집에 새 전축이 생긴 건 맞다. 원목으로 짠 틀의 문에 아름다운 조각이 부조로 새겨져 있었다. 그 문을 열면 그 안에 턴테이블이 있고 역시 아름다운 조각이 새겨진 그 위층의 문을 열면 앰프가 있었다. 스피커도 겉면이 모두 나무로 되어 있었다. 못 보던 레코드 두 장이 새 전축과 함께 우리 집으로 왔다. 아버지가 전축 사며 레코드판도 함께 샀던 것 같다. 둘 중 하나는 영화 《닥터 지바고》의 사운드트랙 앨범이었다. 특이하게도 디스크가 노란색이었다. 언젠가 어머니와 아버지가 그 노란 《닥터 지바고》판을 틀고 주제곡에 맞춰 왈츠를 추셨다.

또 하나의 레코드는 정훈희의 독집 앨범이었다. 앨범 재킷에 정훈희의 사진이 있고 '진실 안개'라는 글이 쓰여 있었다. 그때 갓 한글을 깨우친 나는 그 네 글자를 겨우 읽고는 '무슨 개(강아지)에 관한 노래인가?'라고 생각했다. 1면 첫 곡이 〈진실〉, 2면 첫 곡이 〈안개〉라는 뜻이라는 건 꽤 오랜 세월이 흐른 뒤 알았다. 얼마 전 인터넷에서 찾아보니 〈진실〉과 〈안개〉가 수록된 앨범은 1972년에 발매되었다. 〈안개〉는 편곡을 새로 해 두 번째로 녹음한 버전이다.

오리지널 〈안개〉는 1967년 개봉한 윤정희와 신성일 주연의 동명 영화 주제곡이었다. 정훈희의 작은아버지는 서울의 유명 호텔의 클럽 밴드마스터였다. 여고생 정훈희는 방학을 맞아 서울에 와서 작은아버지 클럽에서 시험 삼아 노래를 부른 적이 있다. 바로 그때 옆 식당에서 식사하던 유명한 작곡가 이봉조가 그녀의 목소리를 듣고 달려와 그때까지 가사도 없이 멜로디만 있던 〈안개〉를 그녀에게 주었다. 당대 최고의 남녀 배우가 주연한 그해 최고의 흥행작 영화의 주제가를 무명의 17세 소녀가 부른 것이다.

정훈희는 단숨에 스타가 되었다. 1967년과 1968년은 온통 영화

《안개》와 노래 〈안개〉의 해였다고 한다. 나도 〈진실〉이나 〈안개〉가 무슨 뜻인지 제대로 이해를 하지 못하면서도 앨범 재킷 사진에 있는 정훈희는 낯설지 않았던 것을 보면 정훈희라는 이름은 한글 겨우 깨우친 어린아이도 아는 정도였던 것 같다.

영화 《안개》와 《헤어질 결심》의 삽입곡

나는 영화 《안개》를 본 적이 없다. 궁금해서 영화에 대해 조금 찾아보다가 김승옥의 단편 「무진기행」을 영화로 만든 것이라는 사실을 발견하고 놀랐다. 오래전에 김승옥의 단편집에서 읽은 적이 있다. 무진은 '안개 무'에 '나루 진'을 써서 '안개가 많이 끼는 나루'라는 이름의 가상의 마을이다. 서울에서 성악을 전공하고 무진으로 와서 음악 교사로 일하던 하인숙(윤정희 분)은 무진이 싫어 서울로 돌아갈 생각만 하며 산다. 휴식 차 1주일 예정으로 고향에 내려온 유부남 윤기준(신성일 분. 원작의 이름은 윤희중이다)은 세무서에서 일하는 친구를 보러 갔다 그곳에서 인숙을 만나고 사랑에 빠진다. 무진에 도착한 지 사흘째 되던 날 기준은 서울로 급히 올라오라는 아내의 전보를 받고 장인이 운영하는 제약회사의 전무가 될 기회를 잡기 위해 인숙을 버리고 2박 3일 만에 서울로 떠나 버린다. 이것이 「무진기행」의 줄거리이다. 간단히 요약하고 보니 기준은 아내에게나 인숙에게나 죽일 놈이다.

노래 〈안개〉는 내가 아주 어려서부터 듣고 따라 부르던 노래라 가사에 대해 깊이 생각해 본 적이 없다. 뜻도 모르고 불렀다는 이야기이다. 마흔 넘어 친구들과 어울려 노래방에 갔다가 오랜만에 〈안개〉를 불렀다. '나 홀로 걸어가는 안개만이 자욱한 이 거리' 하고 노래를 하는 순간 이게 바로 우리 인생의 행로라는 생각이 들었다.

한 치 앞도 모르는 것이 인생이라고 한다. 인숙은 유부남을 사랑하게 될 줄도, 그 유부남이 고향에 내려온 지 72시간도 되지 않아 서울로 돌아가 버릴지도 몰랐다. 윤기중은 인숙에게 '꼭 데리러 올 테니 기다리라. 사랑한다'라는 편지를 썼다 찢어 버리고 아무 말 없이 떠난다. 그녀는 홀로 남아 '그 언젠가 다정했던 그대의 그림자 하나'를 떠올린다. 그러나 곧 고개를 가로젓는다. '생각하면 무엇하나 지나간 추억……' 그래도 쉽게 잊히지 않는 사람을 애타게 찾는다. '그 사람은 어디에 갔을까.' 간주가 끝나고 인숙은 다시 외친다. '바람이여 안개를 걷어가 다오.' 인숙은 인생의 안개가 걷히면 떠나간 그를 찾을 수 있으리라 생각했을까? 그러나 안개는 걷히지 않는다.

「무진기행」에 무진의 안개는 바람이 방향을 바꾸기 전까지는 사람의 힘으로 어찌할 수 없다는 대목이 있다. 인생의 안개가 무진의 안개처럼 짙고 고집스럽다. 혹여 인연의 바람이 불어와 안개를 걷어 내면 기준을 다시 만날 수 있을까? 원작에는 기준이 떠나면서 이야기가 끝나고 인숙이 어떻게 반응했는지 나오지 않는다. 영화의 개요를 읽어 보니 인숙은 '현실을 받아들인다'라고만 되어 있다. 1절에서 인숙은 '안개 속에 외로이 하염없이' 걸어가지만 간주 뒤 그녀는 '안개 속에 눈을 떠라. 눈물을 감추어라'라고 노래한다. 이게 현실을 받아들였다는 뜻인 것 같다.

「무진기행」이 《안개》라는 영화의 원작이라는 것을 모르고 읽었을 때는 무책임하게 사랑하고 무책임하게 떠난 남자와 남겨진 여자의 이야기라고 생각했다. 〈안개〉를 들으며 다시 읽은 「무진기행」은 좀 다르게 다가왔다. 오히려 기준이 인숙을 더 사랑했던 것은 아닐까 싶다. 그는 비록 출세와 부유한 처가가 있는 서울로 돌아갔지만 양다리를 걸치면서라도 인숙을 다시 만나고 싶어 했다.

안개만이 자욱한 인생의 길처럼 알 수 없는 것이 사람의 마음이다. 1인칭 주인공 시점의 이 소설에서 우리는 기준의 심리를 속속들이 알지만 인숙의 속마음은 모른다. 그녀는 서울이 고향도 아닌데 여자의 몸으로 서울에서 대학을 다니고 또 다른 타지로 가서 직장생활을 할 만큼 그 당시 기준으로 상당히 능동적인 사람이다. 게다가 남자들과 어울려 화투도 치고 그들이 요청하면 거리낌 없이 일어나 〈목포의 눈물〉을 부를 만큼, 요즘 말로 쿨하고 그 당시 말로 조신하지 못한 면도 있다. 이런 그녀의 모습을 보고 있노라면 의문이 생긴다. 그녀가 안개 속을 헤매며 애타게 찾는 '그 사람'은 기준일까? 꼭 기준이 아니라도 자신을 무진 밖으로 끌어내 줄 수 있는 '그 어느 누구라도'를 뜻하는 것은 혹시 아닐까? 그녀는 오로지 무진을 떠날 탈출구로서 기준을 유혹한 것일까 아니면 기준을 죽도록 사랑했던 것일까? 둘 다 아니면 그사이 어디쯤인 것일까?

그사이 어디쯤이었다고 생각하고 싶다. 그래서 인숙은 그를 애타게 찾으며 안개 속을 걷다 걸음을 멈추고 눈물을 감춘다. 안개 자욱한 인생의 길에서 무언가 보이는 듯하여 따라가다 벽을 만나면 걸음을 멈추고 벽을 치며 울기만 할 수도 있고, 눈물을 닦고 돌아서 다른 길로 갈 수도 있다. 허망과 실망 그리고 아픔이 전혀 없을 수는 없겠지만 인숙이 찾는 그 무엇이 따로 있다면 가던 길을 멈추고 눈물을 감춘 채 또 다른 길을 찾을 수도 있을 것이다. 인숙은 힘없이 희생자로 남을 사람은 아닌 듯하다.

나는 미국을 다녀오는 비행기 안에서 〈안개〉와 아주 깊게 연결되어 있는 영화를 보았다. 《헤어질 결심》이다. 이륙 후 첫 식사가 나올 때 보기 시작했는데 다 먹고 계속 보다 비행기만 타면 잠이 드는 병이 도져 곯아떨어지고 말았다. 정신없이 자다 깨보니 정훈희와 송창식이 부르는 〈안개〉가 나오고 있었다. 미국 영화 《원초적 본능》을 연상시키는 팜프파탈의 살인극인가 하며 보다 잠이 들었기 때문에 〈안개〉라는 노래가 뜬금없이 들렸다. 한국에 돌아와 넷플릭스에서 영화를 다시 봤다. 이번에는 사랑이란 주제가 살인극 위에 크게 겹쳤다.

별 죄책감 없이 용의주도하게 사람을 죽이지만 죽은 까마귀는 정성스레 묻어주는 송서래는 기구한 팔자의 주인공이다. 그렇다고 마냥 희생자도 아니다. 송서래의 폭력적인 남편이 등반 중 추락사하자 그 사건 수사를 형사 장해준이 맡는다.

권태로운 결혼생활 속에 폭력, 살인 사건 수사만이 유일한 삶의 활력소인 형사와 냉혈한과 지고지순의 두 얼굴을 지닌 피의자로 만난 이들은 안개 속을 헤매며 늘 어긋나기만 하는 사랑을 한다. 꼭 도덕군자들만 숭고하게 사랑하는 것이 아니다. 아니 사랑이란 애초에 그다지 숭고한 것이 아닌 호르몬의 화려한 쇼일 수도 있다. 독재자도 사랑할 수 있고, 가정 있는 영화감독이 연하의 배우와 사랑에 빠져 가정을 떠날 수도 있고, 결혼한 강력계 형사가 피의자와 '썸'을 탈 수도 있다. 내 사랑 안에 고립되어 있으면 그것이 로맨스로 보이고, 비슷한 상황의 다른 사람을 밖에서 들여다보면 불륜으로 보인다. 사랑은 진공관 속에서 일어나는 것이 아니기 때문이다.

인생이라는 이름의 '안개만이 자욱한 거리'는 무작위의 타이밍으로 사랑과 법과 도덕과 규범을 혼미하게 뒤섞어 놓은 패를 송서래와 장해준에게 건넨다. 송서래가 처음 대한민국으로 밀입국해 남편을 만나기 전 미혼의 장해준을 만났다면 둘은 어찌 되었을까? 불행히도 그들은 최악의 타이밍으로 서로 어그러지고 뒤틀린다. 〈안개〉 2절에 '돌아서면 가로막는 낮은 목소리'라는 대목이 있다. 다른 곳으로 가려 하면 발걸음을 잡지만, 막상 잡으려 하면 '그 사람은 어디에 갔을까'라며 공허한 물음만 남는다.

송서래와 장해준은 잡으려 하면 멀어지고, 포기하면 다시 만난다. 영화 마지막에 송서래가 바닷가에서 자살한 것을 깨달은 듯 묘한 표정을 짓던 장해준이 "서래 씨"를 외치며 만조로 치닫는 물속을 헤집고 다닐 때 나 혼자 상상했다. '장해준은 마침내 그 자신도 바다에서 죽을 결심을 한 것일까?' 그들의 사랑은 손잡고 함께 죽지도 못할 정도로 어긋나기만 한다. 넷플릭스에서는 영화 끝에 정훈희, 송창식의 〈안개〉가 나오지 않는다. 내 마음속에서는 크레딧이 올라갈 때 정훈희와 송창식의 〈안개〉가 흘러나왔다. 둘은 같은 노래를 부르지만 한 번도 같은 멜로디를 노래하지 않는다. 송창식은 화음을 넣거나 때로 정훈희는 〈안개〉를 부르는데 송창식은 '나나나나'만 반복한다. 같은 노래 안에서 한 번도 같은 멜로디를 부르지 못하는 사랑 그것이 송서래와 장해준의 사랑이다.

시처럼 펼쳐지는 노래의 풍경

정훈희는 〈안개〉를 몇 차례 녹음했다. 물론 17세 소녀의 카랑카랑하면서 해맑고 그러면서 묘하게 콧소리가 섞여 나오는 1967년 오리지널 녹음은 가요사에 남을 명연이다. 이봉조가 정훈희의 노래를 처음 듣고 "가시내 노래 참 잘 부른다"고 했다는데 그 말이 딱 맞는다. 17세 소녀의 감성이 놀랍다. 나는 우리 집 전축 옆에 꽂혀 있던 1972년 〈안개〉도 무척 좋아한다. 오리지널에 비해 템포가 아주 빠르다. 자유자재로 리듬을 타는 그녀의 노래에서 17세 여고생이 아닌 대한민국 톱 가수 정훈희의 자신감과 기운 그리고 성숙한 음악성이 느껴진다. 송창식과 함께 부른 《헤어질 결심》 버전을 말도 못 하게 좋아한다.

정훈희와 송창식의 조합이 다소 생경해 보일지 모르지만 이들은 세시봉 시절부터 절친한 사이였다. 세시봉이 송창식, 윤형주 등으로 대표되는 통기타 가수들의 무대였던 것은 맞지만 사실 그곳의 대스타는 정훈희였다. 통기타 가수들이 노래 한번 하고 몇백 원 받던 시절에 정훈희의 출연료는 회당 2만 원이었다고 한다. 전성기 때보다 약간 탁해진 정훈희의 목소리가 음산한 송창식의 저음과 만나 '인생이란 안개 속에서 만나고 어긋나는 거야'라고 한 수 가르쳐 주는 느낌이다. 정훈희는 송창식과 자신의 노래가 가끔 살짝 어긋나지만 박찬욱 감독이 그걸 굳이 보정하지 않고 그대로 사용해서 더 좋다고 했다. 어긋나는 인생사에 노래가 너무 완벽하면 그것도 어울리지 않을 것이다.

송창식과 윤형주가 부른 〈안개〉도 내가 아주 좋아하는 버전이다. 기타 반주로 나오는 전주가 《헤어질 결심》과 같고, 편곡 분위기도 비슷한데 무엇보다 젊은 송창식의 미성이 돋보인다. 윤형주는 화음만 넣는데 둘의 호흡이 기가 막히다. 나는 송창식이 멜로디를 부르고 윤형주가 소프라노 화음을 넣을 때면 '이게 천상의 소리일까'라고 생각한다. 〈안개〉에서도 그런 화음을 들려준다.

어려서부터 정훈희의 〈안개〉를 알고 있었지만, 내 기억에 정훈희가 깊게 각인된 사건은 뭐니 뭐니 해도 그녀가 작곡가 이봉조와 함께 《칠레가요제》에 출전해 〈무인도〉로 동상과 최고가수상을 받고 돌아왔던 것이다. 그게 1975년이었다. 정훈희의 《칠레가요제》 입상 이야기를 할 때마다 내가 하는 말이 있다. 1948년 대한민국 정부 수립 이래 한국 선수가 태극기를 달고 출전한 올림픽에서 최초로 금메달을 딴 것이 몇 년도 누구일까? 1976년 몬트리올 올림픽 레슬링 자유형에 출전한 양정모였다. 얼마나 올림픽 금메달을 고대했으면 아침 일찍 양정모의 금메달 소식이 전해졌는데 오후가 되기 전에 라디오에서 〈장하다, 양정모〉라는 찬가가 흘러나오기 시작했다. 노래를 만들어 놓고 누구든 첫 금메달이 나오길 고대하고 있다 급히 양정모라는 이름을 넣어 녹음한 것이다.

정훈희가 칠레에서 선전하고 온 1975년 당시 우리나라는 아직 올림픽에서 금메달을 따지 못한 처지였다. 누가 국제대회에 나가 상을 타 오는 것은 국가의 경사였다. 1974년 홍수환이 김기수 이후 최초로 권투 세계 챔피언이 되고 몇 달 후 피아니스트 정명훈이 당시 적국인 소련(현 러시아) 모스크바에서 열린 차이코프스키 국제음악콩쿠르에서 2위에 입상을 하고 돌아왔을 때는 각기 시내에서 카퍼레이드까지 할 정도였다. 국제가요제 3위 입상은 카퍼레이드까지는 아니었지만 신문과 뉴스에 크게 보도가 될 만큼 대단한 일이었다.

언젠가 정훈희가 텔레비전 토크쇼에 나와 그때의 뒷이야기를 하는 것을 봤다. 이봉조가 무대에 오르기 전 그렇게 긴장을 많이 했다고 한다. 옆에서 보다 못한 정훈희가 "슨생님, 뜰다 떨어지나 안 뜰다 떨어지나 떨어지는 건 마찬가지다 생각하시면 돼요" 했다고 한다. 위대한 공연 예술가들의 공통점은 이렇게 긴장하고 떨다가 일단 무대에 서면 무섭게 몰입한다. 텔레비전에서 본 《칠레가요제》 실황에서 이봉조도 그랬다. 마치 '내가 떨었어?' 하는 것처럼 색소폰을 목에 걸고 전주와 간주에 연주를 하면서 정훈희가 노래할 때는 재킷까지 벗어 던지고 열정적으로 지휘를 했다. 정훈희는 한복을 곱게 차려입고 나와 노래를 했다. 그녀가 스페인어로 노래를 시작하자 청중들이 열광했다.

정훈희의 말에 의하면 카메라에 잡히지 않은 것이 하나 더 있었다. 칠레에 정박 중이던 한국 원양어선 선원들이 객석에 앉아 배에서 떼어 가지고 온 대형 태극기를 흔들며 응원했고 자신은 그 태극기만 바라보며 노래를 했다고 한다. 1970년대 우리나라는 외화가 절실하게 필요했다. 이때 외화를 벌어다 준 효자 종목 중 하나가 원양어업이었다. 한번 배를 타면 1년 동안 집에도 못 가고 거의 배에서 생활하는 이 힘든 일을 하던 분들이 우리 외화벌이의 역군이었다. 초등학교 국어 교과서에 '원양어선을 타는 삼촌이 조카에게 보낸 편지'라는 글이 있었다. 선실 안에서 누군가 '올해도 과꽃이 피었습니다'라고 노래를 하자 어느새 모두가 함께 〈과꽃〉이라는 노래를 합창했다는 내용이었다. 힘든 바다 생활에 고향이 얼마나 그리워 그 노래를 합창했을까? 그들이 칠레에 정박하고 정훈희가 국제가요제에 출전한다는 것을 듣고 또 얼마나 반가웠을까? 휘날리는 태극기의 바람을 타고 정훈희의 끝을 모르는 고음이 독수리가 비상하듯 하늘 높이 솟구치며 노래가 끝났다. 그녀는 동양 가수로는 유일하게 트로피를 거머쥐었다.

국제가요제 입상 후 반세기가 다 되어 오는 지금, 〈무인도〉는 우리 가요의 고전이 되었다. 어려서부터 수없이 들어왔지만 나이 들며 들어보니 참 기가 막히게 곡을 썼다는 생각이 든다. 바이올리니스트 정경화가 연주하는 비발디의 《사계》를 들으며 '정경화 씨는 어쩌면 비발디가 적어 놓은 시를 읽고 그걸 음악으로 연주해서 사계절의 모습이 내 눈앞에 그림처럼 펼쳐지게 할까?'라고 생각한 적이 있다. 새소리, 물소리, 폭풍우, 가을걷이의 기쁨, 을씨년스러운 겨울날의 풍경 등이 시 없이 정경화의 음악만 들어도 눈에 보인다. 〈무인도〉를 듣다 보면 같은 생각이 든다.

〈무인도〉의 가사는 길지 않고 무인도의 풍경을 간략하게 그린다. 가사의 분위기와 곡조가 그렇게 잘 맞아떨어질 수가 없다. 노래 없이 연주만 들어도 그 풍경이 눈앞에 보인다. 전주부터 눈을 감고 듣다 보면 바닷물이 밀려오며 높아지고 높아지다 마침내 수억 년의 침묵을 간직한 작은 무인도의 해변가에 철퍼덕, 철퍼덕 부서진다. 노래 전반부 '파도여, 슬퍼 말아라. 파도여, 춤을 추어라. 끝없는 몸부림에 파도여, 파도여 서러워 마라' 할 때는 리듬과 멜로디가 마치 무인도로 몰려와 부서지는 파도처럼 느껴진다. '솟아라 태양아'에 가서는 갑자기 트럼펫 반주가 요란하게 울리는 것이 열대의 수평선 너머로 머리를 쑥 내미는 태양이 보이고, '불어라 바람아. 드높아라 파도여, 파도여……' 하는 대목에서는 폭풍우가 밀려온다.

〈무인도〉는 정훈희와 함께 1970년대를 대표하는 걸출한 디바였던 김추자가 《칠레가요제》에 나가 부르려다 여러 사정으로 정훈희가 출전했다. 김추자의 버전도 몇 번 들었는데 내게는 정훈희의 목소리가 더 귀에 익다. 《칠레가요제》 몇 개월 후인 1975년 12월 연예계에 대마초 파동이 크게 터져 정훈희, 김추자 등을 비롯한 톱 가수들이 무더기로 출연 정지를 당하면서 한동안 〈무인도〉도 방송에서 사라졌다. 결혼과 함께 조기 은퇴한 김추자와 달리 정훈희는 성공적으로 재기해 지금까지 노래를 계속하면서 〈무인도〉를 자주 불렀다. 자연스레 정훈희의 〈무인도〉가 내 귀에 더 익게 되었다.

이봉조와 콤비로 국제가요제를 석권하다

이봉조는 자신이 발굴해 키우고 국제가요제에 함께 나가 상을 타온 정훈희에 대한 스승으로서의 애정이 남달랐나 보다. 그녀가 대마초 사건으로 가수 활동을 중단한 중에 〈꽃밭에서〉라는 노래를 써 놓고 그녀가 무대로 돌아오기를 기다렸다. 이 노래는 1979년 《TBC 세계가요제》에서 패티김이 게스트로 출연해 〈이렇게 좋은 날〉이란 제목으로 불렀다. 패티김이 노래를 탐내 녹음하고 싶어 했고, 주변에서도 이런 고음을 소화할 수 있는 가수가 있을 때 녹음하라고 권했지만 이봉조는 패티김에게 "이건 훈희 겁니다"라고 정중히 거절했다고 한다.

정훈희와 이봉조 콤비는 굴지의 국제가요제들을 석권한 이력이 있다. 1970년 〈안개〉로 《동경가요제》 입상을 시작으로, 1972년 〈너〉로 《그리스가요제》, 같은 해 〈좋아서 만났지요〉로 아바(ABBA)도 고배를 마시고 돌아간 《동경가요제》에서 입상, 1975년 〈무인도〉로 《칠레가요제》 입상 등 참가하는 대회마다 100퍼센트의 승률을 기록했다. 1979년 아직도 방송 출연을 하지 못하던 정훈희는 다시 이봉조와 〈꽃밭에서〉를 들고 《칠레가요제》에 출전해 또다시 입상했다. 이쯤 되자 당국에서도 국위를 선양한 가수들에게 선처를 베풀겠다고 하여 그해 정훈희는 방송 활동을 다시 할 수 있게 되었다. 하지만 정훈희가 당시 김태화와 같이 살고 있다고 기자에게 말한 것이 기사로 나가면서 그녀는 재기 일보 직전에 다시 2년간 방송 출연 정지를 당한다. 풍기문란이란다. 성인 남녀가 사랑해서 같이 산다는데 풍기문란이라니 지금 생각하면 이해하기 힘들지만 그때는 그런 시절이었으니 정훈희의 화통한 성격 탓에 고난을 자초했다고 봐야 할 것이다.

잘 알려진 노래는 아닌데 내가 좋아하는 그녀의 노래 중에 〈목소리〉라는 것이 있다. 이봉조가 작곡하지 않은 곡으로 국제가요제에 참가했던 유일한 곡일 것이다. 요즘 윤복희, 윤항기 남매가 일련의 노래들을 서로 자신이 작곡했다고 각기 주장하는 통에 윤복희, 윤항기 중 누가 작곡했는지 확실히 모르겠지만 공식적으로 윤항기 작곡으로 1981년 《KBS 국제가요제》에 참가해 동상을 받았다. 정훈희가 따로 취입을 하지는 않은 것 같고 유튜브에 가요제 실황이 올라와 있기는 하다. 대마초 파동 이후 처음 그녀를 텔레비전에서 봤던 것도 그때였다. 정훈희는 이후로 국제가요제에 참가하지 않았다. 〈목소리〉 입상으로 평생 국제가요제 무패의 대기록을 세운 것도 실은 그녀의 재기의 신호탄일 뿐이었다. 1982년 드디어 〈꽃밭에서〉가 정식 발매되고 그녀는 성공적으로 재기해, 오늘날까지 잊히지 않는 불세출의 가수가 되었다.

《헤어질 결심》으로 〈안개〉가 다시 히트하면서 정훈희가 어떤 인터뷰에서 고 이봉조에 대한 감사의 마음을 전하며 울컥한 적이 있다.

"평생 노래하며 살 수 있도록 아름다운 곡들을 주셔서 감사하다"고 했다. 인생의 안개 속에 무작위의 타이밍으로 섞여 있는 패 중에서 그녀와 이봉조에게 돌아온 패는 하필 그날 하필 그 시간에 하필 그 클럽에서 정훈희가 작은아버지 반주에 맞춰 노래했고 하필 그 시간 하필 바로 옆 식당에서 점심을 먹던 이봉조는 그 소리를 듣고 달려왔다. 이 일로 열일곱 살 소녀는 스타가 되었고, 이봉조는 그녀를 국제가요제 무패의 가수로 키우고, 그녀가 활동할 수 없던 시절에도 곡을 써 놓고 그녀를 기다리며 재기를 도왔다. 이제 이봉조는 세상을 떠나고 없지만 열일곱 살 소녀가 일흔을 넘긴 이때 〈안개〉가 또 다른 영화에 삽입되며 히트한다. 실력이 있고 노력도 하는데 성공하지 못하는 사람이 있다. 늘 어그러진 패만 들어온다. 그러나 아무리 좋은 패가 들어와도 실력이 없으면 그 패의 효력이 반세기 넘게 가지는 못할 것이다.

이봉조와 얼마 전 세상을 떠난 현미는 한때 부부였다. 정훈희가 어린 나이에 서울로 와 가수 활동을 할 때 현미가 언니처럼 엄마처럼 옆에서 보살폈다고 한다. 이봉조와 현미의 그 어그러진 만남과 헤어질 결심과, 다시 합칠 결심과 그러나 결국 합치지 못한 최악의 타이밍은 여기서 다 할 수 없는 긴 이야기이다. 이봉조, 현미, 정훈희가 즐겁게 함께 부른 〈떡국〉이라는 노래나 한번 들어보길 권한다.

가황歌皇이 되다

 # 우리 인생 속 나훈아의 노래들

나는 매년 추석이 되면 한국으로 가서 가족과 함께 지내거나 미국에 있을 때는 몇 가지 한국 음식을 장만해 동네 사람들을 초대해 함께 음식을 나눈다. 요즘 미국 사람들의 한국 음식에 대한 열기가 뜨거워 초대만 하면 누구나 한걸음에 달려온다. 2020년 추석은 허무하게도 지나갔다. 그놈의 코로나바이러스 때문이다. 한국은 일정을 길게 잡아 다녀와야지 추석 쉰다고 갔다가는 자가 격리만 하다 올 것이라 한국 방문은 꿈도 꾸지 못했다. 동네 사람들을 부르자니 사회적 거리두기 하며 띄엄띄엄 앉아 이야기도 제대로 못 하고 밥만 먹다 갈 것 같아 그만뒀다. 막걸리 한 병 사다 몇 가지 한국 음식을 만들어 혼자 꾸역꾸역 먹었는데 막걸리가 너무 맛이 없어 화가 났다. 무슨 막걸리에서 칼피스 맛이 나는지. 11월에 한국에 갈 일이 있긴 한데 '과연 갈 수 있을까?' 하는 생각에 싱숭생숭하기만 했다.

어쩌면 기분이 우울해 막걸리 맛도 더 이상했는지 모르겠다.

한국도 우울한 추석은 마찬가지였을 것 같다. 다른 해 같았으면 추석 연휴를 노리고 극장가에 야심작들이 속속 개봉한다. 아직도 《쉬리》와 《타이타닉》이 맞붙었던 1998년 추석을 기억한다. 추석이 되면 톱 가수들은 효도 디너쇼며 콘서트로 분주하다. 2020년은 이런 풍경이 모두 사라지고 연휴 동안 성묘도 가족 모임도 자제하라는 말만 들려왔다. 그 와중에 인터넷에 도배가 된 공연이 하나 있으니 바로 나훈아의 텔레비전 콘서트 《대한민국 어게인》이다. 뒷북치기의 제왕인 나는 재방송도 다시보기도 국물도 없다더니 '기습적'으로 한 재방송마저 놓친 뒤 혹시 한 조각이라도 어디서 주워 볼까 매일 인터넷 서핑을 하다 데자뷔의 느낌을 받았다. 고향에 대한 그리움, 추석, 나훈아 뭔가 어디선가 한번 봤던 이 느낌. 이건 뭘까?

한 잔 술에 설움을 타서 마셔도

1985년 추석. 미국으로 유학 가서 처음 맞은 추석이었다. 9월 말이었다. 방금 인터넷에서 검색해 보니 그해 9월 29일 일요일이었다. 일요일이었는지는 몰랐고, 주말이었던 건 기억한다. 룸메이트가 주말 동안 집에 갔는지 여자 친구 집에 가서 살고 있는지 금요일 오후부터 그의 코빼기도 볼 수 없었다. 나는 주말마다 외삼촌 댁에 가서 한국 음식 먹고 쉬다 오곤 했는데 그다음 주에 시험이 세 개나 있어 처음으로 주말에 기숙사에 남아 주말 내내 도서관에 가서 세 과목 시험 준비를 했다. 학생들이 주말에 집으로 가고 학교가 텅빈 채 썰렁한 아침에 어머니가 전화해서 추석이라고 말했지만 9월 말 텍사스는 낮 기온이

40도에 육박하는 한여름이라 별로 추석 기분도 나지 않았다. 도서관에 가서 오후 내내 역사 시험 공부를 했다. 영어에 자신이 없던 시절이라 주관식 예상 문제를 몇 개 뽑아 답안을 작성하고 그걸 외워서 쓰고 또 쓰며 준비를 하다 어둑해져서 저녁을 먹고 기숙사 방으로 돌아왔다. 창문을 내다보며 '미국에도 오늘 보름달이 뜨네'라는 한심하고 무지한 생각을 하다 난데없이 혼자 노래를 하기 시작했다. '머나먼 남쪽 하늘 아래 그리운 고향~' 에? 이게 웬일인가? 한국에서는 불러 본 적도 없고 들어보기만 했던 노래인데 내가 가사를 다 아네. 나훈아가 1971년 발표한 〈머나먼 고향〉이다.

서울 우리 집 동네에 아버지가 근무하던 병원에서 앰뷸런스 운전하던 기사 아저씨가 자취를 하고 있었다. 아버지랑 같은 시간에 자신도 퇴근하는 날에는 우리 차를 운전하고 와서 우리랑 저녁도 먹고 축구도 하다 자기 집으로 갔다. 주말에 비번이면 투잡으로 외할머니를 우리 차로 교회에 모셔다 드리고 모셔 왔다. 날씨가 좋은 날은 할머니 모셔다 드리고 교회 끝날 때까지 우리 집 마당에 앉아 기타 연습을 했는데 그 아저씨가 즐겨 연습하던 곡이 바로 이 노래였다.

'머나먼 남쪽 하늘 아래 그리운 고향.' 텍사스에서 서울은 남쪽이 아니라 북서쪽이지만 방향은 상관이 없다. '그리운 고향'이 어느 하늘 아래 있는 건 사실이니까. 그다음 대목은 그 당시 울컥하지 않고 부를 수 없는 대목이었다. '사랑하는 부모 형제 이 몸을 기다려.' 9월 말이면 첫 학기 시작하고 한 달 정도 되었을 때이고 미국에 도착한 지 6주 정도 되었을 때이다. 한창 집 생각이 날 때였다. 처음 도착해 외삼촌 댁에 2주 머물 동안에는 연수 간 것처럼 재미있고 신나기만 했다. 사촌형과 누나 들이 주말마다 일부러 학교에서 집으로 와서 나랑 놀아 주었다. 주중에는 외숙모와 이리저리 다니며 기숙사에 들어갈 준비를 하느라 바빴다. 그 당시에는 유학 가면 관할 지역 대한민국 영사관에 가서 유학생 체류 신고를 해야 했기에 외삼촌 댁에서 차로 40~50분 가는 휴스턴 총영사관까지 가서 서류 작성해 제출하고 오는 길에 점심 먹고 들어오니 반나절이 후딱 가기도 했다.

하지만 8월 말 외삼촌과 외숙모가 나를 기숙사에 내려 주고, 기숙사 방 청소며 정리를 해주신 후 부우웅 하고 떠나는 차 뒤에서 손을 흔드니 향수병이 엄습했다. 다음 날 월요일은 오리엔테이션 다녀오고 학과장 교수 만나 면담하고 다음 학기에 수강할 과목들을 함께 정한 뒤 교과서를 사 가지고 방으로 돌아왔다. 난생처음 하루 종일 영어로 이야기하고 정신없이 곯아떨어져 밤새 영어로 뭔가를 중얼거리는 악몽을 꿨다. 다음 날은 등록하다 하루가 갔다. 당연히 온라인 수강 신청 같은 건 상상도 하지 못하던 시절이다. 큰 체육관에 들어가 영문과나 사학과 등의 데스크로 일일이 찾아가 긴 줄을 서 있다 수강 과목의 스티커를 받아 수강 신청서에 붙이며 다녀야 했다. 수강 신청하다 날 새는 것도 무리가 아니었다.

그날 밤도 알아들을 수 없는 영어로 악몽을 꾸고 깼다. 수요일에는 할 일이 없었다. 수강 신청이 이틀에 걸쳐 진행되는데 나는 이미 화요일에 모두 마쳤기 때문이다. 하루 종일 혼자 교과서를 꺼내서 읽어봤다, 나가 걸어 다니다 빈방에 들어와 침대에 누웠다. 천장에 엄마, 아빠 얼굴이 보이며 그때 처음이자 마지막으로 눈물이 핑 돌았다. 이메일과 화상 통화는 당연히 없고 편지를 쓰면 열흘 정도 걸려 한국으로 갔다. 전화는 요금이 너무 비싸 1~2주에 한 번 정도 아주 간단하게 할 뿐이었다. 어머니는 첫 학기가 거의 끝날 때까지도 전화하면 울먹울먹하셨다. 지금 생각하면 다시 돌아가고픈 대학 시절이지만 그땐 빨리 공부 마치고 '사랑하는 부모 형제'에게로 가야 한다는 생각만 하며 한 학기를 보냈다.

이 노래는 작곡·작사가인 박정웅이 고향 밀양을 떠나 서울로 온 뒤 처음 맞는 추석에 고향을 그리며 가사를 썼다고 한다. '천 리 타향 낯선 거리 헤매는 발길.' 그때는 서울에서 밀양도 머나면 고향이었나 보다. 나는 어린 나이에 천 리도 아니고 이역만리 떨어진 미국 남부의, 대학 행사가 온 마을의 행사인 작은 시골 마을에 박혀 있었으니 하루도 집 생각을 하지 않는 날이 없었다. 그다음 대목은 기사 아저씨가 기타를 서툴게 연주하며 부르는 것도 들었고 악보에 나와 있는 가사도 읽어 봤지만 무슨 말인지 어린 내가 당최 알아들을 수가 없었다. '한 잔 술에 설움을 타서 마셔도.' 술은 분명 마시는 술을 뜻하는 것 같은데 뭘 타서 마신다구? 그런데 그 1985년의 추석날 창문을 내다보며 이 노래를 부르다 보니 갑자기 그게 무슨 뜻인지 알 것 같았다. 술을 마시고 고향에 대한 그리움을 잊어보려 하지만 '마음은 (마냥) 고향 하늘을 달려갑니다'라는 뜻이었다.

대학생이었던 1985년에도 나는 맥주 한 잔을 다 비우지 못할 정도로 술을 마시지 못했지만, 술을 마셔도 잊히지 않는 애틋한 고향에 대한 그리움은 내 경험으로 이해할 수 있었다. 그날 이후 〈그리운 고향〉은 대번에 내 애창곡 리스트에 올랐다. 30여 년이 지난 지금도 잘 부를 뿐만 아니라 이제는 '한 잔 술에 설움을 타서 마셔도' 그 대목도 완전히 이해한다. 추석날 혼자 막걸리에 그리움을 타서 마셔도 그리움은 사라지지 않고 막걸리 맛만 버려 화가 난다는 뜻이다.

수많은 사람의 인생에 자리 잡은 나훈아의 노래들

내가 어렸을 때는 나훈아와 남진이 쌍벽을 이루며 한창 날선 경쟁을 하고 인기 가도를 달렸다. 나훈아가 공연하는데 어느 괴한이 무대로 올라와 깨진 병 조각을 나훈아의 얼굴에 그어 병원에 입원한 일이 있었다. 이 일이 남진의 사주를 받은 사람의 소행이라는 헛소문이 돌면서 남진 팬과 나훈아 팬 사이에 싸움이 나기도 했다. 그 사람은 나중에 남진의 목포 본가에 불을 지르기도 했다니 남진 팬은 아닌 것이 확실하다. 이렇게 한창 둘이 화제를 몰고 다니던 시절에도 '멋쟁이 높은 삘땡' 하며 여성 팬들을 홀리던 남진은 텔레비전에서 여러 번 본 기억이 나는데 나훈아는 텔레비전에서 본 기억이 별로 없다. 당연히 자주 보고 라이방 색안경 끼고 싱글싱글 웃으며 춤을 추는 남진 아저씨가 멋있었다. 하지만 나훈아의 노래인지도 모르고 라디오에서 나오는 그의 노래는 엄청 많이 들었다.

우리 집에는 형이 돌이 되기 전에 와서 중학교 2학년이 될 때까지 밥을 하던 아주머니가 계셨다. 그때는 시골에서 혼자된 사람이나 어린 아가씨가 연줄연줄 서울에 있는 가정에 밥하고 빨래하는 가사도우미로 취직을 했다. 소위 가정부 또는 식모라고 했다. 당시 우리나라는 세계에서 1인당 국민소득이 가장 낮은 나라 중 하나여서 인건비가 싸고 서울과 농촌의 생활 수준 차가 극심했다. 서울에 사는 웬만한 중산층 가정은 입주 가사도우미 한둘 정도는 둘 수 있었고, 시골에서 오는 사람은 숙식을 모두 제공 받으니 잘만 하면 고향에서 만져 보지 못한 목돈을 모을 수 있는 기회이기도 했다.

우리와 함께 살던 아주머니는 남편이 16년 형을 선고받고 형무소에 수감 중이어서 서울로 오게 되었다. 남편이 감옥에 간 지 1년 뒤에 우리 집에 와서 남편이 만기 출소할 때까지 있었으니 15년을 우리와 살았다. 내가 초등학교 저학년일 때 손에 주부 습진이 생긴 아주머니의 10년 근속 선물로 우리 집에 금성 세탁기를 처음으로 들여놓았다. 한 대에 10만 원 정도 했던 것 같으니 큰돈 쓴 것이었다. 그만큼 아주머니는 우리와 한 가족이었고, 우리 형제에게는 그 당시 아주머니가 어머니 다음이었다.

이 아주머니가 나훈아 팬이었다. 부엌에 늘 라디오를 틀어 놓고 나훈아의 노래가 나오면 따라 부르니 우리는 제목도 가수도 모르고 '사랑이 무어냐고 물으신다면 눈물의 씨앗이라고 말하겠어요' '고~향에 물레방아아아아 오~늘도 돌아가는데' 하며 노래를 외워 불렀다. 나중에 알고 보니 '사랑이 무어냐고 물으신다면' 하는 것은 나훈아의 〈사랑은 눈물의 씨앗〉이라고 1969년에 나온 노래이고, '고향에 물레방아'는 1972년에 나온 〈물레방아 도는데〉이다. 나는 가끔 어려서 먹던 음식, 혹은 어려서 활동하다 지금은 사라진 배우의 근황 등이 궁금해 인터넷을 뒤질 때가 있다. 2~3년 전 〈물레방아 도는데〉를 인터넷에서 찾아보았다. 사실 노래 제목도 몰라 '고향의 물레방아 오늘도 나훈아'라고 검색했다. 깜짝 놀란 것은 경남 하동군에 〈물레방아 도는데〉 기념비가 있다는 것이다. 그 자리에 진짜로 물레방아가 있었는데 지금은 없어지고 기념비가 들어서 있다.

하도 신기해 이 노래의 배경에 대해 좀더 찾아봤더니 두 가지의 이야기가 있었다. 이 노래의 작사가는 정두수이고 그의 가사에 박춘석이 곡을 썼다. 정두수의 고향이 경남 하동이다. 여기까지는 모두 이야기가 같다. 그다음부터 어느 글에서는 이 가사가 정두수가 어렸을 때 일본군에 의해 징용을 당해 끌려 나갔다 전사한 그의 삼촌을 기리는 가사라고 하고 어느 글에서는 1970년대 농촌을 떠나 도시로 향하는 붐이 일어나면서 서울로 떠나 소식이 끊긴 사람을 기다리는 여심을 그린 노래라고도 한다.

작사가 정두수의 개인사에 징용으로 끌려 나갔다 전사한 삼촌이 있을 수는 있지만 가사는 아무래도 후자의 경우에 더 가깝다는 생각이 든다. '서울로 떠나간 사람'이라고 하는 것은 그 시절 자주 듣던 표현이다. 대도시 공장에 일자리를 잡아 떠난 사람들을 두고 하는 말이었다. 게다가 '돌담길 돌아서며 또 한번 보고, 징검다리 건널 때 뒤돌아보며 서울로 떠난 사람'이 '새봄이 오기 전에 잊어버렸나' 하는 것을 가만 들어보면 뭔가 원망조이다. 징용처럼 좋지 않은 일로 끌려 나간 사람이 돌아오지 않는다고, 새봄이 오기도 전에 잊어버린 것 아니냐고 따지듯 묻지는 않을 것이다.

한국전쟁 때 북으로 피랍된 남편을 그리는 〈단장의 미아리 고개〉에서도 단장 즉 창자를 끊는 고통으로 아내가 노래한다. '10년이 가고 100년이 가도 살아만 돌아오소.' 우리 가족 다 잊어버렸냐는 말은 하지 않는다. 오히려 기다릴 준비가 되어 있다고 한다. 사람이 화장실 들어갈 때와 나올 때 마음이 다르다고 〈물레방아 도는데〉의 떠난 임도 그렇게 서럽게 뒤돌아보며 떠났지만 공장에서 다른 사람들과 어울리고 도시의 화려한 맛을 보니 고향 생각을 점점 잊은 것이 아닐까? 그를 보낸 사람은 오늘도 돌아가는 물레방아만 하염없이 바라보며 이리도 애타게 그를 기다리건만…….

인생의 굴곡과 함께 예술가로 거듭나다

나훈아는 1976년 영화계의 거물급 스타 김지미와 사랑에 빠진다. 그들은 김지미의 고향인 충남 신탄진으로 이사해 살고, 나훈아는 방송에서 완전히 자취를 감췄다. 그들이 신탄진에 사는 이야기는 어머니 따라 미장원 갔다 주간지에 실린 것을 봤다. 신탄진이란 지명이 아직도 내 기억에 선명하게 남아 있는 이유는 그 당시 신탄진이란 담배가 있었기 때문이다. 청자, 은하수 등과 함께 담배 가게에 늘 진열되어 있었다. 1965년 신탄진에 대규모 담배 공장을 준공하면서 그 기념으로 출시한 담배인데 출시 당시 버스 요금이 10원, 자장면 한 그릇 값이 50원인데 반해 신탄진 담배는 60원이나 하는 고급 담배였다고 한다. 하지만 내가 아버지 담배 심부름을 다니던 무렵부터는 좀 천덕꾸러기 담배가 되었는지 아버지는 은하수, 거북선, 태양, 솔 등으로 갈아탄 뒤 청자나 신탄진은 사 오라고 시키신 적이 없다.

나훈아와 김지미는 1982년까지 6년 정도 함께 살았다. 어떤 사람은 결혼했다 이혼했다고 하고, 어떤 사람은 사실혼 관계였다고 한다. 그런 건 별로 관심 없다. 이 기간 나훈아는 노래 잘하는 가수에서 자신의 철학과 문학이 있는 예술가로 거듭났다. 결별 1년 전인 1981년 발표한 〈울긴 왜 울어〉부터 자작곡들을 부르기 시작했다. 1980년대 초반 남진은 미국으로 이민 갔지만, 이때부터 나훈아는 활동이 조금 활발해졌다. 나도 나훈아의 텔레비전 공연을 종종 봤던 기억들이 있다. 창법도 내가 기억하던 1970년대의 얌전하고 서러운 창법과 달리 훨씬 공격적으로 꺾기를 하며 노래를 불렀다. 이 시기부터 〈잡초〉〈무시로〉〈갈무리〉〈청춘을 돌려다오〉〈세월 베고 길게 누운 구름 한 조각〉〈남자의 인생〉처럼 곡도 좋고 가사도 가슴을 울리는 자작곡들이 나왔다.

〈울긴 왜 울어〉는 나만큼이나 술을 못 마시던 고등학교 동창 정석이가 고3 소풍날 어디 숨어 술을 마시고 벌겋게 돼서 장기 자랑 시간에 이찬원처럼 꺾어가며 불렀다. 〈세월 베고 길게 누운 구름 한 조각〉은 제목이 한 폭의 그림이다. '삐딱하게 날아가는 저 산비둘기 가지 끝에 하루를 접네'는 그냥 시라 생각하고 읽었다. 〈남자의 인생〉은 아버지가 돌아가시고 1년쯤 있다 나온 노래라 처음 나올 때부터 좋아했다. 얼마 전 장민호가 《불후의 명곡》에서 이 노래를 부르는 것을 들었다. 《내일은 미스터트롯》 경연이 끝나고 난 뒤 훨씬 여유로워지고 깊어진 그의 노래에 돌아가신 아버지 생각이 나서 나도 코끝이 찡했다.

어린 나의 눈에 비친 아버지는 요즘 말로 꽃길만 걸어간 분이었다. 성장하면서 그런 아버지가 부담스럽기도 하고 공부가 잘되지 않을 때 직장 일이 풀리지 않을 때는 아버지가 부럽기도 했다. 한데 어느 날 아버지에게도 힘든 날이 있었나 보다 생각하게 되었다.

서울의 로펌에서 일할 때 로펌 변호사들끼리 점심을 먹는데 한 변호사가 "난 직장에서 힘든 날은 꼭 집에 가면 자는 아들을 깨워" 하는 것이었다. 내가 아주 어렸을 때 가끔 아버지도 늦게 들어오셔서 자는 나의 이불 속으로 파고들던 날이 있었다. 선잠을 깬 난 칭얼댔고, 아버지는 그런 나를 꼭 끌어안아 주고 나가셨다. 뻥 뚫린 성공의 고속도로 같았던 아버지의 인생에도 힘든 날이 있었나 보다.

〈남자의 인생〉이 나오기 1년 전인 2016년 나훈아는 김지미와 결별 이후 새로 결혼한 부인과 5년의 법정 공방 끝에 이혼한다. 나훈아는 이혼을 원하지 않았지만 부인이 줄기차게 원했다. 둘 사이의 이야기는 밖에서 보는 내가 왈가왈부할 일이 아니다. 다만 우리 법의 유책주의가 불합리하다는 생각은 했다. 결혼이란 누구에게 잘못이 있든 한쪽이 더 지속할 의사가 없다면 이미 파탄 난 것이다. 그걸 법원이 남의 사생활을 미주알고주알 캐 듣고 더 살아라 마라 결정해 준다는 것이 월권이라고 생각한다. 나훈아의 팬이지만 이때만은 부인의 뜻대로 이혼이 성립하길 바랐다.

이 글을 쓰는 2~3일 계속 포기하지 않고 유튜브에 들어가 《대한민국 어게인》 실황을 뒤진 덕에 드디어 하나 건졌다. 약 30분짜리 영상인데 누군가가 텔레비전 화면을 녹화해 올린 것 같다. 그는 〈Help Me Make It Through the Night〉 〈갈무리〉 〈비나리〉 〈영영〉을 기타를 치며 불렀다. 좀 더 느끼해진 면이 없지 않으나, 목소리는 나이가 무색했다. 힘을 20퍼센트 정도 뺀 노래는 완급 조절의 극치를 보는 것 같았다. 언젠가 피아니스트 김선욱이 인터뷰에서 빠른 곡을 눈이 돌아가도록 쳐서 청중을 열광케 하는 것도 좋지만 자신은 피아니시모 한 음을 땅 하고 쳤을 때 청중이 감동하는 그런 피아니스트가 되고 싶다고 했다. 끊임없이 갈고닦은 사람에게 세월의 내공이 쌓일 때 가능한 연주이다. 나훈아의 노래가 그랬다. 가만히 앉아 때로 흥이 나면 기타를 손으로 탁탁 치지만, 제스처를 심하게 쓰는 것도 아니면서 그냥 가사를 따라가는데 오히려 가사에 집중하게 되고 가슴이 먹먹해 왔다.

나는 《내일은 미스터트롯》을 보며 임영웅뿐 아니라 참가자 전원의 높은 수준에 놀랐고 자랑스러웠으며 그런 실력자들이 무명으로 고생했다는 것이 가슴 아팠다. 나훈아는 이번 공연 중에 이제 나이가 있으니 언제 노래를 그만둘지 모르겠다고 했다. 언제든 이런 후배들을 보면 "나는 내 안의 것들을 다 쏟아 냈다. 이제 너희도 쏟아라" 하며 마음 든든하게 떠날 수 있을 것이다.

나훈아의 추석 공연을 시청하지 못하는 아쉬움을 이야기하려다 나의 어린 시절, 유학 시절을 지나 돌아가신 아버지 이야기에 우리 가요계 전망까지 다 나왔다. 추석날 한국에서 나훈아의 공연을 텔레비전으로 봤던 사람들을 하나하나 붙잡고 이야기해 보면 어린 시절부터 오늘까지 나훈아의 노래와 연관된 이야기가 이만큼 나오지 않는 사람이 없을 것이다. 그게 나훈아의 노래이다. 나훈아가 한 곡의 노래를 부르면 그 노래는 수많은 사람의 인생 깊숙이 들어가 꽂힌다.

내 인생에 영원히 남을 화려한 축제여

 # 조용필의 〈서울 서울 서울〉

1981년 9월 30일 늦은 밤, 서독(그 당시 독일은 분단국가로 서독 과 동독이 있었다) 바덴바덴에서 열린 국제올림픽위원회 총회가 생중계되었다. 총회의 가장 큰 안건은 대한민국 서울과 일본의 나 고야 중 한 도시를 1988년 올림픽 개최지로 선정하는 것이었다. 후안 안토니오 사마란치 위원장이 나와 "쎄울!"이라고 선포하는 순간 온 대한민국이 들썩 성층권 밖까지 날아올랐다 내려앉았다.

초등학교 때 박정희 대통령이 어디 연설문에서인지 "우리도 한번 해보자"는 취지로 올림픽을 개최하자는 말을 했다. 초등생인 내가 듣 고 피식 웃었다. 어린 마음에도 우리는 올림픽을 치를 나라가 아니었 다. 1979년 10월 박정희 대통령이 시해된 뒤에도 그 사업이 이어졌다. 대부분의 사람은 "올림픽을 개최한다는 것이 될 법이나 한 소린가"라 고 반신반의했는데 그 일이 현실이 된 것이다. 이럴 수가. 우리가 올림픽 개최국이 되다니. 이제 선진국이 되는 건 시간문제라고 여겼다.

바덴바덴의 승전보 이후 7년, 올림픽에 모든 것을 걸었다고 할 만큼 텔레비전이든 라디오든 틀기만 하면 '올림픽을 위해' 질서도 잘 지켜야 하고, 바가지 상혼도 근절해야 하고 택시 합승도 없애야 한다고 떠들었다. 나는 한술 더 떴다. 아예 우리가 이미 선진국이라고 믿었다. 자라면서 선생님들로부터 늘 "너희는 행복하다. 나라가 잘살아 행복한 줄 알아라"라는 말을 듣고 자랐다. 거기다 이제 올림픽까지 개최하는 나라가 되었으니 그렇게 생각할 수밖에 없었다. 시내버스 문이 버스 안내양들이 열고 닫던 수동식에서 자동식으로 바뀌는 것까지, 우리가 선진국이라 가능한 거라며 혼자 뿌듯해했다.

1985년 8월, 나는 부강한 조국에 대한 자긍심으로 가득차 미국으로 유학을 떠났다. 미국에서의 첫 학기는 나에게 이해하기 힘든 한 학기였다. 교수들이나 한국을 알고, 학생들은 한국에서 왔다면 그냥 멍한 얼굴이 되기 일쑤였다. 아예 "너는 일본에서 왔니, 중국에서 왔니?"라고 물어보는 사람도 많았다. 어쩌다 동네의 연세 지긋한 분들은 한국을 알았지만 한국에 대해 아는 것이라고는 "전쟁 중에 뉴스를 보니 한국은 굉장히 추운 곳인가 보더라" 혹은 "나 매쉬(M.A.S.H, 한국전을 배경으로 미 육군이동병원 군의관들의 이야기를 그린 시트콤) 좋아해" 정도였다. 교양 필수 영어 작문 시간에 한국에서 1년 미군으로 근무했던 크리스를 만났을 때는 반가워 얼싸안을 뻔했다. 한국은 아무도 모르는 '너무 조용한' 아침의 나라였다.

사정이 조금씩 바뀌기 시작한 것은 1986년 현대자동차가 미국에 진출하면서부터였다. 1976년 처음으로 자동차를 만든 현대가 10년 만에 가장 까다롭다는 미국의 안전 테스트를 통과했으니 아무리 외국에서 주요 부품 사다 만든 조립품이라고 해도 뉴스거리였다. 1987년 무렵 아메리칸 익스프레스라는 신용카드 회사가 고종이 행차하는 오래된 기록 필름을 사용해 광고를 제작해 미 전역에 방송하기 시작했다. 올림픽을 겨냥한 광고들이 본격적으로 나오기 시작한 것이다. 동네 초등학교에서 내게 한국과 올림픽에 대해 이야기해 달라고 부탁도 했다. 드디어 올림픽 개막식을 하던 날 한국 학생 몇 명이 나의 아파트에 모여 길에서 보이도록 창문에 커다란 태극기를 테이프로 붙이고, 태극기 밑에 형광등을 위로 쏴 조명으로 밝힌 뒤 개막식을 시청했다. 맨 마지막에 코리아나가 〈손에 손잡고〉를 부를 때는 마시던 캔맥주를 한 손에 들고 서로 얼싸안고 축배를 들었다. 나의 룸메이트 알렉스도 같이 감동해서 우리와 축배를 들었다. 알렉스가 키우던 개는 우리가 소리를 지르자 따라 짖으며 이리저리 뛰어다녔다.

이별이란 헤어짐이 아니었구나

올림픽 개막 전 우리 가요계에도 올림픽 바람이 불어 올림픽을 겨냥한 노래들이 여럿 나왔다. 코리아나의 〈손에 손잡고〉도 올림픽 직전 뮤직비디오로 나왔다. 그 밖에 〈손에 손잡고〉가 나오기 전까지 서울 올림픽의 공식 주제가로 정해져 있던 김연자의 〈아침의 나라에서〉도 있었고 조용필의 〈서울 서울 서울〉도 있다. 그중 나는 〈서울 서울 서울〉을 즐겨 들었다.

전부 응원가 같은 노래들인데 〈서울 서울 서울〉은 올림픽을 겨냥한 노래 중에서 드물게 조용해서 좋았다. 다른 노래들이 싫었다는 이야기는 아니다. 아무리 올림픽이 단군 이래 최고의 사건이라곤 했지만, 1981년부터 7년 동안 눈만 뜨면 올림픽 캠페인에 올림픽 노래니 좀 질리긴 했다. 〈서울 서울 서울〉은 소설가이기도 하고 조용필의 〈바람이 전하는 말〉〈그 겨울의 찻집〉의 작사도 한 양인자가 쓴 노랫말과 조용필이 작곡한 멜로디가 좋다. 첫 소절 '해 질 무렵 거리에 나가 차를 마시면' 하는 유럽풍의 분위기가 그때까지 유럽을 동경만 하고 한 번도 가보지 못했던 나를 사로잡았다. 후렴구에 '서울 서울 서울' 할 때면 그리운 고향의 푸근함이 느껴졌다.

이 노랫말의 화자는 거리로 나가 차를 마시며 옛사랑을 추억한다. '이별이란 헤어짐이 아니었구나' 생각한다. 이별과 헤어짐은 서로 비슷한 말이 아니었나? 얼마 전 국어사전까지 찾아봤다. 이별은 '서로 갈리어 떨어짐'이고 헤어지다는 '사귐이나 맺은 정을 끊고 갈라서다'이다. 그렇구나. 몸이 멀리 떨어져 서로 보지 못해도 그 마음의 정이 가시지 않으면 그건 헤어짐이 아니구나. 커피를 마셔도 생각나고 '베고니아 화분이 놓인 우체국 계단'만 봐도 '엽서를 쓰던 그녀의 고운 손'이 떠오른다면 그건 헤어짐이 아닌 것이다. 그는 탄식하며 자신에게 묻는다. '이별을 알면서' 왜 사랑에 빠졌느냐고. 그런데 답이 바로 다음에 나온다. '차 한 잔을 함께 마셔도 기쁨에 떨렸네. 내 인생에 영원히 남을 화려한 축제여.' 아무리 이별이 아프다 해도 이 정도면 사랑에 빠져야 하는 것 아닐까? 이 세상 사람들 중 축제 같은 사랑을 해 본 사람이 몇이나 될까? 이 사람은 그 축제 같은 만남과 이별의 아픔을 묵묵히 바라봐 주던 서울에게 영어로 부탁한다. '내 사랑 서울이여 영원히 잊지 말아 달라'고. 이 부분이 발음도 불분명하고 가사도 뭐를 잊지 말라는 건지 풀리지 않는 미스터리이지만, 모든 추억을 늘 간직하고 자기가 꺼내 볼 수 있게 해달라는 말이 아닐까? 뜻은 불분명해도 서울이 아픔까지도 보듬어 주는 것 같다.

지금 생각해 보면 가사가 그 당시 서울 풍경과 잘 맞지 않는 부분도 있다. 특히 유럽풍이라 내가 좋아했던 '해 질 무렵 거리에 나가 차를 마시면'은 말 그대로 유럽풍이지 서울풍이 아니다. 당시 서울의 차 문화는 모닝커피를 시키면 날달걀 노른자를 커피 안에 떨렁 떨어뜨려 가져다주는 침침한 지하 다방이 대부분이었다. 내부에는 열대어 어항이 있고, 담배 찌든 냄새가 배어 있었다. 테이블마다 재떨이가 있었는데 여기에 동전을 넣고 범, 말, 양 등 자기 띠가 그려진 단추를 누르면 돌돌 만 작은 종이에 적은 그날의 운세가 재떨이 안에서 굴러 나왔다. 지상에는 카페라는 것들이 조금씩 생기긴 했다. 동숭동 대학로 등에 가면 식사와 커피를 파는 근사한 카페들이 좀 있었다. 영화 제목에서 따온 듯한 8과 1/2이라는 집이 분위기도 좋고 먹을 것도 종류가 많아 자주 갔다. 나머지는 그냥 다방들이 간판만 바꿔 단 집들도 많았다. 카페들은 여름이면 "(선풍기가 아니라) 냉방 됩니다"라고 문에 써 붙이고 손님을 끌었다. 요즘 연남동 등의 커피 전문점에 가면 내부도 으리으리하고 공원과 맞붙은 테라스에 의자를 놓아 진짜 거리에서 차를 마시는 기분을 내며 직접 볶은 커피에 마카롱을 베어 물며 기분을 낼 수 있다. 그때 서울은 그런 모습이 아니었다.

'아름다운 이 거리'라는 대목도 그렇다. 그 당시 서울 거리는 그리 아름다운 거리가 아니었다. 아파트나 빌딩 들은 전부 성냥갑처럼 네모나게 생겨 다닥다닥 붙어 있었다. 거리를 지나면 늘 최루탄의 매캐

한 냄새가 코를 자극했다. 고등학생 시절 어느 날 오후에 내가 마당으로 나가 석간신문을 가지고 들어왔는데 갑자기 나를 포함 온 식구가 재채기를 시작했다. 우리 집에서 버스 타고 두세 정거장은 가야 하는 한 대학교에서 시위를 해, 그 최루탄 가루가 바람을 타고 날아와 신문에 붙은 것이었다. 젊은이들이 가방 들고 길을 걸어가면 전경들이 불러 세워 남의 가방을 마음대로 열어 뒤져 보고야 보내 주었다. 우연히 시위 현장 가까이에 있으면 지나가던 행인을 모두 시위가 끝날 때까지 전경 버스 안에 가두기도 했다. 얼마 전 코로나바이러스 사태가 터지고 인도 정부가 국민에게 집 밖으로 한 발자국도 나오지 말라고 하고, 나다니는 사람들을 경찰이 붙잡아 회초리로 매질하는 것을 보며 웃었다. 1980년대 서울 거리가 별반 다르지 않았다. 하지만 1988년 나는 어린 나이에 집 떠나 2~3년 되어 서울이 그립고 올림픽을 보지 못하는 안타까움이 컸다. 노래에 배어나는 고향의 포근함에 가사고 뭐고 따질 틈 없이 확 빠져들었다. 현실이 어떻든 서울은 언제나 내 맘속에 따스한 고향의 모습을 하고 있으니까.

그대, 발길이 머무는 곳에

조용필은 대한민국의 슈퍼스타이다. 1960년대 말부터 미8군 쇼무대와 지방 나이트클럽에서 주로 록 음악을 하던 그가 처음 대중에게 이름을 알린 것은 1976년에 나온 〈돌아와요 부산항에〉부터였다. 록 가수가 트로트를 불러 유명해진 것이다. 이 노래는 초등학생들이 학교에서까지 부르다 선생님께 혼이 날 정도로 대유행을 했다. 당시 한국을 몇 번 방문했던 프랑스의 팝 오케스트라 폴 모리아(Paul Mauriat)

악단이 편곡해 자신들의 앨범에도 삽입했다.

원래 이 노래는 1970년 〈돌아와요 충무항에〉라는 제목으로 김해일 이라는 가수가 불렀다. 원 가사도 '돌아와요 충무항에 야속한 내 님이 여'이었다. 김해일은 이 곡을 발표하고 1년쯤 뒤 사고로 사망한다. 그 뒤 이 노래는 〈돌아와요 부산항에〉로 고쳐 부산의 나이트클럽에서 노래하던 조용필에게로 갔다. 이 또한 실패로 돌아갔으나, 몇 년 뒤 조용필이 현재 우리가 알고 있는 약간 빠른 템포로 편곡해 녹음한 것 이 대히트를 했다. 언젠가 텔레비전 프로그램에서 〈돌아와요 부산항 에〉를 국민적 히트곡으로 만든 배경에는 역사적 사실이 있다는 이야 기를 들었다.

1974년 8월 15일 조총련의 사주를 받은 재일교포 문세광이 박정희 대통령을 암살하려는 목적으로 광복절 기념식장에 숨어들었다. 다행 히 대통령은 군인의 촉이 발동했는지 총소리를 듣고 재빨리 단상 아 래로 숨었으나 불행히도 그의 부인 육영수 여사는 문세광의 총을 맞 고 그날 사망했다. 박정희의 조총련에 대한 분노는 이루 말할 수 없었 다. 조총련에 대한 보복을 여러모로 고민하던 박정희는 복수보다는 회유책을 써서 조총련을 약화하는 전략을 택했다. 바로 1975년 추석, 온 국민의 관심 속에 시작했던 조총련 고국 방문 사업이다.

재일교포의 상당수가 실은 부산, 제주도 등 남한 출신이다. 조총련 계 교포들은 남한은 판잣집 투성이이고 만약 그곳을 방문하면 살아 돌아올 수 없다는 조총련의 협박을 믿고 해방 이후 몇십 년간 부모님 산소도 찾아보지 못하던 터였다. 그러다 고국 방문단 모집 소식을 듣 고 그들은 남한 정부에 의해 잡혀 죽을 각오를 하고 유서까지 써 놓고 고국을 방문했다. 일본에서 배를 타고 부산항에 도착하는 그들을 위해 조용필의 〈돌아와요 부산항에〉를 환영의 노래로 크게 틀었다. 가사도 '돌아와요 부산항에 야속한 내 님이여'가 아니라 '그리운 내 형제여'로 바꿨다.

그들은 예상치 못했던 환대와 놀랍도록 발전한 고향의 모습을 보고 울고 또 울었다. 모든 것이 북한의 거짓 선전이었음도 깨달았다. 여담으로 우리 집에도 조총련계 대학생이 와서 하루 민박을 하고 가기도 했다. 제주도 출신 고씨 성을 가진 형이었다. 정이 들 정도로 친하게 지냈는데 여기저기 구경을 다니며 종종 "못 사는 사람들을 보고 싶다"는 말을 하더니 돌아가서 편지 한 장 없었다. 귀를 닫고 눈을 가린 자에게는 〈돌아와요 부산항에〉도 들리지 않나 보다.

놀랍게도 나는 이 시절 조용필의 얼굴을 텔레비전에서 본 기억이 없다. 노래가 히트하고 얼마 되지 않아 그가 대마초 사건에 휘말리면서 노래를 중단했기 때문이다. 가수가 사라지니 그의 노래까지 자취를 감췄다. 참, 이 노래도 사연이 기구하다. 내가 어렸을 때 잠깐 반짝했던 노래이니 잊을 법도 한데 아직도 이 노래 2절까지 또렷이 기억한다. 조미미가 이 노래를 취입해 귀에 익히게 되었던 것이다.

1979년 대마초 파동을 겪은 지 2년쯤 지나 해금이 되고 그는 가요계로 복귀했다. 복귀도 그냥 복귀가 아니라 뇌성벽력을 동반한 듯 우렁차게 복귀했다. 그해 발표한 공식 1집 앨범이 국내 가요 사상 최초로 밀리언 셀러가 되었다. 조용필이 절규하듯 '누가 사랑을 아름답다고 했는가'라고 묻는 자작곡 〈창밖의 여자〉는 영화로 만들어지기도 했다. 조용필은 내친김에 〈창밖의 여자〉를 들고 1980년 제2회 《TBC

세계가요제》에도 출전했다. 일본의 세계적인 여성 듀엣 핑크레이디가 게스트로 출연하여 실은 거의 음치에 가깝다는 것을 여실히 보여주고, 모잠비크의 슈디(Shoody)가 〈Ecstasy(사랑의 절정)〉라는 노래로 대상을 차지한 이 대회에서 조용필은 금상을 차지했다. 바야흐로 조용필의 시대가 열렸다.

이 글을 쓰며 조용필의 정규 앨범 목록을 찾아 쭉 훑어보니 특별히 기억에 남는 곡만 꼽아도 '특별히'라는 말이 무색하게 많다. '거의 다'라고 해도 무방할 듯하다. 이번에는 내가 좋아하고 즐겨 부르는 곡들을 꼽아 보았다. 〈들꽃〉〈친구여〉〈허공〉〈창밖의 여자〉〈그대 발길이 머무는 곳에〉 등 일일이 꼽기 힘들다. 〈그대 발길이 머무는 곳에〉를 좋아하기 시작한 데는 나만의 작은 에피소드가 있어 더 기억난다.

방위병으로 근무할 때였다. 휴가라 하루 집에서 늦잠 좀 자려고 했는데 새벽 5시에 부대에 비상이 걸렸다고 당장 오라고 전화가 왔다. 그때는 핸드폰이 없던 시절이니 온 집안에 전화가 울리고 식구들이 모두 잠에서 깼다. 나는 후다닥 준비를 마치고 뛰어나가고, 어머니는 우유라도 마시고 가라며 쫓아 나오셨다. 우리 집에서 부대까지는 버스를 타고 나가 4호선 지하철을 타고 3호선으로 갈아탄 뒤 다시 버스를 타고 들어가야 했다. 마음이 급해 택시를 타고 가까운 3호선 역으로 갔다. 남산3호터널을 지날 무렵 기사 아저씨가 틀어 놓은 라디오에서 이 노래가 나왔다. 그전에는 이 노래에 관심이 없었는데 그날따라 가사가 귀에 들어왔다. 사랑 노래인데 애절하거나 슬프지 않고 담담한 행복과 진심이 묻어 나온다. '그대 발길이 머무는 곳에, 숨결이 느껴진 곳에 내 마음 머물게 하여 주오……' 얼핏 들으면 스토커 같은 말을 어쩌면 저렇게 아름답게 부를까? 사랑하는 사람에게 자장가로 들려줘도 좋을 듯했다. '조용필 노래 참 잘한다'는, 누구나 다 아는 하나마나한 생각에 잠기며 끝까지 들었다. 노래가 끝날 무렵 새벽에 집에서 뛰쳐나와 택시 타고 가느라 급하기만 하던 내 마음이 가라앉았다. 그 뒤로 이 노래를 들을 때마다 마음이 편안해진다.

조용필이 부른 동요 〈따오기〉도 좋아한다. 미국으로 유학 갈 때 친구가 조용필의 4집 앨범 《못 찾겠다 꾀꼬리》 카세트테이프를 선물로 주었다. 기숙사에 살며 한동안 매일 밤, 소니 워크맨에 그 테이프를 꽂고 들으며 잠이 들었다. 그 안에 〈따오기〉가 들어 있었다. 그 노래가 나올 때면 집 생각이 그렇게 날 수가 없었다.

〈촛불〉은 흑백 텔레비전 시대 마지막 드라마라 할 수 있는 정윤희와 한진희 주연의 TBC 드라마 《축복》의 주제가였다. 노래도 좋았지만 드라마가 사연이 많아 더 기억에 남는다. 자고 깨보니 TBC 방송국이 언론통폐합으로 없어져서 1980년 9월 TBC에서 시작한 드라마가 12월 한 달은 KBS2 TV에서 방송하고 막을 내렸다. TBC가 사라진 데 대한 국민의 불만을 해소하고자 그랬는지 컬러 방송을 전격적으로 시작해서 드라마 시작 전 주제가가 나오는 《축복》의 타이틀백이 드라마 종영무렵 잠시 컬러가 되기도 했다.

다른 가수들이 조용필의 노래를 부르는 것을 가끔 듣는데 나는 음식도 음악도 오리지널을 좋아하는 탓인지 조용필의 원곡 버전이 좋다. 휘트니 휴스턴이 불러 대히트한 〈I Will Always Love You〉도 돌리 파튼의 오리지널 버전이 좋고, 〈그대 발길이 머무는 곳에〉도 박강성, 적우 등 노래 좀 한다 하는 가수들이 부르는 것을 들어봤지만, 조용필

특유의 카랑카랑한 목소리로 차분히 부르는 것이 가슴에 와닿는다.

인생을 함께한 노래들

초등학교 때 〈돌아와요 부산항에〉를 따라 부르던 아이가 사춘기를 지나 유학생이 되고, 직장인이 되고 어느덧 아재가 된 오늘까지 조용 필의 노래를 듣는다. 이 나이에 〈서울 서울 서울〉을 들으면 '서울 올 림픽, 그날의 감격이 되살아오고, 우리가 얼마나 멀리 왔는지 역사가 보인다. '못 찾겠다 꾀꼬리, 꾀꼬리' 하고 신나게 부르던 노래에선 이 제 인생이 보인다. 내 인생의 40여 년을 함께한 조용필의 노래들. 그 들은 이미 나의 오랜 친구가 되었다. 초등학생 시절부터 지금까지 한 위대한 가수가 스타가 되고 전설이 되어 가는 것을 처음부터 함께한 다는 것은 인생을 풍성하게 만들어 준다. 현재 초등학생도 내 나이가 되었을 때 그런 가수 하나쯤 갖게 되길 바란다. 그리고 그 가수의 노 래를 다시 들으며 '우리는 코로나바이러스도 잘 극복하고 참 멀리 왔 구나'라고 생각할 수 있길 바란다.

어쩌다 마주친 구창모와 배철수

송골매의 〈어쩌다 마주친 그대〉

1977년 MBC의《대학가요제》의 대성공에 자극을 받았는 지 이듬해인 1978년 제 2회《대학가요제》가 열리기 직전 TBC 에서《해변가요제》라는 것을 개최했다. 대상은 〈여름〉을 부른 한 양대학교의 혼성 사중창단 징검다리가 차지했다. 2등 격인 우수상은 〈구름과 나〉를 부른 홍익대학교의 노래 동아리인 블랙테트라에게 돌 아갔다. 배철수가 이끄는 항공대학교의 활주로가 〈세상 모르고 살았 노라〉로 인기상을 차지하고, 이치현도 벗님들이란 듀엣으로 참가해 인기상을 받았다. 특이한 것은 개그맨 주병진이 친누나와 듀엣으로 참가해 장려상을 받았다. 주병진은 그때도 입담이 좋았다. 입상자들 이 TBC 쇼 프로그램에 출연했는데 거기서도 자신은 수영을 잘해서 밥 먹으면 배고플 때까지 수영을 할 수 있다는 등 재미있는 이야기를 많이 했다. 대상을 받은 〈여름〉은 당시를 풍미하던 싱어송라이터 이

정선이 작곡한 노래였다. 아마추어 대학생들의 잔치에 기성 작곡가의 노래가 웬말이냐며 비판을 받았다. 특별히 인상적인 곡은 아니었지만 화음이 아름답고 그 시절 용어로 유원지 놀러가서 기타 치며 부르기 좋은 노래였다. 징검다리의 일원이 제1대 뽀미 언니 왕영은이다. 1978년 가요제 이후 가수 활동은 거의 하지 않고 방송 진행자로 이름을 날리고 근래에는 홈쇼핑 호스트로도 유명하다.

이 대회에서 나의 귀를 사로잡았던 노래는 단연코 블랙테트라의 〈구름과 나〉이다. 나는 '대체 이 송곳처럼 날카롭고 꿀처럼 달콤한 희귀한 목소리의 아저씨는 누구란 말인가?'라고 생각하며 들었다. 노래도 내 취향에 꼭 맞아 어느새 가사를 외워 혼자 부르다 소풍날 장기자랑 시간에 부르기까지 했다. 그 송곳처럼 날카롭고 꿀처럼 달콤한 목소리의 주인공은 구창모이다. 블랙테트라의 구창모와 활주로의 배철수 두 슈퍼노바가 만나 대폭발의 시너지를 내는 시작점이 1978년 TBC의 《해변가요제》였다.

가요제에서 만난 두 청년

미국의 오래된 시트콤 중에 《Odd Couple(특이한 커플)》이라는 것이 있다. 서로 정반대의 성향을 가진 친구의 좌충우돌 우정을 그린 시트콤이다. 구창모와 배철수가 친구라는 것을 생각할 때마다 동시에 생각나는 것이 그 시트콤이다.

구창모가 《해변가요제》에서 처음 배철수를 봤을 때 가장 먼저 든 생각이 '아이 드러워'였다고 하며 막 웃은 적이 있다. 배철수는 기인 기질이 있는 사람인가 보다. 대학 때 히피의 철학을 동경해 몇 달 동안 씻지 않고 산 적이 있다고 한다. 어느 비 오는 날 외출했다 들어와 보니 옷에 구정물이 튀었는데 그게 비에 젖은 자신의 머리에서 흐른 구정물이라는 것을 알고 그 뒤부터 '씻는 건 하고 살자'로 전환했다고 한다. 《해변가요제》 당시는 씻지 않던 시절이었나 보다. 딱 봐도 깔끔한 샌님 스타일인 구창모에게 더럽게 보이기도 했을 것이다.

이 'Odd Couple'이 《해변가요제》에서 서로에게 첫눈에 반해 언젠가 의기투합해 음악을 하자며 헤어졌다. 우수상을 탄 블랙테트라는 《해변가요제》 이후 방송에도 자주 출연하며 한동안 떴다. 배철수의 활주로는 인기상을 탔기에 TBC로부터 그리 좋은 대접을 받지 못했다. 그 대신 그해 《대학가요제》에서 〈탈춤〉으로 은상을 타면서 대상보다 더 큰 인기를 끌게 되었다. 시간이 흘러 구창모와 배철수는 학교 동아리 밴드였던 블랙테트라와 활주로를 나와야 했다. 구창모는 음악을 접고 취준생이 되어 설악산 오색약수터 인근의 암자로 들어가 취직 시험 준비를 했다. 1979년 배철수는 4인조 송골매를 조직해 무명 밴드로 활동을 시작하고 앨범도 냈다. 《송골매 1집》이다.

1981년 멤버 중 두 명이 병역과 학업 등을 이유로 탈퇴하자 배철수는 '의기투합해 음악을 같이하자' 함께 다짐했던 구창모를 기억했다. 배철수는 마장동 시외버스터미널에서 버스를 타고 비포장길을 다섯 시간 털털거리며 오색약수터로 가 구창모에게 "공부는 무슨 공부냐? 밴드 같이하자"고 설득했다. 그 설득에 넘어간 구창모는 하산하였고, 그의 고교 동창이자 역시 블랙테트라 멤버였던 김정선이 기타리스트로 합류했다. 기존의 배철수와 키보드 이봉환, 거기에 구창모, 김정선이 합류하고 곧이어 베이스 김상복과 드럼 오승동을 영입했다. 많은

이가 기억하는 전설의 6인조 멤버가 완성된 것이다. 구창모가 오색약수터에서 쉬는 시간에 심심풀이로 썼다는 노래를 타이틀로 《송골매 2집》을 발표했다. 〈어쩌다 마주친 그대〉이다.

송골매의 날개와 부리의 멋진 하모니

〈어쩌다 마주친 그대〉의 매력 포인트는 첫 음부터 끝 음까지이다. 그만큼 히트할 수밖에 없이 잘 만든 노래이다. 누군가 '구창모와 배철수는 송골매의 날개이고 김정선은 송골매의 날카로운 부리'라고 표현한 것을 읽은 적이 있다. 김정선의 폐부를 찌르는 듯한 기타 선율은 특히 구창모의 날카로운 목소리와 만났을 때 환상의 궁합이다. 기타 반주로 '띠기디기디기' 하고 첫 소절이 시작할 때는 마치 두 황야의 무법자가 상대방 눈을 뚫어져라 바라보며 기 싸움을 하는 것 같다. 긴장감 넘치는 키보드가 곧이어 나온다. 서로의 등을 마주대고 총을 들고 한 발자국씩 앞으로 간다. 하나, 둘, 셋 하면 재빠르게 돌아서 상대방에게 총을 쏠 것 같다. 전주가 긴장감을 있는 대로 고조시키고 나오는 첫마디는 의외로 '어쩌다 마주친'도 아니고 '으엇쩌다 마주친'이다. 구창모의 리듬 타는 기술이 대단하다. '그래 황야의 무법자 결투는 아니고 무슨 말을 하는지 들어보자'라고 생각하게 된다. 얘긴즉슨 어쩌다 마주친 '그대 모습에 내 마음을 빼앗겨 버렸네. 어쩌다 마주친 그대 고운 두 눈이 내 마음을 사로잡아 버렸네……' 1974년 송창식이 발표한 노래 가운데 〈한번쯤〉이란 것이 있다. 길에서 어떤 사람을 스토커처럼 뒤에서 따라가며 '한번쯤 (나에게) 말을 걸어 주겠지…… 한번쯤 (나를) 돌아보겠지…… 시간은 자꾸 가는데 집에는 다 왔을 텐데 왜 이렇게 앞만 보며……'라고 애를 태우는 마음을 노래한 곡이다. 〈어쩌다 마주친 그대〉는 〈한번쯤〉의 1980년대 버전이다.

'그대'를 향한 애타는 마음이 노래의 후반부를 메운다. '그대에게 할 말이 있는데 왜 이리 용기가 없을까.' 그래도 1974년보다 능동적이다. 적어도 애만 태우며 자기가 따라가고 있는지도 모르는 상대방이 말을 걸어 주길 바라지 않고 '고백은 내가 해야지'라고 생각한다. 그저 용기가 없을 뿐이다. 곧이어 이 노래 최대의 매력인 베이스 기타 연주 '움빠움빠움빠 음!'이 나온다. 말을 붙여 보고 싶어 다가갈 때마다 심장이 쿵쾅쿵쾅 뛰나 보다. 이 용기 없는 인간은 '끙!' 하고 돌아선다. '말을 하고 싶지만 자신이 없어, 내 가슴만 두근두근'이라고 하는 걸 보면 그 베이스 기타 소리가 심장이 나대는 소리가 맞다.

2절을 시작할 무렵 이 화자의 마음은 한층 더 '그대'에게 빠져드는 것 같다. 화려한 미사여구가 등장한다. 1절에서는 '어쩌다 마주친 그대 모습'이었는데 2절에서는 '피어나는 꽃처럼 아름다운 그녀'로 업그레이드된다. 1절의 '어쩌다 마주친 그대 두 눈'은 2절에서 '이슬처럼 영롱하다'는 찬사를 받는다. 그럼 뭐하냐고? 후렴이 제자리걸음이다. '그대에게 할 말이 있는데…….' 이그 이 못난아, 아직도 말 한마디 못 붙이고 있냐? 본인도 답답했나 보다. '바보, 바보, 나는 바보인가 봐.'

내가 왜 이 노래를 이리 좋아할까 가끔 생각한다. 물론 그 당시 간첩도 알 만큼 히트한 노래이니 가는 곳마다 듣다 자연스레 나도 좋아하게 되었을 테지만 그보다는 내 모습이 보이기 때문일 거란 생각을 한다. 사람은 다른 사람에게서 내가 가장 싫어하는 나의 모습을 볼 때 못 견뎌 한다고 한다. 나의 경우는 못 견디기보다는 동병상련에 가깝다. 내가 이 노래를 들을 때마다 고백 못 하는 이 숙맥의 답답한 마음을 훤히 이해해서 자꾸 끌리는 것 같다.

이 노래가 유행하던 고등학교 시절, 나는 고통스러울 정도로 내성적인 아이였다. 친구들과 어울려 여학생들과 단체 미팅을 하고 마음에 드는 파트너를 만나도 또 만나자는 말을 꺼내지 못해 여학생은 여학생대로 화가 나 집으로 가고, 나는 나대로 머리를 쥐어뜯으며 집으로 왔다. 비단 이성에게 하는 고백만이 아니다. 나 혼자 습작한 글이 꽤 있었는데 그걸 아무에게도 보여 주지 못했다. 학교 문예반에 무척 들어가고 싶었지만 선생님께 문예반 하고 싶다는 말을 못 해 고등학교 3년 결국 문예반 진입에 실패했다. 지금도 기억난다. 문예반 지도교사는 국어 고전문학을 가르치시던 이영설 선생님이었다. 인자하고 좋은 분이었다. 내가 선생님을 찾아가 "선생님, 저 문예반 하고 싶습니다"라고 말씀이라도 드렸다면 나를 격려하고 당장 문예반으로 이끄셨을 터인데 그 한마디를 못 했다. 이 노래를 들을 때마다 자존감 없고 빙빙 겉돌기만 하던 내성적인 나의 사춘기 시절이 떠오른다. '바보, 바보, 나는 바보인가 봐'는 그 당시 나의 절규였다.

한국 록 밴드의 부활을 이끌다

《송골매 2집》에서 내가 〈어쩌다 마주친 그대〉만큼 좋아했던 곡이 김수철이 작곡한 〈모두 다 사랑하리〉이다. 이 노래는 동명의 영화로도 만들어질 정도로 인기가 있었다. 나도 그 인기에 일조한 사람으로서 가사를 다 외워 따라 부르기는 했지만 열몇 살짜리가 뭔 소린지 통 알아들을 수 없었다. 그래도 '비 맞은 태양' '목마른 저 달' 같은 구절들이 정말 아름답다는 생각을 했다. '빨간 입맞춤'이란 대목에서는 '입을 맞추면 세상이 빨갛게 변하나?'라고 생각해 보기도 했다. 특히 계속해서 내 귀를 때리는 '시간이 멈춰지면'이 그렇게 좋을 수가 없었다. 마치 이글스의 〈호텔 캘리포니아〉의 전주처럼 고독하게만 들리는 김정선의 기타 연주, 가라앉은 이봉환의 키보드 위에 구창모가 몽환적으로 부르는 '얼마나 조어을까(좋을까)'를 따라 부르면, 표현하지 못한 불만이 가득했던 나의 사춘기 영혼이 무릉도원쯤 되는 곳으로 옮겨간 것 같았다. 그곳에서는 파란 하늘에 구름이 떠가고, 때로 태양도 시원하게 비를 맞고 목마른 달은 그 물을 마실 것 같았다.

송골매는 이 노래를 갖고 1983년 《동경가요제》에 출전했다. 우리 가요 사상 처음으로 그룹사운드(당시 록 밴드를 일컫던 말)가 국제가요제 본선에 진출했던 것이다. 1975년 대마초 파동 이후 우리 가요계는 텅 비어 버리고 젊은이들을 위한 음악이 전무한 상태가 되었다. 우리 세대는 당연히 팝송을 들으며 자랐다. 이글스, 롤링스톤스의 드럼 소리, 기타 소리를 들으며 '우리도 이런 그룹이 나왔으면 좋겠다' 하던 대한민국의 젊은이들에게 산울림이나 송골매는 신선한 충격이었다. 한발 더 나가 송골매가 그간 솔로 가수들만 출전하던 외국의 국제가요제에 출전하니 기쁘기 그지없었다. 내 기억에 심사위원 특별상을 탔는데 인터넷에 찾아보니 이것저것 상 이름이 다르게 나온다. 그래 그냥 본상 수상은 실패하고 특별상 중 하나 탔다 치고 넘어가자. 그게 중요한 게 아니다. 내가 하려는 이야기는 《동경가요제》 1주일 전에 있었던 온 국민 경악, 방송 사상 전무후무 최악의 배철수 생방송 감전 사고 이야기이다.

1983년 3월 20일 일요일 오후 우리 형제는 당시 젊은이와 청소년 사이에서 엄청나게 인기 있는 KBS 《젊음의 행진》을 보고 있었다. 송골매가 노래를 하러 나왔다. 전주가 끝날 무렵 배철수가 천천히 앞으로 나와 노래하려고 마이크를 잡는데 갑자기 그가 뒤로 움찔하더니 세워놓은 막대기 넘어가듯 마이크를 쥔 채 쓰러졌다. 내가 그날 얼마나 충격을 받았는지 배철수가 넘어가던 모습만 떠오르고 다른 것은 잘 기억이 나지 않는다. 사실 배철수가 마이크를 잡고 움찔했다는 것도 얼마 전 비디오를 다시 보고 하는 말이다. 이 글을 쓰며 이것저것 찾아보니 《젊음의 행진》 사회자였던 송승환과 구창모, 배철수 등이 그날에 대해 이야기하는 비디오가 꽤 많았다.

그날 송골매는 《젊음의 행진》의 끝 순서였다. 송승환도 "다음 주에 뵙겠다" 인사를 하고 분장실로 들어가다 퐈당하고 배철수 넘어지는 소리에 깜짝 놀라 다시 뛰어들어 왔다고 한다. 《젊음의 행진》에 주병진, 김형곤 등 당시를 주름잡던 개그맨들이 나와 개그를 하곤 했기에 나는 순간 뭔가 코미디가 시작되는 건가 생각하기도 했다. 나가다 말고 뛰어들어 온 송승환이 "배철수 씨가 감전이 된 것 같다"고 하자 비로소 무슨 일이 일어난 건지 깨달은 나는 가슴이 울렁울렁, 다리가 후들후들 떨리기 시작했다.

우리 삼형제는 요즘 말로 '이거 실화야?' 하는 심정으로 멍하니 텔레비전만 쳐다봤다. 이윽고 축 늘어진 배철수가 질질 끌려 나가고 멤버들도 악기를 놓고 뒤따라 뛰쳐나갔다. 방청객들은 비명을 지르고, 당황한 빛이 역력했던 송승환은 "감전 사고다. 생방송이다"를 반복했다. 방송 구경 와 있던 이성미가 동료 개그맨들과 임기응변으로 무대로 나와 노래를 부르며 방송을 마쳤다고 하는데 그건 전혀 기억에 없다. 배철수 감전 사고는 신문에도 크게 실릴 정도로 떠들썩했다.

지금 들어도 가슴이 아픈 건 그날 질질 끌려 나간 배철수를 악기 신고 온 용달차에 태우고 병원으로 갔다는 것이다. 그때만 해도 119 전화 한 통이면 숙련된 구급요원들이 순식간에 달려와 환자에게 응급처치를 하며 병원으로 이송하는 건 꿈도 꾸지 못하던 시절이었다. 119는 화재가 발생했을 때 전화하는 곳이고 응급환자 이송은 그냥 각자 알아서 용달차라도 있으면 하늘이 도왔다 생각했다. 진짜 하늘이 도왔던 것은 《젊음의 행진》 담당도 아닌 다른 프로그램의 PD가 구경하러 들어왔다 배철수가 쓰러지자마자 감전을 직감하고 과감히 무대로 뛰어올라 배철수 손에 꼭 붙어 있던 마이크를 발로 차서 떼어 낸 것이다. 덕분에 배철수는 손이 다 터지는 부상을 입었지만 잠시 혼절했을 뿐 의식도 금방 되찾고 3일 만에 퇴원해 1주일 뒤에 《동경가요제》에도 참가했다.

얼마 전 구창모가 《송승환의 원더풀 라이프》라는 유튜브 방송에 출연해 그날의 이야기를 하는데 실은 방송국 측에서 마이크 전선의 접지를 제대로 하지 못한 것이 원인이었다. 땅으로 흘러들어 가야 할 마이크의 전류와 배철수가 메고 있던 기타의 전류가 방송국의 부주의로 견우, 직녀 오작교 건너듯 배철수를 넘나들며 쇼트가 된 것이다. 그 당시는 방송국이 '갑'이었기에 그들이 원하는 대로 송골매 측에서 낙원상가에서 앰프를 가져왔는데 방송국과 전압이 맞지 않는 것을 잘못 가져왔다나 어쨌다나 말 같지 않은 설명으로 일단락 지었다고 한다. 어처구니없는 안전사고가 큰 재앙이 될 뻔했다. 배철수가 별 탈

없이 살았으니 웃으며 그 이야기를 한다. 지금도 《동경가요제》 개막식에서 송골매 여섯 명이 무대로 걸어 나오는 모습을 보면 '심사위원 특별상이든 무슨 상이든 그게 뭐 중요한가. 여섯 명이 다 같이 저렇게 힘차게 걸어 나오는데'라는 생각이 든다.

구창모의 솔로 활동과 소원해진 관계

송골매의 2집과 3집 앨범은 어느 트랙을 틀어도 명곡이 나온다. 구창모의 카랑카랑한 고음으로 부르는 발라드인 듯 'Rock'인 듯 부드럽지만 비트가 있는 노래들을 좋아한다. 구창모의 목소리를 오승동의 드럼과 김상복의 베이스가 잘 받쳐주고 김정선의 기타가 날카롭게 튀어나와 구창모의 목소리와 주거니 받거니 한다. 3집의 〈처음 본 순간〉은 〈어쩌다 마주친 그대〉 못지않은 히트곡이다.

〈처음 본 순간〉을 들을 때마다 생각나는 것은 1970년대 반짝 나타났다 사라진 'The Knack'이라는 그룹이다. 그들의 〈My Sharona〉라는 노래는 비틀스의 'Rock and Roll'이 되살아났다는 등 팝계를 흥분시키다 그 곡 하나로 끝났다. 〈처음 본 순간〉에서 들리는 오승동의 드럼 전주가 〈My Sharona〉의 비트를 떠올리게 한다. 그 밖에 배우 임예진이 작사한 〈아가에게〉도 좋다. 내가 특히 좋아하는 곡은 2집의 〈다시 한 번〉이다. 이 역시 구창모가 작곡한 노래인데 대중적으로 더 인기를 끌었던 곡들에 비해 훨씬 하드 록의 기운이 있다. 비트는 강한데 그걸 구창모의 깨끗한 목소리로 부르니 하드 록이라고 꼭 꼬집어 말하기 힘든 구창모만의 노래가 된다. 같은 맥락에서 3집의 〈꽃씨〉도 좋아한다.

송골매의 전성기는 배철수, 구창모, 김정선, 이봉환, 오승동, 김상복의 시기였다는 데 다른 의견을 가진 사람이 거의 없을 것이다. 하지만 1984년 구창모는 솔로 선언을 하고 팀을 떠난다. 그의 솔로 활동도 송골매 못지않은 아니 그 이상의 성공이었다. 〈희나리〉는 아직도 내가 즐겨 듣고 부르는 노래이다. 이 노래가 노래방 가서 부르면 박자 맞추기도 수월하고 소리도 잘 나오는 노래이다.

구창모가 자신의 솔로 활동을 반추하면서 그때가 "구창모의 개성을 잃어버린 시절이었다"라고 하는 것을 듣고 깜짝 놀랐다. 왜냐하면 나도 그렇게 생각했기 때문이다. 그가 송골매의 일원으로 노래하는 것을 들을 때는 구창모 목소리가 반, 멤버들의 연주 듣는 재미가 반이었다. 그만큼 목소리와 반주가 주종의 관계가 아니라 동등하게 각자의 위치에서 빠질 수 없는 역할을 수행한다. 송골매에서 구창모가 부른 노래 대부분이 그 자신이 작곡한 노래이니 그것이 구창모가 추구하는 음악일 것이다.

솔로 가수 구창모는 더는 자신의 음악적 실험을 하는 가수가 아니었다. 기획사가 받아 오는 노래를 맛깔나게 부르는 것이 그의 일이었다. 〈희나리〉가 아무리 좋은 노래이고 구창모가 아무리 변함없이 경이로운 목소리로 노래를 불렀어도, 그냥 예쁜 노래이지 실험이 담긴 노래는 아니었다. 모름지기 노래란 귀에 박히는 중독성과 신선한 실험의 절묘한 조화가 있어야 한다는 것이 나의 지론이다. 그런 의미에서 〈희나리〉와 구창모의 다른 솔로곡들은 후자가 부족했다. 이미 송골매 속 구창모의 노래에 젖은 나에게도 김이 한풀 샌 느낌이 들 수밖에 없었다. 구창모 자신도 그렇게 생각을 했다니 좀 덜 미안하다. 송골매의 노래들은 워낙 여러 가수가 불러서 누가 좋다 일일이 말하기도 힘들지만,《불후의 명곡》에 출연한 서문탁이 부른 〈아가에게〉는 일부러 찾아 들을 정도로 좋아한다. 베니 굿맨이나 루이 암스트롱풍의 관악기를 내세운 스윙으로 바꿔서 신나게 리듬을 탄다.

내가 《해변가요제》부터 구창모의 목소리에 매료되었던 것이 사실이지만 그렇다고 배철수가 노래하는 것을 싫어하는 것은 절대 아니다. 오히려《대학가요제》에서 부른 〈탈춤〉을 처음 듣고 밤새 그 노래가 귓가에서 맴돌았을 정도이다. 배철수는 가식이 없는 사람인 것 같다. 그가 방송에서 유튜브를 '너튜브'라고 하다 말고 "난 이것도 웃겨. 유튜브를 유튜브라고 못 하는 거"라고 했을 때는 내 속이 다 후련해 박수를 치고 싶을 정도였다.

그는 뭐든 하면 온 정성을 기울여 오래도록 한다. 뭘 여러 가지 많이 하는 삶은 아니지만 하나를 기록이 될 만큼 길게 한다. 송골매 활동이 그랬고, 30년 넘게 진행하는 라디오 프로그램이 그렇다. 배철수는 자신이 "세로가 아닌 가로로 인생을 사는 사람"이라고 한다. 참 간결하게도 자신의 삶을 표현한다. '만수산을 떠나간 그네님을' '탈춤을 추자' '나는 세상 모르고 살았노라' 툭툭 뱉는 그의 말투를 쏙 빼닮은 그의 노래들을 사랑한다. 나는 특히 그의 〈빗물〉을 아주 좋아한다. 왜 이리 그 노래가 처절하게 들리는지 모르겠다. 세상 기쁨도 슬픔도 그리 구애받지 않을 것 같은 사람이 애절하게 노래를 부르니 그게 더 심금을 울린다. 배철수의 노래들은 장기하에게도 잘 맞는다. 장기하가 추구하는 음악이 툭툭 뱉는 배철수 어투와 많이 닮아서 그런가 보다.《송골매 40년 만의 비행》에서 그가 관객석에 있다 올라와 부른

〈산꼭대기 올라가〉는 마치 그를 위해 작곡한 노래 같았다.

송골매, 40년 만의 비행

내 고등학생 시절에 《TV 가이드》라는 주간지가 있었다. 《리더스 다이제스트》 정도 크기의 잡지로, 인기 가수, 인기 드라마, 그 드라마 들에 출연하는 배우들의 이야기가 기사로 실리고 그 당시 최고의 방송 작가 김수현과 소설가 최인호가 칼럼을 썼다. 잡지가 나오는 토요 일만 되면 이 500원짜리 잡지를 사와 형제들끼리 서로 먼저 읽으려 다툼이 벌어졌다. 가장 먼저 읽기 위해서는 "내가 사왔다"라는 것이 가장 강력한 무기였기 때문에 나는 토요일 오후만 되면 문방구로 몇 번씩 찾아가 "TV 가이드 나왔어요?" 하고 묻다 잡지가 도착하기 무섭 게 내 돈으로 사왔다. 어떤 때는 형과 내가 각각 한 권씩 사들고 집으로 온 적도 있었다.

이 잡지에 늘 나오던 기사 중 하나가 '송골매 해체설'이었다. 송골매가 〈어쩌다 마주친 그대〉로 명실상부 사랑과 평화의 대를 잇는 대한민국의 대표 록 밴드로 등극한 직후부터 구창모의 솔로 전향설은 늘 있었다. 나중에는 《TV 가이드》에 배철수와 구창모의 갈등설 기사까지 심심치 않게 실렸다. 구창모가 무슨 이유에서인지 단식원에 들어갔던 적이 있다. 앞장서서 구창모와 배철수의 불화설을 싣던 《TV 가이드》가 이번에는 송골매 멤버들이 구창모를 단식원으로 위문 가는 기사를 실었다. 나는 그것도 그냥 언론 플레이의 일환이라고 생각했다.

오늘날까지 나는 구창모와 배철수는 그저 음악적 이익을 위해 함께 활동했을 뿐 그리 사이가 좋지 않을 것이라 생각했다. 오래전에 내가 음악 기획사에서 일하던 시절 남자 12명으로 구성된 외국의 아카펠라 그룹의 공연을 담당했던 적이 있다. 팀 내에 파벌이 있어서, 무대에서 내려오면 서로 다른 파벌과 말도 섞지 않는 것을 보면서 '송골매의 구창모와 배철수도 저랬겠지'라고 생각한 적이 있다.

최근 송골매 재결합 콘서트에 앞서 배철수가 텔레비전 토크쇼에 나와 옆에 앉아 있던 구창모를 가리켜 '사회에서 만난 친구 중 가장 친한 친구'라고 소개했다. 구창모가 4집 앨범을 녹음하고 활동도 하지 않은 채 나가 버린 당시 잠시 소원하긴 했어도 한 번도 싸운 적은 없다고 했다. 구창모는 토크쇼 말미에 혼자 인터뷰를 하면서 배철수가 자신의 노래를 듣고 반했다고 했는데 사실 자신이 먼저 배철수의 노래를 듣고 반했다고 했다. "배철수는 이 세상에서 나를 가장 잘 알고 잘 이해해 주는 사람이다. 그런 친구가 있어서 좋다"라고 했다. 이 말을 들으며 '나는 그럼 지난 40년 가짜 뉴스에 속아 살았구나'라고 억울해했다.

평생의 친구 배철수는 구창모와 함께 일본의 음악 페스티벌을 보러 갔다. 멋진 공연을 보며 추억과 아쉬움에 눈물짓는 구창모를 보며 그는 "우리도 할 수 있다"고 제안했고 그렇게 송골매는 2022년 9월 40년 만에 날개를 다시 펼쳤다. 드럼의 오승동은 오래전 교통사고로 불귀의 객이 되었고, 김상복과 김정선, 이봉환도 이제 음악을 떠났기에 전성기 6인조는 아니지만 다른 멤버가 여럿 합류했다. 2023년 설에는 KBS에서 설 특집으로 《송골매 40년 만의 비행》을 방송했다. 나훈아, 심수봉, 임영웅에 이은 특집 기획이었다. 나의 친구 하나가 방송에서 그들의 공연을 보고 구창모의 목소리가 예전 같은 고음의 날카로움이 사라졌다고 했다. 내가 이렇게 말해 주었다. "40년 만에 처음으로 다시 모여 노래를 하는데 너는 고음밖에는 관심이 없니? 구창모와 배철수가 일흔에 다시 노래하면 세월을 듣고 역사를 직관하는 거야." 게다가 구창모는 일흔이라는 나이가 무색하게 바이브레이션이 늘어지지도 않고, 음색이 탁해지지도 않았다. 투어 일정 동안 체력 안배를 위해 몇 곡은 반음 낮춰서 불렀다고는 하지만 아직도 오리지널 키로 얼마든지 소화할 수 있을 것 같았다. 어쩌면 음을 일부러 낮춰 불러 날카로움이 덜 느껴질 수도 있을 것 같다.

요즘 구창모가 방송에서 하는 이야기를 들으면 '이제는 돌아와 거울 앞에 선 형님 같다'는 생각을 한다. 긴 세월 외국에서 사업하며 바쁘게 살던 그가 은퇴할 나이에 돌아온 고향집은 음악이었다. 드라마 《나의 아저씨》에 삽입되었던 〈아득히 먼 곳에〉는 1984년 구창모가 작곡해 사촌형 이승재에게 준 노래이다. 구창모가 오랜 세월 음악을 떠나 외국에서 살면서 이 노래를 흥얼거릴 때면 아득히 먼 곳에 있는 음악을 그리워했으리라 짐작한다. 돌아와 음악 앞에 다시 선 구창모가 오래도록 진심을 담아 노래해 주길 바란다. 늘 변함없이 거목처럼 우뚝 서 있는 배철수에게 송골매를 다시 볼 기회를 만들어 주어 감사하다는 말을 꼭 하고 싶다. 송골매가 아무쪼록 40년 만에 어렵게 펼친 날개를 다시 접지 않기 바란다.

멈춰진 시간 속에서

박정운의 〈오늘 같은 밤이면〉

2020년부터 인류를 휩쓴 키워드는 코로나바이러스이다. 끝나나 보다 하면 친절하게도 그리스 알파벳 이름 과외 공부까지 시켜 주며 알파, 베타, 델타, 오미크론이 나오더니 나중에는 그리스 신화 복습까지 시켜 주려는 듯 켄타우로스도 나왔다. 이제 또 뭐가 나오려나 궁금하기까지 하다. 의사들도 어떻게 치료할지 몰라 우왕좌왕하던 코로나바이러스 초기에는 연말에 10대 뉴스를 꼽을 때 코로나바이러스 말고 다른 뉴스도 있으려나 싶었다. 코로나바이러스 뉴스에도 무감각해졌지만, 초창기에는 집 밖으로 한 발자국만 나가면 병 걸려 죽을 것 같았다. 아침에 일어나 인터넷에서 뉴스를 훑다 암울한 내용의 기사라도 읽으면 하루 종일 마음이 무거웠다.

하지만 코로나바이러스 덕분에 접하게 되는 마음 따뜻해지는 이야기도 있었다. 독일과 덴마크 국경 지대에 사는 독일인 할아버지와 덴

마크인 할머니의 이야기이다. 둘 다 사별하고 여생을 혼자 살려 마음
먹고 있다가 코로나바이러스 사태 발발 2년 전쯤 만나 사랑을 키워
왔다. 그런데 코로나바이러스가 일파만파로 유럽을 휩쓸자 독일과
덴마크의 국경이 한때 폐쇄됐다. 매일 국경을 넘나들며 데이트를 하
던 이 두 분은 국경에서 만나 할아버지는 독일 영토에, 할머니는 덴마
크 영토에 앉아 커피를 마시며 얼굴을 마주대고 이야기를 한다.

그 두 어르신이 국경에서 얼굴을 마주대고 이야기하는 사진을 보
며 생각했다. 연인에게 내릴 수 있는 가장 잔인한 형벌은 무엇일까?
죽음? 병? 모두 슬프기 그지없는 일이다. 그러나 내가 생각하기에 연
인에게 가장 잔인한 형벌은 견우와 직녀처럼 은하수를 사이에 두고
떨어져 있도록 하는 것이다. 게다가 1년에 한 번은 다시 만날 수 있다.
만나지만 또 헤어져야 한다. 헤어지는 순간부터 또다시 1년 뒤를 손
꼽아 기다린다. 눈물이 말라 더 울 수도 없는 상황이 되면 1년이 되어
다시 만난다. 짧은 만남 속에 지쳐 가던 사랑은 다시 피어나고, 또 헤
어져 새로 1년을 울어야 한다. 포기조차 할 수 없는 상황. 그것이 연인
에게는 견딜 수 없는 아픔이 아닐까 한다.

아벨라르와 엘로이즈의 사랑 이야기

만나지도 못하고 편지만 주고받는데 식지 않는 사랑의 고통은 또
어떤 것일까? 12세기 프랑스에 엘로이즈(Heloise)라는 수녀원장이 있
었다. 그 당시 여성으로는 드물게 라틴어, 희랍어, 히브리어에 능통한
철학자요 저술가였다. 엘로이즈에게는 평생 잊지 못할 사랑이 있었
다. 수녀원에 들어오기 전 그녀의 스승이었던 피에르 아벨라르(Pierre

Abelard)였다. 둘은 열렬히 사랑하여 엘로이즈는 임신하고 출산했다. 이를 안 엘로이즈의 숙부는 그녀를 수녀원으로 보내고, 사람들을 고용해 아벨라르를 거세했다. 수치심을 느낀 아벨라르는 수도원으로 들어가 수도승이 되었고, 엘로이즈도 수녀원에서 여생을 신께 바치고 살기로 결심했다. 그런데 이게 웬 운명의 장난인지 다른 사람에게 보낸 아벨라르의 편지가 엘로이즈의 손으로 들어가면서 둘의 사랑은 다시 불타기 시작했다. 그들은 평생 다시 만나지 못했지만, 편지 왕래는 아벨라르가 죽을 때까지 계속되었다. 엘로이즈는 결국 아벨라르 곁에 묻혀 오늘날까지 함께 잠들어 있다.

학자들이 보는 이들의 관계는 이 전설 같은 이야기와 좀 다르지만, 학자들 사이에도 이들의 편지를 프랑스 문학의 중요한 문서로 보는 것에 이견이 없다. 특히 엘로이즈의 편지는 13세기 이후 프랑스 문학의 초석이 되어 훗날 마담 드 라파예트, 장 자크 루소 등에 영향을 주었다. 내가 대학에 다니던 시절 미국의 전화회사 AT&T가 학교 신문에 기발한 광고를 게재했다. 12세기 프랑스에 AT&T 장거리 전화가 있었다면 엘로이즈와 아발레르는 전화로 모든 이야기를 했을 것이고, 우리는 오늘날 아름다운 프랑스 문학의 대부분을 상실했을 것이라며 얼마나 다행한 일이냐는 광고 카피가 인상적이었다. 모두 전화로 해결했다면 편지가 남아 있을 리 없다.

일면 수긍이 가기도 한다. 하지만 AT&T가 있었다면 그들의 사랑이 좀 덜 애틋했을까? 그건 아닐 것이다. 우리는 1년에 단 한 번의 만남만을 손꼽아 기다리는 견우와 직녀 혹은 기다리고 기다리던 편지 한 통에 감격하던 아벨라르와 엘로이즈보다 행복한 세상에 살아 이

메일도 보내고, 화상 채팅도 할 수 있지만 그걸로 풀리지 않는 것이 있다. 사랑하는 이의 팔베개도 베고 싶고, 와인 잔을 기울이며 서로의 눈을 들여다보고 싶고, 손잡고 공원 산책도 하고 싶다. 독일과 덴마크의 할아버지, 할머니처럼 국경을 사이에 두고 손이라도 잡아야 한다. 이런 것이 사랑이다. 사랑은 매우 3차원적인 것이기 때문이다.

멈춰진 시간 속에 오래도록 간직할 노래

〈오늘 같은 밤이면〉이라는 노래를 발표했을 때 박정운은 미국에 살다 한국으로 와서 새로운 음악 인생을 개척하는 중이었다. 박정운이 그 당시 방송에 나와 미국에 그를 기다리는 연인이 있다는 말을 한 기억이 난다. 〈오늘 같은 밤이면〉의 가사를 들어보면 무명 가수가 성공을 위해 사랑을 잠시 유보하고 멀리 떠나와 사랑하는 사람을 그리워하는 마음을 그린 것이라는 걸 대번에 알 수 있다.

무명 가수 박정운의 주거 공간이라는 것이 어떠했을지 가히 짐작이 간다. '무겁게 나를 누르는 이 빈 공간.' 그렇다. 가구도 없는 썰렁한 집이 그리움으로 가득 채워질 때 그 공간이 나를 짓누른다. 때로 집에서 소리가 난다. 손님이 와서 시끌벅적하다 모두 돌아가 간 뒤, 혹은 누군가가 지독히 그리울 때 집에서 소리가 난다. 집에 분명 나 혼자 있는데 빈 공간의 적막이 굉음이 되어 내 귀를 먹먹하게 만든다. 썰렁한 집이 그녀에 대한 그리움으로 가득차고, 그 그리움이 메아리인 양 울려 그 굉음이 박정운을 짓누르던 '오늘 같은 밤'은 어떤 밤이었을까? 끔찍한 좌절을 맛본 날이었을까? 음악인으로 성공하고자 한국으로 와서 처음 작은 성공을 맛본 날이었을까? 아니면 그녀에게 슬픈 일 혹은 기쁜 일이 있다는 소식을 듣고 달려가 함께하고 싶은 마음이 간절하던 밤이었을까?

박정운처럼 국제 연애를 해본 사람은 그게 얼마나 고약하고 못 할일인지 안다. 한국에 살며 태평양을 건너가 꿈에 떡 맛보듯 만나고 오고, 어떤 때는 미국에 살며 한국에 와 스치듯 보고 또 몇 달 헤어져 있어야 한다. 심지어 '미국 조폭의 살인 사건을 목격하고 유일한 목격자로서 FBI를 위해 법정에서 증언을 했으면' 하는 생각까지 한다. 그들의 증인보호 프로그램에 따라 새로운 이름과 직업을 얻어 한국으로 돌아가지 않고 사랑하는 사람과 어디 먼 곳에 가서 과거와 단절하고 행복하게 살 수 있을 것 같아서이다. 물론 눈에 콩꺼풀이 벗겨지고 나면 언제 그랬냐는 듯 그런 끔찍한 일이 벌어지지 않은 것을 오히려 감사할 테지만, 그 당시에는 왜 하늘은 나에게 FBI의 증인이 되는 복도 내려 주지 않는 것일까 원망할 정도로 간절하다.

모르긴 해도 박정운은 가난한 무명 가수 시절 미국을 자주 드나들 수 없었을 것이다. 한번 가도 한국에 여러 일들이 있어 오래 머물 수 없었을 것이다. 어렵게 만났는데 또 헤어져야 하는 그 심정을 FBI의 증인이 되고 싶다느니 하는 충동적 생각보다 훨씬 시적으로 표현한다. '멈춰진 시간 속에 그대와 영원토록 머물고 싶어.' 겨우 며칠의 말미를 얻어 비행기 타고 열몇 시간 날아가 그녀를 본다. 그런데 이 삼차원의 사랑이 시작되는 순간부터 시간과의 싸움도 함께 시작된다. 함께 있는 시간은 빨리도 지나간다. 박정운은 '그대를 나의 품에 가득 안고' 삼차원의 사랑을 하는 것에 그치지 않고 그대로 시간이 멈춰 그 사랑이 영원히 계속되길 바란다. 그런데 과연 뭘 어떻게 하면 시간을 멈출 수 있는 것일까?

　나는 '멈춰진 시간'이라는 대목을 들을 때마다 베트남전을 배경으로 한 미국 영화 《플래툰》을 생각한다. 그 마지막 장면, 주인공 미군 병장 일라이어스는 자신을 두고 이륙하려는 미군 헬기를 향해 전력으로 달려간다. 이미 헬기는 공중으로 이륙하기 시작했고, 일라이어스는 적군의 난사를 받고 두 손을 하늘로 벌린 채 쓰러져 죽는다. 헬기 안의 병사들은 일라이어스를 발견하고 소리를 지르며 그를 구하려 헬기를 돌리고 엄호 사격을 하지만 속수무책이었다. 이 아비규환의 장면에서 올리버 스톤 감독은 무슨 생각을 했는지 총소리, 병사들의 고함소리, 헬기 소리를 없애고 사무엘 바버의 〈현을 위한 아다지오〉로 스크린을 덮어 버린다. 소음으로 가득찬 음향이 사라지고, 순간 무성 영화가 되어 버린 텅빈 스크린 속에 장중한 음악 소리와 고통스럽게 죽어 가는 일라이어스의 모습만 남는다. 나의 몸은 극장을 빠져나가 시간이 멎어 버린 몇십 년 전의 베트남 정글 속으로 빨려들어갔다. 거기서 나 혼자 우뚝 서서 그 모든 광경을 지켜보고 있었다. 그때 깨달았다. 세상을 걷어 내면 비로소 봐야 할 것과 들어야 할 것만 남고 나머지는 포즈(Pause) 상태로 멎는다. 그 순간 영원한 찰나(刹那)를 만들 수 있다. 그게 바로 몰입이다. 박정운이 말한 '멈춰진 시간'도 바로 그런 것이 아니었을까? 만남이 짧다고 이별을 걱정한다면 서로를 보지도 듣지도 못하고 그 만남을 허비하고 만다. 내일 떠날 것을 오늘 걱정하지 않고, 두고 온 해결되지 않은 일들을 잊고 세상을 걷어 내는 것이 잠시나마 시간을 멈추는 방법이었을 것이다. 그 순간만큼은 멈춰진 시간 속에 둘이서만 영원토록 함께할 수 있을 테니까.

박정운이 이 곡을 15분 만에 완성했다던데, 내 해석이 너무 '오바'
인 것일까? 음악이란 어차피 듣는 이 자신만의 해석이 담겨 비로소
각자의 노래가 되는 것이니 좀 '오바'를 해도 상관없을 것이다. 나만
의 해석을 조금 덧붙이자면 그립고 애틋한 마음이 쏟아져 나오다 보
니 곡이 15분 만에 완성된 것이 아닐까? 이렇게 아름다운 박정운의
시를 읽고, 나 나름 '오바'하는 아름다운 해석을 했지만 결론은 같다.
"국제 연애는 정말 할 짓이 아니다."

재즈와 블루스가 가미된 데스페라도

박정운의 목소리는 그렇게 미성도 아니고 그렇다고 하드 로커 같
은 거칠고 강렬한 소리도 아니다. 하지만 그의 뻗어 나가는 고음은 남
자 가수들 중 독보적이다. 록발라드풍의 〈오늘 같은 밤이면〉도 좋지
만 그의 고음이 훨씬 더 살아 있는 〈먼 훗날에〉도 박정운에게 잘 어울
리는 노래이다. 이 두 노래만 들어도 그가 훌륭한 싱어송라이터라는
것을 알 수 있다. 라이브에서 그가 넣는 애드리브는 그가 얼마나 뛰어
난 음악성을 지닌 가수인지 보여 준다. 박정운의 애드리브 실력이 잘
드러나는 것이 그가 라이브에서 〈데스페라도(Desperado)〉를 부를 때
이다. 〈데스페라도〉는 미국의 록 그룹 이글스가 1973년에 발표한 LP
앨범 《Desperado》에 실린 동명의 노래이다.

LP 시절이던 1970년대는 가수가 앨범을 발표하면 LP 양면을 꼬박
채워 녹음했다. 그리고 인기가 있을 것 같은 곡을 하나씩 직경 7인치
에 가운데 큰 구멍이 뚫려 있어 일명 도넛판이라고도 부르던 싱글 음
반으로 발매했다. 이글스의 《데스페라도》 앨범 자체가 그리 인기가

있지도 않았고, 1면 맨 뒤에 있던 노래 〈데스페라도〉는 싱글로 발매된 적도 없는데 이글스의 《그레이티스트 히츠》 앨범에 버젓이 들어가 있을 만큼 가장 자주 불리는 이글스의 노래 중 하나이다. 그뿐 아니라 이글스의 노래 중 팬들이 가장 좋아하는 노래 2위에 오른 적도 있다. 2016년 이글스의 중추적 멤버이며, 이 곡의 작곡자 중 한 명인 글렌 프라이(Glenn Frey)가 죽자 갑자기 빌보드 차트에 진입하는 역주행을 하기도 했다.

다른 가수들도 이 노래에 관심을 많이 보여 린다 론스태트(Linda Ronstadt), 카펜터즈(Carpenters) 등 1970년대 스타들이 많이 불렀다. 특히 론스태트는 돈 헨리(Don Henley), 글렌 프라이와 친분이 있어 이글스가 《데스페라도》 앨범을 발표한 직후 〈데스페라도〉를 불러 자신의 앨범 《Don't Cry Now》에 실었다. 돈 헨리도 "이 노래를 유명하게 만든 공로자는 린다"라고 이야기했을 정도이다. 박정운이 부른 〈데스페라도〉가 그들의 해석에 뒤지지 않는다.

〈데스페라도〉의 이글스 버전에서 메인 보컬을 담당한 돈 헨리의 목소리는 우수에 찬 듯하면서 남캘리포니아의 태양처럼 따뜻하고, 어떤 때는 히피의 발상지 캘리포니아를 대표하는 그룹답게 히피적인 느낌도 있다. 프라이는 이 노래가 성공과 부를 경계하고, 실리를 추구하는 음반계의 관행과 타협하지 않는 예술가의 자유로운 영혼을 노래한다고 했다. 히피적이라는 느낌이 그리 틀리지 않는다. 헨리의 이런 복합적인 목소리로 인해 이 노래가 컨트리 뮤직을 최초로 록 장르에 편입시켰다는 평을 듣는지도 모른다. 하지만 헨리는 또한 이 노래를 고딕 소설처럼 어두운 노래라고 했다. 이 또한 수긍이 가는 말이다. 왜냐하면 《Desperado》라는 앨범 전체가 하나의 테마를 담고 있는데 서부의 유명한 갱 집단인 덜튼 갱(The Dalton Gang)에서 영감을 얻었기 때문이다. 그래서 앨범 이름도 'Desperado(무법자)'이고 그 안에 수록된 노래의 제목도 같은 이름이다.

박정운의 목소리는 헨리의 목소리처럼 복합적인 요소를 갖고 있지 않지만, 자신의 금속성의 목소리를 잘 살리는 특유의 창법으로, 어떤 때는 재즈적인 느낌과 어떤 때는 블루스적인 느낌까지 가미해 부른다. 박정운의 노래와 애드리브가 고딕적인 어두운 면을 그 누구보다 잘 살린다. 이미 알려질 대로 알려진 유명 그룹의 노래를 이렇게 자연스럽게 자신의 스타일로 바꿔 부르는 능력은 아무나 갖고 있는 것이 아니다. 그만큼 박정운이 대단한 음악성을 지닌 가수라는 뜻이다.

돈 헨리는 늘 〈데스페라도〉를 부르는 자신의 목소리가 마음에 들지 않는다고 하는데 헨리가 박정운이 부른 노래를 듣는다면 뭐라고 할지 궁금하다. 박정운의 노래를 다른 사람이 부른 것 중에는 인순이가 《불후의 명곡》에 출연해 〈오늘 같은 밤이면〉을 재즈로 편곡해 부른 것을 좋아한다. 편곡이 가사 분위기와 썩 잘 어울리는 것 같지는 않아도 신선하다. 인순이의 음정이 많이 불안정했는데, 그래도 편곡의 분위기를 잘 살려 듣기 좋다.

오석준, 장필순과 함께 일명 오장박이란 이름으로 부른 〈내일이 찾아오면〉으로 세상에 이름을 알린 박정운은 내가 유학 생활을 마치고 병역을 필하기 위해 귀국하던 해에 〈오늘 같은 밤이면〉을 발표하며 스타가 되었다. 6년 만에 돌아온 조국이 낯설고 신기하기까지 하던 시절 처음 좋아하기 시작한 가수이기에 늘 그와 그의 음악에 대한 애정이 있다. 그간 개인 사정으로 음악 활동을 많이 하지 못한 것도 안타깝다. 실력 있는 가수가 음악 이외에 다른 일 때문에 노래를 접는 것이 너무 속상하다. 이제 다시 제자리로 돌아와 노래하는 박정운을 자주 볼 수 있기를 간절히 바란다.

바로 위까지 원고를 탈고해 연재가 나갔는데 그 후 6개월 정도 지나 박정운의 부고를 신문에서 읽었다. 노래하는 그의 모습을 다시 보고 싶다고 간절한 마음을 담아 원고를 썼던 내 정성이 단숨에 허공으로 날아가 버렸다. 그는 간경화로 투병을 하다 유명을 달리했다. 한동안 불미스러운 일로 음악 활동을 하지 못해 술로 스트레스를 풀다 병을 얻었나 했다. 하지만 주변의 이야기로는 박정운은 술을 전혀 마시지 않았다고 한다. 자신을 둘러싼 일련의 일들에 대해 억울하다는 이야기를 늘 했다고 하니 마음의 병이 몸의 병을 가져왔나 보다. 그의 부음이 전해지자 철 지난 나의 글이 인터넷에서 역주행해 잡지사 사이트 맨 위에 다시 게재되기까지 했다. '그를 기억하고 그리워하던 것이 나뿐이 아니었구나'라고 생각했다. 그는 이런 팬들의 모습을 더 볼 수 없겠지만, 그가 세상을 떠나기 전 나의 글을 한번이라도 읽어봤기를 바란다. 그가 결코 잊힌 가수가 아니었음을, 나처럼 그를 기억하는 사람들이 있었다는 것을 알고 떠나갔기를 바란다. 그가 우리에게 주고 간 선물을 우리는 멈춰진 시간 속에 오래도록 간직할 것이다. 그의 명복을 빈다.

코리아의 천하 명물 김치 깍두기

한류의 원조 김씨스터즈의 〈김치 깍두기〉

미국 CBS에서 방송한 《에드 설리번 쇼(The Ed Sullivan Show)》라는 유명한 프로그램이 있다. 1948년부터 1971년까지 거의 사반세기 미국 안방극장의 황제로 군림한 쇼이다. 그 유명한 엘비스 프레슬리도 《에드 설리번 쇼》에 출연하고 싶어 오매불망 에드 설리번의 초대를 기다렸다. 에드 설리번은 엉덩이를 심하게 흔드는 엘비스의 춤을 문제 삼아 "그의 동작들이 안방극장에 소개하기에 너무 선정적이다. 그를 절대로 출연시키지 않겠다"고 공언했다. 하지만 《에드 설리번 쇼》의 경쟁 프로그램인 《스티브 앨런 쇼(The Steve Allen Show)》에서 먼저 프레슬리를 출연시키고 그 주에 시청률로 《에드 설리번 쇼》를 완파하자 에드 설리번도 마음을 바꿔야 했다. 엘비스 프레슬리는 1956년 《스티브 앨런 쇼》에 출연한 지 약 한 달 뒤에 꿈에 그리던 《에드 설리번 쇼》에 출연했다.

반면 비틀스의 출연은 에드 설리번 자신이 적극 추진했다. 비틀스는 영국에서는 이미 최고의 스타였고, 미국에서도 음반을 통해 상당히 인기가 있었다. 《에드 설리번 쇼》 무대는 그들이 실제로 미국을 방문해 공연한 데뷔 무대였다. 비틀스와 엘비스 프레슬리의 《에드 설리번 쇼》 출연은 미국 대중문화의 판도를 바꿔 놓은 역사적 사건이다. 특히 비틀스가 1964년 2월 《에드 설리번 쇼》에 3주 연속 출연함으로써 미국 내에서 그들은 아이돌 스타의 위치로 올랐다. 뿐만 아니라 비틀스의 《에드 설리번 쇼》 출연을 시작으로 '영국의 침략(British Invasion)'이라 불리는 영국 출신 가수들의 미국 진출이 거세게 시작되었다. 쉽게 말해 영국판 한류가 시작된 것이다.

　바이올리니스트 정경화도 열아홉 살에 콩쿠르에 나가 세계를 제패하고 《에드 설리번 쇼》에 출연한 적이 있다. 정경화와 같은 날 출연자 중에 재즈의 여신 엘라 피츠제럴드(Ella Fitzgerald)가 있다. 정경화 자신의 회고에 의하면 이날 출연자 대기실에서 만난 엘라 피츠제럴드가 어린 자신에게 다가와 상냥하게 여러 이야기를 나눴다고 한다. 엘라의 순서가 되어 노래를 마치고 들어왔을 때는 정경화가 다가가 "잘 들었다"고 말했더니 "즉흥 연주(Improvisation)가 별로 맘에 안 들게 나왔어요"라고 하더라는 것이다. 엘라 피츠제럴드의 즉흥 연주나 애드리브는 말 그대로 100퍼센트 즉흥이다. 자신도 무대에 나가 흥이 돋을 때까지 뭐가 어떻게 나올지 전혀 모르는 상태로 노래를 시작한다. 대단한 일이다. 더 대단한 것은 엘라처럼 대단한 가수도 《에드 설리번 쇼》에 나오면 출연자 대기실에서 자기 순서를 기다리다 나가서 노래하고 들어왔다는 것이다. 모든 출연자에게 주어진 시간은 3분이었다. 그러나 예외 없는 규칙은 없다. 에드 설리번이 한 그룹을 유난히 좋아해서 그들에게 나중에는 7분까지 시간을 준 일이 있다. 《에드 설리번 쇼》 최다 22회 출연 기록을 세우기도 한 이들은 다름 아닌 한국의 김씨스터즈이다. BTS와 블랙핑크를 상상도 하지 못하던 시절, 우리나라가 세계 최빈국이던 그 시절에 미국에 진출해 한국을 알린 그들의 이야기는 언제부터인가 우리의 풍요로움과 성공을 당연하게 즐기는 우리가 새겨볼 역사이다.

《에드 설리번 쇼》에서 한국을 알린 세 자매

김씨스터즈는 숙자, 애자, 민자로 구성된 세 자매 그룹으로, 미국 라스베이거스를 중심으로 인기를 끌었다. 하지만 실제로 숙자와 애자는 자매간이고 민자는 숙자, 애자의 외삼촌인 유명 작곡가 이봉룡의 딸이라 성이 이씨이다. 숙자와 애자의 어머니이자 이봉룡의 여동생은 1930년대 우리나라 최초의 걸그룹이라는 저고리시스터즈의 일원으로 활약했고, 후에 솔로로 나서 〈목포의 눈물〉을 부른 이난영이다. 이난영은 우리나라 근대 가요의 시조로 불리는 인물이다. 몇 년 전 나온 《해어화》라는 조선 마지막 기생들의 이야기를 다룬 영화에서도 이난영의 캐릭터가 해방 직전 조선의 대스타로 등장한다. 김씨스터즈의 아버지는 1930년대 이미 재즈를 우리 가요에 도입한 김해송이다. 김해송은 일제강점기 큰 히트곡 중 하나인 〈오빠는 풍각쟁이〉의 작곡가이며, 해방 후에는 악극단을 만들어 미군부대를 중심으로 오페라 《투란도트》 등의 이야기를 차용해 뮤지컬을 만들어 공연하는 등 선구자적인 음악 창작 활동을 했다. 미군을 위해 일했다는 사실 때문에 한국전쟁이 터지자 북한군에 체포되어 그 후 실종되었다. 끌려가던 도중 서울 외곽에서 총살 당했다고도 하고 북한으로 끌려가 그곳에서 처형 당했다고도 한다. 바버렛츠라는 여성 그룹이 김씨스터즈에 관한 노래를 부른 것을 본 적이 있는데 그 가사가 '태어나 보니 엄만 이난영이야. 태어나 보니 아빤 김해송이야'로 시작한다. 그 정도로 이난영과 김해송은 우리 근대 가요사의 거목들이다.

김해송이 납북되고 난 뒤 혼자 노래를 부르며 칠남매를 키우느라 가난에 시달리던 이난영은 오빠 이봉룡을 찾아가 김씨스터즈를 만들자고 제안했다. 김씨스터즈의 맏이인 김숙자가 아홉 살 나던 해부터 이난영은 레코드판을 사다 영어 노래를 들으며 한글로 영어 발음을 받아 적고, 그걸로 아이들을 가르쳐 노래를 부르게 했다. 뜻은 물론 모르고 불렀다. 영어를 모르는 엄마가 듣고 적어 준 것을 외워 불렀으니 발음도 정확할 리 없었다. 그런데 음악을 하는 사람들이 외국어에 재능을 보이는 경우가 종종 있다. 음악을 통해 귀가 예민하게 발달했기 때문인 것 같다. 이들은 발음이 생각보다 좋았다. 그 당시 미8군 쇼무대에 서는 가수들은 영어 발음 훈련을 따로 받은 덕도 있다. 유튜브에서 그들이 《에드 설리번 쇼》에서 노래하는 것을 들으면 그때도 뜻은 잘 모르고 불렀다고 하는데 발음이 좋다. 1950년대 미국 음악계에 레논시스터즈(Lennon Sisters), 앤드류시스터즈(Andrew Sisters) 등 세 자매 그룹이 전성기라는 것에 힌트를 얻은 이난영이 노래에 더해 악기까지 다루면 미국 무대도 승산이 있겠다 생각해 첫째 숙자에게 기타, 둘째 애자에게 알토색소폰, 민자에게 드럼을 가르쳤다.

미국으로 돌아간 미군들에 의해 어린 소녀 셋이 노래하고 춤추며 악기를 연주하는데 기가 막히더라는 입소문이 퍼졌다. 급기야 유명 에이전트들이 한국으로 찾아와 1959년 김씨스터즈를 미국 라스베이거스로 데려갔다. 사막 한가운데 오아시스처럼 솟은 라스베이거스는 일명 '죄의 도시(Sin City)'라 불리는 환락과 도박의 도시이다. 호화판 마천루 호텔들은 의외로 숙박비가 비싸지 않다. 밥을 먹어도 '왜 이러지?' 싶을 정도로 비싼 곳이 없다. 먹고 마시고 즐기며 도박에 돈을 쏟아붓고 가라는 뜻이다. 호텔들이 손님을 끌어들이려 1년 내내 공연을 유치한다. 얼른 보고 일어나서 도박을 하라고 공연도 짤막하게 하지만, 이곳에는 세계 초일류 가수들만이 초대받아 와서 노래한다.

맨땅에 헤딩하듯 에이전트 계약만 하고 처음 라스베이거스에 도착했을 때 김씨스터즈는 모두 10대의 소녀들이었다. 어머니가 '한국의 미를 알리라'며 셋에게 한복을 입혀 보냈다. 당시 우리나라는 최빈국으로, 미국 가는 직항로는 상상도 할 수 없었다. 여의도 모래섬 허허벌판에 활주로만 만들어 놓고 모랫바닥에 서서 인사하고 비행기 타고 일본으로 가서 비행기 갈아타고, 괌, 하와이, 캘리포니아를 거쳐 라스베이거스까지 거의 이틀 걸려 가야 했다. 그 긴 시간 비행기 좌석에 앉아 한복을 입고 있으려니 어린 소녀들이 라스베이거스에 도착했을 때는 빈사 상태였을 것이다. 이 어린 소녀들은 기진맥진 피곤해 할 여유도 없었다. 한국을 떠나기 전 어머니가 '스물세 살이 될 때까지 아무도 남자친구를 사귀면 안 된다'고 엄명을 내렸다. 맏이인 숙자에게는 '성공하지 못하면 돌아오지 말라'는 밀명도 내렸다.

다행히 도착하자마자 선더버드 호텔과 6개월 계약을 맺었다. 주급 600달러를 받으며 연습에 연습을 거듭했다. 오래전 김숙자가 텔레비전에 나와 하는 말이 늘 연습과 공연으로 바쁘게 지내다 처음 한국 음식을 먹으러 로스앤젤레스에 간 것이 미국에 간 지 몇 년 지난 후였다고 한다. 그 당시 라스베이거스에는 중국 음식점 말고는 아시아 음식점이라곤 없던 시절이었다. 둘째 애자는 중노동이나 다름없는 공연을 하루 몇 차례씩 소화하면서 입에 맞지 않는다고 끼니를 건너뛰다 황달까지 걸렸다. 어쩌다 일본식 매실장아찌인 우메보시를 구해 그걸 밥과 함께 먹는 것이 즐거움이었다. 몇 년 동안 김치 구경도 제대로 하지 못하고 눈만 뜨면 연습에 연습을 반복하다가 처음 로스앤젤레스 한인 식당에 갔을 때는 옷 주머니에 음식을 담아 오고 싶었다니 그 힘든 성공의 과정을 가히 짐작할 수 있다.

그들은 선더버드 호텔에서 6개월 계약을 마친 뒤 스타더스트 호텔로 옮겼다. 스타더스트(Stardust)는 직역하면 '별가루'이다. 김씨스터즈가 무대를 스타더스트로 옮긴 후 별가루를 맞았는지 《에드 설리번 쇼》에서 출연 요청이 왔다. 그들은 그때 《에드 설리번 쇼》가 얼마나 대단한 것인지도 모르고 출연했다. 《에드 설리번 쇼》 출연 이후 김씨스터즈는 별가루도 아니고 아예 별이 되었다. 주급 600달러로 시작한 그들은 어느새 주급 1만 5000달러를 받는 특급 그룹이 되었다. 네바다주 고액 납세자 명단에 매년 이름을 올렸다. 할리우드의 유명한 《딘 마틴 쇼》에 초대를 받았을 때는 스타더스트에서 4회 공연을 하고 비행기 타고 로스앤젤레스로 가서 《딘 마틴 쇼》에 출연하고 다시 비행기를 타고 돌아와 공연하는 강행군을 할 정도였다. 이런 살인적인 스케줄을 소화하는 틈틈이 그들은 새로운 악기를 배워 연주하면서 동시에 춤추고 노래하는 연습을 했다. 에드 설리번이 그들을 초청할 때마다 새로운 악기를 연주할 것을 요구했기 때문이다. 김숙자는 아직도 영어가 서투르다고 한다. 미국에서 부른 노래도 대부분 뜻도 모르고 불렀다. 하지만 혹독하게 연습한 덕에 《에드 설리번 쇼》에 스물두 번 나가 공연한 비디오를 지금 봐도 한 군데 틀린 곳이 없을 정도라고 한다. 새로운 악기를 배워 한 치의 오차도 없이 연주하고 춤추며 노래를 했다니 그들의 집념과 노력에 뭐라 달리 할 말이 없다.

김씨스터즈의 어머니 이난영은 자식들을 미국으로 보내고 쓸쓸한 나날을 술과 아편에 의지해 살다 〈애수의 소야곡〉이라는 노래로 유명한 남인수와 사랑하기 시작했다. 남인수는 결핵을 앓고 있었다. 이난영의 정성 어린 간호에도 불구하고 남인수는 세상을 떠나고 그들의 짧은 사랑도 끝났다. 이난영은 1962년 딸들의 성화로 미국으로 건너가 딸들과 함께 생활하며 1963년 《에드 설리번 쇼》에 같이 출연해 노래도 불렀다. 미국 생활이 무료했는지 다시 한국으로 돌아온 이난영은 우울증에 시달리다 1965년 알코올과 아편 중독으로 인한 후유증으로 사망했다. 일부에서는 자살이라는 말도 있었다.

김씨스터즈는 예정된 공연을 모두 취소할 수 없어 결국 장례식에 참석하지 못하고 1970년대 초에 처음으로 내한 공연을 하면서 어머니 묘소를 찾아갔다. 나도 이때 TBC-TV 《쇼쇼쇼》에 출연했던 김씨스터즈의 노래를 어렴풋이 기억한다. 프랑스 노래 〈Comme d'Habitude〉를 폴 앵카가 영어로 개사해 프랭크 시나트라가 불러 유명해진 〈My Way〉를 〈어머님 생각〉이라고 개사해서 불렀다. 지나가다 슬쩍 봐서 가사를 다 기억하지는 못하지만 '머나먼 타국에서 형제끼리 손을 맞잡고……어머님 생각' 하며 부르던 셋의 하모니가 어린 내 귀에 천상의 노래처럼 들렸다.

미국에서 성공하고 처음으로 귀국한 이들은 신곡 취입도 했다. 민자의 아버지이고 숙자, 애자의 외삼촌인 이봉룡이 작곡한 〈김치 깍두기〉이다. 1970년대 노래라 그런지 가사가 좀 이상하지만 구수한 맛이 있다. '머나먼 미국 땅에 10년 넘어(게) 살면서 고국 생각 그리워.' 여기까지는 별로 이상할 것이 없다. 그다음이 문제다. '아침저녁 식사 때면 런치에다 비후스텍 맛 좋다 자랑쳐도…….' 자랑을 치는 사람도 있나? 비후스텍은 비프 스테이크이다. 1970~1980년대에 흔히 보던 경양식집 메뉴에는 늘 돈까스와 함께 비후까스가 들어 있었다. 돈까스는 돼지고기를 튀긴 것이고 비후까스는 소고기를 튀긴 것이다. 어떤 음식점은 '비훗가스'라고 적은 곳도 있었다. 소고기를 뜻하는 영어 단어 비프(Beef)의 당시 한글 표기가 '비후'였다. 참고로 뉴욕의 표기는 '뉴우요오크'였다. 이 노래의 가사는 부유한 사람들만 먹던 양식 그것도 비싼 소고기 스테이크를 늘 먹는다고 자랑한다는 뜻이다.

또 이상한 것이 있다. 아침저녁 식사 이야기를 하면서 런치를 먹는다고 한다. 아침 식사는 브렉퍼스트이고 저녁 식사는 디너이다. 런치는 점심 식사라는 뜻이다. 아침저녁 식사 메뉴로 런치와 비후스텍을 먹는다는 것이 무슨 소리일까? 그냥 웃자고 해보는 말이다. 중요한 것은 런치가 한국어로 무슨 뜻이냐가 아니다. 이 노랫말에는 서양 음식에 적응을 못 해 황달까지 걸리며 이를 악물고 성공한 이야기, 나아가 한인 이민 사회의 고생담이 그대로 녹아 나온다. 비후스텍 먹는다 아무리 자랑쳐도 '우리나라 배추김치, 깍두기만 못하더라. 코리아의 천하 명물 김치 깍두기. 자나 깨나 잊지 못할 김치 깍두기.'

미국 식료품점에 한국 라면이 그득하고 두부에 김치까지 파는 요즘 세상에 미국 유학을 간 사람들은 이 가사가 그저 재미있다고 생각할지 모르지만 그 시대를 살았던 사람들에게는 콧잔등이 시큰해지는 이야기이다. 1950년대 미국으로 유학을 떠난 나의 외삼촌은 김치가 그리워 토마토케첩에 핫소스를 섞어 거기에 생양배추를 찍어 먹었다고 한다. 나도 한국 가게나 음식점이 없는 작은 도시에서 대학을 다닌 사람으로서 그 고충을 안다. 난 원래 느끼한 음식을 즐긴다. 한국에서 피자나 파스타를 먹을 때면 으레 나오는 피클을 거의 먹지 않는다. 입 안의 느끼한 기운을 씻어내기 싫은 까닭이다. 느끼한 음식을 좋아하니 대학 때 기숙사 음식도 잘 먹고 김치 없이 한두 달은 수월하게 견뎠다. 한국에서는 어머니가 몸에 나쁘다고 절대 먹지 못하게 했던 살라미, 페퍼로니 등 소시지를 눈치 보지 않고 맘껏 먹을 수 있으니 좋기까지 했다. 하지만 다른 음식에 적응을 잘한다는 것뿐이지 한국 음식이 그립지 않다는 뜻이 아니다. 외삼촌 댁에 가서 김치를 보는 순간 걸신들린 사람처럼 달려들어 김치만 먹었다. 오죽하면 외숙모가 내가 온다고 김치를 새로 담글 정도였다. 방학 때 집에 올 때면 먹을 음식을 종이에 적어 왔다. 나는 느끼한 음식을 잘 먹어 점점 살이 쪄 걱정이었지만, 입이 짧은 사람들은 굶다가 바짝바짝 말라 들어갔고 애자처럼 쓰러지기도 했다. 음식이 맞지 않아 한국으로 돌아간 사람도 있었다. 〈김치 깍두기〉 2절도 1절과 가사가 비슷한데 음식 이름만 바뀐다. 뚝배기 된장찌개, 고추장, 명태찌개 등 10년 동안 미국에 살면서 음식에 대해 맺힌 한을 몽땅 다 풀려는 듯 먹고 싶었던 음식을 가사에 죄다 집어 넣은 것 같다. 듣다 보면 코로나바이러스 시국에 한국에 와 자가 격리하면서 하루 종일 먹는 것밖에 하는 일이 없는 나조차 군침이 돌고 배가 고파진다.

김씨스터즈는 〈김치 깍두기〉를 미국 텔레비전에 나와 부르기도 하고, 싱글로도 발매했다. 그 시절 미국에서 활동하는 아시아계 가수로서 싱글 레코드를 발매한다는 것은 드문 일이었다. 〈찰리 브라운(Charlie Brown)〉이란 노래도 리바이벌해 싱글로 발매했는데 꽤 인기를 끌었다. 귀국 공연을 할 때도 〈찰리 브라운〉을 자주 불렀다. 애자는 코미디언 못지않은 표정과 행동으로 무대에서 사랑을 많이 받았다. 《에드 설리번 쇼》에 출연해 〈Charlie Brown〉을 부르는 실황 등을 유튜브에서 쉽게 찾아볼 수 있다. 김해송이 작곡하고 이난영이 불렀던 노래 중에 〈다방의 푸른 꿈〉이라는 것이 있다. 우리나라 1930년대 대중음악이 이런 수준이었나 싶게 세련된 재즈풍의 노래이다. 김씨스터즈가 리바이벌해 부른 것도 유튜브에 있다. 이난영의 노래보다 현대적으로 편곡을 했다. 가사 중에 1절에 '커피를 마시며'를 김씨스터즈는 '뮤직을 들으며'로 바꿔 부른다. 그들의 장기인 3중창 하모니가 일품이다. 〈다방의 푸른 꿈〉은 이난영과 김씨스터즈의 이야기를 다룬 2015년 작 기록 영화의 제목이기도 하다.

이난영의 대표곡 〈목포의 눈물〉은 인터넷에 이난영이 직접 부르는 영상도 많고, 김숙자가 이난영 탄생 100주년 기념 공연에서 부르는 영상도 있다. 주현미가 대한민국 3대 기타리스트 중 하나라는 함춘호의 기타 반주에 맞춰 부르는 것도 좋다. 주현미는 요즘 잊혀 가는 옛 노래들을 원곡 그대로 부른다. 우리는 참 이상한 시대에 살고 있다. 표준어에 미쳐 시어들을 모두 현대 표준어로 바꿔 놓아야 속이 시원하다. 가령 이은상의 시에 홍난파가 곡을 붙인 〈사랑〉이란 노래는 이은상이 경상도 말로 쓴 아름다운 시어로 가득찬 노래이다. 이걸 기어이 죄다 현대 표준어로 바꿔, 한 예로 '생낙으로 잊으시오'라는 원문을 '생나무로 잊으시오'라고 고쳐 부른다. 노래에서 '생낙'이 아니라 나무젓가락 씹는 맛이 난다. 멋을 모르는 획일화의 세상이다. 주현미의 〈목포의 눈물〉은 1930년대 표기 그대로 불러 더욱 정겹다.

1975년 김씨스터즈는 영광의 세월을 뒤로하고 은퇴했다. 막내 민자가 헝가리 출신의 토미 빅(Tommy Vig)과 결혼해 로스앤젤레스로 이주했기 때문이다. 토미 빅은 미국 텔레비전 드라마와 영화 음악을 다수 작곡한 작곡가이며 유명한 퍼커셔니스트이다. 민자는 로스앤젤레스에서 계속해서 미아 킴(Mia Kim)이라는 이름으로 남편과 음악 활동을 하다 현재는 헝가리로 이주해 여전히 남편과 음악 활동을 하고 있다. 애자는 1987년 폐암으로 세상을 떠났다. 김씨스터즈 중 숙자만이 남편과 함께 라스베이거스에 남아 있다. 김씨스터즈의 형제들로 구성되어 역시 라스베이거스에 진출했던 김브라더즈와 다른 형제, 자매도 모두 라스베이거스에 모여 집성촌을 이루고 산다.

한류의 원조, 걸그룹의 원조

1년쯤 전에 대학생들 몇 명을 앞에 놓고 이야기를 한 적이 있다. "한류의 원조가 누구라고 생각합니까?"라고 물었다. 싸이도 나오고, 비에 보아까지는 갔는데 "또?" 했더니 아무도 입을 떼지 못했다. 젊은 세대는 모르지만 보아 이전에 1950년대 말, 1960년대 초 김씨스터즈, 윤복희, 패티김이 미국으로 건너가 길을 닦았다. 유럽에는 1970년대부터 아리랑싱어즈라는 이름으로 활동하다 후에 그룹 이름을 바꿔 서울 올림픽 주제곡인 〈손에 손잡고〉를 부른 코리아나가 있었다. 미국이나 유럽인들이 아시아가 하나의 큰 나라라고 생각하던 시절이었다. 김씨스터즈의 《에드 설리번 쇼》 영상을 보면 한복도 자주 입고 나오지만 중국 인형처럼 꾸미고 나올 때가 많다. 미국인의 지식의 폭 안에서 그들의 호기심을 채워 주려면 그렇게 할 수밖에 없었다. 미국에서 활동하는 동양인들의 한계였다. 그러나 그들은 자신들의 어머니를 미국 안방극장에 소개하고 미국 텔레비전에 나와 '우리나라 김치 깍두기' 하고 목청껏 노래하는 스타가 되었다. 이 모든 것을 가난과 싸우면서 남의 나라에서 남의 말로 이뤘다.

세상에 하루아침에 이루어지는 일은 없다. 오늘날 BTS의 영광의 초석이 된 역사를 알아야 한다. 역사는 똑같이 반복하는 것은 아니지만 비슷한 패턴이 늘 돌아온다. 그래서 우리는 역사를 공부하고, 역사에서 교훈을 얻는 것이다. 힘든 시절 돌고 돌아갔던 그들의 고된 길을 들여다보면 오늘을 위한 지혜가 보인다. 이난영은 전후 처참한 가난 속에서 어떻게 미국 팝 시장의 흐름을 읽어 냈는가. 10대 소녀 셋을 에이전트 따라 떠나보내는 모험을 어떻게 감행할 수 있었나. 왜 다른 가수들은 그런 기회를 잡지 못했나. 그런 기회가 와도 떠나지 않은 사람들은 왜 그랬나. 역사는 수많은 생각 거리를 준다. 오늘날 앞에 K자 들어가는 모든 것이 세계적인 관심을 끈다. 앞서 길을 개척한 선배들에 대한 경외심을 잃지 말아야 할 것이다. 그들은 최악의 조건에서 우리의 앞길을 개척한 분들이다.

별빛 같은 당신의 노래

 # 오래도록 함께 익어 가요, 임영웅

서울의 우리 동네 재래시장에 건어물 가게를 하는 할머니가 한 분 계신다. 내가 될수록 카드 결제를 피하고 현금으로 지불해서 나만 보면 근도 잘 주고 좋아하신다. 이제 연세가 많아 겨울이면 뜨끈한 전기장판 위에 앉아 내가 사려고 집어 온 구운 김을 보고 "그건 돌김이야. 저쪽에 있는 거 그게 맛있어 그거 가져와. 그렇게 우리 집 드나들면서 여태 돌김도 구별 못 해?" 하신다. 그리고 덧붙이기를 "장사 오래했으면 관둬야 하는데 아직도 하면서 손님한테 이거 가져와라 저거 가져와라 하네"라고 말씀하신다. 이 할머니가 임영웅의 광적인 팬이다. 가게에 아예 임영웅 포스터까지 붙여 놓고 계신다. 성탄절에 또 김 사러 가서 "할머니 내일 임영웅 텔레비전 콘서트 해요" 했더니 할머니 왈 "아유 내가 아주 내일 저녁 아홉 시 기다리다 진이 빠져서 지레 죽을 거 같아" 하셨다.

감정을 끌어올리는 깊이 있는 노래

2021년 12월 26일 임영웅이 KBS 방송에서 단독 콘서트를 했다. 나훈아, 심수봉에 이어 국영 방송이 선택한 가수가 임영웅이라는 것은 큰 의미가 있다. 이제 그는 《내일은 미스터트롯》 초대 진으로 한정할 수 있는 가수가 아니다. 청출어람이라고 했다. 오디션 프로그램의 새 역사를 쓴 《내일은 미스터트롯》이 배출한 임영웅의 위상이 《내일은 미스터트롯》을 넘어섰다. 그는 이제 대한민국의 가요계가 인정하는 이 시대의 스타이다. 《신청곡을 불러드립니다–사랑의 콜센타》에서 1년 반 노래방 기계에 대고 노래를 해야만 했던 임영웅이 제대로 된 반주에 맞춰 국영 방송에서 콘서트를 한다니 건어물집 할머니가 기다리다 진이 빠질 만도 하다. 나는 건어물집 할머니만큼 광팬은 아니지만 그 콘서트를 처음부터 끝까지 다 봤다.

임영웅이 헬리콥터를 타고 와서 내리는 모습이 무대 뒤에서 그림자극처럼 펼쳐지며 그가 등장했다. 쇼가 시작하면서 임영웅의 움직임이 어딘지 딱딱하다는 느낌을 받았다. 뭔가 어색했다. '임영웅이 긴장한 거야 내가 임영웅보다 더 긴장을 한 거야?' 임영웅의 노래는 역시 훌륭했다. 〈사랑이 이런 건가요〉를 부르면서 불안하던 나의 긴장감이 사라지기 시작했다. 임영웅도 이때부터 몸이 좀 풀렸는지 흥에 겨워 노래하기 시작했다.

나는 특히 배호의 〈영시의 이별〉이 좋았다. 〈영시의 이별〉은 배호가 마지막으로 세상에 주고 간 앨범 속에 담긴 노래이다. 나는 어려서 배호를 텔레비전에서 본 기억이 전혀 없다. 그가 오랫동안 투병 생활을 하다 요절했기 때문이다. 〈영시의 이별〉도 병상에서 녹음했다. 그는 마치 짧았던 자신의 삶과의 이별을 이야기하듯 흐느끼며 부른다. 임영웅은 그보다 훨씬 차분하고 담담하게 불렀다. 담담과 무덤덤은 아주 다른 말이다. 배호의 흐느낌이 있다면, 임영웅의 담담 속에는 허망과 비애가 있었다. 이 노래는 임영웅이 즐겨 부르는 노래이다. 그는 이날 콘서트에서 《신청곡을 불러드립니다─사랑의 콜센타》와 자신의 유튜브 채널에서 부르는 것보다 더 차분하게 불렀다.

첫 소절 '네온불이 쓸쓸하게 꺼져 가는 삼거리'를 부를 때 그는 주로 '쓸쓸하게'를 강조한다. '어떻게 네 글자에 저런 감정을 담아내지?'라고 생각할 정도로 쓸쓸함이 울컥 솟아 나오듯 '쓸쓸하게'를 부르고 바로 뒤에 '꺼져 가는'을 다시 한 번 강조한다. 이번 텔레비전 콘서트에서는 '쓸쓸하게'를 매우 담백하게 불러 노래의 흐름이 끊어지지 않도록 '꺼져 가는'까지 끌고가 거기서 방점을 찍었다. 전체적으로 피아노와 포르테의 간격이 넓지 않은 대신 '원점으로 돌아가는'에서처럼 '원점으'까지 밀며 크레센도로 나가다 디크레센도로 급변해 '으로'를 마무리지으며 이별하는 이의 출렁이는 감정을 그렸다. 기막힌 테크닉이다.

얼마 전 재미있게 봤던 《어느 날》이란 미니 시리즈에서 나중에 무죄가 밝혀진 주인공 김현수가 냉소적이기도 하고, 분하기도 하고, 억울하기도 하고, 슬프기도 하고, 기쁘기도 한 눈으로 변호사를 바라보는데 보일 듯 말 듯 눈물이 맺혔다. 임영웅의 노래가 여러 감정이 겹치는 속에 보일듯 말듯한 눈물 같았다. 차분한 톤으로 노래를 하다 보니 '밤안개가 자욱한 길 깊어가는 이 한밤'에서 '깊어가는'에 약간만 강세를 주어도 한 음 한 음 꼭꼭 눌러 부르던 배호의 노래와 비교해 호소력 면에서 뒤짐이 없었다. 임영웅은 나이와 연륜에 비해 노래에 대해 많은 것을 알고 있다는 생각을 했다. 힘 빼고 노래를 부르며 관객을 앞으로 끌었다 뒤로 민다.

〈영시의 이별〉을 이처럼 담담하게 부른 것은 크게 봐서 매우 사려 깊은 해석이기도 했다. 이 노래는 트로트 명곡 메들리로 부른 세 곡 중 첫 곡이었다. 같은 장르의 노래를 연속으로 부를 때 첫 곡부터 감정을 쏟아부으면 세 곡을 다 마칠 때쯤 지루한 감정이 들게 마련이다. 담담하게 앉아서 부른 〈영시의 이별〉과 〈가슴 아프게〉를 지나 일어서서 끝을 맺은 〈잃어버린 30년〉에서 '어머님, 아버님' 하며 감정을 쏟아 내며 세 곡의 메들리를 마무리했다. 〈잃어버린 30년〉 시작 전 실제 이산가족 찾기의 자료 화면을 보여줌으로써 노래에 흠뻑 취할 수 있었다. 같은 멜로디이지만 1절의 '비가 오나 눈이 오나'보다 2절 '내일일까, 모레일까'에서 훨씬 감정을 끌어올렸다. 노래 끝에 한과 울분을 분출하며 세 곡의 피날레를 장식하는 것이 좋았다. 〈영시의 이별〉〈가슴 아프게〉〈잃어버린 30년〉 세 곡의 노래가 한 곡의 1, 2, 3악장이 되는 듯했다.

임영웅의 노래는 훌륭했지만, 아쉬웠던 점도 있었다. 국영 방송이 코로나바이러스 때문에 지친 대한민국을 위로한다면서 꼭 그렇게 영어를, 그것도 문법에 맞지도 않게 사용해 제목을 붙였어야 했을까 하는 것이다. 요즘 그 정도 영어 못 읽는 사람 없다고 하면 할 말 없다. 그냥 '꼰대'의 넋두리라 치자. 좀 더 본질적인 문제로 들어가 음향이 영성에 차지 않았다. 대중 가수는 오페라 가수와 달리 마이크의 도움을 빌어 소리를 전달한다. 하지만 임영웅의 목소리는 때로 마이크 없이 극장에서의 울림을 한번 들어봤으면 하는 생각이 들 정도로 큰 공명 (共鳴)이 있다. 그런 소리를 찌부러트려 반주 뒤에 가둬 놓은 음향이 답답했다. 〈이제 나만 믿어요〉를 부를 때 '고맙고, 미안해요. 사랑해 요. 이 세상을' 하는 대목에서 비눗방울처럼 크고 둥글게 퍼져 나가야 하는데 그런 울림이 전혀 없었다. 〈잃어버린 30년〉을 부를 때 '어머 님, 아버님' 하던 대목은 울림은커녕 소리가 더 납작해지는 느낌이었 다. 노래방 기계 반주에 맞춰 부르던 《신청곡을 불러드립니다–사랑 의 콜센타》 버전을 들을 때도 '왜 저 울림을 제대로 잡아내지 못할까' 생각했는데 그때의 음향이 KBS의 음향보다 오히려 좋았다.

4부에서 부른 〈외로운 사람들〉과 〈어느 60대 노부부 이야기〉는 예 전에 듣던 것보다 더 좋았다. 《신청곡을 불러드립니다–사랑의 콜센 타》와 《내일은 미스터트롯》에서보다 한층 가라앉은 분위기였지만, 기계 반주가 아닌 생음악 반주이다 보니 메트로놈처럼 박자를 맞출 필요 없이 서로의 호흡에 따라 리듬을 자유롭게 풀어내 감정의 깊이 가 더 있었다. 이 경우에도 음향이 발목을 잡았다. 마지막에 한번 터 트려주는데 소리가 더 멀어지기까지 했다. 음향이 아쉬웠지만 괜찮 다. 노래도 못 하면서 음향만 좋은 건 용서할 수 없으나 노래가 좋으 면 다른 건 그리 중요하지 않다. 집중해서 상상력을 발휘해 들으면 라 이브에서의 소리가 어땠는지 들린다. 오랜 세월 음질이 형편없는 마 리아 칼라스의 해적판들을 들으며 체득한 기술이다.

한 발자국 들어가면 한 발자국 멀어지는

내가 임영웅의 노래를 처음 들은 것은 대부분의 사람처럼 《내일은

274

미스터트롯》예선전에서였다. '우린 늙어 가는 것이 아니라 조금씩 익어 가는 겁니다'라며 노사연의 〈바램〉을 불러서 심사위원 전원의 하트를 받았다. 악을 쓰지도 않고, 우는 소리를 내지도 않고, 음과 음이 이음새 없이 부드럽게 이어지다 무리 없이 고음으로 쭉 끌어올리는 발성이 나를 사로잡았다. '이게 진짜 노래지' 하는 생각은 그때부터 했지만 그때는 100명이 넘는 사람들이 노래를 불렀고, 현역부, 신동부, 유소년부 등에서 깜짝 놀랄 실력을 갖춘 사람들이 많아 임영웅의 우승을 확신하지 못했다. 회를 거듭하면서 점차 임영웅에 집중해서 보게 된 것은 그의 흔들림 없는 노래 실력 때문이었다.

당시 참가자들에게 여러 조언을 해주던 주현미의 말처럼 자기 목소리에 맞는 곡을 선택할 줄 아는 것도 실력이다. 때로 자신의 목소리에 맞지 않는 노래를 들고 나와 실망스러운 무대를 보여 준 참가자도 있었고, 아차 하는 순간 실수를 하는 참가자도 있었다. 1년 365일 언제든 달려 나가 노래 부를 준비를 해야 하는 프로 가수가 일관되게 경이로운 노래를 들려줄 수 있다는 것은 중요한 것이다. 임영웅은 피 말리는 여덟 번의 무대에서 자신의 목소리에 맞는 노래를 골라 늘 감동적인 무대를 만들었다. '이제 뭔가 새로운 것이 더 있을까' 하며 그에 대한 기대치가 높아질 때마다 그는 그 기대를 깨부쉈다.

그가 휘파람을 섞어 〈어느 60대 노부부 이야기〉를 불렀을 때 노래가 끝나고 짧은 순간 경연장이 적막에 싸여 있었다. 대학에서 음악 공부를 할 때 나의 비올라 선생님이 말씀하셨다. "네가 너 자신에 도취해서 감정을 쏟아 내면 관객들이 뒤로 물러나지만, 한 발자국 너의 내면으로 들어가면 관객들이 네 안으로 한 발자국 따라 들어와. 그때 한

번 감정을 터트려 주면 관객이 너의 감정 속으로 완전히 빠져들지."
안으로 침잠하는 임영웅의 노래에 경연장 전체가 한 발자국 다가섰
다. 만 서른이 되지 않은 미혼(未婚)의 이 가수는 의식 없이 병상에 누
워 있는 아내의 조글조글한 손을 잡고 슬픔에 잠긴 60대 남편이 되어
혼잣말로 지난날의 기억을 노래한다. 넥타이를 매어 주던 곱고 희던
손, 막내아들 대학 시험, 큰딸 결혼식. 모든 관객이 촉각을 세우고 이
60대 부부의 과거로 여행길에 올랐다. 관객들의 뺨으로 흐르는 눈물
의 소리가 들릴 것처럼 객석이 조용했다.

　난 이 노래를 좋아하지 않았다. 가사가 너무 길고 지루해서이다. 원
래 이 노래에는 '세월이 흘러감에 흰머리가 늘어가네. 모두 다 떠난다
고 여보 내 손을 꼭 잡았소'라는 구절이 있었다. 임영웅이 이 구절을
떼어 내고 그 대신 휘파람을 집어 넣은 것은 신의 한 수였다. 너무 설
명적이었던 노래가 간결해지면서 감정의 농도는 진해졌다. 휘파람을
실은 간주가 끝나면서 조근조근 아내에게 이야기하던 남편은 오열하
기 시작한다. "이 세월이 다 어디 갔소? 왜 당신은 아무 말이 없소? 왜
날 두고 가려 하오?" 관객들은 사방이 막힌 절망감에 발버둥치는 남
편의 감정 속으로 휘말려 들어갔다. 드디어 남편은 모든 것을 포기한
다. "그래, 잘 가시오. 편히 가시오."

　관객들은 빨려 들어간 그 감정 속에 고요히 잠기고 노래가 끝난 후
에 박수치는 것도 잊은 채 머물고 있었다. 대학 시절 연주를 마치고
눈을 뜨기 싫었던 적이 있다. 그 세상에서 깨어 나오고 싶지 않았다.
눈을 뜨면 내 앞에서 내 연주를 채점하고 있는 교수들 얼굴과 주변의
모습이 모두 낯설었다. 임영웅의 노래가 끝났을 때도 영원히 박수 소

리가 나오지 않았으면 했다. 깨어나지 않고 그 속에 계속 머물러 있고 싶었다.

임영웅이 이 노래를 불렀을 때 미국은 나라 전체가 셧다운 상태였다. 직장도 문을 닫고 운동하는 곳도 모두 문을 닫고 이발소도 문을 닫았다. 뉴욕주는 코로나바이러스가 너무 심해 법원이 계류 중인 모든 사건의 공소시효를 일괄적으로 석 달 연장하고 문을 닫았다. 이발소에 가지 못해 머리를 길게 기른 사람들이 평일 오전 10시에 밖에 나와 뛰거나 산책을 했다. 나 역시 집에서 하루 종일 《내일은 미스터트롯》을 보며 와인만 마시다 눈 깜짝할 사이에 불어난 체중 때문에 매일 나가 음악을 들으며 뛰었다. 한창 열심히 뛸 때 갑자기 나오는 임영웅의 〈어느 60대 노부부 이야기〉 때문에 울컥하며 뜀박질을 멈춘 것이 한두 번이 아니었다. 이 노래를 처음 듣고 그 감동을 이루 형언할 수 없었지만 한편 걱정이 되었다.

이제 임영웅은 다른 가수들보다 노래를 잘하는 것으로는 부족하다. 자기와 겨루어야 한다. 이 감동을 뛰어넘어야 그가 다음 라운드, 그다음 라운드, 결승까지 갈 수 있는 것이었다. 이제부터는 임영웅의 밑천이 바닥이 나느냐 마느냐의 싸움이었다. 그의 밑천은 바닥이 없었다. 그다음 라운드인 준결승에서 그가 '보랏빛 엽-서에~~' 하고 첫 소절을 부를 때 나는 그가 우승할 것이라 확신했다. '엽-서에'보다 나를 더욱 놀라게 만든 것은 그 뒤에 '당신의 눈물인가, 이별의 마음인가 음~~~'이다. '음~~'은 입을 다물고 소리를 내는 허밍이다. 임영웅의 노래를 들으며 '허밍이 저런 울림을 가지려면 저 사람의 비강(鼻腔)은 대체 얼마나 크고 텅텅 비어 있는 것일까?'라고 생각했다.

〈보랏빛 엽서〉는 임영웅이 《내일은 미스터트롯》에서 부른 노래 중 나에게 가장 깊은 인상을 남겼다. 가깝게 지내는 분이 연말 선물로 케냐 고산 지대에서 재배한 녹차를 줬다. 적도 지방에서는 녹차가 보랏빛을 띤다고 한다. 그 선물을 받으며 '보랏빛 녹차에 실려 온 향기는 ~~' 하고 나 혼자 노래를 불렀을 정도이다.

임영웅의 우승으로 《내일은 미스터트롯》이 막을 내리고 난 뒤 그의 과거 영상들을 찾아보았다. 그가 한강변인 듯한 곳에서 버스킹을 하는 영상이 있었다. 사람도 몇 명 없는 것 같은데 그렇게 열심히 노래를 할 수가 없었다. 너무 마음이 아프고 한편 드디어 세상에 이름을 알린 그가 자랑스러워 처음으로 유튜브에 댓글을 달았다. "이렇게 힘들 때 몰라서 응원 못 해줘 미안합니다. 수고했습니다." 반성도 많이 했다. 그간 가요에 싫증 내고 이제 더는 노래 잘하는 가수가 안 나오려나 보다 성급하게 내 멋대로 결론을 내린 것이 부끄러웠다. 앞으로 오래도록 그가 늙어 가지 않고 익어 가는 것을 지켜보리라 다짐했다.

명곡에 임영웅만의 색을 입히다

《신청곡을 불러드립니다-사랑의 콜센타》에서 불렀던 그의 노래는 다 훌륭했지만 그 중에서도 노래방 기계에 대고 부르기에는 너무 아깝다는 생각이 드는 명연들이 있다. 〈외로운 사람들〉〈비상〉〈암연〉〈오래된 노래〉〈그리움만 쌓이네〉〈세월 베고 길게 누운 구름 한 조각〉〈잃어버린 30년〉〈그 겨울의 찻집〉〈Q〉〈엄마의 노래〉〈내 마음 별과 같이〉 등 생각나는 대로 꼽아 봐도 앨범 하나 나올 만하다. 노래방 기계 말고 제대로 편곡해서 50인조쯤 되는 악단의 반주로 혹은 피아노나 색소폰 반주 딱 하나에 맞춰 녹음해 독집으로 냈으면 하는 바람도 가져 본다. 거기에 이광조의 〈사랑을 잃어버린 나〉도 끼워 주면 더욱 좋겠다.

나의 어머니가 오래전에 동네에 있는 '한강 옷 리폼'이라는 옷 수선 집으로 입던 털 코트를 가지고 가서 코트에 가죽을 대고 완전히 딴 옷으로 만들어 가지고 오신 적이 있다. 임영웅이 노래를 부르면 옷이 리폼되어 나오듯 노래가 리폼이 된다. 임영웅은 고전이 된 노래를 자기만의 색깔로 노래해 단번에 귀에 익도록 하는 놀라운 능력을 지니고 있다. 〈내 마음 별과 같이〉는 유랑극단 이야기를 다룬 드라마 삽입곡으로 현철이 부른 명곡이다. 현철의 목소리와 스타일로 몇십 년 동안 많은 사람의 귀에 각인되고 사랑받은 노래를 자기만의 목소리와 색깔로 완전히 다른 분위기의 노래를 만들어 부르는데 그게 전혀 어색하지 않았다. 현철의 버전은 쇠 긁는 소리 같은 걸쭉한 목소리에 현란한 트로트 기교를 섞어 구수한 경상도 억양으로 마음을 '마엄'으로 발음하며 '부평초 같은 내 마엄을' 하고 부르는 것이 매력이다.

임영웅은 특별히 해석을 달리하는 것도 없고 편곡도 기존의 편곡을 그대로 사용했다. 차이라고 하면 트로트 기교를 많이 빼고 그의 풍성한 목소리를 살려 부드럽게 부른다는 것 정도인데 그게 노래를 완전히 다른 분위기로 바꾸어 놓는다. 현철의 정통 트로트 곡의 21세기적 스타일이라고나 할까. 한강 옷 리폼 집에서 찾아온 어머니의 코트는 분명 틀은 늘 봐 오던 털 코트였지만 그렇다고 같은 코트는 아니다. 가죽 코트도 아니고 털 코트도 아니고 그냥 그 나름의 코트이지만 무척 보기 좋았다. 임영웅의 노래의 틀은 분명 현철이 40년 전에 부른

〈내 마음 별과 같이〉이지만 임영웅이 부른 노래는 그 노래도 아니고 완전히 다른 노래도 아니고 그 나름의 〈내 마음 별과 같이〉였는데 듣는 순간 '이건 또 뭐야?' 하며 빠져들게 만들었다.

절망 속의 희망, 위로의 아이콘

임영웅이 취입한 노래들은 데뷔곡부터 쭉 들어봤다. 한동안 하루도 〈이제 나만 믿어요〉를 듣지 않으면 귀에 가시가 돋는 듯했다. 이 노래는 임영웅이 솔로로 녹음한 것도 좋고, 이해리와 함께 듀엣으로 부른 것도 좋아한다. 얼마 전 부른 〈사랑은 늘 도망가〉도 그의 노래 실력을 다시 한 번 바라보게 해줬다. 조용한 반주에 맞춰 조용조용 노래를 하며 감정을 표현하는 것은 매우 어려운 일이다. 질러대는 노래보다 오히려 더 발성에 신경을 많이 써야 한다. 노래는 정말 잘 부르는데 '잠시 쉬어가면'을 '잠시쉬 어가면' 하고 이상한 곳에서 숨을 쉬면서 부르는 것이 너무 귀에 거슬려 잘 듣지 않는다.

임영웅의 큰 매력 중 하나가 가사의 모든 단어가 하나하나 귀에 박히게 하는 것이다. '잠시쉬 어가면'은 단어가 제대로 들리지 않고 들을 때마다 '이게 뭐라는 말인가?'라고 생각하게 된다. 이 대목을 계명으로 보면 '미레도 미파솔'이다. 세 음이 연달아 내려가고 그 바로 뒤 세 음이 연달아 올라간다. 왜 '쉬'에서 한 번 끊어주는지 그 음악적 이유를 모르는 바 아니다. 감히 임영웅이라는 훌륭한 가수에게 어떻게 끊어 부르라고 프레이징 제안까지 하지는 못하겠다. 하지만 이 한마디는 하고 싶다. 대학에서 바이올린을 공부하면서 성악과 친구들을 볼 때마다 부러운 것이 있었다. 바로 그들의 음악에는 가사가 따라온다는 것이다. '가사를 열심히 쫓아가면 음악이 되니 얼마나 좋을까?' 라는 생각을 했다. 그런데 의외로 노래를 하는 사람들이나 노래를 만드는 사람들이 가사에 대한 경외심이 별로 없는 것 같을 때가 있어 놀랍다. 음악적 효과만을 위해 가사를 망가뜨리는 것을 종종 본다. 음표와 가사 어느 한쪽의 희생을 강요하기보다는 두 마리의 토끼를 잡도록 노력해야 한다.

요즘 가장 즐겨듣는 노래는 〈별빛 같은 나의 사랑아〉이다. 무엇보다 임영웅의 목소리에 아주 잘 맞는 곡이다. 가성을 전혀 쓰지 않고 첫 음부터 그의 윤기 나는 목소리와 물총을 쏘는 듯한 발성으로 곡 전체를 소화해서 좋다. 또 하나는 가사가 좋다. 특출하게 문학적인 가사는 아니지만 그 의미와 비유가 아름답다. 임영웅은 이 노래를 소개하면서 팬들의 사랑을 어두운 밤하늘의 별빛에 비유했다. 그의 팬들에게 별빛은 임영웅의 노래이다.

영어에 'Silver Lining'이라는 표현이 있다. 원래는 먹구름 가장자리에 테두리처럼 가늘게 빛나는 햇빛을 뜻한다. 관용구로서 'Silver Lining'은 '절망 속의 희망' 정도로 해석할 수 있다. 어둡고 지루한 코로나바이러스 팬데믹 속의 'Silver Lining'은 우리에게 임영웅과 탑6라는 위로가 생겼다는 것이다. 그믐밤 하늘에 빛나는 별처럼 언제 끝날지 모르는 어려운 상황 속에 임영웅의 목소리가 우리를 위해 어둠을 밝혀 주었다. 내가 몇 년 전 뉴욕주를 여행하며 글을 쓸 때 "세상이 날 버리고 간 것 같은 날에도 30초의 행복은 있다"라고 썼다. 모두가 지치고 모두가 어려운 시기에 임영웅이라는 행복이 우리를 찾아와서 세상이 나를 버리고 간 것 같은 하루를 버티게 해주었다.

별빛 같은 그의 노래가 오래 익어 갈 수 있기를

근래 임영웅의 콘서트 실황을 스트리밍으로 봤다. 노래는 더 말할 필요도 없고, 전에 비해 월등히 좋아진 춤 실력에 무대 매너까지 일취월장했다. KBS 단독 콘서트 때는 보는 나도 어색할 때가 있었다. 때로 대본을 읽는 것 같고, 몸동작도 어딘지 로봇 같았다. 근래의 그의 모습은 홀로 무대에 서는 것에 완벽하게 적응한 것 같다. '어 이쯤에서 붐이 추임새를 넣어줘야 하는데' 하는 듯한 어색한 공백이 없었다. 긴장하지 않고 관객들과 진심으로 소통하고 그 소통을 즐기는 모습이 역력했다. 임영웅이 관객과 이야기를 나누다 즉흥적으로 〈그중에 그대를 만나〉의 일부를 부르는 걸 들으며 '이게 바로 임영웅의 소리야'라고 생각했다.

나는 임영웅의 1집 앨범을 썩 맘에 들어 하지 않는다. 이거다 싶은 노래가 없다. 게다가 앨범에 이런저런 음악 스타일이 혼재해 지향하는 것이 무엇인지 모르겠다. 몇 번씩 들어도 딱히 귀에 붙는 노래가 없다. 객관적으로 봐도 앨범은 많이 팔려 나갔지만, 그중 임영웅이란 이름에 어울리는 히트곡은 없다. 음원 차트에서 어느 곡이 얼마나 순식간에 1등을 했느냐의 문제가 아니다. 〈어느 60대 노부부 이야기〉에 버금가는 노래가 나왔느냐, 10년, 20년 후에도 사람들이 즐겨 부를 노래가 있느냐의 문제이다. 물론 하루에도 수없이 많은 음원이 쏟아져 나오는 요즘의 가요계에서 전 국민적 사랑을 받는 노래가 나온다는 것이 과거처럼 흔한 일은 아니다. 그러나 임영웅은 이제 명실상부 이 나라 가요계의 원톱이다. 훗날 이 시절을 떠올릴 때 함께 떠올리는 곡이 임영웅의 노래여야 한다. 그의 신곡들에 실망하다가 '아마도 임영웅이 그간 하고 싶었던 것 한번 다 해보나 보다. 이것저것 자신의 스타일을 찾아가는 과정인가 보다'라는 생각을 했다. 예술하는 사람에게 실험과 시도는 무죄이다. 맘껏 시도해 보고 자신의 길을 찾길 바란다. 단 우리가 애초에 사랑에 빠졌던 건 기계음을 입힌 목소리가 아니라 임영웅의 목소리 그 자체임을 늘 기억해 주기 바란다.

한동안 가요를 멀리하던 내가 왜 이토록 임영웅의 노래에 열광하는가 생각해 보았다. 별것 없다. 노래를 잘하기 때문이다. 첫째 그는 클래식, 대중음악 할 것 없이 모든 장르의 가수에게 가장 중요한 요건인 목소리를 타고났다. 성악을 전공한 나의 어머니 표현으로 '기름기가 자글자글 도는' 목소리를 지녔다. 목소리뿐 아니라 그는 가사 속의 이야기에 자신의 감정을 이입하는 탁월한 능력을 갖고 있다. 거기에 더해 훌륭한 발성 테크닉을 지녔다. 발성 테크닉은 소리만 크게 잘 내는 것에 그치지 않고 호흡을 길게 사용하는 데에도 중요한 역할을 한다. 테크닉이 받침이 되니 그는 노래를 자신이 원하는 대로 만들어 낸다.

그리고 내가 그의 노래에 열광하는 가장 큰 이유는 위에서도 말했듯 끊어질 듯 끊어지지 않는 그의 레가토 창법이다. 때로 얼마든지 숨을 쉬고 불러도 될 부분에서조차 그는 쉬지 않고 감정의 텐션을 계속 이어가 고음에서 폭발시킨다. 가령 임재범의 〈비상〉을 부를 때 '하늘로 더 넓게 펼쳐 보이며' 하고 숨 쉬고 '날고 싶어'라고 불러도 되지만 그는 이 대목을 한숨에 붙여 부른다. 멜로디를 약간 변형해 '날'을 길게 강조한다. 중간에 숨을 쉬고 부를 때와 달리 나의 눈썹이 들썩하고 눈이 크게 떠지며 몸이 앞으로 쏠려 나가는 것이 실제로 저 하늘로 솟구치는 느낌이 드는 순간이다.

임영웅이라는 걸출한 가수가 세상에 이름을 알리는 데 《내일은 미스터트롯》과 《신청곡을 불러드립니다–사랑의 콜센타》의 공을 부정할 수 없다. 어려운 코로나바이러스 시대에 많은 가수가 개점휴업 상태였을 때 매주 시청자를 찾아가는 행운을 누렸다. TV조선 역시 엄청난 액수의 상금을 걸고 새로운 오디션 프로그램들을 제작할 만큼 성장할 수 있었던 데 임영웅과 탑6가 1등 공신임을 부정해서는 안 된다. 임영웅은 노래방 기계에 맞춰 열과 성을 다해 노래하고 춤추며 신세 갚을 것 같았으니 홀가분하게 자기 길 열심히 가고 후일에 다시 만나 함께 일할 기회가 생기면 반갑게 만나 같이 일 잘하면 된다.

얼마 전 은퇴 10년 만에 《불후의 명곡》에 화려한 외출을 했던 패티김을 보며 임영웅이 패티김 같은 가수가 되었으면 좋겠다는 생각을 했다. 트렌디한 노래를 부르는 것이 아니라 스스로 장르가 되는 가수가 되었으면 좋겠다. 한 시대를 대표하는 가수가 아니라 시대가 지나가도 남는 가수가 되었으면 좋겠다. 10년 만에 무대에 서도 여전히 관객들이 환호하는 가수가 되었으면 좋겠다. 10년 만에 다시 나와서도 건재하게 노래할 수 있는 가수가 되었으면 좋겠다. 먼 훗날 임영웅이 《불후의 명곡》의 주인공이 되었을 때 명곡이 너무 많아 3회 분량의 녹화를 하는 가수가 되었으면 좋겠다.

언젠가 임영웅이 이미자와 나훈아의 노래를 들으니 자신은 아직 멀었다는 생각이 든다고 했다. 당연하다. 앞으로 40년 더 세월을 쌓아야 하니까. 아무리 나훈아가 노래를 잘해도 누가 그의 나이 서른일 때 그를 가황이라 불렀다면 다들 웃었을 것이다. 지금 임영웅에게는 서른의 노래가 있는 것이고 나훈아에게는 칠십여 년 세월이 쌓인 노래가 있는 것이다. 하지만 서른의 노래는 서른이 지나가면 다시 돌아오지 않는다. 앞으로 임영웅이 해야 할 일은 나훈아가 되기 위해 노력하는 것이 아니라 서른과 마흔과 쉰의 노래를 차곡차곡 부르며 나아가는 것이다. 그리고 어느 날 세월을 반주 삼아 일흔의 임영웅의 노래를 하는 것이다.

그런 날이 올 때까지 임영웅이 해야 할 일은 단 하나, 자기 관리이다. 이 간단한 한 단어가 의미하는 것은 목소리 관리나 음악적 연구와 훈련뿐만이 아니다. 구설수에 오르지 않도록 관리하는 것도 그에 못지않게 중요하다. 훌륭한 가수나 배우가 초심을 잃고 구설로 인해 사라지는 것을 임영웅도 많이 봤을 것이다. 배우 김영옥이 그를 찾아와서 이야기를 나누다 한 말을 늘 기억하기 바란다. "조심해서 걸어가." 김영옥도 나도 또 수많은 팬도 별빛 같은 그의 노래가 익어 가는 것을 오래도록 지켜보고 싶으니까. 때로 자신을 철옹성처럼 둘러싸고 있는 매니지먼트사와 무조건적인 지지와 사랑을 보내는 팬들의 응원에서 한발 빠져나와 혹독하게 자신을 돌아보며 끝없이 발전하는 가수가 되길 기원한다. 끝으로 나의 신청곡 이광조의 〈사랑을 잃어버린 나〉도 꼭 불러 주면 좋겠다.

어버이날에 부르는 두 개의 노래

 # 〈엄마의 노래〉와 〈가족사진〉

미국 텍사스에서 대학을 다니던 시절 혼자 길을 걷다 한 어르신을 만난 적이 있다. 힘겹게 언덕을 오르던 그 어르신 옆을 지나다 눈이 마주쳤다. 가볍게 웃으며 "Hi" 하고 지나치려는데 이분이 나의 팔을 꽉 잡고 "젊은이 나 좀 도와줘요" 하셨다. 언덕이 너무 힘에 겨웠던 것이다. 그날 나는 결국 언덕을 넘어 다시 한참 내려가 골목길로 들어가서 그분의 집까지 그분과 팔짱을 끼고 갔다. 가는 내내 그분은 숨을 거칠게 몰아쉬면서 내게 자신의 이름을 알려 주고 고맙다는 말을 몇 번 하셨다. 자기가 우리 학교의 화학과 교수였다는 이야기도 덧붙였다. 그분 댁에 도착하자 집 앞에서 잔디를 깎고 있던 한 젊은 남자가 걸어 나오더니 "Dad, where have you been?(아버지 어디 다녀오세요?)" 하는 것이었다. 아들이 얼른 물을 가져와 아버지께 드리자 물을 마신 그분은 금방 집으로 들어갔다.

집 앞에서 나는 아들과 한참 이야기를 했다. 40대 초반의 이 아들은 하와이에서 사업을 하고 있었다. 그러나 어머니가 돌아가신 뒤 아버지가 혼자 지내기 힘들어져 고향인 텍사스로 돌아와 아버지를 모시고 살고 있었다. 아들은 20대 때 군에 복무하면서 한국에 주둔한 적도 있었다. 나에게 혹시 바둑을 둘 줄 아느냐고 묻기도 했다. 한국에서 바둑을 배워서 종종 뒀는데 텍사스로 돌아오니 같이 둘 사람이 없어 아쉽다고 했다. 내가 집으로 돌아가려 하자 고맙다며, 혹시 바둑을 배워서라도 둬보고 싶은 마음이 있으면 언제든 오라고 했다. 나중에 내가 친부모님처럼 드나들던 와그너 씨 부부 댁에 놀러가 어느 어르신을 도와드렸는데 우리 학교 화학과 교수셨다면서 이름을 말했더니 그 부부가 대번에 하는 말이 "Sad, sad(정말 슬픈 일이야)"였다. 그 어르신은 치매 환자였다. 학교가 작은 시골 마을에 있었기에 그곳에 오래 산 사람들은 서로에 대해 잘 알고 있었다. 와그너 씨 부부의 말에 의하면 그렇게 인물도 좋고 명성도 자자하던 석학이었는데 부인이 돌아가시고 급격히 정신줄을 놓아 버렸다는 것이었다.

그 어르신을 집까지 모셔다드린 것이 30년이 훌쩍 넘었다. 그날 이후로 다시 그 어르신이나 아들을 본 적이 없다. 그러나 한 가지 잊지 않고 있는 것이 있다. '부모님이 늙으면 자식이 고향으로 돌아가 부모님을 돌보는 것이구나' 하는 것이다.

엄마와 함께하는 보석 같은 시간

나는 작년 여름 오랜 미국 생활을 접고 한국으로 왔다. 어머니가 치매 전 단계인 인지장애 판정을 받으셨기 때문이다. 연세도 있지만 코로나바이러스 탓이 크다. 외출도 제대로 못 하고 2년여를 사시니 점점 기억력이 나빠지고 있다. 코로나바이러스 사태로 좋아진 것이 하나 있다면 나의 거의 모든 일을 사람을 직접 만나지 않고 화상으로 할 수 있다는 것이다. 한국으로 돌아가 줌으로 회의하며 필요할 때 미국으로 출장을 가면 되겠다는 요량으로 일을 저질렀다. 집을 팔고 나의 짐을 역시 미국에 사는 동생네 집에 부려 놓고 한국으로 돌아왔다.

얼마 전 어머니를 모시고 인지 능력 검사를 하고 왔다. 매년 기억력이 어느 정도인지 혹시 갑자기 나빠졌는지 측정하는데 본인 상담을 마치면 가족 중 한 명과 10~20분 면담을 한다. 내가 가족 면담 시간에 들어갔다. 상담 간호사 선생님이 어머니가 평상시에 뭘 하면서 소일 하시느냐고 물었다. "성경도 보시고 미스터트롯과 사랑의 콜센타 재방송 보는 거 좋아하세요" 했다. 간호사 선생님이 말했다. "코로나바이러스 때문에 어르신들 인지 능력이 전체적으로 많이 나빠졌는데 그나마 사랑의 콜센타 없었으면 어땠을까 싶어요." 어머니 말고도 〈내일은 미스터트롯〉과 〈신청곡을 불러드립니다-사랑의 콜센타〉를 벗삼아 코로나바이러스 팬데믹을 견딘 어르신들이 많은가 보다. 젊은이들이 춤추고 노래하는 걸 보면 절로 신이 나고, 당신들이 아는 노래를 따라 부르면 뇌에 자극을 받기도 할 것이다.

나도 주말이면 어머니와 함께 앉아 이리저리 채널을 돌리며 그들의 노래를 찾아 듣는다. 어머니가 잘 모르는 1980~1990년대 노래가 나오면 그 노래가 당시 얼마나 큰 인기를 얻은 노래인지 설명을 해드린다. 어머니가 아는 전 세대 노래가 나오면 어머니와 그 당시를 회상하는 이야기를 나누기도 한다. 어느 일요일 오후 어머니와 앉아 〈신청곡을 불러드립니다−사랑의 콜센타〉를 보다 노래 한 곡이 내 이야기인 것 같아 빨려들어 가듯 들었다. 바로 금잔디의 〈엄마의 노래〉라는 곡이었다.

자식은 '섬마을의 한 소녀와 총각 선생님 이야기. 부엌에서 들리던 엄마의 그 노래. 오늘따라 눈물이 납니다'라고 운을 뗀다. 이 어머니의 애창곡이 이미자의 〈섬마을 선생님〉인가 보다. 이미자의 최대 히트곡 중 하나이다. '해당화 피고 지는 섬마을' 학교에 부임한 총각 선생님을 짝사랑하는 '열아홉 살 섬 색시'의 이야기다. '부엌에서 들리던 노래'라고 하는 것을 보니 오늘은 어머니의 노래가 들리지 않는 듯하다. 어머니가 돌아가셨을 수도 있다. 아니면 연로한 어머니가 자식이 찾아오자 부엌에 나가 오랜만에 밥을 하시는데 오늘은 노랫소리가 나지 않는 건지도 모른다.

나이 들며 어머니의 음식을 먹을 때마다 슬픈 것이 있다. 이전에 비해 어머니의 손놀림이 턱없이 더디다. 때로 부엌에서 무엇부터 해야 할지 몰라 허둥댄다. 예전의 맛깔스럽던 반찬은 간이 짜지고, 타기까지 하고, 뭔가 빠진 것 같다. 노래가 사라진 어머니의 부엌처럼 뭔가 허전한 어머니의 맛없는 음식을 예전에 먹던 맛있는 음식처럼 퍼먹는 자식의 가슴에서는 피눈물이 난다. 자식은 속으로 불러 본다. '해당화 피고 지는 섬마을에 철새 따라 찾아온 총각 선생님……' 그리고 그대로 자신의 어린 시절, 어머니의 젊은 시절로 돌아간다.

어렵던 시절 어머니는 늘 '맛난 것, 좋은 것'에 손사래를 치며 자식들을 먼저 보살피셨다. 동물 다큐멘터리에서 충격적인 장면을 본 적이 있다. 노련한 치타 한 마리가 새끼를 먹이기 위해 임팔라를 사냥했다. 그런데 역시 새끼를 먹여야 하지만 경험이 부족해 사냥을 번번이 실패하는 젊은 치타가 아주 비굴한 자세로 노련한 치타에게 다가온다. 노련한 치타는 젊은 치타에게 다가오지 말라고 경고한다. 그러나 새끼를 먹여야 하는 절박감에 젊은 치타는 배를 땅에 깔고 고개를 푹 숙인 채 다가가 기어코 노련한 치타가 잡은 임팔라를 물고 달아난다. 노련한 치타는 화가 단단히 났지만 젊은 치타를 쫓아가지 않는다. 세렝게티에서 1년 내내 진을 치고 사자, 표범, 치타 등을 촬영하는 사람들은 몸의 얼룩무늬만 보고도 어느 치타인지 구별할 수 있다.

노련한 치타는 젊은 치타의 어미였다는 해설자의 말을 들으며 나는 깜짝 놀랐다. 동물들은 일단 독립하면 부모 자식도 서로 알아보지 못하는 줄 알았는데 모성은 그렇게 쉽게 잊히는 것이 아니던가? 딸에게 먹이를 내어 주면 노련한 치타는 또다시 사냥을 해야 자신의 새끼를 먹일 수 있어 화가 났을 것이다. 하지만 독립한 딸이 찾아와 손자 손녀들 먹일 것이 없다고 사정하니 그 먹이를 내준 것이다. 하물며 인간의 모성은 어떠하랴. 이 노래 속 어머니는 늘 '맛난 것 좋은 것 아니, 아니'라며 입에 넣었던 음식도 꺼내어 자식을 먹이셨다.

자식은 계속 노래한다. '딸래미, 아들래미 키우시며 까맣게 타 버린 눈물의 그 세월들을 어떻게 말로 다 할까요?' 예전에 나의 형이 계속 선을 보는데 인연을 만나지 못해 부모님이 상심하신 적이 있다. 어머니의 이모님이 미국에서 한국을 방문해 우리 집에 오셨을 때 어머니가 형을 가리키며 "쟤만 장가가면 걱정이 없겠어요" 했다. 이모할머니가 평안도 말로 대답하셨다. "가보라우. 걱정이 없는지……."

'딸래미 아들래미'는 평생의 노심초사이다. 양주동 박사가 작사한

〈어버이 은혜〉라는 노래의 2절에 이런 구절이 있다. '어려선 안고 업고 얼러 주시고, 자라서는 문 기대어 기다리는 맘.' 어머니는 아직도 내가 외출하면 "차 조심하라"고 하신다. 자식 걱정에 평생을 보낸 어머니를 보는 자식은 세월을 원망한다. '고왔던 봄처녀를 무심히 데리고 간 그 세월이 너무 미워요.' 2절에서 자식은 어머니 없는 세상을 살아가는 자신의 이야기를 한다. '철없던 작은 아이가 이제 어른이 되었죠. 세상살이 힘들어 지치는 날이면 듣고 싶은 엄마의 노래……'

나의 어머니는 먹을 것이 없어 자식들의 끼니 걱정을 하지는 않았다. 이 노래가 내 마음에 깊숙이 박힌 이유는 '엄마의 노래'라는 모티프였다. 때로 오늘이 월요일인지 일요일인지 헷갈리는 나의 어머니는 당신의 기억력이 나빠지고 있다는 것을 아신다. 그래서 더 불안해하고, 끝없이 묻고 확인한다. 한데 아침에 화장하며 성악을 전공한 대학 시절 공부했던 오페라 아리아를 이탈리아어로 흥얼거린다. 내가 어려서부터 듣던 바로 그 노래. 부엌에서 들리던 엄마의 노래, 오페라 《토스카》에 나오는 〈노래에 살고, 사랑에 살고〉이다. '세상살이 힘들어 지치는 날이면' 그리워질 엄마의 노래이다.

치매 환자를 돌봄에 있어 가장 힘든 것은 음식과 약 챙기고, 병원 모시고 다니는 것이 아니다. 똑같은 질문에 아흔아홉 번 대답 잘하다 한 번 짜증 부린 것에 대한 죄책감이다. 내가 짜증 부린 건 10분 만에 잊어버린 어머니가 70년 전에 공부한 노래를 흥얼거리기 때문이다. 나는 안다. 언젠가 어머니가 돌아가신 후 이 노랫소리를 내가 얼마나 그리워할지. 한국으로 이사 오며 포기한 것도 있지만, 어머니의 마지막 몇 년은 내 인생에 다시 돌아오지 않을 보석 같은 시간이다.

매일을 어버이날처럼 살자

〈신청곡을 불러드립니다–사랑의 콜센타〉에서 들은 또 하나의 노래가 있다. 〈가족사진〉이다. 이 노래는 SG워너비의 김진호의 노래로 나도 원래 알고 있던 노래이다. 한 10년 전인가 《불후의 명곡》에서 김진호가 나와 이 노래를 부르는 것을 유튜브에서 봤다. 내가 워낙 SG워너비의 노래들을 자주 찾아 듣다 보니 AI가 나에게 권한 것 같다. 《불후의 명곡》 방청객들이 많이 울었다. 변변한 가족사진이 없어서 어머니와 자식들이 함께 찍은 사진에 아버지 독사진을 붙여 놓은 것을 보며 순식간에 곡을 완성했다고 한다. 그런 절절한 마음을 담아 부르고 노래가 끝났을 때 '하늘에 계신 아버지께 띄우는 사랑 고백'이라는 자막이 떴다. 그때는 나의 아버지가 아직 살아계셔서 그렇게 가슴을 파고들지 않았다. 《신청곡을 불러드립니다–사랑의 콜센타》에서 영탁이 이 노래를 불렀을 때는 아버지가 돌아가신 지 몇 년 후였다. 잊고 있던 이 노래가 내 가슴을 먹먹하게 만들었다.

'바쁘게 살아온 당신의 젊음에 의미를 더해 줄 아이가 생기고.' 그 아이가 바로 나와 내 형제들이다. 이렇게 생각하면 왠지 가슴에 따뜻한 기운이 차오른다. 나는 팬데믹으로 집에 갇혀 살던 시기에 가족 앨범을 다시 한 번 쭉 훑어보았다. '그날에 찍었던 가족사진 속 설레는 웃음.' 그 웃음은 어느새 모두 빛이 바래 있었다. 그러나 빛바랜 사진 속 우리는 그 행복이 영원히 계속 될 것 같은 표정이다. 아무도 늙지 않고, 죽지 않을 것 같은 그 모습이 빛바랜 채 사진 속에 화석처럼 남아 있다. 현실은 그리 녹록지 않다. 나는 대학 입시에 실패하고 영어 하나 잘한다는 것 믿고 홀로 미국으로 유학을 떠났다.

때로 유명한 아버지를 둔 중압감에 공부를 포기하고 싶었던 적도 있었다. 석사 학위를 받기 두 달 전의 일이었다. 지나온 90미터를 돌아보니 앞에 남은 10미터를 도저히 달릴 수 없는 느낌이었다. 아무리 죽을힘을 다해 10미터를 뛰어도 아버지처럼 될 수는 없다는 생각은 어린 시절부터 가졌던 나의 희망과 꿈을 모두 짓눌러 버렸다. 지금 생각하면 왜 꼭 아버지처럼 되어야 하는지 모르겠지만 그땐 그랬다. 그게 내가 부모님께 보여 드려야 할 성적표라고 생각했다. 직장 일이 풀리지 않는 날도 있었다. 공들였던 일이 물거품이 되는 날도 있고, 상사와 충돌하는 날도 있었다. '이곳저곳 깨지고 또 일어서다 외로운 어느 날 꺼내 본 사진 속 나는 아빠를 닮아 있네.' 어렸을 때 남자 어른들이 자신의 장모님을 보면 자신의 아내가 30년, 40년 후에 어떤 모습일지 보인다는 말을 자주 했다. 여자뿐 아니다. 자식은 결국 부모님의 모습을 닮아 가는 것이 아닌가 한다.

　나는 자라면서 아버지와 공통점이 없다고 생각했다. 그런데 코로나바이러스 때문에 집에 갇혀 훑어보던 앨범 속에서 발견한 부모님의 약혼식 사진 속 젊은 아버지와 내가 나도 놀랄 정도로 닮았다. 아버지는 외향적이고 낙천적이었기에 늘 내성적이고 한발 뒤에 부끄럽게 물러서 있는 나와 성격적으로도 닮은 점이 없다고 생각했다.

　나의 아버지는 외과의사로서 신장이식 수술을 많이 하셨다. 세상은 참 재미있다. 정작 당신의 신장이 망가졌을 때는 연세가 많아 이식 수술을 받지 못하고 9년간 투석을 받다 돌아가셨다. 그 9년 동안 아버지는 한번도 신세 한탄을 하거나 짜증을 낸 적이 없다. 기껏해야 "아이, 오늘 진짜 가기 싫다" 정도가 다였다. 간호사들에게 화내는 일 한

번 없고, 그렇게 가기 싫다가 가서는 침대에 눕자마자 코를 골며 네 시간 잘 자고 나오셨다. 내가 어디서나 머리만 대면 자는 것이 아버지를 꼭 닮았다. 미국에서 한국으로 비행기를 타고 올 때는 타자마자 자기 시작해 밥 먹는 시간 빼고 계속 자다 서울에 도착할 때면 허리가 아플 정도이다.

어느덧 내 사전에 내성적이란 말은 사라졌다. 동네 산책이라도 나가면 근처 식당 사장님들, 부동산 사장님, 야채가게 사장님까지 나와 반갑게 인사할 정도로 외향적이 되었다. 폭우에 꺾인 꽃나무 가지에 나무젓가락을 대고 붕대로 감아 결국 그 가지에서 꽃이 피게 만들었을 때는 내 안에서 의사 아버지가 살아온 것 같았다. 아버지가 우리 삼형제 중 유일하게 나에게만은 의대 진학을 권하지 않으셨는데 말이다.

이 노래에서 나의 가슴을 후벼팠던 구절이 있다. '미소 띤 젊은 아가씨의 꽃 피던 시절은 나에게 다시 돌아와서 나를 꽃 피우기 위해 거름이 되어 버렸던……'

아들의 젊음도 끝나갈 무렵 돌아본 아버지와 어머니의 젊은 시절은 예상치 못하게 풋풋하다. 내가 미국에서 즐겨보던 드라마 중에 《디스 이즈 어스(This Is Us)》라는 것이 있다. 40대의 삼남매의 이야기이다. 드라마는 시공을 초월해 삼남매가 어렸던 시절, 그들의 부모님이 처음 결혼했을 때, 그들이 태어나던 날, 부모님이 점점 나이가 들어가던 모습들도 함께 보여 준다. 40대의 삼남매가 세상사에 어려움을 당할 때 카메라는 갑자기 30년 전으로 돌아가 그들 부모님이 비슷한 일을 당하던 모습을 보여 주는 식이다. 이 드라마를 보면 한편 신기하다. 부모님이 지금의 나보다 훨씬 젊다. 신기하다기보다는 뭔가 뒤통수를 맞은 느낌이다. 부모님은 늘 어른이었던 시절이 있었다. 그때는 내가 어려 아버지, 어머니가 아주 나이 많은 어른으로 보였을 뿐이다. 이제 보니 '내가 저 나이 때 어떠했나'라는 것이 보인다.

나는 힘든 사춘기 시절을 보냈다. 나를 이 세상에 낳아준 부모님이 왜 이렇게 나를 이해하지 못할까라는 생각을 하면서 살았다. 나의 꿈은 한국을 떠나, 나 홀로 멀리서 사는 것이었다. 가수 양희은은 30대 중반에 바람이 나 가족을 버리고 다른 여자와 살림 차렸다가 서른아홉 살에 요절한 자신의 아버지를 자기가 마흔 살이 되자 용서했다고 한다. 마흔이 되고 보니 서른아홉 살이 너무 어려 보인 것이다.

《This Is Us》를 보며, 양희은의 〈내 나이 마흔 살에는〉을 들으며 깨달았다. 우리의 부모님은 그 어린 나이에 젊음을 다 바쳐 설명서도 없이 덜커덕 세상에 나온 우리를 시행착오를 거치며 키웠다. 자신들과 내가 말 한마디할 때마다 점점 더 어긋나기만 할 때 그 막막함은 어떤 것이었을까? 차라리 물건이었으면 이렇게 조립해 보고 다시 분해해 저렇게 조립해 보기라도 했을 텐데. 분해도 할 수 없고, 무를 수도 없는 자식을 키우다 젊음은 거름으로 다 타버렸다. 어느덧 아버지는 투석 받다 돌아가시고, 어머니는 치매 전 단계가 되었다. 아버지, 어머니가 불사른 젊음은 내게로 돌아와 내가 학교를 마치고 직장을 잡아 한 인간으로 스스로 서는 거름이 되었다. 그 밑거름으로 꽃을 피웠던 나도 이제 그 꽃이 시드는 인생 시기에 접어들었다.

어느새 아버지의 모습이 되어 가고 있는 나를 거울에 비춰 본다. 이제 내가 부모님을 위해 마지막으로 해야 할 일이 무엇인가를 생각한다. 어머니가 쓸쓸하게 세상을 떠나지 않도록 길동무가 되어드리는 것. 그것이 내 인생의 밑거름이 되어 주신 부모님의 사랑에 보답하는 길일 것이다. 어미 치타는 독립한 딸에게 먹이를 내어 주고, 젊은 까마귀는 늙은 부모님에게 먹이를 물어다 주는 것이다. 하늘에서 아버지가 보고 계시다면 "바로 그거지" 하실 것이다.

아버지가 돌아가신 날 제일 먼저 들었던 생각이 '이제 어머니마저 돌아가시면 나는 고아구나' 하는 것이었다. 고아가 되기 전 앞으로 몇 번이나 더 어버이날을 맞을 수 있을지 모른다. 몇 번 남지 않은 것은 확실하다. 또 한 번의 어버이날을 맞는다. 한 번의 어버이날을 또 써 버렸다. 그러나 몇 번 남았는지 조바심 내지 않을 것이다. 매일을 어버이날처럼 살면 되니까. 그 날이 오면 끝까지 어머니의 손을 잡고 외롭지 않게 보내드릴 것이다. '나를 꽃 피우기 위해 거름이 되어 버렸던 그을린 그 시간들을 내가 깨끗이 모아서' 웃음꽃으로 빚어 어머니 얼굴에 피어나게 할 것이다. 아버지와 다시 만나 두 분만의 가족사진을 새로 찍길 기원하며.

김진호는 훌륭한 목소리를 지녔을 뿐만 아니라 그 목소리를 힘 있게 뽑아내는 방법을 잘 아는 가수이다. 어버이날에 혹은 그저 부모님이 생각날 때 그의 〈가족사진〉을 꼭 들어보길 권한다. 영탁의 버전도 좋다. 애드리브를 넣어 간절한 느낌을 진하게 살려 준다. 시간 나면 우리 엄마의 노래, 오페라 《토스카》 중에 나오는 〈노래에 살고, 사랑에 살고〉도 들어보길 권한다.

등이 휠 것 같은 삶의 무게여

어려서 임희숙을 텔레비전에서 여러 번 보았던 기억이 난다. 젊은 시절 그녀는 나의 바이올린 선생님과 인상이 흡사해서 좋아했다. 바이올린 레슨 시간에 임희숙이 선생님 닮았다고 했더니 선생님이 "그거 사실은 나야. 임희숙이 방송 나올 때 우리 집에 전화해 봐. 내가 집에 없지" 하셔서 '정말인가?' 하고 눈을 둥그렇게 뜨고 선생님을 쳐다봤더니 선생님이 웃으면서 다른 사람들도 닮았다는 말을 한다고 하셨다.

그녀에 대한 첫 기억은 〈진정 난 몰랐네〉를 부르는 모습이다. 초등학교도 들어가기 전 어린아이가 이해하기 힘든 가사지만 가사를 외워 따라 부르기도 했다. '그토록 사랑하던 그 사람 잃어버리고 타오르는 내 마음만 흐느껴 우네'로 시작하는 이 노래를 부를 때 그녀는 거의 눈을 뜨지 않고 노래를 했다. 어린 내 눈에 그녀는 뭔가 먼 세상에 들어가 있다 노래가 끝나면 나오는 것 같았다.

1975년 소위 대마초 파동과 함께 사라진 가수

그리고 1975년 우리나라 가요계를 뒤흔들었던 대마초 파동이 일어났다. '든 사람 자리는 몰라도 난 사람 자리는 안다'고 했다. 매일 보다시피 하던 가수들, 오늘 텔레비전에 나오면 또 나왔구나 하던 가수들이 한꺼번에 사라진 가요계는 적막강산 같았다. 구속되거나 출연을 정지 당한 가수의 숫자가 많아서라기보다는 굵직한 가수들이 주로 걸렸기 때문에 그 충격이 컸다. 지금 돌이켜 보면 구멍이 숭숭 뚫린 톱 가수 명단을 들고 1년 365일 쇼 프로그램을 만들기 위해 고군분투했을 PD들의 고민도 컸을 것 같다. 임희숙도 출연을 정지 당한 가수 중 하나였다. 그녀는 오늘날까지도 결백을 주장하고 있다.

당시는 제대로 된 마약 검사 방법도 없었다. 그냥 누구 하나 적발하면 그 친구도 끌려오고, 그 친구와 같은 방에 있었던 사람도 끌려왔다. 오늘날 같았으면 소속사가 당장 반박문을 인터넷에 올리고 팬클럽이 수사 기관을 찾아가 항의하고, 재검을 요청했을 것이다. 아니 그 전에 수사 당국부터 철저한 정보와 증거 없이 함부로 이런 일을 터트리는 것을 꿈도 꾸지 못할 것이다. 1975년은 그런 시절이 아니었다. "너 대마초 피웠다" 하면 핀 것이 되는 시절이었다. 증거가 있어 걸린 것도 아니니 반박할 증거도 없다.

아서 밀러의 유명한 희곡「크루서블(Crucible)」은 17세기 말 미국의 세일럼이라는 마을에서 실제로 일어난 마녀 사냥에 대한 이야기이다. 수많은 사람이 고발과 고문으로 마녀라는 자백을 하고 처형을 당했다. 나중에는 사사로운 감정으로 이웃을 마녀로 고발하고, 고발 당한 자는 고발한 자를 맞고발하며 증오와 심판의 도가니 속으로 빠져든다. 연극을 다 보고 나오는 관객은 '억지로 쥐어짠 자백만이 유일한 증거인 재판의 결과로 처형 당한 사람 중 과연 마녀가 있기나 한 것일까'라고 생각한다. 1975년 당시 우리나라 가요계에 대마초를 피운 가수가 없지는 않았겠지만 당시 어려운 정치 상황을 극복하고 국민의 관심을 다른 곳으로 돌리기 위해 시작한 수사이다 보니 과연 출연 금지자 명단 안에 '몇 명이나 실제로 대마초를 입에 한 번이라도 대 보았을까'라는 의문은 해답 없이 영원히 역사에 남을 것이다. 임희숙도 뚜렷한 증거 없이 그러나 결백을 증명할 방법도 없이 5년간 출연을 정지당해 절치부심 잠룡의 세월을 보내야 했다.

달콤쌉싸름한 다크초콜릿 같은 영혼의 음색

사라졌던 그녀가 다시금 나의 레이더망에 들어온 것은 그녀가 이제는 가요의 고전이 된 〈내 하나의 사람은 가고〉를 발표하면서이다. 대학생이 되어 들으니 비로소 그녀의 목소리와 음악 세계가 들리고 보이기 시작했다. 임희숙의 목소리는 뭐라 한마디로 표현하기 힘들다. 분명 밝은색은 아니다. 저음에서 나는 소리는 약간 허스키한 기운이 있다. 그래서인지 쓸쓸한 어두움이 배어 있다. 그렇다고 칠흑 같은 절망의 어두움도 아니다. 잘고 빠른 바이브레이션 때문인지 부드러운 느낌이 있다. 밀크초콜릿 같은 부드러움은 결단코 아니다. 다크초콜릿이라고 할까? 다크초콜릿의 다른 이름이 비터스윗(Bittersweet) 즉 달고 쌉싸름한 초콜릿이다. 임희숙의 목소리가 그렇다. 달기도 하고,

쌉쌀한 인생의 맛도 나며 밝지 않은 색의 다크초콜릿이다. 그녀의 목소리에서는 영혼의 탄식이 흘러나오지만 그 탄식의 소리가 듣는 이의 영혼을 절망의 심연으로 끌고 들어가는 것이 아니다. 그 자잘한 바이브레이션이 노래의 절정에서 용암이 분출하듯 터져 나올 때는 오히려 영혼이 정화되는 느낌이다. 분명 슬픈데 슬픔을 받아들이니 후련한 느낌은 그녀의 목소리만이 줄 수 있는 선물이다.

임희숙은 〈내 하나의 사람은 가고〉를 1984년에 발표했다. 나는 언제 이 노래를 처음 들었는지 전혀 기억하지 못한다. 내가 즐겨 듣고 부르는 노래들은 언제 어떤 상황에서 처음 들었고 그 이유로 더욱 특별한 경우가 대부분인데 그렇게 좋아하는 이 노래를 언제 처음 들었는지 전혀 기억하지 못한다는 것이 참 이상하다. 언제 처음 들었는지도 모르는 노래, 몇 번 들은 적도 없는 것 같은데 어쩌다 불러 보니 가사를 다 외우고 있어 놀랐던 노래이기도 하다. 영혼 깊숙한 곳으로 파고드는 이 노래는 가랑비에 옷 젖듯 어느덧 내 영혼 속 깊은 곳까지 적셔 놓았다.

이 노래가 나뿐 아니라 수많은 이의 심금을 울리는 이유 중 하나가 가사일 것이다. 나는 이 노래를 들을 때마다 '실제 있었던 일이 아니면 이렇게 생생하게 가슴 찢어지는 가사가 나올 수 없다'라는 생각을 한다. 나는 가사의 뒷이야기를 알아내고자 부단히 애썼다. 이 노래를 작사, 작곡한 백창우는 시집을 여러 권 출간한 시인이며, 동요, 기독교 찬양곡, 가요 등을 여러 곡 작곡한 음악가이기도 하다. 그가 작사한 이동원의 〈내 사람이여〉도 가사가 아름답지만 〈내 하나의 사람은 가고〉처럼 개인적인 이야기가 들어있는 것은 아니다. 어떤 계기로 이런 가사를 쓰게 되었는지 모르지만 그는 이미 임희숙을 염두에 두고 이 노래를 만든 것 같다.

어느 날 작사가 지명길이 임희숙에게 전화해서 "노래도 만들고 시도 쓰는 젊은이가 임희숙에게 곡을 주고 싶어 한다"고 전했다. 백창우와 직접 통화를 한 임희숙은 "한번 만나자. 작곡·작사가와 이야기를 나누어 봐야 노래를 소화할 수 있지 않겠느냐"고 여러 번 제안했으나 백창우가 완곡히 거절하고 〈내 하나의 사람은 가고〉 노래만 보내왔다. 그 뒤로도 임희숙은 그를 제대로 만나본 적이 없다. 그가 결혼한다기에 하도 궁금해 결혼식장으로 찾아가 본 것이 전부라고 한다. 임희숙의 인터뷰 기사나 비디오를 볼 때마다 이 가사의 뒷이야기가 궁금해 열심히 들어봐도 "임희숙도 모른다"가 답이다. 임희숙 자신은 지명길에게 '나의 일기장을 들춰보고 쓴 곡 같다'고 했다지만 그녀의 일기장을 내가 읽어본 것도 아니고, 어찌할 도리가 없다. 그냥 내 방식으로 이해하기로 했다.

이제 그 누가 있어 이 외로움 견디며 살까

어린 시절 우리 가족이 살던 동네는 서울의 변두리로 우리 집만 언덕 위에 혼자 있고, 언덕을 내려가면 판잣집과 밭과 공터가 있었다. 이들을 지나 한참 걸어가다 보면 갑자기 우람한 이층집이 나왔다. 석축을 높게 쌓은 이 집은 대문이 열릴 때마다 안을 들여다보려 해도 잘 보이지 않았다. 대문에서부터 돌계단을 한참 올라가면 마당과 집이 있는 구조였기 때문이다. 석축을 쌓은 담장 밑에 요즘 같으면 차고를 만들었을 곳에 살림집이 딸린 전방(廛房)을 들였다. 그때는 그랬다. 아

무리 이층집에 살아도 자동차를 소유하지 않은 사람이 많았고, 차를
소유해도 그냥 대문 앞에 세워 두면 될 정도로 서울이 한산했다. 그
전방에 정원미용실이라는 미장원이 세 들어 있었다. 집주인은 또 본
채의 방 하나를 세를 주었다. 그 본채에 세를 들어 살던 사람이 그 당
시 신인으로서 제법 대사가 많은 역을 맡기 시작하던 탤런트 누나였
다. 어머니 따라 정원미용실에 가서 '괜히 따라왔다' 생각하며 무료함
을 달래고 앉아 있으면 동네 아주머니들이 내가 들을까 봐 눈을 껌벅
거리며 그 탤런트 누나 이야기를 했다.

"저 윗집에 그 있잖아 (눈을 껌벅). 걔가 부잣집 아들 하고 좋아하잖
아. 가끔 그 아들이 와서 (눈을 껌벅) 그러구 가. 남자 집이야 안 된다고
난리지. 그 남자 엄마가 와서 (눈을 껌벅껌벅)……."

이게 내가 초등학교 1학년 때 일이다. 그 당시 그 탤런트 누나가 왕
의 후궁 중 한 명으로 출연하는 사극이 한창 인기를 끌던 시절이라 연
도까지 정확히 기억한다. 나에게는 희한한 재주가 하나 있다. 어머니
따라가 미장원에 앉아 무슨 뜻인지도 모르고 들은 말을 그대로 기억
하고 있다가 스무 살, 서른 살이 되었을 때 갑자기 그 대화를 기억하
고는 '그때 그 말이 이 뜻이었구나' 한다.

내가 처음 〈내 하나의 사람은 가고〉를 들었던 20대 초반 나는 그 탤
런트 누나의 모습을 떠올리곤 했다. 미장원에서 들은 그 대화 내용의
눈 껌벅 부분이 모두 말로 채워졌다. 그리고 생각했다. '그때 정원미
용실에서 어른들이 하던 이야기가 이 가사의 숨겨진 이야기가 아닐
까?' 임희숙의 처절한 목소리가 '너를 보내는 들판엔 마른 바람이 슬
프고'라고 말문을 열면 그 남자, 가끔 그 누나가 집 앞에 서서 택시에

대고 손을 흔들 때 그 안에 타고 있던 그 남자의 옆얼굴이 희미하게 떠오른다. 혹시 그 남자는 집안의 반대를 견디지 못해 스스로 목숨을 끊은 것일까? 오래전 자신의 보디가드와 사랑에 빠진 재벌집 딸이 자살한 기사를 읽은 적이 있다. 그 택시 안에 앉아 있던 남자도 사랑을 잊지 못해 홀로 길을 떠난 것일까?

　마른 바람만이 스산하게 불어오는 들판에서 가족들이 모여 장례를 치른다. 어머니의 흐느낌이 바람 소리인 듯 들판에 흐른다. 그 장면을 멀리 숨어서 바라보는 이가 바로 탤런트 누나이다. 그녀는 말한다. '내가 돌아선 저 하늘엔 살빛 낮달이 슬퍼라.' 아마도 그녀는 그의 죽음을 전해 듣고 하늘을 등지고 몇 날 며칠 식음을 전폐한 채 어두운 방에서 반 실신 상태로 있었나 보다. 그래도 어찌어찌 장지를 알아내고 그곳에 왔다. 어둠에 숨어 며칠을 보내다 밖으로 나온 터라 동공은 있는 대로 확장되었고 고개를 들어 하늘을 바라보기도 힘겨울 정도로 눈이 부시다. 뗴꾼한 눈을 선글라스로 가리고 겨우 올려본 하늘에는 '살빛 낮달'이 그녀와 장례식을 내려다보고 있다. 핏기 없는 그녀의 얼굴과 빛을 잃은 낮달이 닮은꼴이다. '오래도록 잊었던 눈물'이 솟는다. 눈물을 참을 필요도 없었다. 슬픔이 극에 달하니 먹는 것도, 자는 것도, 심지어 우는 것도 다 잊었다. 이제 이 들판에 서 있으니 뭔가 뜨거운 것이 솟아 나온다. 그렇다. 눈물이라는 것이 있었다. 그와 한 시도 떨어지기 싫어 그를 택시에 실어 보내고 방으로 들어와 흘리던 그 눈물. 그 눈물이 다시 나오기 시작했다.

　그리고 시인이 아니면 생각해 낼 수 없는 한 구절이 나온다. '등이 휠 것 같은 삶의 무게여.' 무거운 것은 삶이다. 죽음은 가볍고 홀가분하다. 그는 더는 그리움에 짓눌리지 않는다. '가거라 사람아. 세월을 따라 모두가 걸어가는 쓸쓸한 그 길로.' 죽음이 아무리 홀가분해도 그래도 그녀가 없으니 그는 쓸쓸히 떠나갈 것이다.

그렇게 그를 보내고 돌아서는 그녀는 이제 현실의 걱정이 고개를 든다. '이제 그 누가 있어 이 외로움 견디며 살까?' 만나지 못해도 어딘가 그 사람이 있다는 것만으로도 하루를 버틸 수 있었다. 이제 그는 아무 곳에도 없다. 그 외로움이 엄습해오기 시작한 것이다. 그리고 그녀는 알 수 없는 말을 한다. '이제 그 누가 있어 이 가슴 지키며 살까?' 가슴을 지키며 사는 것이 무슨 뜻일까? 40년 가까이 풀리지 않는 수수께끼이다. 그가 내 편이라는 사실 하나로 지키고 있던 자존감이 무너져 버림을 뜻하는 것일까? 가슴에 아직도 타오르는 사랑을 어떻게 지키며 살 것인가라는 의문일까? 아무튼 그녀는 이제 집도, 배우 생활도 아무것도 과거로부터 이어져 오는 것들에게 돌아가고 싶지 않다. 그녀는 드디어 눈부심을 무릅쓰고 고개를 들고 하늘을 응시한다. 구름이 떠간다. '아, 저 하늘에 구름이나 될까.' 그녀는 어딘가로 떠나고 싶은 것이다. 아니면, 설마 '너 있는 그 먼 땅을 찾아 나설까?' 극한의 절망으로 내몰린 그녀는 드디어 절규한다. '사람아, 사람아, 내 하나의 사람아. 이 늦은 참회를 너는 아는지.'

모든 가수가 평생 가져보고 싶은 곡으로 재기에 성공하다

〈내 하나의 사람은 가고〉는 잠잠하던 임희숙을 단번에 재기할 수 있게 해주었다. 그리고 40년이 지나도 계속 사랑받고 수많은 가수가 도전하는 곡이 되었다. 이것이 바로 명곡, 고전의 정의이다. 이 노래가 이렇게 성공한 데는 임희숙의 목소리와 감성이 큰 공을 세웠다. 거기에 진심이 느껴지는 시어와 이를 잘 이끌어 내는 멜로디도 공을 세웠다. 임희숙 자신도 처음 노래를 받아 부르다 '등이 휠 것 같은 삶의 무게여'라는 대목에서 "앤(백창우) 도대체 어떻게 생긴 애야?"라고 생각하며 눈물이 솟았다고 한다. 그녀는 5년 인고의 세월, 그 '등이 휠 것 같은 삶의 무게'를 가슴이 터져라 노래로 불렀다. 가수가 처음 악보를 읽으며 노래 속으로 빨려 들어갔다면 훌륭한 노래가 나올 수밖에 없다.

또 하나 간과할 수 없는 것이 편곡이다. 1970~1980년대를 풍미한 록 그룹 사랑과 평화에서 키보드를 맡았던 김명곤은 편곡자로도 이름을 날렸다. 이 노래도 김명곤이 편곡을 맡았다. 수많은 후배 가수가 이 노래를 사랑해서 방송에서 여러 가지 버전으로 불렀고 어떤 것은 '진짜 편곡 잘했다'라는 생각이 들었지만 키보드로 연주하는 오리지널 전주의 그 애잔한 구슬픔을 따라가지 못한다. 대한민국 최고의 키보드 연주자라는 별명에 걸맞게 그는 명곡에 명곡을 덧씌웠다. 백창우가 빚어낸 시와 노래가 임희숙의 목소리와 영혼으로 세상에 태어나고 그 위에 김명곤이 배냇저고리를 입혀 오늘날까지 사랑받는 명곡으로 성장하였다.

여러 가수가 여러 버전으로 훌륭하게 잘 불렀지만 내 귀에 이거다 싶은 것은 없다. 자신이 결코 흥분하지 않지만 우리의 영혼 밑바닥에 가라앉아 있는 감정을 휘저어 끌어올리는 임희숙의 힘을 능가하기 쉽지 않다. 내가 들어본 중에 장윤정의 해석이 내 마음에 가장 와닿았다. 단지 그녀의 콧소리 때문에 깊은 맛을 느낄 수 없었다. 가수가 먼

저 우는 소리를 내니 몰입이 되지 않는다. 여러 명곡을 재해석해서 잘 만들어 부른다 생각했던 영탁이 부른 〈내 하나의 사람은 가고〉는 내가 너무 기대하고 들어서인지 의외로 실망스러웠다. 이은하가 몇 번 불렀는데 그것도 기대에 미치지 못했다. 임희숙의 노래는 멜로디가 계속 이어지는 느낌이 있어 감정이 꺼지지 않고 완만한 곡선으로 올라가 터지는 반면, 이은하의 노래는 너무 뚝뚝 끊어지는 느낌이어서 오히려 몰입을 방해했다. 이은미의 버전은 자기 감정에 자기가 도취되어 부르는 것 같아 별로였다.

얼마 전 읽은 인터뷰에서 어느 소설가가 "소설을 읽는 것은 자아를 버리고 소설 속 인물이 되는 것이다"고 했다. 내가 속으로 생각했다. '그러기 위해서 우선 작가가 인물을 억지 없이 설득력 있게 그려야 한다.' 이은미의 노래에 없던 것이 임희숙의 노래 속에 있다. 과장 없이 솔직한 감정이입이다. 영어에 'Less is more(적은 것이 많은 것이다)'라는 말이 있다. 임희숙은 일부러 박자를 길게 끌지도 않고 딱 악보에 쓰여진 만큼만 부른다. 자신의 풍부한 소리 속에 이미 들어 있는 자잘한 감정들을 진실되게 보여 주며 듣는 내가 노래의 가상 현실로 빠져들게 만든다. 그래도 이은미가 했던 말 〈내 하나의 사람은 가고〉는 "모든 가수가 평생 가져 봤으면 하는 곡"이라는 말은 동의한다.

드라마 OST에서 보여 준 터질 듯한 감성

임희숙이 〈내 하나의 사람은 가고〉 이후에 또 하나의 대박을 터트렸다. 바로 〈사랑의 굴레〉이다. 이 노래는 1989년에 방영한 같은 제목의 드라마 《사랑의 굴레》의 주제가였다. 극 중 고두심이 분한 한정숙은 경계성 인격 장애를 갖고 정신과 치료를 받는 40대 여인이다. 한정숙이 눈알을 위아래로 휘두르며 "잘났어 정말"이라는 말을 자주 해서 한때 '잘났어 정말'이 유행어가 될 정도로 인기가 있던 드라마이다. 나는 미국에서 대학 다니던 시절에 외삼촌 댁에서 이 드라마를 봤다. 당시에는 넷플릭스는커녕 인터넷 자체가 없었다. 한국 드라마는 한국 식료품점에 가서 비디오테이프를 대여해 보았다. 외삼촌은 늘 "우리는 한국보다 1주일 늦게 드라마를 보지만 광고 없이 주제가도 건너뛰고 볼 수 있으니 얼마나 좋으냐"고 우스갯소리를 하셨다. 광고는 아예 비디오테이프에 들어 있지 않았고, 드라마 주제가는 1회 때 딱 한 번 듣고 그다음부터는 빨리 돌려 생략하곤 했다. 《사랑의 굴레》주제가만은 예외였다. 노래가 너무 좋아 매번 주제가부터 정주행했다. 노래가 유행을 하면 듣지 않던 사람도 듣고 그러다 좋아지는 경우가 있다. 하지만 머나먼 미국에서 가뭄에 콩 나듯 가끔 한국 소식을 듣던 시절에 한국에서 어떤 노래가 유행하는지는 알 수 없었다. 한번 듣고 좋아 계속해서 들었다는 것은 유행과 상관없이 그냥 처음부터 그 노래가 좋았다는 뜻이다. 외삼촌과 외숙모는 1950년대에 미국으로 유학을 떠나 그곳에 정착해 사셨기 때문에 한국 연예인들에 대해 전혀 몰랐다. 외숙모가 "누가 이렇게 노래를 잘하냐"고 해서 내가 임희숙이라는 가수라고 한참 설명해 드렸다.

〈사랑의 굴레〉를 듣다 보면 '임희숙은 작곡가 복도 많지만 작사가 복도 참 많다'라는 생각을 한다. 이 곡의 작사가는 유명한 지명길이다. 지명길은 최진희의 〈사랑의 미로〉, 혜은이의 〈파란나라〉 등을 작사한 작사가이다. 또한 임희숙에게 백창우를 소개한 장본인이다. 다시 나올 것 같지 않은 가사를 가진 노래를 부를 수 있도록 다리를 놓아준 바로 그 지명길이 작곡가 김희갑의 곡에 기가 막힌 가사를 붙여 임희숙에게 준 것이다. 그러니 내가 임희숙이 작사가 복이 있다고 생각하는 것이다.

드라마 《사랑의 굴레》는 굉장히 복잡한 부부의 이야기를 담고 있다. 노주현이 분한 박인섭은 고학생이었다. 한정숙의 가정교사로 들어 왔지만 그녀는 힘든 성격의 소유자이다. 그러면서도 그녀는 인섭을 좋아하기 시작했나 보다. 인섭을 잘 본 장인의 은근한 부추김으로 그는 정숙과 결혼을 한다. 그리고 고인이 된 장인의 회사를 물려받아 성실하게 알찬 회사로 키운다. 그러나 시시각각 변하는 정숙의 성격을 견디다 못해 그의 결혼생활은 어느덧 신세진 것에 대한 감사와 책임감으로 살아가는 처지에 이르렀다. 이때 그의 집에 정숙의 비서 겸 말동무로 들어온 젊은 여인과 인섭의 사이에 애틋한 감정이 생기기 시작한다. 워낙 오래전에 본 드라마라 자세히 기억이 나지 않지만 대충 줄거리가 그렇다.

이 드라마를 본 사람이라면 주제가의 첫 대목에서 가슴이 쿵 내려 앉으며 '이게 바로 극 중 인섭의 마음이겠지'라는 생각을 한다. '흐르지 않는 우리의 가슴에 아쉬운 것은 사랑일 뿐'이다. 가슴이 흐르지 않다니. 더는 사랑의 피가, 아니 그도 아니라면 연민의 정도 가슴에 흐르지 않는다. 소리를 지르고 내던지고 "잘났어 정말"을 연발하는 아내에게 더 반응하지 않고 외면으로 일관하는 결혼생활을 그대로 보여 준다. 어떻게 메마른 백골 같은 결혼생활의 고뇌를 이토록 고결한 시어로 표현할 수 있을까? 중간중간 젊은 여인을 만나며 다시 설레는 그의 아린 마음도 보인다. '사랑이 머물지는 않아도 가슴은 채워져 가고' 메말랐던 그의 가슴에 책임감과 신세에 대한 감사가 아닌 사랑이 흐른다. 비록 '사랑이 돌아오지 않아도 말없이 단념하지만.' 내 기억에 그 젊은 여인은 결국 다른 남자와 결혼했던 것 같다. 아마 인섭은 그녀가 결국은 유부남인 그를 선택하지 않고 떠나리라는 것을 알았을 것이다. 그리고 그때가 오면 보내리라 다짐했다. '사랑이 돌아오지 않아도 말없이 단념'한다. 진심으로 느꼈던 사랑을 떠나보내고 다시 정숙과 인섭 둘만이 남는다. 사랑인지 집착인지 남편을 놓지 못하지만 남편을 점점 질리게 하는 정숙과 감사와 의리와 책임감의 뼈대만 앙상히 남은 해골 같은 결혼생활을 떠나지 못하는 인섭의 '풀리지 않는 이 운명은 사랑의 굴레'였다. 임희숙의 노래는 〈내 하나의 사람은 가고〉보다 〈사랑의 굴레〉에서 더 시원하게 터진다. 〈내 하나의 사람은 가고〉에서 그녀의 노래가 화자의 내면의 침체된 분위기를 잘 보여 준다면 〈사랑의 굴레〉에서는 터질 듯한 사랑의 감정과 보내고 남아야 하는 아픔을 분출한다.

삶의 무게가 만들어 낸 '소울의 대모' 임희숙의 음악

나의 플레이리스트에는 임희숙의 노래가 세 곡 들어 있다. 〈내 하나의 사람은 가고〉〈사랑의 굴레〉그리고 마지막 하나가 〈뜨거운 안녕〉이다. 이건 임희숙의 오리지널 노래가 아니다. 쟈니리가 1966년에 부른 노래이다. 2000년대 초반 나는 미국에서 돌아와 서울의 로펌에서 몇 년간 근무했다. 오랜 세월 떠나 있던 고국으로 돌아오자 오히려 고국이 미국보다 더 낯설었다. 그때 내가 내 고향에 다시 적응하고 살

수 있도록 도와준 취미가 하나 있었다. 과거에 내가 즐겨 듣던 가요를 MP3에 다운 받아 출퇴근 시간에 듣는 것이었다.

퇴근하고 집에 돌아와 '오늘은 임희숙의 〈내 하나의 사람은 가고〉를 다운 받아야겠다'고 노래들을 검색하다 우연히 그녀가 부른 〈뜨거운 안녕〉까지 듣게 되었다. 나는 이 노래를 남자의 노래, 남자 가수만 부르는 노래라고 생각했다. 그도 그럴 것이 노래의 마지막 부분이 '남자답게 말하리라 안녕이라고. 뜨겁게, 뜨겁게, 안녕이라고'이다. 근래 가요계는 고음 경쟁이 전부이다. 눈도 제대로 못 뜰 정도로 얼굴을 일그러트리고 턱을 들어 천장을 쳐다보며 음정이 흔들리고 소리가 갈라지면서도 높은음을 오래 내면 사람들이 큰 박수를 친다. 임희숙처럼 고음과 저음이 모두 깊은 소리를 내는 가수는 없다. 그녀의 저음은 마그마층으로 내려가 뜨거운 용암을 길어 올리는 견고하고 깊은 두레박이다. 그녀의 저음이 길어 올린 용암은 '뜨겁게, 뜨겁게' 분출한다 '안녕이라고.' 놓아주고 슬프지 않은 사람이 있으랴만은 임희숙의 이별은 정말 화끈하다. 임희숙이 유튜브 《송승환의 원더풀 라이프》에 나왔을 때 송승환이 인터뷰 후반에 후배들에게 하고 싶은 말이 무엇이냐고 물었다. 그녀의 대답이 "나는 미쳐서 했으니까 제대로 미쳐서 해보세요"였다. 이별도 제대로 미쳐서 하면 이렇게 화끈하고 후련한 이별이 나오나 보다.

임희숙은 굉장히 스펙트럼이 넓은 가수이다. 내가 처음 그녀를 접한 〈진정 난 몰랐네〉는 트로트풍이 가미되었지만 그녀의 데뷔곡인 〈그 사람 떠나고〉는 정통 소울풍이다. 아니 어쩌면 그녀의 목소리 자체에 소울이 있어 어느 노래를 불러도 소울이 되는지 모르겠다. 그녀를 오늘날도 대한민국 소울의 대모라고 부르는 이유가 바로 그녀의 목소리에서부터 출발한다. 1960년대 말 대한민국에 이런 음악이 있었을까 싶을 정도로 그녀가 부르는 노래는 다 독특했다.

또한 그녀는 대단한 재즈 뮤지션이기도 하다. 내가 아주 좋아하는 노래 중에 그녀가 부른 〈그래도 설마하고〉가 있다. 그녀의 스튜디오 녹음도 있고, 《제1회 대한민국 재즈페스티발》실황 음반에 들어 있는 것이 있는데 나는 후자를 더 좋아한다. 실황 음반을 음원 사이트에서 몇 번 찾아봤는데 없어서 유튜브에서 찾아 듣는다. 백코러스나 복잡한 편곡 없이 피아노와 색서폰 그리고 드럼에 의지해 재즈의 맛을 흠뻑 느끼게 해준다. 그녀 특유의 분출하는 용암은 없지만 스캣을 멋들어지게 넣어 부른다. '그러게 내가 뭐랬어요. 사랑은 그런 거라고.'

그녀의 음악 세계를 다 표현하자니 무궁무진하고, 그걸 두고 끝맺음을 하는 것이 아쉽다. 나는 잘 나가는 아이돌 그룹이 군복무를 위해 미래를 기약할 수 없이 음악을 쉬어야 하는 대한민국의 현실이 안타깝다. 우리 젊은이는 병역의 의무 때문에 미국이나 일본의 젊은이들에 비해 경력이 2~3년 뒤처진다. 사회생활을 일찍 시작해도 중간에 군복무라는 큰 공백이 있기 마련이다. 그래도 그건 2년이 채 되지 않는 시간이다. 5년을 날개 꺾인 새처럼 월세방에서 쫓겨나며 참아 내야 했던 임희숙의 세월이 아깝다. 그러나 그 세월은 헛되이 사라진 것이 아니다. 그 '삶의 무게'가 오늘날 꺼지지 않는 임희숙의 음악을 만들었다 생각하고 싶다.

노래에 새긴 끝없는 이야기

1판 1쇄 발행 2023년 12월 11일

지은이　　이철재
펴낸이　　이영희
펴낸곳　　도서출판 이랑
주소　　　경기도 파주시 교하로 1007-29
전화　　　02-326-5535
팩스　　　02-326-5536
이메일　　yirang55@naver.com
블로그　　http://blog.naver.com/yirang55
등록　　　2009년 8월 4일 제313-2010-354호

ISBN 978-89-98746-19-3 03810

이 도서는 한국출판문화산업진흥원의 '2023년 중소출판사 출판콘텐츠 창작 지원 사업'의 일환으로 국민체육진흥기금을 지원받아 제작되었습니다.